日野俊彦 著

森春濤の基礎的研究

汲古書院

口絵１　晩年の春濤（「森春濤翁建碑記念」として作られた絵葉書、昭和十一年十月発行より）

口絵 2　多磨墓地にある春濤の墓（「詩人森春濤先生墓」は永坂石埭の筆になる。筆者撮影）

序文

文学研究の世界において、日本漢詩文はごく一部の作品を除いて長らく等閑視され続けてきた。日本漢詩文は日本文学と中国古典文学（漢文学）との境界領域に位置するためである。日本文学研究の世界においては、日本漢詩文はしょせん中国古典文学の模倣に過ぎなかろうとの予断があり、中国古典文学研究の世界においては、あえて日本漢詩文という周辺的な亜流文学の研究に精力を割く意義はあるまいという軽視があった。

しかし、少なくとも日本文学研究の世界においては、日本漢詩文についての研究は近年広がりと深まりを見せつつある。そもそも日本文学の出発と展開が漢文学との交渉なしにはあり得なかったという否定しようのない事実を率直に踏まえれば、漢文学のもっとも直接的な影響を受けて成立した日本漢詩文を研究することは、日本文学それ自身の研究として必須の作業であることはいうまでもないからである。そしてまた、日本漢詩文には和文体の日本文学にはなかなか現れない別種の日本文学の特性と魅力が存在することが、改めて評価されるようになってきたからである。

けれども、明治期以後の日本漢詩文作品の研究においては、新たな問題が研究上の隘路として浮上してくる。近代日本文学は小説にしろ詩にしろ、それまでの漢文学に代わる西洋文学の圧倒的な影響下に形成されることになった。そのような近代日本文学の展開において、近代の日本漢詩文はどのような文学的な意義を主張できるのかという問題である。日本漢詩文に近代はあり得たのか、あり得たとしたならば、それはどのような近代だったのであろうか。あるいは明治期の日本漢詩文作品が示し得たのは、消滅直前の花火が見せる淋しい輝きに過ぎなかったのではないかという、往々にして発せられる意地悪な質問に対して、腰の引けない答えを呈示することはできるのであろうか。もちろん、消滅直前の花火の輝きの美を解析することも、文学研究にとっては意味のあることであるが……。明治期日本漢詩文の研究には一筋縄では行かない困難さが潜んでいる。

日野俊彦君は、江戸と明治という二世を一身に生き、二世にわたる漢詩壇を代表する漢詩人として活躍した森春濤を研究対象にしている。日野君はこのたびその研究成果をまとめた『森春濤の基礎的研究』と題する学位論文を成蹊大学大学院文学研究科に提出し、博士号を取得した。本書はその学位論文を公刊するものである。

森春濤は明治期に活躍した漢詩人としては比較的研究の多い人物である。しかし、従来の森春濤研究が一部の見易い資料に限られた、不徹底な段階に止まるものであったことは否めない。日野君は本書において、本格的な伝記研究や作品論に必要な重要資料を整理・紹介し、森春濤研究のための基礎固めをおこなった。日野君の今後の研究の出発点はここに確保された。漢詩人森春濤はいかなる意味において近代日本の詩人であり得たのか。森春濤の漢詩作品は日本近代詩の表現に何を新たにもたらしたのか。従来の研究の枠に収まることのない、着実にして大胆な研究が、これからの日野君には期待されている。

二〇一二年一一月

揖　斐　　高

目次

凡例

・原文・書き下しは、原則として常用漢字・旧かなづかいを用いた。但し、字体によって意味の異なるものや、人名等については、旧漢字を用いたものもあり、字体は必ずしも統一されていない。

・『詩集　日本漢詩』（汲古書院）等、容易に見ることのできる書籍については、個々の拠り所を記さず、所蔵元を明らかにする必要がある書籍のみ示した。

・頻出する書名については、次のように略称を用いた。

1、森川竹磎編『春濤詩鈔』（文会堂書店、一九一二年五月。略称『詩鈔』。なお、論文中において、例えば『詩鈔』巻一の最初の詩を取り上げる場合には、（1―1）のように表記し、附録の『春濤詩鈔』詩題一覧と対応するようにした。）

2、後藤利光『森春濤詩抄』（一宮史談会、一九八〇年三月。略称　後藤～頁）

3、石黒萬逸郎『有隣舎と其学徒』（一宮高等女学校校友会、一九二五年二月。略称　石黒～頁）

4、佐藤寛『春濤先生逸事談』（萬巻堂書店、一八九三年二月。略称　佐藤～頁）

森春濤の基礎的研究

第一章　森春濤を取り巻く人々——親族・師のことなど——

はじめに

第一章では、春濤の両親・家族、学問の師のことなどを取り上げる。春濤は十一歳から十七歳にかけて岐阜の中川氏の元で、また、十七歳から二十一歳まで名古屋の鈴木恭甫の元で医術の修業を行っている。これまでの研究では、春濤の親族などに関する資料は、断片的に紹介されているのみであったが、ここでは、森家の戒名簿や墓誌を用いて、まず春濤の両親・兄弟についてまとめ、続いて春濤と四人の妻たちとの関係を春濤の悼亡詩を中心に考える。併せて春濤の子供たちにも触れる。最後に春濤が二十代前半に深い関わりを持った鷲津益斎の漢詩を通じて、益斎の春濤の漢詩に与えた影響について考える。

一　春濤の両親、兄弟について

春濤の先祖については、鬼武蔵守と称された森長可の末裔とするが、伝承の域をでない。春濤の家族の確実な資料としては、春濤の孫、森健郎の妻、淑子の手元にあった「森家先祖代々霊簿写」「明治十四年巳四月伺扣　森春濤家縁記」（後藤二五三―二五四頁）、及び多磨墓地の「森家墓誌」がある。その中から、春濤に関わりのある人物を抜き出してみる。（　）内は日野の補注。

「森家先祖代々霊簿写（抄）」

○嘉永七年甲寅年七月廿六日　秋岸院至山信士　森左元　（春濤祖父）

○文久四年甲子年九月四日　実相院常照日観居士　（森左膳、号は一鳥。享年七十六）

○明治三庚午年九月十七日　実成院妙相日道大姉　（春濤母）

○弘化元甲辰年十月十九日　園林院宗学信士　左膳忰　十七歳　（一鳥三男、利一郎か）

○明治四辛未年五月廿八日　至徳院精所日要居士　（一鳥次男、渡辺精所）

○安政七庚申三月六日　是真院蛍窓日修学童　（春濤長男、森一郎）

○万延二辛酉年十二月廿三日　浄必院妙敬日信大姉　（春濤二番目の妻、村瀬逸子）

○明治五壬申年二月十四日　倚竹院妙修日清大姉　（春濤三番目の妻、国島清、享年四十）

「明治十四年巳四月伺扣　森春濤家縁記（抄）」

森儀兵衛兄弟ニテ壱人ハ岐阜中川氏養子トナル

森儀兵衛長男　森半右エ門　跡目相続

　長女　山崎村鍛冶屋森長兵衛江嫁ス

　次男　森左膳一宮ニ住ス

（中略）

森左膳　妻　　蟹江村鈴木京員《カ》より嫁ス是は今絶家トナル
　長男　森春濤――＊
　二男　同淳平――長男　森敬次郎
　女子　た加　起宿　渡辺乙蔵方江嫁ス
　三男　同利一郎若死
＊長男ハ是真院也　母大赤見村服部鉄子也
二男　森晋之丞　母ハ陸田村村瀬逸子也　勢州津父方伯母（父替り春濤姉也）之家江養子トナル
三男　森泰次（二）郎　父跡目相続　母ハ美濃古市場村国島治右エ門娘せい

「森家墓誌（抄）」
浄必院妙敬日信大姉　逸子　文久元年十二月二十三日
倚竹院妙修日清大姉　明治五壬申年二月十三日
老春院森髯居士　春濤　明治二十二年十一月二十一日
文尚院槐南日泰居士　泰二郎　明治四十四年三月七日
賢徳院日妙大姉　織緒　大正四年五月十日　（織褚が正しい。春濤四番目の妻）
文敬院妙諦日光大姉　幾保　昭和八年十月六日　（槐南の妻。旧姓は各務）

父、森一鳥は、通称を左膳、号は一鳥。一鳥の遠縁にあたり、子供のいなかった森左元の養子となる。左元、一鳥ともに医者であった。文久四年（元治元年）九月四日没、享年七十六。また、一鳥の弟は岐阜の眼科医、中川氏の養子となった。この中川氏に春濤は十一歳から十七歳にかけ、医者修行のため、預けられる。春濤『岐阜雑詩』「正興寺」詩の自注に「中川氏先塋在焉。氏世以眼医著称。（中略）九世白暁翁、予先考之叔父。（中川氏の先塋、焉に在り。氏は世《よよ》眼医を以て著称せらる。（中略）九世の白暁翁は、予の先考の叔父なり）」とあり、中川氏は二代に亙って森家より養子を迎えたことになる。

母親の名は未詳。「森春濤家縁記」に「蟹江村鈴木京員《カ》」とあるが、おそらく春濤が蟹江村在住時に作った「哭恭甫鈴木丈人」詩（2―31）に見える、鈴木恭甫と同一人物ではあるまいか。同詩の冒頭に「為医不混宦医員、詩酒優游六十年（医と為るも宦医の員を混じへず、詩酒　優游たり　六十年）」とあり、鈴木氏も医者であったことが判る。この推測が正しければ、春濤が中川氏での修行を終えて帰郷した後、わずか二ヶ月で蟹江村に向かったのも、引き続いて医術の修行をするためであった。

弟、淳平は、名を業、通称は淳平、字は子勤、号を精所という。後藤によれば、「文政九年生まれ、鷲津益斎に学び、長じて大阪に出て医を修め、嘉永三年二十五歳の時、縁あって摂津国三島郡富田村（現大阪府高槻市富田町）の医師渡辺氏の養子となる。（中略）文久三年故あって一宮に帰り、春濤の次室村瀬氏の遺子晋之助を後見したが、明治四年五月二十八日病没。年四十六」とある（後藤二一〇頁）。精所については、次のような逸話が残されている。

淳平氏は郷党の間では兄よりえらく思はれて居た。医術も上手であつたし、詩の添削も兄よりは手早で、殆ど考慮を費す模様がなかつた。庭先に人を待たせて置いて、話し乍ら添削して返した。そして酒豪で飲むと刀を抜いて暴れ出す。然し人を傷けた話はない。餘り酒乱をするので、春濤から杯に一杯より飲まぬ様に封ぜられた。それで常に杯を袂にして居て、謹んで兄の命を奉じた。其内に悪戯者があつて、一杯と限られたのは一所に於てである。所移れば又一杯可なりではないかと教へたので、淳平氏は手を拍つて大に喜んだ。夫からは一日転々一杯を飲み廻つて、渇を医したと云ふことである。（石黒二百三十四頁）

摂津なる精所君は、先生漫遊の志あるを知らで居られしが、此の事を聞きて痛く打驚かれ、引留めむとて、直ちに一の宮に赴かれしに、はや出て立たれし跡なりければ、急ぎ後を追ひて、名古屋に出て会ひ、いろいろに説きなだめられけれども、先生已むを得ざる情実あるを打ち明かして、志の決したる旨を告げらるるに、精所君もては得止めず（佐藤十五頁）

後に野口寧斎は「恭輓春濤森先生」詩の中で、「友于　棣蕚を聯ぬ〈先生と令弟精所君は、友誼極めて篤し〉」と唱ったように、春濤と精所の間には強く結ばれた兄弟愛があった。但し、詩人としての才能はあっても、医者には不向きで、常に貧乏暮らしであった春濤を、様々な形で精所が見守るという関係に両者はあったようである。そうであればこそ、後に春濤が次男の森晋之助に森家の跡を継がせる際、精所を後見人として迎えたのであろう。

精所の漢詩は、幾つかの詞華集に残っているが、漢詩集としてまとめられてはいない。ここでは、精所の自画像といえる詩を紹介する。

戯題自真　　渡辺精所（『明治三十八家絶句』巻中所収）

毛骨灑然離俗塵　　毛骨　灑然として　俗塵を離れ

当年費子即前身　　当年の費子　即ち前身なり
広眉大口君須認　　広眉　大口　君　須らく認むべし
我是嘉州句裏人　　我れ是れ嘉州　句裏の人

自分はさっぱりとした豪傑肌で、かの費子のような顔立ちをしている、という内容であるが、全体を通じて踏まえている岑参「送費子帰武昌（費子の武昌に帰るを送る）」詩を見ると、表現上には見えない感情が浮かび上がってくる。長い詩のため、節略して示す。

（略）
知君開館常愛客　　知る　君が館を開き　常に客を愛し
樗蒲百金毎一擲　　樗蒱に百金　毎に一擲するを
平生有銭将与人　　平生　銭有らば　将つて人に与へ
江上故園空四壁　　江上の故園　四壁空し
吾観費子毛骨奇　　吾　費子の毛骨の奇にして
広眉大口仍赤髭　　広眉　大口　仍ほ赤髭なるを観る
看君失路尚如此　　君の失路を看ること　尚ほ此の如きも
人生貴賤那得知　　人生の貴賤　那んぞ知るを得ん
（略）

勿歎蹉跎白髪新　歎く勿かれ　蹉跎として白髪新たなるを
応須守道勿羞貧　応に須らく道を守りて貧を羞づること勿かれ
男児何必恋妻子　男児　何ぞ必ずしも妻子を恋はん
莫向江村老却人　江村に向いて老却の人となること莫かれ

岑参の詩は、失意の内に武昌へ帰る費子を送るという内容であるから、単に費子の容姿が自分に似ているという程度ととるか、自分もまた費子のように己の生き方が世に容れられなかった、ととるかでは、精所の詩の見方は大きく変わるといえる。岑参詩の第八句「人生の貴賤　那んぞ知るを得ん」から見ると、己の生き方に疑問を抱きつつも、その疑問を乗り越えようとしていたのかもしれない。

弟、利一郎の事蹟は不明。妹、たかは、渡辺乙蔵に嫁いだこと、春濤が「寄妹（妹に寄す）」詩（5—54）を作ったことが判るのみである。なお、後藤は古老の談として、「タカは器量よしであった」とする（後藤一五八頁）。

二　春濤の描いた妻の肖像——春濤の悼亡詩を通じて——

はじめに

家庭人としての春濤は、三度妻を失うという不幸に遭い、三度亡き妻の為に悼亡詩を作ることになった。ここでは、その春濤の悼亡詩を題材として、幾つかの悼亡詩との比較により、その特徴を探し出すことを目的とする。

結論からさきに言えば、その特徴は第一に夫と妻という社会の位置付けの下で、追悼の念を述べるのみにとどまらず、妻をいわば対等の人格、あるいは教養ある女性として描き出している点である。第二は単に妻が亡くなったという出来事に直面したため、悼亡詩を作ったのではなく、結婚した時を題材とした詩から始まり、その延長線上に最後の悼亡詩へと繋がってゆく点である。

(一) 春濤の妻達について

春濤の最初の妻は同じく一宮出身の服部天都子である。父の雅号である雪村にちなんで、雪香という号を持っていた。弘化二年に春濤と結婚し、安政三年に亡くなっている。『逸事談』には次のようにある。

雪香女史は、同里なる服部市五郎の女にして、初の名を起美子と呼ばれしが、先生にかしづかれしより、天都子となんあらためられける。才徳兼ね備はりて、をさをさ吟詠の路にも暗かざりければ、そが片言隻辞も当時には伝誦せられきといふ。集一巻あり、題して小梅粧閣集といへり。そが中に、「残蛍一点雨蕭蕭　小鴨香消愁未消　惆悵紅顔秋易老　夜風吹破美人蕉（残蛍　一点　雨蕭蕭　小鴨の香消ゆるも　愁ひ未だ消えず　惆悵たる紅顔　秋　老ひ易し　夜風は吹き破ぶる　美人蕉　日野訓読）」といふ一絶あり。物すごく心ぼそき有様、まのあたりに見たらんが如し。（佐藤五十七―五十八頁）

『小梅粧閣集』は刊行されず、詞華集に収められた作品以外は、見ることができないため、妻の側から夫を題材とした詩があったか否かはわからない。また、弘化元年から四年にかけての春濤の詩稿は、大半が失われてしまったため、(1) 結婚当時の様子を描いたであろう詩も残っていない。ただ、少なくとも漢詩集が編纂された程の才媛であったことは、後に触れる春濤の悼亡詩を読むにあたっては重要な意味をもっている。
春濤と天都子との間には長男の森一郎（号は蛍窓、真童。字は一郎、大木）と、夭折した子供の二人が生まれている。十四歳で亡くなった森一郎は、幼くして聡明、かつ詩才もあったようである。一郎の漢詩、及び彼が亡くなったときの状況、春濤の追悼の詩を見る。

春暁

青山亦似帯餘酲
暁靄霏霏合復晴
側臥擁衾人未起
一簾春旭売花声

酒間贈森余山先輩

高吟爛酔卅餘年
不是詩狂即酒顚
快活如君無等輩
大声絶叫李青蓮

春暁（二首ともに『新選名家絶句』より）

青山も亦た餘酲を帯ぶるに似たり
暁靄　霏霏として　合に復た晴るべし
側臥　衾を擁して　人　未だ起きず
一簾の春旭　花を売る声

酒間、森余山先輩に贈る

高吟　爛酔　卅餘年
是れ詩狂ならずんば　即ち酒顚
快活　君の如きは　等輩無し
大声　絶叫す　李青蓮

万延元年に至り、蛍窓君病没せられぬ。君いとけなかりしより、神童の誉れありて、殊に詩道に秀で、鉄石松嶹諸家をはじめ、いづれも望を属せらけるに、母なる人の身まかり給ひしより、孺慕の情に得堪へずてや、十四歳を一期として帰らぬ旅に出でたたれぬ。先生号咷慟哭その身もともにとまで思はれけり。（佐藤六十八頁）

哭児真　三月六日　　児真を哭す（二首のうち、其二。8—12）

寂寞丹山万里程　　寂寞たり　丹山　万里の程
桐花落尽月虚明　　桐花落ち尽くして　月　虚しく明らかなり
一飛雛鳳帰天上　　一たび雛鳳の飛びて天上に帰れば
哀矣人間老鳳声　　哀しいかな　人間　老鳳の声

『新選名家絶句』には他に「戯和吉田有光艶詞」詩（七首）も収められている。「春暁」詩もそうであるが、春濤の示教があったかもしれないが、ようやく大人の仲間入りをした年齢にしては、艶麗な内容である。

なお、最後の「哭児真」詩には参照すべき詩があるので、取り上げたい。

「韓冬郎即席為詩相送、一座尽驚。他日、余方追吟連宵侍坐徘徊久之句、有老成之風。因成二絶、寄酬、兼呈畏之員外（韓冬郎が即席にて詩を為りて相送り、一座尽く驚く。他日、余は方に「連宵坐に侍り俳徊すること久し」の句を追吟するに、老成の風有り。因りて二絶を成し、寄酬して兼ねて畏之員外に呈す）」詩　其一　李商隠

十歳裁詩走馬成
冷灰残燭動離情
桐花万里丹山路
雛鳳清於老鳳声

十歳　裁詩　走馬のごとく成り
冷灰　残燭　離情を動かす
桐花　万里　丹山の路
雛鳳は老鳳の声よりも清し

十歳にして周りの人々を感心させる詩を作り、後に晩唐を代表する詩人の一人となった韓偓に、春濤は我が子を比して、我が子とその詩才を失ったことを歎いている。

後にも触れるが、仙台藩儒の岡鹿門が文久元年に一宮で春濤にあった際に次のような感想を記している。(2)

其詩（森一郎の詩　日野注）ニ、春愁脈々漏声永、金鴨香消空院静、小犬隔籬疑有人、夜深時吠梅花影。（春愁脈々漏声永し、金鴨香消えて空院静かなり、小犬　籬を隔てて人有るかと疑ふ、夜深うして時に吠ゆ　梅花の影。「戯和吉田有光艶詞」詩其一。『新選名家絶句』では第四句「時」字を「還」字とする　日野注）博山消尽一糸香、午枕眠回春昼長、理罷残粧無個事、海棠風裡繍鴛鴦。（博山　消尽す　一糸の香、午枕　眠回りて　春昼長し、残粧を理罷して個事無し、海棠風裡に鴛鴦を繍す。「戯和吉田有光艶詞」詩其五。『新選名家絶句』では第一句「消」字を「銷」とし、第二句「春」字を「日」字、「昼」字を「更」字とする。　日野注）今ノ槐南ノ異母兄也。香奩ハ春濤一家ノ家風カ。

後に触れる春濤三番目の妻、国島静の漢詩も艶麗な内容であり、森槐南の初期の詩にも同様の傾向が見える。「香奩ハ春濤一家ノ家風カ」という認識は、春濤の詩風を考える上では、避けられない課題といえる。

二番目の妻は一宮の南にある陸田村、現在の愛知県稲沢市陸田町出身の村瀬逸子である。安政六年に春濤と結婚し、文久元年に亡くなっている。春濤との間には他家に養子に入った森晋之助が生まれている。村瀬逸子との結婚については、「村瀬氏過期不嫁、聞其意欲得書生如余者、即聘為継室（村瀬氏期を過ぐるも嫁せず、其の意は書生の余の如き者を得んと欲すと聞く。即ち聘して継室と為す）」詩（8―4）に一景が描かれている。

三番目の妻は現在の岐阜市北部にある古市場出身の国島静、字は徳華、号は秋皃である。文久二年に春濤と結婚し、明治五年に亡くなっている。春濤との間には先に触れた槐南が生まれている。もっとも、春濤はこの結婚には最初、乗り気ではなかったようである。当時の春濤の手紙にはその様子が伺える。

古市場縁談之儀ハ大こまりニ御座候。実ハ彼地へ参り候せつむりやりおし付けられそうな、ぐわひゆえぐずぐずと程よくすべくり逃のつもりニ御座候。此婦人いまだ一瞥不致候へども、極々ゑらまつ（豪物《えらぶつ》のことか　日野注）の様子。継子など御座候処ニては、小生生涯の心配ニ御座候付先、後妻相迎候事ハ見合せ申候。（中略）古市場の婦人ハ極醜婦のよしなれども、歌ハ名人。(3)

結婚してからの様子について、『逸事談』は次のように伝える。

先生和歌の道にも深く堪能なりしが、国島孺人を娶られしより、孺人和歌に工みなりければ、人或いは孺人の代作にもやと疑はんとて、是よりは断じて之を廃せられき。（佐藤八頁）

春濤が自らも和歌の道に通じていたにもかかわらず、妻の優れた和歌の才能を知って、あえて和歌を詠まなくなったほど、彼女は和歌に堪能であったといわれている。慶応二年の作になる「内に寄す」詩（10―8）の引、すなわち序には、「内子夙に三十一字歌を善くす。庚申（萬延元年）秋八月、夜の旅を詠ずるに曰く『障る雲　消ゆと見し間に　月は入りて　残る夜暗し　武蔵野の原』と」云々とある。彼女の和歌集、『古梅賸馥　庭すゞめ』は明治十八年に春濤・槐南父子によって出版されている。[4] 彼女は和歌のみにとどまらず、編者未詳『近世百家絶句』[5]（文久四年刊）に二首見えるのみであるが、漢詩も作っている。二首とも艶麗な趣をたたえるのは、先に触れた森一郎の詩と同様、春濤の教示があったのであろうか。

国島氏　名清。字徳華。号秋皃。春濤継室。（国島氏　名は清。字は徳華。号は秋皃。春濤の継室なり）

春閨小詩
海棠紅透小窓紗
病負東風嬾更加
不免被他枝上鳥
驚儂春夢起看花

春閨の小詩
海棠の紅透る　小窓紗
病みて東風に負《そむ》き　嬾　更に加ふ
免れず　他《か》の枝上の鳥に
儂が春夢を驚され　起ちて花を看るを

機上小占
花下投梭響軋伊
飛紅乱点染機糸

機上の小占
花下　梭を投じて　響　軋伊なり
飛紅　乱点　機糸を染む

如何織得春衣好　　如何ぞ春衣の好きを織り得て
衣上依稀錦字詩　　衣上　依稀たり　錦字詩

また、亡くなる前年の明治四年には名古屋の女学校の教師に任命されており、現在多磨墓地にある森家の墓所には「国島女教師之墓」と記した墓がある。彼女への追悼の念は、明治七年、春濤が岐阜より東京へ向かう前に香華を手向けた際に作った詩にも現れている。

三月三十日［故二月十三日］、先室国島女教師［辛未十月十三日、特命拝女教師］大祥忌。拉児泰往哭墓［墓在名古屋円頓寺］。（三月三十日［故二月十三日］、先室国島女教師［辛未十月十三日、特に命ぜられて女教師を拝す］の大祥忌なり。児泰を拉き往きて墓に哭す［墓は名古屋の円頓寺に在り］、11―84）

此生天地喪斯人　　此生の天地　斯人を喪ふより
花落鳥啼三換春　　花落ち鳥啼きて三たび春を換ふ
幾尺愁根墳上草　　幾尺の愁根　墳上の草
綢繆応近墓中身　　綢繆　応に墓中の身に近かるべし

四月二日、予生辰也。携児泰・侄民徳、到写真場。與国島女教師五字掛幅［清客金邠書贈予者］、併上之鏡。乃題廿八字。（四月二日は、予の生辰なり。児泰・侄民徳を携え、写真場に到る。国島女教師五字の掛幅［清客金邠の書して予に贈る者なり］と、併せて之を鏡に上す。乃ち廿八字を題す。『詩鈔』未収録）

白首青衿好写真　白首　青衿　好んで真を写し
癡情欲捉鏡中身　癡情　捉へんと欲す　鏡中の身
膝前児姪悲仍喜　膝前の児姪　悲しみ仍《しき》りに喜ぶ
猶伴塵沙劫外人　猶ほ伴ふ　塵沙劫外の人

以上、春濤と妻達との関係を整理すると、第一、第三の妻はそれぞれ歌集を残した程の教養、詩才を持った女性であること。第二の妻はあえて春濤のような詩人を夫としたいと願った人物であったことがわかる。これらを前提としなくては、春濤の悼亡詩を十分に理解することはできないと考える。

㈡　三つの悼亡詩

春濤の作品に触れる前にそもそも悼亡詩とは何かについて説明を加えておく。悼亡詩は、妻子・朋友など、親故の人の死を追悼する詩を指す。しかし、三世紀後半、西晋の詩人、潘岳が妻を悼んだ漢詩を作ってからは、先の定義より狭い形で妻を悼む詩という一つの様式が生まれた。これは後世にも受け継がれ、春濤や槐南が手本としたと思われる清代の詩人、呉梅村、王漁洋らも悼亡詩を作っている。春濤の悼亡詩では、その典故から見ると元稹の「遣悲懐」三首、李商隠の「錦瑟」詩などの影響が読み取れる。

それではここで、三つの悼亡詩に触れよう。（なお、春濤は三つに同じ「悼亡」の詩題をつけているため、本論では成立順にⅠ（服部天都子）・Ⅱ（村瀬逸子）・Ⅲ（国島静）の番号をつけて区別する。）

I 悼亡（7—49）

一事無成独慨然
向前心曲有君憐
菜根聊足貧家薦
此味同嘗十二年

漠漠青苔澹澹煙
好留香骨待他年
同来欲了平生願
一樹寒梅小墓田

空帳依稀落月痕
低回要見旧温存
漢香楚賦両無験
多事招魂又返魂

離恨千端更万端
不曽教我客衣単

一事成す無く　独り慨然たり
向前の心曲　君有りて憐れむ
菜根聊か足る　貧家の薦
此の味同に嘗む　十二年

漠漠たる青苔　澹澹たる煙
好し香骨を留めて　他年を待たん
同に来たりて平生の願ひを了へんと欲す
一樹の寒梅　小墓田

空帳依稀たり　落月の痕
低回して見んと要す　旧温の存するを
漢香　楚賦　両に験無し
多事　魂を招きて　又魂を返す

離恨千端　更に万端
曽て我をして客衣の単ならしめず

自今誰寄回文錦　自今誰か寄せん　回文錦
逝矣能詩蘇若蘭　逝きぬ　能詩の蘇若蘭

最初の悼亡詩では、妻が十二年の長きにわたって、自分の気持を理解してくれたと歌い起こす。ついで、共に生き、死にたかったのに妻は先立ってしまった。その面影を求め、漢の武帝が李夫人の魂を返魂香で呼び戻そうとしたように、あるいは『楚辞』「招魂」で魂の戻るように訴えたがごとく、妻の魂を呼び戻したいがそれもかなわないと続け、最後に「逝きぬ　能詩の蘇若蘭」と遠方に流罪となった夫へ錦に織り込んだ廻文詩を寄せた、四世紀頃の女性詩人蘇若蘭に妻をなぞらえている。

Ⅱ悼亡（8―37）

幽梅臨水影低迷　幽梅水に臨みて　影　低迷す
素服人猶倚翠闈　素服の人猶ほ　翠闈に倚る
非幻非真来在夢　幻に非ず　真に非ず　来たりて夢に在り
空林月黒夜烏啼　空林　月黒くして　夜烏　啼く

塵劫一空塵念灰　塵劫一たび空しくして　塵念灰す
定應過現悟輪回　定めて應に　過現　輪回を悟るべし
玉纖徒撫蓮華坐　玉纖　徒に撫す　蓮華の坐

惆悵儂来君未来　　惆悵す　儂来るに　君未だ来たらざるを

杜蘭香去鏡吹塵　　杜蘭の香去りて　鏡　塵を吹き
新月古梅空復春　　新月　古梅　空しく復た春
慰我故留天上種　　我を慰めて故らに留む　天上の種
掌珠真箇小麒麟　　掌珠　真箇に　小麒麟

華年錦瑟入余悲　　華年　錦瑟　余が悲しみに入り
一柱一弦彼一時　　一柱　一弦　彼の一時
腸断西崑李商隠　　腸断す　西崑　李商隠
集中多著悼亡詩　　集中多く著す　悼亡詩

二番目の悼亡詩は、今でも妻がいるのではと思いを巡らすが、それも輪廻の中ではつかの間のことに過ぎないと歌い、月日の移り変わりを感じつつ、自分と同じく残された子供への感謝とともに、永遠の別れを悲しむ。

Ⅲ悼亡（11—45）

日暮天寒得疾初　　日暮れて天寒し　疾を得るの初め
猶将半臂譲相於　　猶ほ半臂を将つて　相於に譲る

暗梅無影依依白
円魄難蘇脈脈疏
方信此生帰夢寐
尚疑餘煖在琴書
劫風吹断鐙明滅
修竹如人立屋除

暗梅　影無く　依依として白く
円魄　蘇り難く　脈脈として疏らなり
方めて信ず　此の生　夢寐に帰するを
尚ほ疑ふ　餘煖　琴書に在るかと
劫風　吹断して　鐙　明滅し
修竹　人の如く　屋除に立つ

慧業文人出洞房
謝家道蘊久流芳
縦令柳絮因風起
応譲梅花委地香
月下有縁歎晩嫁
病来未薬奈先亡
可憐臨死留佳句
一誦教人増感傷

慧業の文人　洞房より出で
謝家の道蘊　久しく流芳す
縦令　柳絮をして風に因りて起たすも
応に梅花の地に委ちて香るに譲るべし
月下　縁有りて　晩く嫁せるを歎き
病来　未だ薬せずして　先に亡するを奈んせん
憐れむべし　死に臨みて佳句を留むるを
一たび誦ふれば　人をして感傷を増さしむ

三番目の悼亡詩では、先の蘇若蘭と同じく四世紀の女性詩人謝道蘊に並ぶような文才を持ちつつ、病にかかってしまった妻を歌い出して、死の間際の様と死に別れた現在を交差させつつ、最後は「憐れむべし　死に臨みて佳句を留

むるを　一たび誦ふれば　人をして感傷を増さしむ」と歌いおさめる。

㈢　悼亡詩の特徴

既に述べたように春濤の悼亡詩の特徴が、第一に夫と妻という社会の位置付けの下で、追悼の念を述べるのみにとどまらず、妻をいわば教養人としての女性として描き出している点、第二は単に妻が亡くなったという出来事に直面したため、悼亡詩を作ったのではなく、結婚を題材とした詩から始まり、最後に悼亡詩へと繋がってゆくという延長線上に存在する点であることが見出せるであろう。これを春濤以前の梁田蛻巌、大沼枕山の悼亡詩との比較、考察を加えたい。結論をさきに述べれば、妻がいかに自分や家庭に尽くしてくれたかが題材の中心となっている。梁田蛻巌の「悼内」五首（其三、『蛻巌集後編』巻四）では、

庚子中秋䨥也生　　庚子中秋　䨥や生まれ
頼卿胎養継家声　　卿が胎養に頼りて　家声を継ぐ

として、妻が良き子を生んでくれたことへの感謝を述べる。また大沼枕山の「悼亡」三首（其一、『枕山詩鈔二編』巻下所収）では、

可憐十一年間苦　　憐れむべし　十一年間の苦
井臼親操昼廃梳　　井臼親ら操りて　昼　梳を廃す

と、長きにわたって家庭を守り、そのために化粧をやめたことを歌う。さらに同じく枕山の「悼亡」（其三）においても同様の意味合いを見いだすことができる。

回憶前蹤易惨悽　前蹤を回憶すれば　惨悽たり易く
感君勤苦守中閨　感ず　君が勤苦して中閨を守りしを
食単終日求精美　食単　終日　精美を求め
衣什随時要潔斎　衣什　随時　潔斎を要む
薄命狂為狂者婦　薄命　狂げて　狂者の婦と為り
慧心不羨富児妻　慧心　富児の妻を羨まず
金釵換尽長安酒　金釵　換へ尽くす　長安の酒
儘許夫君酔似泥　儘許す　夫君　酔ふこと泥の似きを

しかも、枕山のこの作品は春濤の最初の悼亡詩が作られた安政三年十二月の約一ヶ月前にあたる九月の終わりに作られている。当時、枕山は江戸に、春濤は一宮に居を構えていたが、両者の音信が途絶えていないようであるから、春濤に何らかの影響を与えた可能性は考えられよう。春濤もⅠの「菜根聊か足る　貧家の薦　此の味同じく嘗む　十二年」、Ⅱの「我を慰めて故らに留む　天上の種　掌珠　真箇に小麒麟」と春濤以前の悼亡詩と同じように歌っている。

では、春濤もそれまでの悼亡詩の伝統に則ったのみに過ぎないのかといえば、そうではない部分もある。ⅠとⅢではそれぞれ「逝きぬ　能詩の蘇若蘭」、「慧業の文人　洞房より出で　謝家の道蘊　久しく流芳す」と詩人、文人として妻の存在を認めている。しかもⅢでは「憐れむべし　死に臨みて佳句を留め　一たび誦ふれば　人をして感傷を増さしむ」と死の間際にも良い句を残そうとする姿を描写している。これは先に挙げた蜆巖の悼亡詩のような、妻を良妻賢母としてとらえる視点から見ると、より能動的な女性像とも言えよう。二番目の妻村瀬氏も「村瀬氏期を過ぐるも嫁せず、其の意は書生の余の如き者を得んと欲すと聞く。即ち聘して継室と為す」とあるように、自分の意思を主張して夫を選択した。また、三番目の妻である国島氏は、和歌の応酬を通じて春濤と知り合い、結婚するに至っている。両者は共に夫からの意思表示を待つばかりの一方的な存在ではなく、自らの意思の表示、あるいは語りかけの手段を持っている女性であったと考えられる。少なくとも、春濤が悼亡詩において、妻をそのような対等の人格として表現しようとしたことは留意を必要とするであろう。

春濤の師である梁川星巖には、長谷川紅蘭、唐様に張紅蘭と呼ばれた妻がいた。漢詩を善くした妻を持ったという点では春濤と同じであるが、その漢詩集である『星巖集』の詩題に妻の名前は見当たらない。また、『星巖集』には張紅蘭の漢詩集が附されているが、その詩題にも夫の名前は現れないのである。

第二に、単に妻が亡くなったという出来事に直面したため、悼亡詩を作ったのではなく、結婚を題材とした詩から始まり、最後に悼亡詩へと繋がってゆく経緯が、詩題や妻達の死後にも追悼の作品があることから、より明瞭になろう。これらの点から考えても、春濤の漢詩における特徴の一端が悼亡詩に伺えるのではなかろうか。

(四)　結　語

中国で伝統的に詠み継がれてきた悼亡詩、それは日本においても受け継がれた。その伝統という線上に春濤も存在している。しかし、ただその延長線上にいたばかりでなく、春濤という一個人の生涯に妻との触れ合いが同じく一本の線として重なってゆく。春濤の子の槐南は妻より先に亡くなっているため、悼亡詩を残していない。また、春濤の弟子達の作品にも、春濤のように妻を表現した作品は生まれなかったようである。悼亡詩という一つの様式の中で、それ以前になかった春濤による妻との心の交流を描いた作品は、残念ながら後世には受け継がれなかったのである。

三　鷲津益斎について

まず、益斎の略歴を示す。

鷲津益斎（文化元年、一八〇四～天保十三年、一八四二）。名は弘、字は徳夫、号は益斎。江戸への遊学の後、祖父幽林・父松隠の跡を受けて、有隣舎にて子弟を教えた。また、春濤らと文人サロン、不休社を開き、「田園四時歌」などの詩画集を残している。天保十三年十一月没。享年三十九。著書は刊行されず、「益斎詩稿」等の手稿が一宮市豊島図書館に所蔵されている。

春濤は松隠にも教えを受けていたが、より深い、直接の師と呼べるのは、益斎のようである。おそらく益斎と春濤が本格的に交流を始めたのは、春濤が蟹江村からの帰郷後、天保十年頃であろう。「益斎詩稿」には、「晩江次浩甫韻」「同前次浩甫韻」「夜宿漁家次韻浩甫韻」「早春万松亭集諸君、無会者。独有森君浩甫来。因賦詩而贈。乃以来字為韻」「雨中万松亭集。浩甫君不来。因賦分韻、得情字。」「秋日過浩甫宅」の詩題が見え、両者の交際の深さを知ることができる。その中より、二首取り上げる。

秋日過浩甫宅　　秋日　浩甫の宅に過る

衡門臨市道　　衡門　市道に臨み
医隠永韜光　　医隠　韜光を永うす
璽篆龍隨手　　璽篆　龍は手に随ひ
詩詞雪作腸　　詩詞　雪を腸と作《な》す
杯浸柳影緑　　杯は柳影の緑を浸し
榻借松声涼　　榻は松声の涼しきを借る
同是眼中者　　同じく是れ眼中の者
忘帰情話長　　帰るを忘れて　情話　長し

雨中万松亭集。浩甫君不来。因賦分韻、得情字。
雨中　万松亭の集。浩甫君来らず。因りて賦すに韻を分かち、情字を得。

陰陰檻柳雨難晴　　陰陰たる檻柳　雨　晴れ難く
客至草堂談更情　　客は草堂に至りて談ずれば更に情あり
莫恨吟壇一星少　　恨む莫かれ吟壇　一星少なきを
不来情切不逢情　　来らざるの情は逢はざるの情より切なり

「秋日過浩甫宅」詩では、第一・二句で春濤の家が隠者の住まいのようなところで医術を行っていたことを詠って挨揆とし、第三・四句では春濤が篆刻や詩作に秀でていたと春濤本人を称讃している。第五句以降では俗世を離れたこの家で涼を得て、詩を共に語るべき存在である春濤との情のこもった会話の内に帰るのを忘れてしまうと詠う。益斎は、不休社の中で特に春濤を詩を語り合う知己としたのであろう。であればこそ、「雨中万松亭集。浩甫君不来。因賦分韻、得情字」詩では、「恨む莫かれ吟壇　一星少なきを　来ざるの情は逢はざるの情より切なり」と、詩会に春濤がいないことはつらいことであるが、出席できない春濤は、今ここに集まっている我々より更につらい気持ちになっているのであろう、とする。

一方、春濤も益斎が自宅を訪ねてくれたことに対し、「九月十五日益斎先生拉士廉諸子見臨」詩（4―33）の最後に、「今宵　月　応に好し　君　且く餘歓を罄くすべし」と感謝の意を表している。『詩鈔』中の詩題では、益斎の名は十二回現れており、これも両者の交際の深さの傍証となろう。

益斎が描いた、詩の理想像がどのようなものであったかについて、山本和義は次のように述べる。(6)

抄録する（益斎が詩作の手本として選んだもの　日野注）唐詩・明詩のほとんどが、古文辞派が重んじた『唐詩選』『古今詩刪』（ともに有隣舎旧蔵）に含まれており、益斎が古文辞派の作品に親炙したことを示すが、他方、古文辞派が貶めた宋詩をも抄録しており、とりわけ「永嘉四霊」のひとり趙師秀の詩に及んでいることに注目すれば、益斎のめざす詩風は至っておおらかであって、枕山が「王李」の「祖風」を「韓蘇」に変じたとするが如くに、詩派に拘わっての鋭角的な転換があったとは思えない。益斎のいう詩の「清淡沈著」「雄抜流動」こそ、その人が古今の詩風に通う詩の在るべきすがたとして見出したものであり、不休社の活動の指針とすべく、それを掲げたのである。

「清淡沈著」「雄抜流動」といった評語には、様々な意味を含むであろうが、すっきりとしていながらも、芯の強さを兼ね備えた詩を理想としたのであろう。その益斎の詩が春濤にどのような影響を与えたかについて、鷲津松隠・益斎父子と春濤が似た詩題で詩を詠んでいるので、それを例として考えたい。参考として大窪詩佛と大田錦城の詩も併せて示す。

女僧　　鷲津松陰（『家集鈔』「松隠先生詩」）

一脱金釵下九霄　　一たび金釵を脱ぎて　九霄を下り
十秋謝跡紫震朝　　十秋　跡を謝す　紫震の朝
鴛鴦夢繞香壇絶　　鴛鴦　夢は繞り　香壇絶え
鬢髪雲追法雨消　　鬢髪　雲は追ひ　法雨消ゆ
仙佛侒来緇袖冷　　仙佛　侒ひ来りて　緇袖冷たく
宮衣餘得綵鸞飄　　宮衣　餘し得たり　綵鸞飄ふ
浮沈恰似東流水　　浮沈　恰かも似たり　東流の水に
早證空門守寂寥　　早に空門を證り　寂寥を守る

女僧　　鷲津益斎（「益斎詩稿」）

十載遠棲双樹隈　　十載　遠く棲む　双樹の隈

緇衣払尽軟紅埃　緇衣　払ひ尽くす　軟紅の埃
池辺曽想金蓮歩　池辺　曽つて想ふ　金蓮の歩
床上永磨妙鏡台　床上　永く磨す　妙鏡の台
仙梵暗餘歌曲麗　仙梵　暗かに餘す　歌曲の麗しきを
香幡猶学舞裳回　香幡　猶ほ学ぶ　舞裳の回るを
朝雲暮雨旧時異　朝雲　暮雨　旧時に異なるも
間逩法壇漫去来　間《まま》法壇を逩りて　漫りに去来す

還俗尼　森春濤（3―11、天保十一年作）

夢裏煙華太有情　夢裏の煙華　太だ情有り
鏡中偸喜鬢雲生　鏡中　偸《ひそ》かに喜ぶ　鬢雲の生ずるを
低低試按紅琴譜　低低　試みに按ず　紅琴の譜
猶恐歌声帯梵声　猶ほ恐る　歌声　梵声を帯ぶるを

還俗尼　大窪詩佛（『詩聖堂詩集』初編巻四）

眉画濃蛾鬢挿鴉　眉は濃蛾を画き　鬢は鴉を挿む
新粧換得旧袈裟　新粧　換へ得たり　旧袈裟
嫌生法界無量地　法界無量の地に生くることを嫌ひ

再作人間解語花　　再び人間解語の花と作《な》る
環指猶看持戒意　　指を環しては猶ほ持戒の意を看
鑑容応有隔生嗟　　容を鑑みては応に隔生の嗟有るべし
無端因学金蓮歩　　端無くも金蓮の歩を学ぶに因りて
又怪天風雨絳葩　　又怪しむ天風　絳葩を雨ふらすかと

還俗尼　　大田錦城（『錦城百律』）(7)

空門幾歳託茲身　　空門　幾歳　茲の身を託す
乍卸禅衣入紫塵　　乍ち禅衣を卸して　紫塵に入る
纖手堪搬薪水重　　纖手　薪水の重きを搬《はこ》ぶに堪へんや
細腰好襯綺羅新　　細腰　綺羅の新たなるを襯《き》るに好し
歓生翡翠衾中客　　歓は生ず　翡翠衾中の客
夢絶蓮華社裏人　　夢は絶ふ　蓮華社裏の人
歌舞却嚬当日事　　歌舞　却つて嚬《ひそ》む　当日の事
徒過梅痩柳腴春　　徒らに梅痩柳腴《ゆ》の春を過ぐ

松隠は寵愛を得、そして寵愛を失った後、寂寥と孤独の内にいる女性を描いている。益斎は僧侶となった今でも、かつての歌姫時代の感情がしばしばよみがえってきてしまう、俗世と切り離された場所にいつつも、俗世への思いを捨てきれない矛盾をもつ女性像となっている。春濤は「還俗尼」であるから、松隠・益斎とは逆の視点となるが、その詩、特に「猶ほ恐る　歌声に梵声を帯ぶるを」には、益斎の「仙梵　暗かに餘す　歌曲麗しきを　香幡　猶ほ学ぶ　舞裳回るを　朝雲　暮雨　旧時に異なるも　間法壇を遶りて　漫りに去来す」を明らかに読み取ることができる。益斎は江戸在留中に「贈詩佛老人　余時従学書」を、帰郷後に「贈天民老人　時病脚」の二詩を作っている。二人が直接出会うことができたか否かはわからないが、詩佛や錦城の詩集を持ち帰った可能性は高く、益斎や春濤に間接的に影響を与えたかもしれない。

また、益斎には「美人五十詠」と題した詩集がある。(8) 実際は二十三首しかなく、未完に終わったようであるが、その中では様々な女性像を描いており、後の春濤の艶詩への影響も考えられる。益斎は二十三首からさらに十首を選んで自注を付けようとしたが、これも八首で中断している。その中の「聞杜鵑」詩にも春濤の詩への影響が考えられる。春濤の代表作の一つとされる「聞鵑」詩と併せて示す。

聞杜鵑　言欲有人知己患也

杜鵑を聞く　人の己の患ひを知る有るを欲するを言ふなり

春晩深閨多所思　　春晩の深閨　思ふ所多し
水晶花発子規悲　　水晶花は発き　子規悲しむ
一声不識誰辺去　　一声識らず　誰が辺に去るかを
月落西窓未寐時　　月は落つ　西窓　未だ寐ねざるの時

聞鵑　　　　　　　　鵑を聞く（3—22、天保十一年作）

水精花上月依微　　水精花上　月　依微たり
著意聴時聞得稀　　意を著て聴く時　聞き得ること稀なり
但是空山人寐後　　但だ是れ空山　人　寐ぬるの後
雲蕹老樹一声飛　　雲は老樹を蕹《うづ》めて　一声飛ぶ

益斎の詩の製作年代が不明なため、益斎詩・春濤詩の影響関係に不確定な要素があるが、おそらくは益斎から春濤への影響と考えてよかろう。

益斎と春濤の交際の深さについて述べ、両者の詩に見える影響を数点を通じてではあるが、考察を加えた。これによって、春濤の詩人への道筋に、益斎が大きな指標となっていたことを指摘したい。

注

（1）「自甲辰至丁未旧槀全逸今補綴之名曰零蟬落雁集後題一絶」
（2）岡鹿門『在臆話記』第三集巻二、森銑三［ほか］編『随筆百花苑』第一巻、中央公論社、一九八〇年七月、三五二～三五三頁
（3）森徳一郎「森春濤尺牘」、飛騨史壇第八巻第七号、一九二六年五月、二六～二七頁
（4）『古梅賸馥　庭すゞめ』については、浅野美和子「国島勢以と『庭すずめ』」（上・下）（上は江戸期おんな考（13）、二〇〇二年、桂文庫、二三～三七頁に、下は同（14）、二〇〇三年、桂文庫、三八—四八頁に収録されている）。また、浅野氏からは『古梅賸馥　庭すゞめ』の翻刻を頂いた。ここに記して謝意を表す。

（5）二松學舎大学日本漢文教育研究推進室所蔵本によった。

（6）山本和義・河野みどり「尾張野の文雅［二］―尾陽不休社「耕余清宴」詩注解」、アカデミア文学・語学編第54号、一九九三年一月、南山大学、三八～三九頁

（7）注（5）に同じ。

（8）自注の付けられた八首を付記する。

対花　言不能屈也　　花に対す　屈する能はざるを言ふなり

桃李映顔春色闌　　桃李　顔に映え　春色闌なり
風前皎若簇紅珊　　風前の皎若　紅珊簇《むら》がる
一枝不許漫攀折　　一枝　許さず　漫りに攀り折るを
時廃玉琴起自看　　時に玉琴を廃して　起ちて自から看る

睡起　言有所慕也　　睡起　慕ふ所有るを言ふなり

睡起金屏花影移　　睡起すれば金屏　花影移り
羅衫護背倚軽颸　　羅衫　背を護りて　軽颸に倚る
芳心応是尋残夢　　芳心　応に是れ残夢を尋ぬべし
一段春愁上黛眉　　一段の春愁　黛眉に上る

聞杜鵑　言欲有人知己患也　　杜鵑を聞く　人の己の患ひを知る有るを欲するを言ふなり

春晩深閨多所思　　春晩の深閨　思ふ所多し
水晶花発子規悲　　水晶花は発き　子規悲しむ

一声不識誰辺去　　一声識らず　誰が辺に去るかを
月落西窓未寐時　　月は落つ　西窓　未だ寐ねざるの時

舟中　言不見聴也　　舟中　見聴きせざるを言ふなり

百花洲外木蘭舟　　百花洲外　木蘭の舟
弄槳春風羅袖修　　槳を弄ぶ春風　羅袖修む
行行偏《ママ》照新粧去　　行行　偏《あまね》く照らし　新粧去り
流水無情影不留　　流水　無情　影　留めず

放紙鳶　言不得告也　　紙鳶を放つ　告げ得ざるを言ふなり

女伴相将出繡闥　　女伴　相ひ将ひて　繡闥を出で
雲間試放紙鳶棲　　雲間　試しに放てば　紙鳶棲む
却恨春風偏作悪　　却つて恨む　春風の偏へに悪を作すを
伝声不到緑楊西　　伝声は到らず　緑楊の西

背面　言不見遇也　　背面　見遇はざるを言ふなり

翠帯紅裳力不任　　翠帯　紅裳　力　任《た》へず
髪垂蝤領緑雲深　　髪垂れて蝤領《しゆうりよう》　緑雲深し
何事欄干昏人立　　何事か　欄干　昏人立つ
那知他有属春心　　那んぞ知らん他の春心に属する有らんを

倦繍　言功不成也　　繍に倦む　功の成らざるを言ふなり

昼静幽階睡小厖　　昼静に　幽階　小厖《ぼう》睡る
重重花影圧羅窓　　重重たる花影　羅窓を圧す
倦繍針床独沈思　　繍に倦みて　針床　独り沈思す
鴛鴦空自不成双　　鴛鴦空しく　自から双を成さず

理粧　言無佞則不能見平時也
粧を理ふ　佞無くんば則ち平時を見る能はざるを言ふなり

銀盤新澡七香湯　　銀盤　新たに澡《あら》ふ　七香の湯
顧影幾回対鏡光　　影を顧みて幾回か鏡光に対す
侍女殷勤向吾説　　侍女　殷勤に吾が説くに向かひ
随時好好学濃粧　　随時　好好として濃粧を学ぶ

第二章　森春濤「十一月十六日挙児」詩考

はじめに

森春濤「十一月十六日挙児（十一月十六日　児を挙ぐ）」詩は、蘇軾(1)（景祐三年、一〇三六～建中靖国元年、一一〇一）の「洗児戯作」、銭謙益(2)（万暦十年、一五八二～康熙三年、一六六四）の「反東坡洗児詩」を踏まえつつ、蘇・銭両者に自らを重ね合わせ、感慨を詠った作品である。この論文ではまず蘇軾・銭謙益それぞれの作品成立についての経緯を述べ、春濤の幕末における交遊から、この作品の意味を捉えようとするものである。

一　二つの「洗児」詩

元豊二年、蘇軾は彼のそれまでに作った詩が、当時の政治に対する批判、延いては朝廷に対する非難であるとの罪状により、官吏の監察・裁判を司る御史台の厳しい尋問・詮議を受け、名目上の官位はあるものの、実質は黄州（湖北省武漢市の西）への流罪となった。蘇軾はこの拘束の中で死罪の可能性を考え、逮捕直後のことを、「臣即與妻子訣別、留書与弟轍、処置後事、自期必死。（臣即ち妻子と訣別し、書を留めて弟轍に与へ、後事を処置して、自ら必ず死なんと期す。）」と述懐している。(3)死を免れはしたが、その衝撃は大きいものであったろう。結審後、御史台の獄を出た蘇軾は次の二首を作っている。

十二月二十八日蒙恩責授検校水部員外郎黄州団練副使復用前韻(4)　其一

十二月二十八日　恩を蒙りて検校水部員外郎黄州団練副使を責授せらる　復た前韻を用う　其一

百日帰期恰及春　百日の帰期　恰かも春に及び
餘年楽事最関身　餘年の楽事　最も身に関はる
出門便旋風吹面　門を出でて便旋すれば　風は面を吹き
走馬聯翩鵲啅人　馬を走らせば聯翩として　鵲は人に啅し
却対酒杯渾似夢　却って酒杯に対すれば　渾て夢の似く
試拈詩筆已如神　試みに詩筆を拈れば　已に神の如し
此災何必深追咎　此の災　何ぞ必ずしも深く追咎せん
竊祿従来豈有因　竊祿　従来　豈因有らんや

其二

平生文字為吾累　平生　文字　吾が累を為す
此去声名不厭低　此に声名を去りて　低きを厭はじ
塞上縦帰他日馬　塞上　縦ひ他日の馬に帰するも
城東不闘少年鶏　城東　少年の鶏を闘はせじ

休官彭沢貧無酒　官を休めし彭沢　貧にして酒無く
隠几維摩病有妻　几に隠る維摩　病にして妻有り
堪笑睢陽老従事　笑ふに堪へたり　睢陽《すいよう》の老従事の
為余投檄向江西　余が為に檄を投じて江西に向かふことを

「此の災　何ぞ必ずしも深く追咎せん　竊祿　従来　豈因有らんや」「平生　文字　吾が累を為す」とは、その苦渋を充分に伝え得るものである。また、黄州到着後に作った「初到黄州」(5)の中においても、「自笑平生為口忙（自ら平生の口が為に忙しきを笑ふ）」としている。しかし、この黄州への流謫においても、蘇軾は「前赤壁賦」「後赤壁賦」のような名作を生み出し、さらに元豊六年、四十八歳の時、この流謫の地で、妾の朝雲との間に一子を儲けた。「洗児戯作」はこのような苦渋を経ながらも、新たなる生を得た喜びを詠った作品である。

洗児戯作(6)　洗児に戯れて作る

人皆養子望聡明　人　皆な子を養ふに聡明ならんことを望むも
我被聡明誤一生　我　聡明のために　一生を誤るを被る
惟願孩児愚且魯　惟だ願はくは　孩児の愚にして且つ魯
無災無難到公卿　災無く難無くして　公卿に到らんことを

人は皆、子供を「聡明であるように」と望みながら育てているが、私はその聡明さゆえにこのように間違った人生を歩むこととなった。ただ私はこの幼子に愚かで鈍くあっても、災難無く高官となってくれることを願うのである。

洗児とは北宋時代の風俗を記した『東京夢華録』[7]育子の条に、「至満月大展洗児会、親賓盛集。浴児畢、落胎髪、遍謝座客、致宴享焉。（満月に至るに大いに洗児の会を展じ、親賓盛んに集ふ。浴児畢るに、胎髪を落とし、遍く座客に謝し、宴享を致す。）」とあるように、子供のお披露目の催しである。おそらく蘇軾もこの祝い事を行い、その際に詠まれたものであろう。蘇軾はこの時既に三人の男子がいたが、この子の誕生の喜びは一入であったらしく、その頃に送った手紙の中で、「雲藍小袖者近輒生一子。想聞之、一拊掌也。（雲藍小袖は近ごろ輒ち一子を生めり。之を想聞するに、一に拊掌せり。――朝雲が近ごろ子供を一人生みました。この子をいとおしく思う度に、いつも手を打って喜んでいます。――）」と記している。[8]

一方、蘇軾に比べると、銭謙益の我が子に寄せる思いを伝える資料は少ない。その生涯については、注で示したもの以外に吉川幸次郎の論文でかいま見ることができる。吉川幸次郎「銭謙益と東林――政客としての銭謙益――」の中に次のような箇所がある。[9]

一六二七、天啓七年の八月に、熹宗が崩じたことは、それをとりまく魏忠賢勢力の没落であり、忠賢の圧迫をうけて来た牧斎らの擡頭の機会であった。まず原官を復された彼は、翌崇禎元年四十七歳の七月、北京政府に帰り、詹事を経て礼部右侍郎にすすんだ。更にその年の十月、政権の中央に位する内閣閣僚の選考にあたっては、首相のもっとも有力な候補者として、自他ともにゆるした。しかし選考のための御前会議の当日、温体仁の不意うちの発言によって形勢は一転し、入閣の希望を達しなかったばかりか、「蓋世の神奸、朋党の巨魁」として、再び官吏の身分をうばわれ、裁判を受けることとなった。いわゆる「閣訟」である。翌崇禎二年、一応無罪となったが、その六月には、孤影悄然として四たび常熟に帰った。在朝一年有餘であり、第四の挫折である。

「反東坡洗児詩」はこの「第四の挫折」により、故郷の常熟（江蘇省常熟）に帰って間もない、銭謙益四十八歳の作である。なお、詩題中の「反」の意味は、反対・反省ではなく、翻案のことであり（「反」は「翻」に音通する）、屈原「離騒」と揚雄「反離騒」、鮑照「白頭吟」と白居易「反鮑明遠白頭吟」などの先行例がある。銭謙益はそれを踏まえて「反東坡洗児詩」を作ったのであろう。

反東坡洗児詩己巳九月九日(10)

反東坡洗児詩　己巳九月九日

坡公養子怕聰明　坡公　子を養ふに聰明なるを怕るるも
我為痴獃誤一生　我　痴獃《ちがい》のために　一生を誤る
還願生兒獧且巧　還た願はくは　生兒の獧《けん》にして且つ巧
鑽天驀地到公卿　天を鑽《き》り地を驀《こ》えて　公卿に到らんことを

蘇軾殿はご自分が聰明なるがゆえに、誤った人生を歩むことになったとして、子供が成長して、聰明にならないよう心配をされていたが、私は愚か者ゆえ、誤った人生を歩むこととなった。やはり私は我が子がすばしっこく、上手な生き方をして、天を貫き地を越える勢いで、高官となってくれることを願うのである。

銭謙益は蘇軾とは反対に子供に恵まれず、この詩を作る五年前に一子を儲けたが、わずか四歳で夭折している。その子供の墓誌銘、「亡児寿耇壙志」[11]の冒頭は次のように記している。

嗚呼、我先君與余皆単子。余妻生子佛霖殤。妾王氏生檀僧亦殤。
ああ、我が先君と余は皆単子なり。余の妻、子佛霖を生むも殤す。妾王氏、檀僧を生むも亦た殤す。

銭謙益が「反東坡洗児詩」を作るに至ったのは、奇しくも同じ年齢に一子、しかも後継ぎとなる男児を儲けたこと、そして、当時それぞれが置かれていた状況が酷似していたためであろう。但し、春濤が銭謙益の生涯・詩文についてどこまで通じていたかについては、一考を要する。これについては、後に結語に代えて管見を述べることとしたい。

二　森春濤の「洗児」詩

春濤の「十一月十六日挙児」詩成立については、春濤自身の家庭内での問題、そして当時の彼を取り巻く時代の変動の二つの側面から考察を加えなければならない。
春濤自身の家庭内での問題については、既に述べたが、春濤はこの詩を作った文久三年の時点には、最初の妻、二番目の妻に先立たれ、三番目の妻も前年に迎えたばかり、長男を病にて失い、次男はまだ乳飲み子という状態となっていた。特に万延元年、将来を嘱望していた長男、森一郎の死は春濤にとって大きな痛手となっていた。後にも述べるが、春濤が京都に赴き、梁川星巌や星巌の弟子である頼支峰・三樹三郎兄弟、家里松嶹、池内陶所らとの交際がありながらも、幕末の動乱に自ら進んで係わりあうことがなかったのは、春濤の置かれた社会における立場や彼自身の能力もさることながら、やはり家を継ぐ者がまだ幼く、後々の家の存続が不安定であるということが大きな要因であった。

この春濤の京都行は、安政三年のことであるが、春濤の案内役となったのが藤本鉄石（文化十三年、一八一六〜文久三年、一八六三。名は真金、字は鑄公、号は鉄石、都門売菜翁など）である。春濤が鉄石と初めて出会ったのはその前年であり、その時、春濤は「旗橋村店送鉄石山人游美濃（旗橋村店にて鉄石山人の美濃に游ぶを送る）」（6—65）を詠んでいる。また、「十月望日藤本鉄石見過」（7—30）「送藤本鑄公游京師（藤本鑄公の京師に游ぶを送る）」（7—33）は春濤が京都に向かう直前の作である。ここでは「十月望日藤本鉄石見過」を見よう。

十月望日藤本鉄石見過　　十月望日　藤本鉄石過らる

坡老後游当是夕　　坡老の後游　当に是の夕なるべし
一尊謀婦情初適　　一尊　婦に謀れば　情　初めて適ふ
雖無巨口細鱗肴　　巨口細鱗の肴無しと雖も
偶有玄裳縞衣客　　偶ま玄裳縞衣の客有り
幽窈入窓天月寒　　幽窈　窓に入りて天月寒く
杳茫横水夜山白　　杳茫　水に横たはりて夜山白し
勧君須尽手中杯　　君に勧む　須らく尽くせ手中の杯

此会明朝又陳迹　此の会　明朝　又た陳迹たらん

「幽窈入窓天月寒」「杳茫横水夜山白」は「赤壁賦」から、「一尊謀婦」「巨口細鱗」「玄裳縞衣」は「後赤壁賦」からと、蘇軾の二つの賦を併せた詩である。また、鉄石との交友、京都での春濤の様子については、春濤の没後に編まれた「森春濤先生事歴略」に次のような箇所がある。[12] それに続けて「十一月十六日挙児」（9―14）――このとき生まれた子が、後に明治後期の漢詩壇を代表する槐南森泰二郎である――を挙げる。この詩は二首よりなっている。

藤本鉄石自ら都門売菜翁を称し、書画を以て近畿を歴游し、来て先生の居松雨荘に寓する者数月。其縁故を以て先生の京師に入るや、先づ藤本氏が富小路の居に至る。時に鉄石一貧洗ふが如く、僅かに賢妻の衣飾を典ずるに頼りて過活するを得るの有様なり。先生の京に入る、実に鉄石氏に由て東道の主人たらんことを予期せしと雖、今鉄石氏の情実如此なるを見て、茫然措く所を知らず。（中略。春濤が自らの所持金等にて鉄石の生活を助けたことを　日野注）後来鉄石氏が十津川の事を挙くるに臨んで、猶此時の恩誼感泣の外なく、生々忘れざる旨の書翰一あり。今家に存す。先生の京にあるや、首として贄を梁川星巌先生の門に取り、其弟子の列に加はる。是に於てか当時の名士、頼支峰三樹兄弟、家里松嶹、池内陶所等皆莫逆の交を結ぶ。（中略）星巌先生、常に先生の寒村に在て医業に従事せるを惜み、屢々書を以て速かに京都に移住し、門戸を張らんことを勧む。松嶹、鉄石の諸家も亦頻々之を勧誘せり。先生も意を決し、将に移住せんとするに際し、元配服部孺人卒し、相次て最愛の長子蛍窓雪童亦歿す。此餘家中の不幸打続き、終に宿志を果たさず、幾ばくも無くして、局勢一変、先生京師の知己大半は間部侯が一網の下に打尽せられ、断頭場裡の露と化するもの亦少なからず、嗚呼先生をして不幸なからしめば、定て京師に在て諸志士と相合し、若し党人の獄に入らずんば、必ず十津川の変事に与かるべし。

十一月十六日挙児　　十一月十六日　児を挙ぐ

昨来熊夢忽呈祥　　昨来　熊夢ありて　忽ち祥を呈す
雪有珠光月宝光　　雪に珠光有り　月に宝光
無乃逋仙親抱送　　乃ち逋仙の親しく抱き送ること無からんや
早梅花底繡綳香　　早梅の花底　繡綳《しゅうほう》香し

つい昨日、男子を産む吉兆である熊の出てくる夢を見ると、すぐにそのご利益が現れた。雪も月も美しい光を放つこの日、梅を妻とした林逋仙人が愛情を以てこの世に送り届けてくれたのであろう。早咲きの梅の元、わが子の産着も芳しい。

偏怕聡明徒自激　　偏へに聡明を怕るれば　徒らに自ら激し
謾求悁巧失其宜　　謾りに悁巧を求むれば　其の宜しきを失ふ
公卿有種非吾分　　公卿　種有り　吾が分に非ず
休誦虞山反洗児　　誦ふるを休めよ　虞山の反洗児

我が子が、蘇軾のように聡明になって一生を誤るのではないかとひたすらに心配すれば、空しく自分の心を奮い立たせることになり、銭謙益のようにすばっしっこく上手な生き方をしてくれるようにと、そう思ってもどうなる訳でもなく、我ながら馬鹿げたことと知りつつも願えば、身の程知らずとなってしまう。高官になれるような人は元々そうなる生まれつきであり、それは私のような身の程ではない。だから「まっしぐらに高官に上り詰めて欲しい。」と詠った銭謙益の詩を声に出して読むのはやめることにしよう。

安政五年に梁川星巌は病死、同年より起きた安政の大獄では頼三樹三郎が刑死している。そして、「十一月十六日挙児」詩を詠んだ文久三年は五月に家里松嶹の暗殺、九月に藤本鉄石が天誅組の乱で敗死している。春濤はこの時四十五歳。蘇軾「洗児戯作」銭謙益「反東坡洗児詩」はともに四十八歳の作と年齢が近いことも作品の動機として大きな位置を占めよう。それ以上に、蘇軾は元祐党、銭謙益は東林党といずれも当時の体制を批判する意識を持った集団にあった。但し、春濤は後に尾張藩校明倫館に四年間仕えた他は、その一生を何かしらの社会制度に組み込まれた集団・組織に加わることはなく、また、科挙に合格して、士大夫としての道を全うした蘇軾・銭謙益、あるいは武士階級であった藤本鉄石・頼三樹三郎らともその立場は明かに異なるものであった。春濤が藤本鉄石や、頼三樹三郎らのような尊王派と思想や立場を共有したかは定かではない。(13) しかし、この「十一月十六日挙児」詩にある彼らに対する感慨――それが共感であるか、反感であるか、あるいは両者にも立たないか、立ち得なかったかは別として――を踏まえることによってこそ、この詩を読み解くことができよう。

三　森春濤の清詩受容についての一管見

春濤はどのようにして、蘇軾や銭謙益の詩を知り得たのであろうか。蘇軾については、古くから日本において愛好されており、江戸期に出された蘇軾詩の選本にも「洗児戯作」は見えているので、ここでは取り上げない。一方、銭謙益については、蘇軾に較べるとかなりその受容を探ることは難しい。尾張近郊の一町医者が清から輸入された書籍を直に手に入れることは相当に困難と判断されるので、[14]後章で更に詳しく述べるが、より受容の可能性の高い和刻本から、この問題について考えたい。長澤規矩也著・長澤孝三編『和刻本漢籍分類目録　増補補正版』[15]、同編『和刻本漢詩集成　総集編』解題[16]などに基づき、春濤が実見し得る銭謙益の詩が含まれている主な漢詩集を挙げる。

1、清詩選［絶句抄］　孫鋐編・藤淵選　宝暦四年刊
2、清詩選選　孫鋐編・坂倉通貫選　片岡正英校　宝暦五年刊
3、清詩選　奥田元継選・高岡公恭編　享和三年刊
4、清百家絶句　村瀬棨等編・頼襄刪　文化十二年刊
5、清詩別裁選　沈徳潜編・荒井公廉選　文政六年刊
6、清十名家絶句　服部孝編　嘉永六年刊

1は筆者は未見であるが、2～5は『和刻本漢詩集成　総集編』に収められているので、容易に見ることができる。[17]また、1と2はともに孫鋐編『皇清詩選』[18]から、3は沈徳潜『国朝詩別裁集（清詩別裁集）』[19]・王士禛『感旧集』[20]から、5は『国朝詩別裁集』のみからの選集である。4・6は何に依拠したかを明示しない。この中で「反東坡洗児詩」が収められているのは、『清十名家絶句』のみである。しかも、『清十名家絶句』は春濤と同郷で友人の大沼枕山による校閲であり、編者の服部孝（字は楽山）とは面識があったから、春濤はこれを見ることができたであろう。[21]

では、さらに『清十名家絶句』の銭謙益詩は、何に依拠したかを考えたい。『清十名家絶句』の枕山による序文は、「嘗採清人諸集、反復熟読、得十家焉。（嘗て清人諸集を採り、反復熟読し、十家を得。）」とのみ記す。そこで、収められた詩の題目を挙げ、銭謙益の詩集『初学集』『有学集』の巻数を併記する。

徐州雑題　『初学集』巻一
惆悵詞　『初学集』巻三
蛺蝶詞　『初学集』巻三
柳絮詞　『初学集』巻四
無花　『初学集』巻七
引壺觴以自酌至審容膝之易安用韻　『初学集』巻七
閏四月廿三日夢中作　『初学集』巻七
反東坡洗児詩　『初学集』巻九
宋比玉将行留別和詩　『初学集』巻九
柳枝辞　『初学集』巻十一
荷花辞　『初学集』巻十一
渭南梁生為余写真題二絶句　『初学集』巻十二
戯書梅花集句　『初学集』巻十三
春夜聴歌贈秀姫　『初学集』巻十六

雑憶詩　『初学集』巻十七
陌上花楽府三首東坡記呉越王妃事也臨安道中感而和之和其詞反其意以有寄為　『初学集』巻十八
禊後五日浴湯池留題　『初学集』巻十九
留恵香　『初学集』巻二十
代恵香答　『初学集』巻二十
燈下看内人挿瓶花戯題　『初学集』巻二十
丙申春就医秦淮寓丁家水閣浹両月臨行作　『有学集』巻六
題僧巻　『有学集』巻五
題鄒臣弗画扇　『有学集』巻五

題目及び各集の巻数を見ると、第一に『初学集』『有学集』それぞれの採用数に明かな不均衡があること。第二に『初学集』は巻数通りに配列されているのに対し、『有学集』の配列には乱れがあることがわかる。しかも、『初学集』は第一巻から第二十巻、『有学集』は第一巻から第十三巻に詩が収められている。採用された詩では『初学集』はほぼ各巻から一首は採られているが、『有学集』は各巻に収められた詩の数を考慮に入れないとしても、明かに少なく、巻五と六のみという偏頗な構成となっている。依拠を明示していない以上、推論の域を出ないが、服部楽山が編集する際においては、『有学集』を見ず、『初学集』と何らかの選本によって構成した可能性が考えられよう。後の明治十六年に『初学集』『有学集』の和刻本が出る。また、明治十一年には春濤らの選になる『清廿四家詩』が出版され、明治期の漢詩壇における清詩の受容は大きくなってゆく。この点から見れば、『清十名家絶句』は春濤の清詩受容について看過できない書籍と言えよう。

注

（1）蘇軾の詩文・資料は次のものを用いた。
『蘇軾詩集』、王文誥輯注・孔凡礼点校、中華書局、一九八二年二月
『蘇軾文集』、孔凡礼点校、中華書局、一九八六年三月
『蘇軾年譜』、孔凡礼編、中華書局、一九九八年二月

（2）銭謙益の詩文・資料は次のものを用いた。
『銭牧斎全集』、銭仲聯校注、上海古籍出版社、二〇〇三年十月
『清銭牧斎先生謙益年譜』（新編中国名人年譜集成第十三輯）、葛万里編、台湾商務印書館、一九八一年四月

（3）「杭州召還乞郡状」（『蘇軾文集』巻三十二）

（4）『蘇軾詩集』巻十九

（5）『蘇軾詩集』巻二十

（6）『蘇軾詩集』巻四十七

（7）『東京夢華録　外四種』、古典文学出版社、一九五六年十一月

（8）「与蔡景繁」第六簡、『蘇軾文集』巻五十五

（9）『吉川幸次郎全集』第十六巻　清・現代篇、筑摩書房、一九七〇年七月（初出は「日本中国学会報」第十一集、一九五九年十月）

（10）『初学集』巻九

（11）『初学集』巻七十四

（12）『作詩作文之友』第十七号、益友社、一八九九年八月、十二〜十七頁

（13）なお、入谷仙介著『近代文学としての明治漢詩』、研文出版、二〇〇六年十月、十～十一頁ではこの頃の春濤について、次の記述がある。

> 第一に彼はいやしくも漢詩人である。俳諧師や戯作者ではない。漢詩は先にも述べたように、理念的に時代にコミットすることを要請される文学なのである。それはまあ建前論にすぎないと、言えば言えよう。彼はそれを要請する濃密な雰囲気に取り巻かれていたはずなのである。彼の師、梁川星巌は、晩年、急速に政治に傾斜してあわや安政の大獄に連座する直前、コレラによる急死で救われ、妻紅蘭が身代わりに入獄した事は著名である。同じく大獄に連座して殺された頼三樹三郎、天誅組の挙兵に敗れて死んだ藤本鉄石は、交友の内にあった。才女で和歌をよくした三度めの妻の清は、熱烈な勤皇派の支持者であったといわれる。彼の身辺には上洛して政治にアンガジュマンせよとの圧力が常にかかっていた。（中略）嘉永安政の間に何度か京坂に遊んでおり、嘉永四年には江戸に下っているが、大獄から維新に至る激動の時期、飛騨高山、越前に遊んだほか、ほとんど名古屋を動かなかった。激動をやりすごしたと言わねばならぬ。春濤のような人物が、時局に対してこのような態度を取る時、単なる無関心でなく、それ自体に意義があると考えるべきであろう。

筆者はこの指摘に対して、概ね賛同するが、春濤がここで述べられている程、当時の勤皇派――反幕府活動と言ってもよかろう――において重要な位置を占めていたか否かについては疑問を持つ。これについては、別の機会に論じたい。

（14）春濤が若き日に学んだ、尾張一宮の私学校である有隣舎が所蔵する線装本の目録『有隣舎和装本目録』（一宮市立豊島図書館、一九六八年十一月）所収の漢籍もそのほとんどが和刻本であることも、その裏付けとなろう。なお、同目録所収の清詩の和刻本は、『浙西六家詩鈔』（嘉永六年）『張船山詩草』（嘉永元年）のみである。

（15）汲古書院、二〇〇六年三月

（16）『長澤規矩也全集』第十巻　漢籍解題二、汲古書院、一九八七年十一月

（17）『清詩選選』『清詩選』は第八輯（汲古書院、一九七九年五月）に、『清百家絶句』『清十名家絶句』は第十輯（汲古書院、一九七九年八月）に収められている。

（18）国立公文書館所蔵本（昌平坂学問所旧蔵）によった。

（19）影印本（中華書局、一九七五年十一月）を参照した。
（20）影印本（廣文書局、一九六八年一月）を参照した。
（21）「発江戸留別枕山楽山晩菘諸君（江戸を発す　枕山楽山晩菘諸君と留別す）」（6—79）なお、『下谷叢話』に「楽山は江戸の人服部氏。（中略）一は枕山の門人である。」（岩波文庫、一二八頁）とある。

第三章　幕末期における森春濤

はじめに

森春濤が幕末期においてどのような位置にあったか。それについて、入谷仙介は次のように述べる。(1)

嘉永六年（一八五三）年、ペリーの浦賀来航を幕明けとし、安政の大震災、安政日米条約調印、安政の大獄、桜田門の変、薩英戦争、四国艦隊の下関砲撃、蛤御門の変、幕長戦争と重大事件があい次ぎ、幕府はその無力さを露呈、幕藩体制の変革が政治的プログラムにようやく上がってきた。時代は政治の季節、そうして思想の季節に一気に突入していったのである。漢詩も、というより漢詩こそは、時代を敏感に反映した文学であった。何となれば、漢詩は当時の文化を担う武士的知識人の文学であり、そもそも中国で芽生えたその初めから「詩は志なり」（詩経毛伝序）として、思想の表白であり、政治にコミットする文学たることを期待されていたのである。とりわけ時代を拓く思想に命をかけて、明日を知らぬ政治活動に日夜奔走した志士たちが、自分の精神のほとぼしりを託したのは漢詩であった。（中略）春濤の詩集『春濤詩鈔』二十巻をひもどく時、私たちが一驚するのは、そうした時代的情況がいっさい反映していないことである。（中略）大獄から維新に至る激動の時期、飛騨高山、越前に遊んだほか、ほとんど名古屋を動かなかった。激動をやりすごしたと言わねばならぬ。春濤のような人物が、時局に対してこのような態度を取る時、単なる無関心ではなく、それ自体に意義があると考えるべきであろう。

一方、揖斐高は入谷の指摘とは対照的な意見を述べる。(2)

こうして時代状況への関心を強めていった幕末・維新期の春濤に、一つのチャンスが回ってきた。五十歳の慶応四年（一八六八）三月、春濤は尾張藩公に召し出されて三人扶持を賜り、藩校明倫堂の詩文会評掛に任じられることになったのである。そして、藩公徳川慶勝が北征の軍を発信させると、それに従軍し、本営の斥候をつとめた。春濤にも時代の転換に直接関与する機会が訪れたということである。（中略）戦場にあっても結局春濤は詩人であることを求められ、行動の人たることを期待されなかったのである。そして、そのことは春濤自身が一番よく自覚していた。これに先んじること十年、安政五年（一八五八）四十歳の次の詩には、騒然たる時代状況への関心と同調の思いを抱きつつも、詩人としてあるほかない自分自身との距離を意識せざるを得なかった、屈折した春濤の思いが表れている。

筆者は前章で「但し、春濤は後に尾張藩校明倫堂に四年間仕えた他は、その一生を何かしらの社会制度に組み込まれた集団・組織に加わることはなく、また、科挙に合格して、士大夫としての道を全うした蘇軾・銭謙益、あるいは武士階級であった藤本鉄石・頼三樹三郎らともその立場は明かに異なるものであった。春濤が藤本鐵石や、頼三樹三郎らのような尊王派と思想や立場を共有したかは定かではない。しかし、この「十一月十六日挙児」詩にある彼らに対する感慨――それが共感であるか、反感であるか、あるいは両者にも立たないか、立ち得なかったかは別として――を踏まえることによってこそ、この詩を読み解くことができよう」と論じた。本稿はまず、入谷・揖斐双方の論を踏まえ、同時期に春濤とも交際があり、当時彦根藩の主導的役割にあった岡本黄石の漢詩と比較して、幕末期における春濤の位置を明らかにしたい。また、明治元年に出版された漢詩集『銅椀龍唫』所収の春濤詩より、幕府の終焉から明治維新への過渡期に春濤がその状況をどう表現したか、『銅椀龍唫』の歴史的価値と併せて考えたい。

一　幕末期における春濤の位置――岡本黄石の漢詩との比較を通じて――

森春濤については、近年、春濤の故郷の一宮市博物館において春濤を含む明治漢詩人の展覧会が企画されている。このようにその価値が再確認されている春濤に比して、かつて春濤とともに明治漢詩壇の主導者であった岡本黄石の知名度は今日ではまだ低い。そこで簡潔な紹介をしておく(3)。

岡本黄石（文化八年、一八一一～明治三十一年、一八九八）。名は宣迪。字は吉甫。通称は織部之介、後に半介。号は黄石。彦根藩士宇津木久純の第四子。兄には大塩平八郎の高弟でありながら、大塩が乱を起こす際には諫止し、そのために大塩の弟子に暗殺された宇津木矩之允がいる。黄石が十二歳の時、同藩士で彦根藩の軍学師範であった岡本業常の養子となった。藩主井伊直弼が凶刃に斃れた後は、藩内を粛正、幕末の混乱を乗り切り、明治維新まで藩命を永らえさせた。明治十三年より東京に根拠を定め、同十六年に漢詩結社・麹坊吟社を開く。大沼枕山・春濤らとともに明治漢詩壇の推進役となり、八十八歳の天寿を全うした。その漢詩は『黄石斎第一集』から第六集までの全十九巻に、彦根時代から明治二十年までの作品が収められている。その数は一一〇一首に及ぶ。

慶応二年から明治元年にかけての春濤・黄石双方の動きを、主な詩題とともに示す。(4)

【春濤】

慶応二年(5)　一月から八月まで文久三年より移り住んだ名古屋から動かず。九月　越前に遊ぶ。福井孝顕寺に寓し、松平春嶽の謁見を賜る。十二月　足羽川を下り、三国港に滞在。

・「丙寅九月将游越前留別城中諸子」「福井城下作」「孝顕寺寓居與張南村夜話用東坡定恵院韻」「臘月念六日雨中舟下羽水抵三国港」

慶応三年(6)　吉崎・山代諸地を遊ぶ。この頃の作品を収めた「桃花流水集」には［丁卯三月　是歳三月浣以後全軼］とある。

・「三国港竹枝」「雨中舟発三国港抵吉崎」「山代坐湯詞」「三日福井城下看桃有感作短歌」

慶応四年三月　明倫堂詩文会評掛となる。六月？　北越戦線へ向かう尾張藩軍に従軍する。明治元年九月　『銅椀龍唫』を編する。

・「維時」「従駕北征時予為本営斥候」「戊辰重陽」「又用蘇老泉韻寄某在越後軍営」

【黄石】

慶応二年(7)　第二次長幕戦争に彦根藩が従軍。その代表として京阪と芸州を頻繁に往来する。

・「丙寅五月、重次芸州廿日市駅　五首」「丙寅六月作」

慶応三年　京阪に滞在か。

慶応四年　三月　朝廷から彦根藩より貢士として出仕するよう命が下るも、これを拒否。娘婿に家督を譲り、隠居の身となる。彦根の芹水荘を退隠後の住まいとする。

・「芹水荘　三首」「新秋有感。寄似一二知旧」「戊辰九日、森漁山、太田松窩過訪。喜設小宴。妻児在傍、同尽歓焉。偶有所感、聊抒中懐。用前年洛下重陽之韻」など。

両者の詩集は作成年代順に配列されている。しかし、春濤は慶応三年三月から慶応四年三月まで、黄石は慶応四年一月から三月までの作品が収められていない。単に作られなかった、あるいは散逸したと考えられるが、その前後と比較しても作詩数は特に少ない。これについては改めて後に触る。

では、双方の作品を取り上げ、彼らの考えを読み取る。揖斐の指摘にあるように、春濤が政治への関心を抱いたことを顕著に示すのは、安政五年に作られた「諸公」（7—71）であろう。

諸公

諸公底事走京華　　諸公　底事ぞ　京華に走る
長短亭塵闐馬車　　長短の亭塵　馬車闐《さはが》し
問著詩人渾不識　　詩人に問著するも　渾て識らず
春江負手看桃花　　春江手を負ひて　桃花を看る

お大名の方々はどうして京都に身を走らせるのか。宿場宿場は馬や車の音で大騒ぎである。詩人である私にその理由を問われても、全く判断がつかない。私は春の川辺にうしろ手にくんで、桃の花をながめるだけ。

ここでは「諸公底事ぞ京華に走る」と、無関心の体をなした春濤であったが、時勢の変化は大きく春濤を揺さぶる。元治元年、禁門の変の報を聞き、「甲子七月念一夕、聞京中十九日変、感激不寐　詩以紀事」（9—30）を作る。この詩について、揖斐は「攘夷敢行のための激越なアジテーションを発するまでに至っている」と述べる。その背景には拙論に述べたように、既に春濤が勤皇派の志士、藤本鉄石らとの交際により、政治に対する関心が高まっていたことによる。しかし、伝聞の域を出ない素材のため、この詩は長州に同情する内容を持ちつつ、理屈だけが先走ったものになっている。早くもこの年秋、春濤はまた「枕上聴風鈴」（9―80）の中で、傍観者の体を表現するに至る。その心情はかなり複雑なものといえる。

甲子七月念一夕、聞京中十九日変、感激不寐。詩以紀事。

甲子七月念一の夕、京中十九日の変を聞き、感激して寐ねず。詩以て事を紀す

巍然桓武古神州　　巍然たり　桓武よりの古神州
辺警誰無西顧憂　　辺警誰か西顧の憂ひ無からん
血路旌旗雲冪冪　　血路の旌旗　雲冪冪《べきべき》
戟門風雨鬼啾啾　　戟門の風雨　鬼啾啾
敗棊休説存亡迹　　敗棊説くを休めよ　存亡の迹
累卵宜防危急秋　　累卵宜しく防ぐべし　危急の秋
海上老鯨堪可戮　　海上の老鯨　戮《ころ》すべきに堪へたり
諸君唾手取封侯　　諸君手に唾して　封侯を取れ

高くそびえる桓武天皇より続くこの都。外敵からの警護をするものたちは、どうして西に注意を払わぬことがあろうか。敵の包囲を血まみれになりながら突破した旗指物には、雲が暗く覆いかぶさり、御所の門に吹く風

雨の中、死者の魂の泣き声が聞こえる。一度勝負に負けたからには、今更その理由を弁明するのはやめるべきだ。現在の卵を重ねたような瀬戸際の状況を防がなくてはならない。日本を取り巻く海上には老練な外敵がおり、それらは討伐するに充分ではないか。諸君よ、手に唾して事にかかり、大名の地位を取るのだ。

枕上聴風鈴　　　　　　　　　枕上に風鈴を聴く

惨憺中原逐鹿場　　　惨憺たり　中原逐鹿の場
西征鉄馬夜搶攘　　　西征の鉄馬　夜搶攘たり
醒来枕上風鈴響　　　醒め来りて　枕上に風鈴響き
秋満虚簷月転廊　　　秋は虚簷に満ち　月は廊に転ず

痛ましき京都の地。勇ましき騎兵たちは西方に遠征し、夜もがやがやとその行軍が入り乱れている。だが、酔いから醒めた私は、枕の上の風鈴の響く音を聞くだけで、秋は人気の無い軒にも満ち、月の光は廊下にも差し込んでくる。

それは黄石「丙寅五月、重次芸州廿日市駅」「丙寅六月作」と比較すれば、より明らかとなる。前者は安政の大獄から、主君井伊直弼の暗殺。その後の幕府と彦根藩との軋轢に対する批判と、一刻も早い日本の主導者の誕生を願う姿が描かれている。後者は兵学者でもあった黄石が、幕府の新式兵隊を目にし、もはや戦術だけで勝敗の決するような状態ではない。この戦争の根幹そのものの解決が急務であるのだと表現している。これらには彦根藩の代表として政治の当事者にあった黄石の実感が読み取れる。逆に言えば、実体験の無い春濤の作品の限界が浮き彫りとなるのである。

丙寅五月、重次芸州廿日市駅　五首

丙寅五月、重ねて芸州廿日市駅に次る、五首

其四

十年世態変　　十年　世態変じ
邦国足艱辛　　邦国　艱辛足る
千古興亡夢　　千古　興亡の夢
孤生練漉身　　孤生　練漉《れんろく》の身
江湖難晦跡　　江湖　跡を晦まし難く
烏兎似奔輪　　烏兎　奔輪の似し
只望安天下　　只だ望む　天下を安んずるの
堂堂社稷臣　　堂堂たる社稷の臣

この十年の間に世の有様は変化し、我が国には苦しみが満ちた。遥か古えから国家の興亡は夢のように浮かんでは消えてゆき、寄る辺ない我が身はもみくちゃにされてきた。川や湖のようなところでも我が身を隠すのには難しく、月日は回る車輪のように巡ってゆく。ただ、私は天下を安定できる立派な国家を担える臣下の登場を望むのである。

丙寅六月作

一発百雷響　　一発　百雷響き
弾丸不可侵　　弾丸　侵す可からず
軍容渾異古　　軍容　渾て古と異なり
兵器莫如今　　兵器　今に如くは莫し
勝敗廟堂算　　勝敗　廟堂の算
興亡天地心　　興亡　天地の心
誰能平此事　　誰か能く此の事を平ぐ
餘恨海波深　　餘恨　海波のごとく深し

一度銃を放てば轟音が響き、その弾丸に敵が攻め入ることはできない。軍隊の様子は全て私が学んだ昔の兵法に説かれたものとは違い、その兵器は現在のものに及ぶものはない。だが、勝敗というものは戦術ではなく、国家の中枢で謀られる戦略にあるのであり、国家の興亡は人知の及ばぬ天地の采配による。誰がこの戦争を収めるのか。余りある憎しみは海の波のように深いのだ。

その春濤が一兵士として尾張軍に属し、実際の戦場に立つのは慶応四年六月頃のことである。この年の一月に戊辰戦争が勃発し、同じく一月より尾張藩は世に「青松葉事件」と呼ばれる、勤皇派による佐幕派の処刑を含めたクーデターが起きている。(8) この事件により、御三家でありながら尾張藩は朝廷側に立つことを強制される。このことが『春濤詩鈔』における幕末期の作品の所収数の少なさに繋がると考えられる。クーデターは一月末には終結し、四月に春濤は「維時」(11―1)を作る。その内容には全く暗さというものがない。むしろ、暗さを強いて払拭するかのような晴れがましい気分に満ちている。

維時

維時四月属南熏　維時四月　南熏に属し
天賜旗章壮我軍　天賜の旗章　我軍を壮んにす
敵愾献功応有日　敵愾功を献ずること　応に日有るべく
青山万畳騎如雲　青山万畳　騎　雲の如し

これこの四月、我らは天子の平和な御代の元に入り、天子より賜った錦の御旗は、我が軍の士気を盛んにする。天子の敵に立ち向かい、戦の功績を献上するのは、きっとその日はあるであろう。折り重なる峰々に向かう騎兵は雲のように群がっている。

そして、六〜八月頃であろうか、北越攻めの軍中にあった春濤は自分の社会上の位置を改めて認識することになる。「江湖が春濤を一斥候になつて居やうと肯はぬのも無理のないことである」と評されたように、一兵卒の春濤と詩人の春濤とは乖離した存在であった(9)。この軍旅は十一月末まで続くが、九月初めに春濤が名古屋にいる。これは春濤が兵士としてさしたる働きができなかったか、尾張藩の主導者である田宮如雲や、田宮とともに藩政の中枢にあり、春濤の弟子である丹羽花南(10)が、春濤を戦場より避難させたか、いずれかであろう。

従駕北征、時予為本営斥候（11―2）

駕に従ひて北征す、時に予本営斥候と為る

従軍気象本麤豪　従軍の気象　本より麤豪《そごう》
敵地持螯飲濁醪　敵地螯《ごう》を持して　濁醪を飲む
不信善詩真是我　信ぜず　詩を善くするは真に是れ我なるかを
江湖到処問春濤　江湖到る処　春濤を問ふ

戦に向かう兵士の気性は本より荒っぽく、敵地でも蟹のはさみを片手にどぶろくを飲んでいる。そのような兵士たちは、詩を上手く作るのが私であると信じてくれず、世間では到る所で「春濤とは誰のことか」と質問するのである。

やがて、重陽の季節になり、戦場を退いた春濤は「戊辰重陽」（11―3）「又用蘇老泉韻、某在越後軍営」（11―4）を作る。その中で「半上名場半戦場」と詠いつつ、そのどちらにもいない自分を見つめている。

戊辰重陽

秋過槐黄又菊黄　秋過ぎて槐は黄ばみ　又た菊は黄ばむ
故園風雨送重陽　故園の風雨　重陽を送る
十人唱和去年客　十人唱和す　去年の客
半上名場半戦場　半ば名場に上り　半ば戦場

秋は深まって槐が黄葉し、そしてまた菊も黄葉している。故郷の庭の風雨の音を聞きながら、私は重陽の時を過ごす。去年の重陽に詩を唱い交わした十人のうち、半分は政治の場におり、半分は戦場にいる。

又用蘇老泉韻、某在越後軍営

又た蘇老泉の韻を用ふ、某は越後の軍営に在り

欲写愁腸也不才　愁腸を写さんと欲するも　也た不才
索居強自対尊罍　索居強ひて自から尊罍《そんらい》に対す
杜陵作客猶多病　杜陵客と作りて　猶ほ多病
王勃望郷纔有台　王勃郷を望むに　纔かに台有り
応恨白雲親舎遠　応に白雲の親舎に遠きを恨むべし
可無南雁戦場来　南雁の戦場に来たること無かるべけんや
最憐今日故園菊　最も憐む　今日故園の菊の
似待君帰黄未開　君の帰るを待つが似く　黄未だ開かざるを

愁いに満ちた心を描き出そうとしても、それをできるだけの詩才がなく、一人寂しい居住まいにて、無理に自分で酒樽に向かい合う。杜甫は重陽の折、旅人の身でさらに病がちであり。王勃も重陽の際には、故郷の方向を見下ろすためにかろうじて高台があったのみであった。きっとあなたは目の前の白雲が故郷のように遠くにあるのを悲しんでいるのであろう。しかし、南の故郷より北上する雁が、きっと私の手紙を携えて、君のいる越後の戦場に飛来するに違いない。私は最もこの重陽の故郷の庭園の菊に心を痛める。あなたが帰るのを待っているかのように、その花はまだ開いていないのだ。

「四海の如今　多事の日、孤村の此際　老夫の情。廟堂　頼《さいは》ひに諸公の在る有り、会《かなら》ず餘年をして太平を見《あらは》しむ（「新秋有感。寄似一二知旧」より）」「客土の累年　旧友を思ひ、故園の今歳　重陽を作す。一家恙無く　笑ひて環坐し、二子偶然来りて觴を共にす（「戊辰九日、森漁山、太田松窗過訪。喜設小宴。妻児在傍、同尽歓焉。偶有所感、聊抒中懐。用前年洛下重陽之韻」より）」と隠居の身となり、楽天的と取れる明るさを伴う黄石の詩と比較すると、春濤の詩には戦場にいる友人たちを心配する感情が表されている。己の為すべきことを終えた黄石と、混乱の中で未だ己の位置を定めることができない春濤の姿が、彼等の詩中より読み取れるのである。

二　『銅椀龍唫』について

『銅椀龍唫』は、春濤と永坂石埭等の門人たちと交わされた漢詩集である。そこには漢詩百十五首と和歌十首が収められている。所収詩の成立時期は詩社を開いた文久三年から、慶応四年にかけてであろう。この詩集の成立については丹羽花南及び春濤の序文に詳しい。大受居士は丹羽花南の号である。

序

森髯先生集其社中之詩、為小冊子。命曰銅椀龍唫。蓋不以為自足也。余鞍馬倥偬之間、東西駆馳、不能撚髭搦管、與才俊之士較力於芸苑。意之所注、情之所鍾、欲有詩而不能、空付諸一瞥雲煙、毎以為憾焉。今及覧此冊、流麗芊綿、雄渾崢嶸、譬之百花粲爛四時之光景、鍾美於一目底。栽培霑濡之功、不亦大乎。雖然嫩紅軟紫、要是花卉色彩之常耳。未借以足形容先生変化之手。嘗聞呉道子画龍、至其点睛、真龍倏忽自筆端化去。今此刻一成、社中駸々而進於芸。以現先生善誘之功、則人将仰視真龍之起吟於高空飄渺之際。其変化豈可彷彿哉。先生号桑三軒。為人美髭髯、呼做森髯先生云。戊辰十月識於残菊香狼藉処　大受居士

森髯先生はその社中の詩を集められ、小冊子をなされた。『銅椀龍唫』と名付けられた。おそらく充分でないという意味であろう。私が馬にまたがって慌ただしく東西を駆け巡っていた間のものなので、髭をひねって筆を執り、詩才に富んだ人々と力を文芸の場に競い合うことができなかった。当時の私は詩心や情緒の深まったものを、詩にしたくとも出来ず、むなしくその思いはふと見た雲や煙に託すのみであり、その度に心残りに思ったものだ。今この冊子をじっくり見るに及んで、その豊かに連なり、すらすらと滞りない美しさや高い山のようなよどみない力強さは、譬えればあまたの花々が一年を通してはなやかに美しく咲く、その光景の美を一目の範囲内に凝縮したようである。その花々に水を恵み育んだその功績は、大ではないのであろうか。そうはいうものの若々しい紅や柔らかな紫のような花の色は、結局は花や草は元からもっているものである。この譬えを借りてでは先生の各々の詩才を変化させた手腕を形容するのに充分ではない。以前呉道子が龍を描き、最後にその睛を書き入れると、本物の龍がたちまち筆の端より化して去っていった、と聞いたことがある。今この冊子が生み出されるや、社中の人々はすみやかに文芸の道を進んでゆく。先生の人々を善く文芸の道に誘う功績を表現しようとすれば、それは人がちょうど本物の龍が高き空のはろばろとしたところで鳴き声をあげるのを仰ぎ見るようなものであろう。その変化のさまをどうしてあたかも見たままのように表現しえようか。先生は桑三軒と号される。そのお姿は美しい頬髭や顎髭をお持ちで、それにちなんで森髯先生とお呼びしている。戊辰十月、残菊香狼藉処にて記す。大受居士

古作者之詩、龍唫也。徒模擬古人之詩者、戞銅椀而已矣。雖然、非善戞之、誰誤為真龍唫乎。嗚乎吾輩模擬自勉、朝唱夕和。沾沾自喜者、非戞銅椀而何也。頃与同人来往、毎一小集、成一小冊。毎冊数紙、合冊成編。命曰銅椀龍唫。客罵曰是瓦釜雷鳴耳。焉得此乎海龍之唫。予謝曰瓦釜銅椀、要皆非真。姑仮鳴之。何効東野不平。果龍唫乎、果雷鳴乎。何復自弁。若夫袁倉山所謂落筆無古人。則予有俟乎他日。客退。書此為序。著雍執徐秋月森魯直識于名古屋之桑三之春多雨詩屋。

昔の作者の詩とは、龍の歌である。その実力もないのに古人の詩をまねようとする者は、銅椀を撃つのみではないか。そうはいっても、上手く銅椀を撃たなければ、誰が間違って本物の龍の歌としようか。ああ私は古人の詩をまねようとして自ら励んでおり、朝に唱い夕に声を合わせる。そうしてしんみりと自ら喜ぶ私は、銅椀を撃つ者でなくて何であろうか。近頃社中の同人たちが行き来するうち、その度に小さな詩会を開き、そこで詠まれた詩で小さな冊子を作った。一冊子数枚であったが、それを合冊して一かたまりにした。銅椀龍唫と名付けた。訪れた人が口ぎたなく「これは素焼きの釜が雷のような音を出して鳴るような、見かけ倒しの命名ではないか。どうしてこんなものが龍の歌などとできようか」と悪口を言った。私はお礼とともに「素焼きの釜や銅の椀は、結局全て本物ではない。しばらく仮にこれらを鳴すまでのこと。どうして孟東野が不平を鳴らしたのを真似しようか。果たしてこれが龍の歌か、果たしてこれが雷鳴か。それをどうしてさらにまた自己弁護しようか。かの袁枚が『落筆無古人』(11)と言ったようなことである。つまり私は他日の評価を待ち受けているのだ」と言った。訪れた人は去って行った。この話を記して序とする。戊辰の秋、森魯直が名古屋の桑名町三丁目の春多雨詩屋にて記す。

『銅椀龍唫』は「似て非なるもの」の意味を持つ。(12) その優劣は判らないが、社中の詩が集まったので、この詩集を作ったと春濤は苦笑とともに述べる。しかし、そこに収められた春濤詩には、戦争を自分の目で見、詠じている。紙幅の都合上、その中から幾つかを例示する。なお、これらはいずれも『詩鈔』未収録である。

夜横琴三十三首より　其三

壮士如雲擢羽林　壮士雲の如く　羽林に擢んぜられ
敵場衝入賊交侵　敵場衝入して　賊交ごも侵す
可憐戦骨葬猶浅　憐れむ可し　戦骨の葬は猶ほ浅く
誰是善根修最深　誰か是れ善根の修は最も深きや
塵劫百年摩詰指　塵劫百年　摩詰の指
繁華一代雍門琴　繁華一代　雍門の琴
長安少婦驚秋早　長安の少婦　秋の早きに驚き
燈下裁衣月打砧　燈下に衣を裁ち　月に砧を打つ

意気盛んな人々は雲のように集まり、天子の近衛兵に選ばれ、敵との戦場に突入して賊兵と互いに攻め守る。私は心を痛める。戦死者のぞんざいに葬られていることを。誰か善行の心根で、手厚く葬ってくれないであろうか。永遠に続くと思われるかのように長い百年の月日も、維摩居士が爪を弾いた、その瞬間のように短いものに過ぎず、一世の繁栄も雍門の奏でる琴の音のようにはかないものである。都の若妻は秋の訪れの早いことに驚き、出征した夫のために灯火の元に着物を仕立て、月光の元に砧を打つのである。

易感秋九首より　其九

時人動色趁名場　時人　色を動かして　名場を趁ひ
持論不知誰短長　持論　誰が短長なるかを知らず
劫外風雲秋粛殺　劫外の風雲　秋　粛殺たり
乱餘炬火暮荒涼　乱餘の炬火　暮　荒涼たり
儼修辺幅果何状　儼《おごそ》かに辺幅を修むるも　果して何をか状《かたど》らん
裸罵英雄真是狂　裸《あら》はに英雄を罵るは　真に是れ狂
休笑出門無遠志　笑ふを休めよ　門を出づるに遠志無きを
路傍葵藿自傾陽　路傍の葵藿《きかく》　自ら傾陽す

今の人々は目の色を変えて役職に就く機会を追いかけ、肝心の各々の考えが誰が優れ、誰が劣るかも解らない。遙か遠くからの風や雲に秋は極めて寂しく、戦乱の名残の松明に夕暮れは荒れ果て物寂しい。おごそかに体裁を取り繕うとも、どうしてこの状態を表せようか。露骨に英雄を罵るのは、まことに愚か者のふるまいである。門を出る私に遠大な志が無いからといって笑わないでほしい。道端の葵や豆の葉とて自然と日の当たる方向に向くように、私にも元より天子に対する忠誠心はあるのだから。

鵲南飛九首より　其五

我欲老江湖　我　江湖に老いんと欲し

舟游趁大蘇　舟游して　大蘇に趁《よ》る
不知横槊者　知らず　槊《ほこ》を横たふ者の
果是有詩乎　果して是れ詩有るかを
雲落明秋月　雲落ちて　秋月明らかに
柳疎驚夜烏　柳疎にして　夜烏驚く
此生真一粟　此の生　真に一粟のごとく
笑倒酒胡盧　笑ひて酒胡盧を倒さん

私は川や湖の辺りに老いを迎えようとし、蘇軾に従って、同じような船遊びをしよう。とはいえ、矛を横たえた曹操にどのような詩があったかなどは気に留めない。雲は去って秋の月は明るく輝き、柳の葉はまばらに揺れ夜の烏はその様に驚いている。私の生涯などまったく海の中の粟一粒のようにはかないものだ。笑って酒の入った瓢箪を傾けることにしよう。

揜柴扉十六首より　其十五

幽趣入秋足　幽趣　秋に入りて足り
宦情於我微　宦情　我に於ひては微なり
漁篷将月掲　漁篷　月を将つて掲げ
樵担負雲帰　樵担　雲を負ひて帰る
松気滴如雨　松気　滴ること雨の如く

荻花紛満衣　荻花　紛として衣に満つ
不知栄与辱　栄と辱とを知らず
白屋勝朱扉　白屋　朱扉に勝る

奥深く物静かな趣きは秋になって満ち、役人になりたいとの思いは私にはほとんどない。漁師の船の覆いは月を掲げているようにまるく、樵が荷物を担いでいる様は雲を背負って帰るかのようである。松の香は雨のように我が身に滴り落ち、荻の花びらは、はらはらと散って私の衣服に満ちる。栄光も屈辱も私は知らない。粗末な小屋でも豪奢な邸宅より優れており、栄華など羨むものではないのだ。

ここにはもはや、「維時」などに見るような高らかに戦争を詠う姿はない。また、黄石が戦場で詠ったような国家の行く末に対する憂憤も存在しない。あるのは戦争の惨状と、名利の争奪に走る人々の姿、それを静かに見つめる春濤があるのみである。いつ頃の発言かは不明であるが、後に春濤は自分自身を次のように述懐している。[13]

○或人翁の詩を評して曰く、翁の詩を読むときには抹香と白粉の香とを一時に鼻を衝くが如き想ひありと、翁曰く今の詩を説く為すもの、身官職に閲歴あるもの多し、湖山は御維新の当時史館に入り、黄石は彦根藩の御家老なり、予か如き鷗閑鶴散を以て一生を送るべきものは、唯仙仏美人を借りて詩を作るなり、是れ予か天分なり、天分は人の左右し得るものにあらす、予も亦天分を全ふするを得は足れり

幕末の漢詩人には、大沼枕山のように敢えて時代から目をそむける者がおり、黄石のように政治の中で行動する者

がいた。春濤もまた政治の世界に積極的に自分の存在を示そうとしたが、その希望は潰えることとなった。春濤の挫折からの克服を理解する上で『銅椀龍唫』は得難い材料を提供するのである。

注

（1）入谷著七〜八頁
（2）入谷仙介、揖斐高［ほか］校注『漢詩文集』（新日本古典文学大系明治編、岩波書店、二〇〇四年三月）所収、揖斐高「森春濤小論」（同書四三三〜四四八頁）。なお、本論における揖斐の指摘は全てこれに基づく。
（3）黄石の生涯については、世田谷区立郷土資料館編「漢詩人岡本黄石の生涯展」図録（世田谷区立郷土資料館、二〇〇一年十月）、世田谷区誌研究会編集部編『せたかい』第五十四号（世田谷区誌研究会、二〇〇二年六月）に拠った。また、詩集は『黄石斎』第一集、第二集を用いた。
（4）春濤については阪本釤之助編「春濤先生年譜抄録」（『東洋文化』第三号、東洋文化振興会、一九五七年十月）、名古屋市役所編『名古屋市史政治編第二』（名古屋市役所、一九一五年）等に、黄石については倉島幸雄編「岡本黄石年譜考」（『せたかい』第五十四号所収）等に拠った。
（5）慶応二年九月から慶応三年三月に作られた詩は全て『春濤詩鈔』巻十に収められている。
（6）慶応四年四月から明治二年七月に作られた詩は全て『春濤詩鈔』巻十一に収められている。
（7）「丙寅五月、重次芸州廿日市駅　五首」「丙寅六月作」は『黄石斎』第一集に、「芹水荘　三首」は『黄石斎』第二集に収められている。
（8）水谷盛光『実説　名古屋城青松葉事件——尾張徳川家お家騒動——』（名古屋城振興協会、一九八一年一月）、城山三郎『冬の派閥』（新潮社、一九八二年一月）はこの事件を題材としている。
（9）「そして詩人春濤も此一大変革期に方つては、吟詠のみ耽つては居られなくなつたと見えて、従駕北征、時予為本営斥候、と題して、従軍気象本麤豪、敵地持螯飲濁醪、不信善詩真是我、江湖到処問春濤。と云ふのを賦して居る。江湖が春濤を一斥候になつて居やうと肯はぬのも無理のないことである。」（石黒二二五頁）

(10) 丹羽花南については、斎田作楽編著『花南丹羽賢　付花南小稿』（太平書屋、一九九一年七月）がある。なお、丹羽の生涯については、奈良本辰也監修『幕末維新人名事典』（学芸書林、一九七八年四月）に記述があるので、録しておく。

丹羽淳太郎　尾張藩士。名は賢。号は花南。家は代々尾州藩に仕えてきた重臣で、しばしば家老田宮如雲に上書して、開国以来の幕府の態度を批判したが、慶応三年薩長などの討幕派の動きに対して、丹羽は田宮とともに藩主徳川慶勝に勧めて、将軍慶喜の政権返上を建言した。また武力討幕派の岩倉具視より、越前・土佐・広島・薩摩など四藩の重臣とともに招かれ、皇居の警備を命じられるとともに、王政復古の大義を説得され、近隣諸藩に討幕・勤王のことを伝えた。朝廷より尾張藩に二条城の収受が命じられると、丹羽は幕府に通じようとした尾張藩の重臣を捕らえてこれを斬り、みずから数人の部下を従えて二条城に至り、守衛の幕兵を説いて、兵火を交えずして二条城の接収に成功した。維新後は明治政府の参与となり、判事などを勤めたが、三十一歳で死去した。（五一五頁）

(11) 袁枚撰、神谷謙編点『随園詩話』巻十。「落筆無古人」を含む条の原文、及び書き下しは、左記のとおりである。

人閑居時不可一刻無古人。落筆時不可一刻有古人。平居有古人而学力方深、落筆無古人而精神始出。（人、閑居の時は一刻も古人無かるべからず。落筆の時は一刻も古人有るべからず。平居は古人有りて、学力方《まさ》に深く、落筆は古人無くして、精神始めて出づ）

(12) その典故が『唐才子伝』巻四「皎然上人」か、皎然「戛銅椀龍吟歌」序に基づくかは不明である。参考として傅璇琮主編『唐才子伝校箋』第二冊（中華書局、一九八九年三月、二〇四頁）の一部を挙げる。「公性放逸、不縛於常律。初房太尉早歳嘗隠終南山峻壁之下、往往聞湫中龍吟、声清而静、滌人邪想。時有僧潜戛三金以写之、唯銅酷似。房公往来、他日至山寺、聞林嶺間有声、因命僧出其器、歎曰『此真龍吟也』大暦間、有秦僧伝至桐江、皎然戛銅椀効之、以警深寂。緇人有戯譏者、公曰『此達僧之事、可以嬉禅、爾曹胡凝滞於物、而以瑣行自拘耶』時人高之。」

(13) 岩渓裳川「詩話　感恩珠」『作詩作文之友』第四号、明治三十二年一月、益友社、九頁

第四章　春濤と丹羽花南——明治初年の春濤——

一　幕末より明治初年にかけての春濤の経歴——『藩士名寄』を通じて——

幕末より明治にかけて、春濤が何をしていたかについては、前章でも述べたが、それを補完し、なおかつこれまでほとんど知られていなかった明治初年の春濤の経歴について、史料を紹介する。旧蓬左文庫所蔵で、現在は徳川林政史研究所にある『藩士名寄』である。(1) その名の示すとおり、明治初年に尾張藩士の名前・経歴をまとめたものである。(2) 残念ながら、一部が欠本となっているが、春濤についての記録は残っている。春濤の庇護者であった丹羽花南の経歴と併せて示す。

森　春濤

（『藩士名寄』）

一　慶応四辰三月廿一日、文学悉仕候付、御扶持三人分被下置、明倫堂詩文会評懸可相勤候。可為御用人支配。（文学悉く仕り候に付、御扶持三人分下せ置かれ、明倫堂詩文会評懸相勤べく候。御用人支配と為すべし）

【花南】同年二月三日、御用人並となり、御側御用人の御用向も勤める。二月十日、軍事副総裁となる。明治元年四月、弁官事となり、従五位下を与えられる。

一　明治二巳正月廿三日、御目見席申付候様ニ与之御事候。外事参政支配可為是迄之通候。（御目見席申付候様にとの御事に候。外事参政支配と為すべき是迄の通に候）

【花南】同年正月十六日、参政及び内事諸用向となる。五月、病気により、本官を免官となり、療養中は藩政に参与するよう命じられる。十月八日に名古屋藩権大参事、十一月十四日に副議長幷学校副総教司、十二月三日に学校総教となる。

一　同年十二月廿日、詩文引立以助格宜行届候付、御加扶持二人分被下置候。詩文会評懸是迄之通可相勤候。学校中ニ而ハ漢学一等助教之次座与可心得候。（詩文引立、助格を以て宜しく行き届き候に付、御加扶持二人分下せ置かれ候。詩文会評懸は是迄の通相勤むべく候。学校中に而は漢学一等助教の次座と心得べく候）

一　六等官を以、学校総教支配たるへく候

一　同三午四月廿七日、漢学一等助教申付候様ニ与之御事候。（漢学一等助教申付候様にとの御事に候）

【花南】明治三年十一月、名古屋藩大参事となる。

一　同四未七月十七日、任史生。（史生に任ぜらる）

一　同日、庶務掛可相勤候。（庶務掛相勤むべく候）

一　同年八月廿八日、十四等出仕申付候。（十四等出仕申付け候）

一　同年九月五日　書記編輯科可心得。（書記編輯科、心得べし）

【花南】明治四年十一月、安濃津藩参事となり、五年四月に三重権県令、八月に司法少丞、九月に司法少丞に司法権大参事を兼任、十月に正六位を与えられる。七年七月に司法権大参事を免官。八年十二月に司法権大丞、九年二月に五等判事となる。

明治元年から四年にかけての経歴であるが、花南の地位と春濤の社会的立場に強いつながりがあることがはっきりと現れている。特に明倫堂への出仕は花南からの推薦であることは明らかである。後に大江敬香が「明治詩壇評論」の中で、上京以降の春濤の活躍の原因は花南にあったとして、次のように述べる(3)。

花南の地位は直ちに春濤をして交を上流社会に厚ふせしむるを得たり。春濤固と詩人の謂ゆる詩人にあらす。有為の詩人なり。維新以前諸名士と深く相得たるの人なり。然れとも機一たひ失するや、之を扶植するの士あらさるよりは一頭地を社会に放出する能はさるなり。

この指摘は上京以前の春濤にもあてはまることといえる。しかし、春濤が花南の庇護の下、安穏としていたかといえば、果たしてどうであったか。この頃の春濤の詩には、槐南の将来に対する不安がかいま見える。「間居早秋」の一節をあげる。

間居早秋

虫已有如此
人可不如渠
学術千古事
正伝奉程朱

間居の早秋（明治二年、春濤五十一歳　11—17）

虫　已に此の如き有り
人　渠《かれ》に如かざるべけんや
学術　千古の事
正伝　程朱を奉ず

文章末伎耳　文章は末伎なるのみ
餘力攻韓蘇　餘力　韓蘇を攻《おさ》めん
（中略）
我意聊復爾　我が意　聊か復た爾り
小子其勉諸　小子　其れ諸に勉めよ

秋になって、虫は当然のように鳴いている。我が息子も学問をすべき時になれば、そうしなくてはならない。儒学を学び、詩においては韓愈や蘇軾といった大詩人たちを学べ。私はそう思うので、我が子よ、これに励んでほしい、と当時七歳の槐南に向けて期待をしている。五十一歳という初老の年齢に達した春濤としては、幼い我が子の行く末が心配であったのである。この感情は、翌年に槐南が学校に通うようになった時の詩にも現れている。

庚午三月十三日児泰上学賦此以似（明治三年、11―30）
庚午三月十三日　児の泰、学に上る。此を賦して以て似《しめ》す

春風三月発生時　春風　三月　発生の時
隨地茸茸草亦滋　地に隨ひ茸茸として　草も亦た滋る
初老得児雖不早　初老　児を得て　早からざると雖も
八齢上学未為遅　八齢　学に上るは　未だ遅しと為さず
紙鳶猶要半天戻　紙鳶は猶ほ要す　半天の戻《いた》り

竹馬応期千里馳　　竹馬は応に期すべし　千里の馳
記取育英恩分重　　記取せよ　育英　恩分の重きを
莫将嬉戯廃唔咿　　嬉戯を将つて唔咿《ごい》を廃する莫かれ

植物が春になって芽生えるようなってきた。自分は晩年に子供を得たが、我が子は学ぶのに遅くはない。大事にされていることをよく覚えて、遊んで学問を辞めてはならない、と諭している。

　このように我が子への期待を大きくする中、春濤に相次いで不幸が訪れる。明治三年九月に母を喪い、翌年の五月に春濤を支え、一宮の森家本家の後見人となっていた渡辺精所を喪う。この頃の作品である「晩春雨中」の一節を引く。

晩春雨中（明治三年。四首の内、其一・其二・其三　11―33）

歓叵追攀非夢罪　　歓の追攀し叵《がた》きは　夢の罪に非ず
語無来歴欠詩霊　　語の来歴無きは　詩の霊を欠くればなり
江淹近日才情減　　江淹　近日　才情減じ
欲賦分離筆屢停　　分離を賦せんと欲すれど　筆　屢ば停む（其一より）

従前綺夢峭然醒　　従前の綺夢　峭然として醒め
生怯餘寒上枕屏　　生《はなは》だ餘寒の枕屏に上るを怯ゆ

一病三旬憐寂寞
八年四徙歎飄零
杜牧三生春漠漠
揚州一夢雨冥冥
思量誰是非情種
回首東風又涕零

一病　三旬　寂寞を憐れみ
八年　四徙　飄零を歎く（其二より）
杜牧の三生　春　漠漠
揚州の一夢　雨　冥冥
思ひ量る　誰か是れ情種に非ずと
東風に回首すれば　又た涕零《お》つ（其四より）

「歓の追攀し叵きは、夢の罪に非ず。語の来歴無きは、詩の霊を欠くればなり。江淹、近日　歳情減じ、分離を賦せんと欲すれど、筆　屢ば停む」と、自分の詩心が減退し、晩春を迎え、江淹の「別賦」「恨賦」のように詠おうにも、それを表現できないとする。また、「従前の綺夢、峭然として醒め、生は餘寒の枕屏に上るに怯ゆ。一病　三旬　寂寞を憐れみ、八年　四徙　飄零を歎く」と、かつてのきらびやかな思い出は無情に去り、春の名残の寒さにくじけてしまう。病がちの我が身の孤独をつらく思い、あちこちとさまよう我が生涯を歎く、と悲嘆の情を示し、「杜牧の三生　春漠漠。揚州の一夢　雨　冥冥。思ひ量る、誰か是れ情種に非ずと、東風に回首すれば、又た涕零つ」では、杜牧のような美しい青春は既にもうろうとしたものとなっているが、それでもあふれる思いを抱いている。春風に振り向けば心の若さと体の老いとの落差に涙がこぼれてくる、と初老の我が身を歎息している。

我が子への期待、自分の老いへの不安、更に相次ぐ肉親の死と、春濤に様々な思いを抱かせる出来事が続く中、春濤は名古屋藩の廃藩、明倫堂の廃止に伴い、明治四年の夏に史生、庶務掛、十四等出仕、書記編輯科と下級官吏の役職に就く。しかし、はっきりとした時期は不明であるが、明治五年秋までには官吏の道を離れている。明治四年十一月に花南が安濃津藩参事となって、名古屋を離れたため、春濤が庇護者を失ったことも官吏の道を離れたことに関連していよう。仮にこれらの役職を続けていれば、どのような人生となったろうか。同時期の尾張藩士であり、二葉亭四迷の父である、長谷川吉数を例としたい。彼の経歴について、中村光夫は『二葉亭四迷伝』の中で、こう記している。(4)

彼はこの職（東京留守居調役　日野注）を無事につとめただけではなく、新しい時代への変換に応じて出世の道を開くことさへできたので、明治三年の暮名古屋藩から、史生准席出仕を申付けられ、翌四年の廃藩によつて名古屋県に引きつがれて、五年二月に十五等出仕になり、同年十月には愛知県権少属に任ぜられ、藩士から明治の役人という最大の転身を滑かに成就しました。以後彼は島根県、のちに福島県に会計官吏として赴任し、明治十八年に非職になるまでつとめます。

但し、長谷川吉数が武士の家に生まれ、同じく武士の多かった明治政府の官吏に移行するのに抵抗が少なかったのに較べ、町医者の子であった春濤が、同じようにできたかは判らない。更にいえば、詩人としての才能は措くとして、官吏としての才覚に果たして春濤が恵まれていたかというと、おそらくは難しかったのではなかろうか。

明治五年二月に三番目の妻、国島静を喪った春濤は、同年秋には無位無官となって、伊勢・西濃に遊び、翌年の三月、岐阜に移り住む。そして、同年五月に永楽屋正兵衛より漢詩集『新暦謡』を出版する。七言絶句三十二首からなるこの漢詩集は、理由は明らかでないが、『詩鈔』では四首のみを採っている。更に明治七年後半、『岐阜雑詩』を刊行するが、これも『詩鈔』では大幅にけずられた形で採られている。なお、『新暦謡』は、管見では名古屋市蓬左文庫と福岡大学図書館のみに所蔵されている。蓬左文庫所蔵本は国文学研究資料館のマイクロ資料に採られているが、残念ながら原本の虫損のため、一部が判読できない。幸いに福岡大学図書館よりのご教示により、同館所蔵本によって、その判読不明箇所を明らかにできたので、附録にその翻刻を挙げておく。

二　岐阜から東京へ――花南との再会、別れ――

明治七年十月、春濤は岐阜から東京へ向かう。この東京への途中に詠んだ詩の一節を紹介するが、一抹の暗さが見えている。

甲戌十月十五日将発岐阜留題

甲戌十月十五日、将に岐阜を発せんとして、題を留む。（明治七年、春濤五十六歳12―1）

破衫円笠還為客　破衫　円笠　還た客と為り

黄葉青山到処家　黄葉　青山　到る処　家なり

二十日宿豊橋駅是夜雨

二十日。豊橋駅に宿す。是の夜、雨ふる。（12―3）

我雖能耐貧中苦　我　能く貧中の苦に耐ふと雖も

児也初嘗旅味酸　児や初めて旅味の酸を嘗む

「甲戌十月……」の「破衫円笠」は、春濤が最初に江戸に行った時に詠み、春濤の代表作の一つとされる「風雨踰函嶺」の「雨衫風笠」という表現を踏まえている。

風雨踰函嶺　風雨、函嶺を踰《こ》ゆ（嘉永四年、春濤三十三歳　6―69）

長槍大馬乱雲間　長槍　大馬　乱雲の間
知是何侯述職還　知んぬ　是れ何くの侯の述職して還るかと
淪落書生無気焔　淪落の書生　気焔無く
雨衫風笠度函関　雨衫　風笠　函関を度る

最初に江戸に赴いた時、春濤は鷲津毅堂に庇護を得ようとしていた。しかし、毅堂が刊行した『聖武記採要』に幕府の嫌疑がかかり、房州へ身を隠したため会うことができず、生活に困窮して一宮に帰るという苦い結果となった。再び東京へ行こうとする時にも、その苦い経験がよみがえり、詩語として用いてしまったのであろうか。

十月二十七日、春濤は息子槐南、四番目の妻となる伊藤織褚とともに東京に到着する。既に東京で医を開業していた永坂石埭が予め住居を用意し、出迎えている。『岐阜雑詩』「接永阪石埭書［在東京］」は、春濤と石埭との間で連絡を交わした様子が伺える。

接永阪石埭書［在東京］　永阪石埭の書に接す［東京に在り］（『詩鈔』未収録）

何来喜鵲噪簷牙　何くよりか来る喜鵲　簷牙《えんが》に噪ぐ
恵我雲箋遙拝嘉　我に雲箋を恵み　遙かに嘉を拝す
薫手似攀当日夢　薫手　攀くに似たり　当日の夢
墨沱川月柳橋花　墨沱川の月　柳橋の花

おそらく到着から間もない内に、先に司法少丞として東京にいた花南とともに巌谷一六のもとを訪ねている。その時の様子を一六は春濤を追悼する詩の中で描いている。

哭春濤翁［翁之移東京同丹羽花南首訪吾居第二首故及］[5]　春濤翁を哭す［翁の東京に移るや、丹羽花南と同じうして首めに吾が居を訪ふ。第二首は故に及ぶ］其二

憶昔先生東徙初　憶ふ昔　先生　東徙の初め
故人相伴訪吾廬　故人　相ひ伴ひて　吾が廬を訪ふ
多年傾慕志初遂　多年の傾慕　志　初めて遂げ
一見定交心乃舒　一見の定交　心　乃ち舒ぶ
細竹韻清風動戸　細竹の韻は清く　風　戸を動かし
疎花影白月臨除　疎花の影は白く　月　除に臨む

笑談鼎坐猶如昨　笑談　鼎坐　猶ほ昨の如し
忍看同題斎壁書　同じく題せし斎壁の書を看るに忍びんや

「笑談　鼎坐　猶ほ昨の如し」とは、一六の偽らざる思いであったにちがいない。一六も春濤が東京へ来たことを祝福する詩を作っているので、紹介する。

贈春濤翁　春濤翁に贈る
筆硯提携入帝州　筆硯提携して　帝州に入り
小天台麓寄優游　小天台麓　優游に寄す
江山有助能如此　江山　助け有ること　能く此の如し
風月之権儘自由　風月の権　自由を儘にす
平日所交多顕達　平日の交はる所　顕達多きも
高人於世豈営求　高人　世におけるや　豈営求せん
我将移贈樊川句　我　将に移し贈らん　樊川の句
千首詩軽万戸侯　千首の詩は軽んず　万戸の侯(6)

明治七年末には、一六が春濤・花南・川田甕江・北川雲沼・日下部翠雨（鳴鶴）・野口松陽を自宅に招いている。この時、花南は次の詩を作っている。

巌谷内史招飲森翁及余。甕江雲沼翠雨松陽諸君亦至。以壁間所掲三條相公書天賜清福四字為韻各賦

巌谷内史、森翁及び余を招飲す。甕江・雲沼・翠雨・松陽の諸君も亦た至る。壁間に掲ぐる所の三條相公の天賜清福四字を書するを以て韻と為し、各賦す。其二

澄火耿夜堂
話尽十年事
拮据経営中
時寓超然意
詩句挟風霜
寸鉄期五字
茶煙軽颺処
花気紛満地
委蛇公退餘
清閑天所賜

澄火　夜堂に耿《あき》らかに
話し尽くす　十年の事
拮据《きっきょ》たり　経営の中
時に寓す　超然の意
詩句　風霜を挟み
寸鉄　五字を期す
茶煙　軽く颺がる処
花気　紛として地に満つ
委蛇《いだ》たり　公より退くの餘
清閑　天の賜ふ所

春濤・花南は尾張藩、川田甕江は備中松山藩、北川雲沼・日下部翠雨は彦根藩、巌谷一六は水口藩、野口松陽は諫早藩と、それぞれの地位や場所は異なるが、幕末の混迷から明治に到るまでの様々な出来事をお互い語り合ったのであろう。

明治八年の春、春濤は下谷仲徒町三丁目、通称摩利支天横町に居を構え、茉莉巷凹処と称した。花南にはその新居

を寿ぐ詩がある。

題春濤森翁茉莉巷新居　　春濤森翁の茉莉巷新居に題す
寺門香火市街塵　　寺門の香火　市街の塵
不損髯翁面目真　　損はず　髯翁の面目の真なるを
踈柳有枝低掛月　　踈柳　枝有りて　低く月に掛かり
小梅和影欲生春　　小梅　影に和して　春　生ぜんと欲す
自非詩筆圧前輩　　詩筆の前輩を圧するに非ざる自りは
焉得江湖署散人　　焉んぞ江湖　散人を署するを得ん
琴硯一牀書数巻　　琴硯　一牀　書　数巻
祇応為酒楽清貧　　祇《ただ》応に酒の為に清貧を楽しむべし

「詩筆の前輩を圧するに非ざる自りは、焉んぞ江湖　散人を署するを得ん」とは、既に東京で門戸を構えていた大沼枕山らを圧倒し、一家をなせという意味であろうか。

春濤と花南との関係は『東京才人絶句』『新文詩』に詩が載っており、良好に続いていたが、明治十一年三月二十日に花南が三十三歳の若さで亡くなることで終わりを迎える。後に花南三回忌に合わせて、花南とともに幕末の尾張藩で活躍した田中不二麿が春濤に花南の詩稿を整理、刊行するよう促している。『花南小稿』と題された詩集は、旧尾張藩主徳川慶勝の題辞、鷲津毅堂の序文、永坂石埭・神波即山の題詞、小永井小舟の跋文などを附して、明治十三年三月頃に私家版の形で出版された。このため、発行者などはわからないが、春濤が編者兼発行者となったのであろう。春濤の追悼詩は何故か『新文詩』等にも見当たらず、『花南小稿』には次のような出版に到る経緯を述べた文章があるのみである。

右花南小稿二巻、丹羽判事病中所手訂也。田中大輔、使予校理付于梓。其平生所作、猶有数百首。今散佚不易得。姑就此稿且校、且批。使判事有知亦当憫老夫黽勉代大輔之労也。庚辰雨水初候、森魯直春濤批幷識（右花南小稿二巻は、丹羽判事の病中手訂する所なり。田中大輔、予をして校理して梓に付せしむ。其の平生の作す所、猶ほ数百首有り。今は散佚して得ること易からず。姑《しばら》く此の稿に就きて且つ校し、且つ批す。使《も》し判事をして知ること有らば、亦た当に老夫の黽勉《びんべん》として大輔の労に代わるを憫れむべし。庚辰、雨水の初候、森魯直春濤批し幷せて識す）

結　語

明治初年、明倫堂での活動を含め、春濤の生涯に花南の庇護が大きく影響したことを、春濤・花南の交流をつうじて明らかにした。春濤と花南とは、階級・地位ともに大きな格差があったが、花南が春濤と交わした詩には、そのような格差を感じるさせることはない。前章で紹介した花南による『銅椀龍唫』序文にも、詩への素直なあこがれを読み取ることができる。花南が詩人としての生き方を春濤に託したといえば、あるいは言が過ぎるかもしれない。しかし、両者の交流には単なる師弟関係、詩を愛好するもの同志という程度には考えづらい、深いものがあるように思えるのである。

注

（1）用いた史料は左記の諸書である。
「丹羽賢履歴書」（旧蓬左文庫所蔵史料　二六―二一一　徳川林政史研究所所蔵）
『藩士名寄』（旧蓬左文庫所蔵史料　一四〇―四　徳川林政史研究所所蔵）第七冊、及び第四三冊
史料の閲覧・翻刻をお許し頂いた、公益財団法人　徳川黎明会　徳川林政史研究所に御礼を申し上げる。

（2）丹羽花南については、前章でも紹介した、斎田作楽編著『花南丹羽賢　付花南小稿』（太平書屋、一九九一年七月）がある。
本論では、斎田の著より多大な恩恵を受けており、ここに記して謝意を表する。

（3）神田喜一郎編『明治漢詩文集』（『明治文学全集』第六十二巻）、筑摩書房、一九八三年八月、三二一頁

（4）講談社、一九七六年九月、二十三頁

（5）『一六遺稿』、巌谷春生編、明治四十四年序刊

（6）一六のいう「樊川の句」とは、唐の詩人、杜牧「登池州九峰楼寄張祜（池州の九峰楼に登りて張祜に寄す）」を指す。

第五章　春濤と槐南——『新文詩』の刊行を通じて——

はじめに

明治の漢詩壇において、明治十年代は森春濤が、二十年代以降は春濤の息子、森槐南がその中心にあった。明治八年八月、漢詩雑誌『新文詩』を春濤が編集・刊行すると、春濤の漢詩壇における地位は、確固たるものとなる。槐南も『新文詩』を受け継ぐ形で、同じく漢詩雑誌『新新文詩』を明治十八年に編集・刊行し、明治後半期の漢詩壇の牽引役となってゆく。ここでは、春濤の漢詩壇における拠点であり、槐南の漢詩壇への出発点となった『新文詩』について、幕末における漢詩集出版の状況とともに、紹介をしたい。

一　幕末における漢詩集出版の状況について

佐藤寛編著『春濤先生逸事談』は、幕末に春濤宛に送られた書翰をまとめたものであるが、その中にはしばしば漢詩集を出版するにあたってのやり取りが見える。まずはそのいくつかを取り上げる。

（一）漢詩集への投稿作品の選定について

春濤は『安政三十二家絶句』『文久二十六家絶句』を編集した家里松嶹としばしば書翰を交わしている。ここに引く書翰は全て家里から春濤宛のものである。

且又御令弟（春濤の弟、渡辺精所　日野注）之作も得と拝見仕候処、実に絶妙、漏し候儀は遺憾に有之。社友ともども相談弥入選に可仕候、決定仕候。（安政三年十一月十三日付　佐藤四十六頁）

牧山子（佐藤牧山　日野注）の詩も承知仕候。此詩一寸一覧仕候処、皆々悪詩也。此は少々困りものに御坐候。然る処、此又御一封金百疋御送り被下候事ゆへ、返すも如何詩を入れぬかと被思而はと存じ、此又納置候。無拠二三首相加可申候。此は所謂金之威光也。呵呵。乍然此言、極内に御成可被下候。（安政四年七月廿五日付　佐藤六十一頁）

『安政三十二家絶句』は安政四年二月に刊行されているが、原稿はおそらく安政三年の秋ごろには既にまとまっていたのであろう。家里が「且又……」と渡辺精所の詩を入れることができなかったが、社友と相談の末、入れることになったと説明している。その結果、『安政三十二家絶句』下巻末に続けて、「附録」として四人補入された中に、精所の作品が収められている。

一方、尾張藩の儒者、佐藤牧山の詩については、『安政三十二家絶句』刊行後の続編に自分の詩を入れてもらいたいと春濤経由で話があったのであろう。家里は自分の詩を「拙作は世之所謂学者流の詩に候間、どうも詩家之三尺に合不申（佐藤四十六頁）」と言っているから、牧山の作品にも同様の感想を覚えたのかもしれない。とはいえ、「御一封金百疋御送り被下候事ゆへ、返すも如何詩を入れぬかと被思而はと存じ、此又納置候。無拠二三首相加可申候。此は所謂金之威光也。呵呵」と謝礼込みでは、無碍に断るわけにもいかず、しかたがないので二三首は選集に入れる。これは金のお蔭であると苦笑交じりの返答をしている。この様な謝礼金も選者の収入源となっており、春濤が後に幾つもの選集を編む目的の一つになっている。

(二) 漢詩集の編集作業について

選定が済めば、次はそれらをどの順番で並べるか、それぞれの作品に何丁分を充てるか、という編集作業の問題が発生する。鷲津毅堂、家里それぞれからの春濤宛の書翰から見る。

一　名家詩録後編出来いたし候はば、社中老兄始め一両輩は編入仕べくと兼而心懸置候間、御近作律絶之御得意之作四五十首拝見仕度候。しかし後編出板は容易に出来不申候。湖山楼詩屏風と申中へなりとも編入相願可申候間、何れ律絶共に五十首宛、後便御送可被下候。（嘉永元年四月二十日付　佐藤十一頁）

二十八家絶句弥七月十六日願出しに相成候に付、此頃改而浄書中なり。写到大作位置相考候に、あまり無理に詩をつめて収有之位置不宜。依而一丁相益し、五枚に仕候。尤御前藁に従ひ写取候。然る処、五枚に而は詩数不足、何卒急に七絶御得意之分四五首御録送被下度、其又一一此詩は何之詩の次へ可収儀も御記し可被下候。（文久二年六月廿三日付　佐藤四十九頁）

穀堂のいう『名家詩録後編』とは、嘉永元年五月に刊行された長谷川昆渓の編になる『名家詩録』の続編を指す。大沼枕山が序文を書き、穀堂、横山湖山（後に小野姓となる）らの詩を収めるこの詩集には、春濤の詩は未収録である。このため、次の詩集には自分の作品も、という春濤からの問い合わせに対する返答である。

また、同書翰にある『湖山楼詩屛風』は、嘉永元年に横山湖山が刊行した『湖山楼詩屛風』第一集・第二集の続編を指す。続編の第三・第四集は、明治十九年に刊行されることになるが、第四集に春濤の「寒夜読書」（2—33）、「春柳」（『詩鈔』未収録）、「春寒」（4—10）、「春暁」（4—53（8））、「春茶（4—53（14））」、「春糸（4—53（17））」が収録されている。おそらく穀堂の返信を受けて春濤が送った詩を、新しい作品に差し換えるのではなく、そのまま収録したようである。

家里からの書翰は、『文久二十六家絶句』が刊行できそうだが、各詩人に割り当てた丁数の内、春濤は更に一丁増やして五丁とすることにしたので、「七絶御得意之分四五首」を送ってほしいこと、その時にはどの詩をどの順番に配置するかの指定もしてほしい、との内容である。家里と春濤との関係が良好であり、家里が春濤の詩才を評価していればこその急な要請といえよう。『文久二十六家絶句』を見ると、確かに春濤は五丁となっているから、春濤は家里の要望に応えたことになる。但し、枕山・穀堂も五丁であることから考えると、あるいは春濤だけが四丁では、春濤の不信を招く恐れがあると、家里が判断したためかもしれない。

（三）漢詩集の印刷、及び費用について

編集作業が終わり、印刷・刊行となるが、そのためには優れた板下書きと刊行費の問題が生じる。春濤らと同時代の詩人、藤井竹外が河野鉄兜へあてた書翰[1]と、家里から春濤への書翰を見る。

京阪《ママ》ニ可なり之板下書無之候ニ付、津ト名古屋まで致吟味候得共、皆々同等、夫故江戸へ頼遣し候。遠方ニ候得共、到而急督責仕候間、不遠出来可申候。（安政四年十月七日付）

板下書は巌谷ト申者、只今は此者之外、可也之手一人も無之、刻手も厳密ニ撰候へ共、相揃不申、上巻は過半笨《ほん》手《しゅ》ニ而、字之精神脱し候。何分良工無之ニは困り申候。（万延二年五月十四日）

竹外の書翰については、翻刻者の水田が解説しているので、それを引く。

本書（『竹外二十八字詩』を指す　日野注）に贈られた森田節斎の序文を、はじめ京師で二度も代書させ、試し彫りまでしたが、結局浪華の呉北渚に依頼、これまた何度も書き改めさせ、しかも十分満足の行く出来映えにいたらなかった由、述べている。また、本書の板下書きには、遠近をかまわず人選に心を砕き、あれこれ吟味の末、巌谷迂堂に嘱したことが両翰を通じて判明する。

良い詩を選び、上手く配列しても、肝心の板下が拙劣ではどうしようもない以上、板下を書く人物にも気を配らなくてはならないのである。良い板下書きを得て印刷の運びとなっても、赤字になっては困ることになる。家里の書翰には、印刷費について春濤が心配したことについてこう答えている。

高作撰入に付、刻費御申越被下候得共、大兄に於而此儀決而御心配に及不申候。其代り外には相応宜敷御周旋奉願候。尤落成の上、製本は少々御引受可被下候。（安政四年七月廿五日付　佐藤六十一頁）

印刷費についてはご心配ご無用、しかし、多くの方へのご周旋をよろしくお願いします、何冊かはお買い上げ頂きたい、と言っている。これらの書翰を通じて、春濤も漢詩集の編集・刊行に向けての知識を積んだことが明らかになったと考える。それでは、次に春濤自身が編集者となって活動する様子を見たい。

二　『飛山詩録』について

春濤の単著は刊行順に、『高山竹枝』（慶応二年跋刊）、『新暦謡』（明治六年）、『岐阜雑詩』（明治七年）、『春濤詩鈔』（明治十四年）『新潟竹枝』（明治十四年）に『春濤詩鈔　甲籤』二冊の形で出版。後に春濤没後の明治四十五年に増補版の六冊で出版）、『新潟竹枝』（明治十四年）がある。逆に未刊に終わった書籍もあり、『高山竹枝』『清三家絶句』には出版目録（出版予定書籍も含む）がある。詳しくは第六章の**表2**を見て頂きたい。

その未刊の書籍の中に『飛山詩録』がある。春濤が文久二年に飛騨高山を訪れた際に、高山の文人たちの詩をまとめることとなった。その様子などを森徳一郎の翻刻になる春濤の書翰から伺うことにする。〔　〕内は、高山出身で、元陸軍中将である押上森蔵の注である。

毎日昼八ツ時〔午後二時〕ヨリ晩まで八森文助〔小森〕ト申人の宅へ罷出、詩経ノ講釈し且其人の詩稿をしらべ

申候。毎朝旅宿ニて三体詩と浙西六家詩鈔の講釈を致し、三十人程ツツ参会致し申候（文久二年五月五日付）[2]

飛山詩録と申者を調へニ懸り、草稿如山集り、夜々打懸り居申候。（中略）六ツ半ニハ必ス寓楼へ引取分韻して諸子に詩を作らせ、小生ハ彼の飛山詩録草稿を取調申候。（同年五月十五日付）[3]

飛州之詩を選み《ママ》、飛山詩録と申ものを取調ニ懸り申候処、是迄古人ニ相成居候人々も撰みニ預リ度と申事ニて、存外之大業と相成、日々夜々取調ニ懸り居候へとも、日日ニ草稿不急候斗りニて、中々十日ヤ十五日之業ニハ不行届と被存申候ニ付、精々心懸候ても、六月下旬ならてハ卒業不仕。併し七月へ相成候てハ少し困り候儀も御座候付、必す必す六月下旬迄ニハ一先帰国仕候積りニ御座候。此詩撰之事大ニ高評ニて、大当りと相成折々城〔陣〕内へも被招寄、飛州一国之美事故、精々心懸精選ニたのむとの事ニて、諸方よりも格別心切ニたのみニ参り、十年十五年廃吟し居候人も俄ニ旧稿取調、新作も多く出来候様ニ相成申候。何分此仕事を不取片付発足致し候ては、当地のおもわくもよろしからず。是からハま事ニ夜を日ニ継て取調卒業致候て、必ス六月下旬迄ニハ帰国仕度奉存候。（日付不明。同年五月十五日以降）[4]

春濤にすると、最初は自分の元に集まった人たちの詩を選定する程度と考えていたかもしれない。しかし、高山の人々の予想を遙かに超える熱狂ぶりに、うれしい悲鳴をあげることとなった。最後の書翰以降では、慶応二年跋刊の『高山竹枝』に附された「近刊書目」内に「飛山詩録　春濤先生撰定　二冊」とあるから、刊行のめどがたっていたようである。

ところが、押上森蔵は次のように述べる。(5)

春濤より、在京都有名の詩人家里松嶹の賛評を求むる為め、稿本を送りしに遂に紛失したりと、誠に惜しむべき事にて春濤の努力も水泡に帰せしのみならず、飛騨詩人の為めにも遺憾限りなし。

現存していれば、春濤の編集者としての才能を知る好例であったが、春濤の書翰の中のみでも、彼の苦心の様子を知ることができよう。この経験が後に名古屋での『銅椀龍唫』、東京に移住した後の『新文詩』の編集・刊行に活きたと考える。

三 『新文詩』刊行に到るまで

春濤が『新文詩』を刊行するに到るまでの経緯については、春濤の没後、おそらく春濤の親族によって語られたであろう談話を基にした「森春濤先生事歴略」(6)に、簡潔に述べられている。

七年冬末先生意を決して東京に移住す、泰二郎氏篴室《しゅうしつ》伊藤氏皆従ふ、因て茉莉巷凹に卜居す、旧友枕山氏と比隣に在るが故なり。

泰二郎は槐南の名。篴室伊藤氏は、明治五年に春濤が三番目の妻、国島清に先立たれてから、春濤の身の回りを世話した女性で、四番目の妻となる伊藤織褚である。ちなみに、伊藤織褚と春濤の間に生まれた森孝子は、後に槐南の漢詩集『槐南集』を編集する森川竹磎（名は健蔵）の妻となる。茉莉巷凹は、現在も御徒町にある摩利支天を祀る徳大寺界隈を、摩利支天にちなんで付けた雅名である。枕山は、春濤と共に鷲津益斎に学び、既に東京において、詩人としての地位を得ていた大沼枕山のこと。春濤は嘉永四年、江戸に赴き、枕山の近くに住んでいたことがあったが、その時には名を広めることもできないまま、故郷の尾張一宮に帰っている。「事歴略」はこう続ける。

是時天下の風気皆な泰西の学に心酔し、雅道地に墜ち、終に一人の之を提誦するものなし、先生慨然として此に感あり、乃ち先づ東京才人絶句を選して斯道を誘掖し、稍々人の知る所となる、

『東京才人絶句』は春濤の編により、明治八年五月に刊行された漢詩集である。大江敬香「明治詩家評論」には、『東京才人絶句』について次のような一節がある。(7)

凡そ事を為す、之を達するの機関あるを要す。機関を有する者は事を為し易く、機関を有せさる者は事を為し難し。春濤東京才人絶句の進行如何に見て気運の正に到るを知る。即ち茉莉詩社の機関（当時此れ等の文字は用ひさりしなれとも、今より推論せは事実は機関と思はるなり）として彼の有名なる新文詩を発刊し、以て世に問ふ。

確かに山内容堂らかつての藩主たちから、大沼枕山、小野湖山らの詩人たち、百六十六人の漢詩五百六十三首を収めた『東京才人絶句』は、東京における春濤の地位を知る上で、格好の試金石となった。どの位の部数が販売されたか

は不明であるが、管見では額田正三郎、宮島儀三郎と二度板元が替わり、明治二十三年刊の会始書館版もあり、長く愛読されたようである。再び「事歴略」からの引用を続ける。

時に桑三詩社の諸子過半は皆東京に在れば、爰《ここ》に再び旧盟を温め、小西湖詩酒社を創めて、専ぱら詩文を研究す、花南、石埭、即山等の旧人を除く外、新たに社に参するもの、徳山樗堂、橋本蓉塘、岩渓裳川等あり、小野湖山氏も亦旧友を以て来往頗る親密なり、時に巌谷一六、日下部鳴鶴、北川雲沼、野口松陽の諸子、風を聞て相賛助し、新文詩と題する雑誌を刊行するの挙あるに至る。

桑三詩社は文久三年、春濤が名古屋桑名町三丁目に移った時に作った漢詩の同人結社である。この頃からの弟子に丹羽花南・永坂石埭・神波即山らがいる。小西湖詩酒社は、「而して毎月十日に十日会（桃花会とも云ふ）と云ふものを先生の宅に開いて当時の詩人を聚めたものである。参会者は大沼枕山。小野湖山。三島中洲。鷲津毅堂。巌谷一六。日下部鳴鶴。多田東蕪。野口松陽。永坂石埭。神波即山。橋本蓉塘。北川雲沼。長松秋琴。桜井錦洞。伊藤聴秋。徳山樗堂。鈴木蓼処。大島怡斎と云つたやうな顔触であつた」(8)とある十日会を指すのであろう。この十日会の人々は、『新文詩』の主要な詩人たちとなる。また、依田学海の日記『学海日録』に「（明治八年四月）二十一日。一円吟社に至る。森春濤に逢ふ。此人詩をもて世に名あり」(9)「（同年五月）廿一日。蓮池一円会に至る。川田・杉浦・岩谷の人々例の如く会せさらる」(10)とある、一円吟社にも春濤は参加している。

春濤は『東京才人絶句』を編纂・刊行してその名を広める一方、十日会や一円吟社といった漢詩人たちの集まりにも積極的に参加・あるいは主催し、漢詩人たちとのネットワークを広げて、『新文詩』刊行への基礎固めをしてゆくのである。

四　『新文詩』の刊行――『新文詩』第一集を例として――

明治八年八月、春濤は『新文詩』第一集を刊行する。その装丁等は「是が明治年間詩文雑誌の唱首である。雑誌とは言ひ乍ら、木版白紙刷、緑色梅花欄、紅罫といふ四六判の美麗な装釘である。毎集大抵十葉乃至十二三葉で、月次刊行。明治十六年癸未十二月、第百集の刊行に達して打切りとせられた。百集迄及んだ雑誌は純粋文芸としても稀であった」。その版下は槐南や、巌谷一六に書を学び、後に槐南の妻となる各務幾保が書いたという。

刊行部数については、『東京才人絶句』と同様に不明である。しかし、『新文詩』第二十集奥付（明治十年九月）には発兌書肆として、次の名があがっている。

愛知県名古屋　片野東四郎
仝　永楽屋正兵衛
岐阜県岐阜　三浦源助
東京今川小路　額田正三郎
仝湯島松住町　別所平七
仝通新石町　須原屋源助

名古屋、岐阜は春濤が上京前に根拠地としており、しかも永楽屋正兵衛は『高山竹枝』『銅椀龍唫』の板元、岐阜の三浦源助は『岐阜雑詩』の板元、東京の額田正三郎は『東京才人絶句』の板元、片野東四郎・別所平七は春濤が編集に関わった著書の板元である。最初は春濤の地縁の強い場所、上京後の春濤の刊行物をてがけた書肆と手堅く範囲を絞ったのであろう。その後、『新文詩』第三十集（明治十一年一月）奥付では掲載順に、京都3・大坂2・備中高梁1・徳島1・岐阜1・大垣1・名古屋2・長野1・高山1・甲府1・佐原1・東京8と販売箇所を広げている。これはある程度の販売数があったことの裏付けとなろう。

では、『新文詩』ではどのような人々が集ったのであろうか。第一集から第百集に及ぶまで、黄遵憲ら清国人を含め、約四四〇人の漢詩を収める『新文詩』の全詩人の出自を述べる紙幅はないので、第一集を例として取り上げる。

第一集所収の詩人・及び明治八年の官職は詩文の掲載順に、次のとおりである。官職に就いていないもの、不明なものは空欄とした。(11)

甕江漁史剛（川田甕江）	修史局一等編修官
穀堂山堂宣光（鷲津穀堂）	大審院五等判事
一六居士修（巌谷一六）	権大内史
松陽琴史常共（野口松陽）	権小内史
湖山老人愿（小野湖山）	
翠雨山樵東作（日下部鳴鶴）	権大内史
雪江寒士思敬（関雪江）	

藍田僊史琢（股野藍田）　大主記
秋琴清逸幹（長松秋琴）　修史局一等編修官
即山漫士桓（神波即山）　権中主記
樗堂散人純（徳山樗堂）　司法省裁判所権大属
雲沼漁夫泰明（北川雲沼）　権小内史
石埭居士（永坂石埭）
網亭学人重章（蒲生褧亭）
三洲楂客炗（長三洲）　修史局一等編修官
蓼処鷗史魯（鈴木蓼処）　教部省六等出仕
雪堂学人進一（廣瀬雪堂）　正院八等出仕
花南酔士賢（丹羽花南）　司法小丞

まず、気がつくのは、第一集であるにも係わらず、春濤が自作を掲載していないことである。『新文詩』のほとんどの号では春濤が掉尾を飾っている。ここでは、あくまでも編集者として、黒子としての自分を規定したのか。

そして、掲載者の官職を見ると、司法省（鷲津・徳山・丹羽）・教部省（鈴木）以外は、全て正院に属することに注目したい。『新文詩』の特徴として、台閣詩人、すなわち広義には官僚の詩人を主にして構成されている点を指摘することが多い。第一集の人々を見ても、一見それが裏付けられるようである。しかし、先に述べたように『新文詩』は約四〇人に及ぶ人々の詩文を収めており、多く詩文を掲載する人々のみを取り上げて論ずることは、全体像を正確に把握することの障害にもなりうる。

特に官僚の詩人が多くいることを基準として、春濤が権力者に迎合しているとする論は、おおむね「官僚＝俗」「在野＝雅」という二元論に拠っていて、大きな見落としをする危険があろう。(12)

第一集の出来不出来が後々の『新文詩』への評価に大きな影響を与えることは容易に想像できる。掲載される詩文の精度を高めるためにも、春濤のよく知る、よりよい詩人の作品を集めたのは当然のことであり、彼らが既に明治政府の官僚であったから、その詩文を採用したのではあるまい。官僚詩人という分類は、その点を曖昧にしてしまっている。

『明治漢詩文集』の編者である神田喜一郎は、編集後記の中で、次のように春濤と『新文詩』について述べている。『新文詩』への評価はここに尽きる。(13)

但だこの間にあって、明治の新しい気運に呼応して、新しい詩壇の開拓に努力したのが森春濤で、その活動には目覚ましいものがあった。明治八年、当時の各界における漢詩作家を糾合して、漢詩文を専門とする雑誌『新文詩』を創刊したが、春濤には槐南という怜悧な嗣子があり、やがて親子相携えて、『新文詩』を根拠に斯道を着着と鼓吹した。明治後半期に活躍した詩人の多くは、そこから巣立ったといって差支ない。わたくしは春濤の功績を高く評価する。

五　若き日の森槐南――『槐南集』未収の詩文を通じて――

先に少し触れたが、槐南の詩詞は彼の没後、明治四十五年に槐南の義弟、森川竹磎の編纂、槐南の息子の森健郎の出版により刊行された。『槐南集』では明治十四年作の漢詩より収められているので、ここでは十四年以前に『新文詩』に掲載された槐南の詩文の一部を通じて、若き日の森槐南の姿を見たい。なお、評語は書き下しのみを示す。まず、『新文詩』に初めて掲載された「雪朝早起」詩をあげる。

雪朝早起　　　雪の朝　早《つと》に起く（『新文詩』第六集　明治八年十二月）

屋簷寒雀一群喧　　屋簷の寒雀　一群喧し
数点疎梅照短垣　　数点の疎梅　短垣を照らす
応有客携佳句到　　応に客の佳句を携へて到る有るべし
山童掃雪暁開門　　山童　雪を掃ひて　暁に門を開く

この詩に北川雲沼は「口吻老成し、所謂後生畏るべき者か」と評し、神波即山は「山童年甫めて十二にして二月なり。専ら英学に従事し、詩は未だ曾て学ばず。而して偶ま筆を拈れば能くすること此の如し。真に詩の種子なり」と評している。さらにその二年後には、少年の作とは思えない艶麗な詩を作っている。

和裳川奩体　　裳川の奩体に和す（『新文詩』第二十八集、明治十年十一・十二月）

半奩秋水晩藁残　　半奩の秋水　晩藁残《ざん》たり
鴛夢無由尋旧歓　　鴛夢　旧歓を尋ぬるに由無し

眉上愁痕描不破　　眉上の愁痕　描きて破れず
黄昏妝閣月児寒　　黄昏の妝閣　月児　寒し

裳川は春濤の弟子の一人である岩渓裳川のこと。奩体は香奩体といい、唐の韓偓に代表される閨房の様子や、官能的な女性美を詠う詩風である。秋水は鏡の別称でもあるから、ここでは化粧箱を半ば開いて出した鏡に、凋れた蓮のような、無惨に衰えた自分の容貌が映っている、との意味になる。詩の構成は、起承句で打ち捨てられた女性の寂しい情景を表現し、転句でその愁いを消し去ることはできないと詠う。結句では暮れなずむ高殿に一人いる自分と同じように、月も寂しく見える、と詠い納める。この詩に小野湖山は「乃翁の風懐罪障、已に深し。此の首、殆ど一層に深し。我聞く其れ父の報ひ、子に仇するなりと。乃ち行劫恐れざるべけんや。戒めざるべけんや。呵呵」と、艶麗な詩を得意とする父親に次いで、その嗣子、しかも十三歳の子供がこのような閨怨詩を書くとは、と評している。「呵呵」には、随分とませた子供だ、との湖山の苦笑した姿がほの見える。

槐南の二十歳以前の詩は、特に詞曲小説を題材にしたものが多いのも、興味深い。例えば「清三家絶句刻成戯仿金元院本題之」（『新文詩』第四十三集）「読桃花扇伝奇題其後」（同第四十六集）「重読桃花扇得二律」（同第五十一集）「新春多暇読何必西廂題其後十首」（同七十九集）、『新文詩』以外でも『花月新誌』に「読紅楼夢詠尤二姐」（第四十七号）「紅楼夢黛玉泣残紅」（第四十九号）などがある。特に「読紅楼夢〜」は明治十一年、槐南十六歳の作であり、十歳頃に中国語を学んだとされる槐南とはいえ、どの程度『紅楼夢』を読みこなせたかは疑問である。それを措くとしても、いかに早くから詞曲小説への関心があったかが伺えよう。槐南の兄弟子である、橋本蓉塘は、[14]「不亦楽乎斎記」（『新文詩』第八十二集、明治十五年五月）の中で、当時の槐南を次のように描写している。

友人森大来年少にして詩を善くす。尤も艶体に長じ、其の作る所の香奩・無題は十の八に居る。又た詞曲小説を嗜み、是を以て世或ひは其れ軽薄ならんかと疑ひ、目して金瑞・李漁の流と為す。然るに大来其の歳を自負し、反省する所無し。一日慨然として歎じて曰く「吾過てり。根本未だ立たず、淵源尚ほ浅し。詹詹たる綺語、自ら喜ぶ。宜なるかな、正人荘士《せいじんそうし》の我を歯《たぐ》ひとせざるを」（原漢文）

正人、荘士はともに正直者の意味であるが、おそらく「正道を行く人」ということなのであろう。金瑞は『水滸伝』の改編を行い、それまで低く見られていた通俗小説を評価した金聖歎（名は人瑞）であり、李漁（号は笠翁）は戯曲『笠翁十種曲』や短編小説集『十二楼』の著者である。「金瑞・李漁の流と為す」とは、槐南を中国小説狂いとした揶揄であろう。きちんとした学問を修め、世の役に立っている人々から同等とされず、小説にうつつをぬかし、勉学を怠っている自分とは何であろうか、と槐南は考えたのか。もっとも、槐南にも言い分はあったようである。槐南の「夢説」（『新文詩』第五十集、明治十二年七月）の一節には、

夫れ斜月依稀として、珠簾半ば垂れ、海棠の花底、美人と相ひ傍らに偎《なじ》むの我は、夢の我なり。豈に識らんや破屋蕭條として、几に倚り兀坐《こつざ》するの我をや（原漢文）

とある。夢の自分は美しい風景の中、美人と親しくしているというのに、実在の自分は寂しいあばら屋で、机に寄りかかり呆然と座っている、という。明治十四年、十九歳になって修史館二等繕写という最下級の官吏となった槐南に

してみれば、まして、それ以前は己の境遇の不満、不安を解消するためには、小説などを耽読するしかないということか。伊藤博文の秘書となり、東京帝国大学講師では中国文学を講義し、文学博士となる後の槐南とは違った、鬱屈した若き槐南の一面が写し出されている。

神田喜一郎は「由来槐南の詩詞は、いささか藻絵に過ぎて、真摯の情に乏しきを憾とする[15]」と評したように、槐南の詩は典故をちりばめ、ハルピンで重傷を負いながらも、伊藤博文の鎮魂を詠った「帰舟一百韻」のような長大な作品が代表作とされている。しかし、ちりばめられた典故は、今日の（あるいは当時でも）我々には親しみ難い。また、かつての宮廷詩人のように、公のことを寿ぐ詩が多く、今日では今ひとつ馴染みにくい感を覚える。一方、先に示した詩文には、槐南の感情が後々のものよりは露わになっていて、槐南の姿が身近に感じられるのである。

注

（1）水田紀久「藤井竹外書翰二通――河野鉄兜宛て――」、大阪芸文研究　渾沌第二号、一九七五年五月、中尾松泉堂書店、三十一頁・三十三頁

（2）森徳一郎「森春濤尺牘」、飛騨史壇第八巻第七号、飛騨史壇会、二十頁

（3）注（2）二十三頁

（4）注（2）二十六頁

（5）注（2）三十三～三十四頁

（6）「作詩作文之友」第十七号、一八九九年九月、益友社、十七頁。以下、引用する「事歴略」は全て同じ頁にある。

（7）辻揆一「明治詩歌評論」（神田喜一郎編『明治漢詩文集』、筑摩書房、一九八三年八月所収）、三四二頁

（8）阪本蘋園「明治初年の詩壇概況」「東華」第一集、一九二八年八月、芸文社、四十五丁オ

（9）『学海日録』第三巻、一九九二年一月、岩波書店、三一一頁
（10）注（9）三一三頁
（11）当時の官職については、西村組出版局『掌中官員録』（一八七五年、国立国会図書館近代デジタルライブラリー所収）、金井之恭ほか編・三上昭美校訂『明治史料顕要職務補任録』（一九六七年、柏書房）に基づいた。
（12）前田愛「枕山と春濤――明治初年の漢詩壇」（『幕末・維新期の文学』、一九七二年、法政大学出版局）、色川大吉「明治の文化」（一九七〇年、岩波書店）には、その考え方が色濃く出ている。
（13）注（7）四〇一〜四〇二頁
（14）弘化二年、一八四五〜明治十七年、一八八四。名は寧、字は静甫、蓉塘は号。京都に生まれ、上夢香・神田香巌らと言志社を結んで、作詩に励み、上・神田とともに「西京の三才子」と称された。明治政府においては、没するまで式部寮の官にあった。「新文詩」所収の槐南詩に、蓉塘の評語が多くあること、槐南のために「槐南詩集序」（「新文詩」第八十一号、明治十五年四月）を書いていることも、両者の関係の深さを示している。
（15）「日本における中国文学Ⅰ」（『神田喜一郎全集』第六巻）、一九八五年四月、同朋社出版、三七〇頁

第六章　春濤と清詩

はじめに

森春濤は、幕末から明治前半までの漢詩壇において重きをなした。一方、春濤には漢詩文雑誌『新文詩』、漢詩集『清三家絶句』の編集・刊行者という側面もある。本章では、春濤の発行になる詞華集、『清廿四家詩』『清三家絶句』を取り上げたい[1]。まず、江戸より明治十年代に刊行された清詩の詞華集について触れ、更に『清廿四家詩』、継いで『清三家絶句』の刊行への経緯を述べ、最後に春濤と清詩との関わりに及びたい。

一　江戸より明治十年代に刊行された清詩の詞華集について

長澤規矩也著・長澤孝三編『和刻本漢籍分類目録　増補補正版』[2]などによると、明治十年代までに刊行された清詩の総集（複数の詩人の詩を編集したもの）は、十数種類を数える（**表1**）。特に清の呉応和と馬洵が編集し、それを頼山陽が再編・評を加えた『浙西六家詩鈔』は、幕末の漢詩壇に影響を与えている。

表1 日本で出版された主な清詩の詞華集

No.	書名	編著者	刊行年
1	清僧詩選（皇清詩選鈔）	孫鋐編?・釈亮潤編	寛保三年
2	清詩選［絶句抄］	孫鋐編・藤淵編	宝暦二年
3	清詩選選（皇清詩選鈔）	孫鋐編・坂倉通貫通編	宝暦五年
4	七子詩選	沈徳潜編・高［階］彝編	宝暦七年
5	清詩選	奥田元継選・高岡公恭編	享和三年
6	国朝四大家詩鈔	屠徳修・編	文化六年
7	清百家絶句	村瀬藤城［ほか］編	文化十二年
8	清詩別裁選	沈徳潜編・荒井公廉選	文政六年
9	随園女弟子詩選選	袁枚編・大窪行選	文政十三年
10	清二大家詩鈔	相馬肇（九方）編	弘化四年
11	浙西六家詩鈔	呉応和、馬洵編・頼襄選評	嘉永二年
12	清六大家絶句鈔	李敬編・桑原忱校	嘉永五年序
13	清十家絶句	服部孝編	嘉永六年
14	清廿四家詩	中島一男編	明治十一年
15	清三家絶句	森春濤編	明治十一年
16	湖海詩伝鈔	王昶編・川島孝（楳坪）編	明治十二年
17	清朝近世十七大家詩選	竹末朗徳編・水越成章閲	明治十四年
18	清百家絶句	土屋栄編・大沼枕山閲	明治十五年

19	参評清大家詩選	竹添進一郎編	明治十六年
20	嘉道六家絶句	菊地惺堂・内野皎亭編	明治三十五年

しかし、それらの編者は概ね清人であり、日本人が個々の詩集より選び出してまとめたものは、ごく僅かである。言い換えれば、日本で受容された清詩の詞華集は、清人の編者の好みや編集方針という過程を通したものが大半を占める、ということでもある。無論、漢詩を作ることにおいては本家であり、審美眼があると日本人から考えられた清人が選んだことが、その詞華集の価値を高めるものとなっている。その反面、編者の好みや編集方針によって漏れた、優れた作品も多いはずであり、特に刊行する日本の書肆にしてみれば、より日本人好み、あるいは日本人の作詩の手本となるものが多い方が好ましくあったろう。そのためには、審美眼を持つ日本の漢詩人が自分たちの手で、清人の別集（個人の漢詩集）より作品を選び出した詞華集が求められるのは、当然の帰結であった。

　では、春濤はその要求にどのように応えたのであろうか。**表2**に見られるように春濤の出版物は未刊のものを含めて、二十七種に及ぶ。第一・十七・十八・十九・二十三・二十四の六つが清人の詩文に関するものである。最初の『湖海詩伝絶句』は、『湖海詩伝』より絶句のみを抽出・選択して出版するつもりであったようである。結果としては、『清廿四家詩』と『清三家絶句』の刊行のみに止まったが、その反響の大きさについては次の記述から伺うことができる。

表2　春濤の刊行物（未刊を含む。また、春濤が発行人に止まり、内容に関わっていない書籍については、書名を一字下げた）

No.	書名	編著者	書目所収書名・刊行年	刊行の有無	刊行年	備考
1	湖海詩伝絶句	森春濤閲批	高山竹枝　慶応二以降	×		
2	春濤詩鈔（北游詩部）	森春濤著	高山竹枝　慶応二以降	△		阪本蘋園による私家版『三国港竹枝』がある。
3	飛山詩録	森春濤撰定	高山竹枝　慶応二以降	×		
4	鯨魚碧海詩録	森春濤采録	高山竹枝　慶応二以降	×		
5	翡翠蘭苕詩録	森春濤編輯	高山竹枝　慶応二以降	×		
6	文章游戯	（清）繆艮輯　小野湖山鈔本	清三家絶句　明治十一	○	明治九	
7	旧雨詩鈔	森春濤編録	清三家絶句　明治十一	○	明治十	
8	湖山近稿	小野湖山著	清三家絶句　明治十一	○	明治十	
9	鄭絵餘意	小野湖山著	清三家絶句　明治十一	○	明治三序	
10	霞浦游藻	三島中洲著	清三家絶句　明治十一	○	明治九	
11	文章綱領	（明）徐師曾著　小野湖山鈔本	清三家絶句　明治十一	○	明治十	
12	横浜竹枝	永坂石埭著	清三家絶句　明治十一	○	明治二序	
13	高山竹枝	森春濤著	清三家絶句　明治十一	○	慶応二跋	
14	蓮塘唱和集	小野湖山著	清三家絶句　明治十一	○	明治六	
15	蓮塘唱酬続集	小野湖山著	清三家絶句　明治十一	○	明治八	

16	留丹稿	小山春山著	清三家絶句　明治十一	△	明治十一	
17	大雲山房文鈔	（清）惲敬著　鈴木蓼処鈔本	清三家絶句　明治十一	△	明治十一	
18	清廿四家詩選	両京廿四家選本	清三家絶句　明治十一	○	明治十一	
19	清三家絶句	森春濤抄本	清三家絶句　明治十一	○	明治十一	
20	海東唱酬集	（朝鮮）李長榮編　森春濤編次	清三家絶句　明治十一	○	明治十二	
21	鉄兜遺稿	河野秀野著	清三家絶句　明治十一	△	明治三十二	
22	橘堂詩鈔	小森橘堂著	清三家絶句　明治十一	×		
23	陳碧城香匳集	森春濤鈔本	清三家絶句　明治十一	×		
24	碧城仙館女弟子詩選	森春濤鈔本	清三家絶句　明治十一	×		
25	六友詩存（北川雲沼　徳山樗堂　関雪江　松岡毅軒　鈴木蓼処　丹羽花南）	森春濤編次	清三家絶句　明治十一	×		
26	春濤詩鈔	茉莉凹巷集	清三家絶句　明治十一	△	明治四十五	発行人は森健郎（槐南の子）
27	古梅賸馥	国島清子遺稿	清三家絶句　明治十一	△	明治十八	発行人は森槐南。春濤の妻で、槐南の母である国島清子の和歌集。

付記　○は刊行されたもの。×は未刊のもの。△は刊行者が春濤でないものを示す。

茉莉巷凹処、詩に関し出版せしもの、新文詩已外に十数種あり。清廿四家詩、清三家絶句最も世に行はる。清詩の江湖に伝播する、実に春濤の力なり。(3)

却説、明治詩壇には清詩が流行し、其極盛を現出したのである。其には森春濤が与つて斯くあらしめたと云へるのである。清詩流行の時代には従つて清人の詩集が多く刊行せられた事は必然の状態で、已に享和年間「清詩選」文化年間「清四大家詩鈔」「清百家絶句」嘉永年間「清十家絶句」「清六大家絶句鈔」「浙西六大家詩鈔」とかが刊行せられてあつた。

明治十一年、「清三家絶句」張船山・陳碧城・郭頻伽三冊と云ふ袖珍本が森春濤の経営する茉莉詩店から開雕せられた。此書が最も人の愛賞を受け、清詩鼓吹には大いに効果があつたのである。

同十一年、「清廿四家詩」二冊が出版せられた。是は清廿四家の詩を北川雲沼・鷲津毅堂・鈴木蓼処以下二十四人によつて撰したもので、(中略)此書も明治大正に亙つて大いに愛誦せられた詩集である。(4)

これらの評価を踏まえてか、神田喜一郎は次のように述べる。

猶少し岐路に渉るが、或る六家とか十家とかの特別な作家の詩を(主に七絶に限るが)選録することは我国の詩人の間に流行したので、既に徳川時代から清詩の総集として、さうした種類のものが幾種も出来た。(中略)明治以後になつて、前掲の「清三家絶句」や「嘉道六家絶句」の外に、大沼枕山の「清十家絶句」、森春濤の「清二十四家詩」がある。此の後者は森春濤の出板したものではあるが、実は春濤を始め、小野湖山とか鱸松塘などいふ当時の詩人が各々銭牧斎呉梅村以下二十四家の一家宛の詩を選録したもので、随分明治の初年には珍重せられた書

らしい。(5)

それでは、次にこのように漢詩壇へ影響を与えた『清廿四家詩』と『清三家絶句』の刊行への経緯をたどり、この二つの詩集にどのような意図があったかについて考えたい。

二　『清廿四家詩』刊行の経緯について

明治七年（一八七四）十月に森春濤は名古屋より上京する。その翌年の七月に、春濤の編集・出版になる『新文詩』を刊行。同年九月には、同じく春濤の編になる、当時東京で活躍した漢詩人の作品を集めた『東京才人絶句』を刊行する。春濤はこれらの刊行物の編集・刊行をする。更に、自ら漢詩人の集まりである茉莉吟社を興し、東京の各所で興った吟社にも関わりを深め、言わば漢詩人たちの取り纏め役に近い存在となってゆく。

そして、明治十一年十月、中島一男の編集・春濤の出版になる『清廿四家詩』を、同年十二月には春濤単独の編集・出版による『清三家絶句』を刊行するに到る。

『清廿四家詩』刊行の経緯については、川田甕江「清廿四家詩序」及び「清廿四家詩跋」を書いた依田学海の日記、『学海日録』(6)に詳しい。

清廿四家詩序　甕江漁史剛

嗚呼、余忍序是編乎。忍而序之、所以成亡友北川君之志也。君読書有眼、尤精詩律。而其所往来率皆海内知名士。

以故声誉籍甚、藝林推為能手。先是君拉諸友、訪余城西寓居。時方春矣。紅紫爛漫移榻樹陰、痛飲快談。偶出其袖清廿四家文鈔、謂余曰、我欲倣此以選詩、購呉以下廿四家集。而屈指同好、併已又得廿四人。則一人一家、各自分選、労省功倍。且夫花有廿四番、詩有廿四品。試挙一二以相比擬、清奇如水仙、綺麗如桃李、飄逸如柳絮。一家自有一家之風。而我取我所好、猶屈原愛蘭、林逋賞梅、陸游為海棠顚。作者之与選者、詩品人品並見乎。此子盍為我序之。既而君臥病累月、自知不起、猶執鉛槧、手鈔牧斎詩若干首、溘焉即世。其郷中島一男、経紀後事、伝遺嘱於社友、以速卒業。又就余、申前請。余欲属草、追思曩昔、古人面貌宛然在目。而同盟如檽堂、雪江、蓼処、花南亦前後凋謝。所謂廿四人者、既亡其六分之一。他年賞春花、雖相似而人則不同。一念感傷、五内為裂。因閣筆遺悶、杯酒荏苒、渉日頃者、一男馳書、来曰、旧穀既没、新穀既升。墓有宿草、而子猶不果諾。無乃幽冥之中負此良友乎。於是余矍然改容、泫然揮涙、題数語於巻端。越三日剞劂。告竣、祭君及四子之霊奠以是。君諱泰明、字徳之、号雲沼。北川其氏。滋賀県彦根人。嘗官於朝、閲歴諸職以歳幹称。盖詞章其餘事云。明治戊寅菊月。

（明治十一年十一月　日野注）十三日。雲沼北川氏が卒せしは去年の事なりしが、その友人日下部・岩谷及び森春濤・小野湖山の二翁、雲沼が選せし諸人の詩ならびに諸友の選せしを合わせて廿四家詩選として板行し、一ツにはかの人の志をつぎ、一ツには書の価をもて雲沼氏が子孫救恤のはしにもせばやとてものせられしが、此日はその書板行成就せしとて諸官を会せられたりき。（後略）

「清廿四家詩序」の大意は、北川雲沼が同好の士と、四季に咲く花を開花順に配列した二十四番花や、唐の司空図によるとされる詩論、「二十四詩品」にちなんで、清朝の二十四人の詩を集めて詞華集を作りたいとし、甕江にその序文を求めたこと。雲沼の死後、中島一男が後任となり、その激励により序文を書き、雲沼や刊行前に亡くなった人々への手向けとしたことが述べられている。一方の『学海日録』の記事では、雲沼の遺志を成就させるとともに、その売上金を雲沼の遺族を助けるために寄付することが述べられている。中島一男が後任となったのは、おそらく雲沼が太政官賞勲局にあった頃の部下であり[7]、同じく滋賀の出身であることによる。あるいは雲沼の推挙によって、中島が役人になれたのかもしれない。

ただし、『清廿四家詩』所収の詩人、及び選者の一覧（表3）を見れば判るように、選者の一人、徳山樗堂が明治九年六月に没していることから、刊行の計画は少なくとも明治九年以前に始まっており、存命であれば主編者となったであろう、雲沼個人や雲沼の遺族を金銭面で助けることが、当初の目的であったのではあるまい。

では、出版の経緯に続いて、そこに収められた漢詩そのものにも触れるべきであるが、二十四人、四百六十二首について述べるのは紙幅の上からも困難なため、大まかな指摘のみに留めておきたい。そのためには『清廿四家詩』がどのような編集方針でまとめられたかを知っておく必要があろう。『清廿四家詩』の凡例にあたる、例言五則をあげる。

表3『清廿四家詩選』作者及び選者一覧

No.	作者	選者
1	銭牧斎（謙益、一五八二—一六六四）	北川泰明（雲沼漁夫、?—一八七七）明治十年四月?没　太政官賞勲局二等書記官
2	呉梅村（偉業、一六〇九—一六七一）	鷲津宣光（毅堂山長、一八二五—一八八二）
3	宋茘裳（琬、一六一四—一六七三）	鈴木魯（蓼渚釣史、?—一八七八）明治十一年一月没
4	施愚山（閏章、一六一八—一六八三）	小永井岳（小舟漁僊、一八二九—一八八八）
5	王漁洋（士禎、一六三四—一七一一）	長炗（三洲楂客、一八三三—一八九五）
6	趙秋谷（執信、一六六二—一七四四）	伊藤士龍（聴秋山客、一八二〇—一八九六）
7	尤西堂（侗、一六一八—一七〇四）	森魯直（春濤髯史、一八一九—一八八九）
8	朱竹垞（彝尊、一六二九—一七〇九）	広瀬範（青村処士、一八一九—一八八四）
9	陳迦陵（維崧、一六二五—一六八二）	神波桓（即山漫士、一八三二—一八九一）太政官五等属
10	黄莘田（任、一六八三—一七六八）	関思敬（雪江寒士、一八二七—一八七七）明治十年十一月没
11	査初白（慎行、一六五〇—一七二七）	日下部東作（鳴鶴仙史、一八三八—一九二二）太政官大書記官
12	厲樊榭（鶚、一六九二—一七五二）	江馬欽（天江査客、一八二五—一九〇一）
13	厳海珊（遂成、一七二四年前後在世）	長松幹（秋琴真逸、一八三四—一九〇三）修史館一等編集官（太政官）
14	袁簡斎（枚、一七一六—一七九七）	大沼厚（枕山老人、一八一八—一八九一）
15	銭籜石（載、一七〇八—一七九三）	野口常共（松陽漫士、一八四二—一八八一）太政官小書記官
16	王穀原（又曾、一七五〇年前後在世）	谷鉄臣（如意山人、一八二二—一九〇五）

17	蔣苕生（士銓、一七二五―一七八五）	鱸元邦（松塘釣史、一八二三―一八九八）
18	王夢楼（文治、一七三〇―一八〇二）	徳山純（樗堂散人、?―一八七六）明治九年六月没
19	趙甌北（翼、一七二七―一八一四）	小野長愿（湖山酔翁、一八一四―一九一〇）
20	呉穀人（錫麒、一七四六―一八一八）	岡本迪（黄石髯叟、一八一一―一八九八）
21	呉澹川（文溥、生没年未詳）	巌谷修（一六居士、一八三四―一九〇五）太政官大書記官
22	張舩山（問陶、一七六四―一八一四）	成嶋弘（柳北僊史、一八三七―一八八四）
23	陳碧城（文述、一七七一―一八四三）	永坂周二（石埭居士、一八四五―一九二四）
24	郭頻伽（麐、一七六七―一八三一）	丹羽賢（花南酔士、一八四六―一八七八）明治十一年三月没
編者		中島一男（冬野、?―一八八二?）太政官賞勲局八等属
序文		川田剛（甕江、一八三〇―一八九六）修史館一等編集官（太政官）の撰文、書は日下部鳴鶴
跋文		依田百川（学海、一八三三―一九〇九）の撰文、書は神波即山
題字		上・中巻は松田雪柯の書、下巻は山田逸農の書

例言五則

一　曩者、我雲沼先生将選清廿四家詩、独力難給。謀之諸公、各選一家。

一　編次始於銭牧斎、終於郭頻伽。仍世次也。

一　各家之詩、有以体分者。有以年叙者。蓋従本集、所以体裁不一。

一　諸公所選、間有評語、一切刪除。唯存圏点、要在従簡約。

一　此編未脱稿、先生溘焉就木。今遵遺嘱、公之于世。以成其志云。

第二則では「世次に仍る」、すなわち没年順としたかったようであるが、図のように正確な生没年を知らなかったためであろう、作者の配列は生年順ではなく、概ね活躍した時代順となっている。次に第三則で「各家の詩、体分を以てする者有り。年叙を以てする者有り。盖し本集に従ひ、体裁の一ならざる所以なり」とあるように、詩の形態順、古詩・律詩・絶句で並べられているものもあれば、作品の成立順に配列されているものもある。「本集に従ひ」とは個々の詩人の詩集から作品を選び出したことを意味し、これまでのような清人の編纂した詞華集からの孫引きではないことを示す。なお、例言五則には書かれていないが、各詩人は詩の数、長さにかかわらず、いずれも五丁で収まっており、枚数は最初から決められていたのであろう。

甕江の序文、例言五則からは明確に編集方針を定めたのは誰であるか、春濤が編集、あるいは担当する詩人の割り振りなどにどの程度かかわっていたかは読み取れない。但し、単に発行者であるのみではなく、尤侗の詩の選者にもなっていること、更に春濤自らが編纂・発行する『新文詩』第四十二集（明治十一年十二月刊、すなわち『清廿四家詩』刊行の二ヶ月後）に、甕江の序文と学海の跋文を掲載し、序文には巌谷一六、野口松陽、久米易堂（久米邦武）の評語を、跋文には小野湖山と春濤自らの評語を付し、『清廿四家詩』の宣伝に意欲をそそいでいることから見ても、春濤は『清廿四家詩』の成立を牽引する立場にあったに違いない。

内容について管見を記せば、どの詩人も絵画を題材とした題画詩と、歴史上の出来事を題材とした詠史詩が多く見られる。これはおそらく当時の漢詩の集まりでよく取り上げられる題材、作詩の手本となることを意識した編集であろう。

また、詩の形態も一番作りやすいとされる絶句のみではなく、古詩・律詩も含まれていることは、作詩の手本に限らない、清詩を通覧して観賞するために不可欠な要素なのである。

次に選者について触れたい。二十四人の選者のうち、半数以上の十四人が『新文詩』第一集に名前を連ねており、第一集に名前のない十人の内、九人が『東京才人絶句』に名前を見ることができる。どちらにも名前のない、江馬天江は大垣出身で、尾張一宮出身の春濤とは旧知の間柄であり、全ての選者は春濤と少なからず関係のあった人物である。もっとも、北川雲沼も詩社、小鷗吟社を興しており、甕江のいう「君は書を読むに眼有りて、尤も詩律に精し。而して其の往来する所、率ね皆海内の知名の士なり。故を以て声誉籍甚にして、藝林推して能手と為す」、読書眼があり、作詩に精通し、その交際は世に知られる人ばかりである。その世に知られる人々に認められているため、名声は非常に高く、世の詩文を作る人々の中ではすばらしい作り手と推挽される、というのは、必ずしも根拠のない賛辞ではあるまい。なお、ほとんどの選者が個人の詩集を刊行しているのも、詩人としての評価があったことの裏付けとなろう。選者についても、当時違和感を持たれるような人物は選ばれていなかったに違いない。

最後に作者について触れておく。明末清初の銭謙益・呉梅村より、清代後期の陳碧城までの二十四人は、概ね清詩を通覧する上で、まず名の挙がる詩人と言える。和刻本があり、比較的名の知られた詩人で収められていないのは、「温柔敦厚」「怨みて怒らず」を旨とし、思いを比喩に託して、露わにしないことを詩作の基本とする格調派の代表者、沈徳潜であろうか。「「温柔敦厚は詩の教えなり」（中略）を詩の根本理念とする沈徳潜の詩論は、どうしても道学臭を帯び、性霊を尊ぶ袁枚の自由さと相容れないものがあった」[8]ことが、選に漏れた原因かもしれない。

むしろ、強調すべきは、清末までこのような長い時間の流れで清詩を通覧できる詞華集が、清朝で生まれなかったことである。確かに清詩の総集では沈徳潜編『国朝詩別裁集』が、継いで王昶編『湖海詩伝』があり、両者を併せ読むことによって、ほぼ『清廿四家詩』の範囲を覆うことができる。[9]しかし、清詩の流れを簡潔に見通せる点から言えば、『清廿四家詩』の価値は先の両書に劣るとは言えないのである。

三　『清三家絶句』刊行の経緯について

『清廿四家家』をいわば清詩概論とすれば、『清三家絶句』はその中から更に選び出された特別論といった書籍である。まずは、『清三家絶句』の二つの序を見る。

清三家絶句小引　　巌谷一六

春濤翁、選清張船山・陳碧城・郭頻伽三家絶句、上梓。其詩隽妙雅麗、読之可以発性霊也。曩者、江湖社諸老、首唱宋詩、有范・楊・陸三家刊本。海内靡然、詩風一変。今斯選行世、余知騒壇俊英有所嚮往而真性霊之詩出矣。（春濤翁、清の張船山・陳碧城・郭頻伽三家絶句を選び、上梓す。其の詩は隽妙雅麗にして、之を読めば以て性霊を発すべきなり。曩者、江湖社諸老、宋詩を首唱し、范・楊・陸三家の刊本有り。海内靡然として、詩風一変す。今斯の選の世に行はれば、余、騒壇俊英の嚮往して真の性霊の詩の出づる所有るを知るなり）

清三家絶句序　　小野湖山

高枝難攀、低花易折。是可以評春濤森翁所選三家絶句。三家為誰。曰張船山。曰陳碧城。曰郭頻伽。皆近世鉅匠距今不遠、読其詩、恍如聞音吐。近者易解、易解則易学。豈非易折之花耶。若夫自銭・呉・王、以迄蘇・黄・陸・李・杜・韓、逾高逾難学。庾子山所謂枝高出手寒者。春濤後彼先此。可謂得導人之妙矣。（高き枝は攀り難く、低き花は折り易し。是れ以て春濤森翁の選ぶ所の三家絶句と評すべし。三家は誰と為す。曰く張船山。曰く陳碧城。

曰く郭頻伽。皆近世の鉅匠にして今を距たること遠からずして、其の詩を読むに、恍として音吐を聞くが如し。近き者は解し易く、解し易きは則ち学び易し。豈折り易きの花に非ずや。若し夫れ銭・呉・王自より、以て蘇・黄・陸・李・杜・韓迄とすれば、逾《いよい》よ高く逾よ学び難し。庾子山の所謂「枝高くして手を出だせば寒し」（庾信「詠梅詩」　日野注）者なり。春濤、彼を後にし此を先にす。人を導くの妙を得ると謂ふべし。）

一六はこの選集が、袁枚らの説く「性霊（自然な表現を用いて、感情を率直に表すことを詩のあるべき姿とする）」の発露につながり、かつて宋詩が一世を風靡したように、今度は今の詩人たちが「性霊」のことを知り、詩風の変化が起きるであろう、と説く。湖山はこの三人の優れた詩人、すなわち張船山・陳碧城・郭頻伽は、いずれも自分たちとほぼ同じ時代を共有しており、その時間の共有が読み手に親近感を与え、詩を理解し易くさせる。時代が遠くなればなるほど、自分たちの手の及ばない高み、偉大さを覚えるのであるから、まずは近い時代の詩人の作品を通じて詩を学ぶのは、春濤の手柄である、とする。神田喜一郎の「時代の近い清朝人の詩になると、何といっても理解もし易いし新鮮味もあり、それだけ直に共感をひくところもある」という清詩に対する理解は、[10]この序文が影響を与えているかもしれない。

では、このような時代の近さが、理解のし易さにつながる、という考えを他に述べた者はいないのであろうか。その一例として、祇園南海の『明詩俚評』[11]叙を挙げる。

明詩俚評叙　　祇園南海

漢唐之詩、難学難解。明人之詩、易学易解。漢唐之詩、不可不学、而不可不解。明人之詩、未必不学、而未必可

解。（漢唐の詩、学び難く解し難し。明人の詩、学び易く解し易し。漢唐の詩は学ばざるべからずして、解さざるべからず。明人の詩は、未だ必ずしも学ばざるにあらずして、未だ必ずしも解すべからざるなり。）

「漢唐の詩、学び難く解し難し。明人の詩、学び易く解し易し」とは、先の湖山の考えと同じもので、湖山がこの序文を元にした可能性はある。同じ時代を生きていることが、どの程度、作品理解に益するかは疑問であるが、親しみ易さを感じるきっかけとはなろう。

しかし、この遠い存在の詩人たちではなく、近い時代の詩人から学ぼうという考えが、誰しもが受け入れられるものではなく、おそらくは抵抗感を覚える者もあった。鷲津毅堂の詩文集、『毅堂丙集』詩稿尾には、門下生から詩の学び方について問われた際、毅堂はこう答えている。(12)

子欲学詩、宜読葩経文選及唐宋大家集、沈浸之久、必有所得。然後発諸筆墨可也。世之軽俊才子、目先触清乾隆以後詩、為其儇巧所衒惑。務倣口吻、蓋詩雖工而未至成家者。（子の詩を学ばんと欲すれば、宜しく葩経・文選及唐宋大家集を読み、沈浸之を久うすれば、必ず得る所有り。然る後に諸筆墨を発すれば可なり。世の軽俊才子、目するに先づ清の乾隆以後の詩に触れ、其の儇巧に衒惑する所と為る。務めて口吻に倣へば、蓋し詩の工みなりと雖も未を家を成す者に至らず）

詩を学ぶには『詩経』『文選』、唐宋時代を代表する文人たちの作品をじっくり読むことから始めなくてはならない。今の浮ついた文人達は、まず清の乾隆以後の詩に目を向け、その軽薄な技巧に衒惑されている。その詩風に力を込めて倣おうとすれば、きっと詩の表現は上手になっても、一家を成せるほどの実力を備えたものにはなれない、と毅堂の返答である。目新しさのみに関心を奪われてはならない、という毅堂の指摘は、確かに詩の典故が時系列で積み重なってゆくものである以上、近い時代に生まれた詩語や表現は、熟していない表現として、読み手が書き手の意図を共有できない可能性がある危険性を示している。おそらく春濤や湖山らもこの危険性を熟知していたであろう。それでも、特に若い世代の詩人が今まで知らなかった詩を紹介することにより、彼らに詩の新鮮味や親近感を覚え、延いては詩作への関心を持つことを重視して、これらの詩集を刊行したのではなかろうか。

四　春濤と清詩との関わり――『清三家絶句』所収の張問陶詩を通じて――

春濤はいつ頃から清詩にたいして関心を持ち始めたのであろうか。まず、春濤が清人の詩に和韻した漢詩は次の七首である。

「梅花四首用趙甌北韻」（2―5、春濤十八歳作）
「秋柳四首用王漁洋韻」（7―78、四十歳）
「僧円桓過訪口誦時厲樊榭移居詩即和其韻」（9―2、四十五歳）
「舟夜聴秋虫用王穀原韻」（11―19、五十一歳）
「陸放翁心太平庵硯引用王漁洋為畢通州賦韻為日下部内史賦」（12―17、五十六歳）
「北川内史宅次張船山春初与亥白飲酒韻同黄石翁賦」（13―2、五十八歳）
「美人擘阮用陳碧城韻」（14―18、六十一歳）

年齢を一つの基準とすれば、春濤が清詩を意識した作品は晩年になって明らかに増えている。また、これら以外にも例えば、先に挙げた「十一月十六日挙児」詩など題名ではなく、明らかな影響を読み取れる作品を含めれば、更にその数は上がろう。しかし、その総数を得るためには、春濤の二千四百首余りに及ぶ詩を全て見、典故などを調べる必要があり、現時点では困難である。そこで、次に春濤自身が選んだ『清三家絶句』所収の三人の詩、特に『清三家絶句』刊行以前に大部の和刻本が出版されて、幕末から明治の人々になじみの深い、張問陶の詩を取り上げて、春濤がどのような意図で選んだかを考えることにしたい。

張問陶の詩集は『船山詩草』二十巻、及び『船山詩草補遺』六巻がある。嘉永元年及び同三年に刊行された和刻本『船山詩草』全九巻は、『船山詩草』巻二から巻十のみの翻刻であり、『同補遺』は収録されていない。一方、**表4**を見ると判るように、『清廿四家詩』『清三家絶句』所収の張問陶詩は、『清廿四家詩』もそうであるが、特に『清三家絶句』ではそのほとんどが和刻本未収録の詩を収録している。そこには、まだ広く知られていない詩を紹介するということが理由として挙げられるが、作品を見てゆくと二つの視点が浮かび上がってくる。一つは張問陶の作詩観、もう一つは禅味への関心である。挙げるべき例が多くなったが、取り上げたい。

表4　『清廿四家詩』『清三家絶句』の『船山詩草』との対応表

『清廿四家詩』	『船山詩草』所収巻数	『清三家絶句』	『船山詩草』所収巻数
謁堯母陵	巻四	荒州夜泊	巻二
菊花詩	巻五	過先文端公旧第	巻二
題孫淵如前輩雨粟楼詩	巻五	家居感興	巻二

過黄州	巻二	臘月十八日出関、憶内瀕行。内子約以是日移居芙蓉西院。	巻四
沔県謁武侯廟	巻三	立秋前数日、郷思怦怦。連夕苦不成寐。閑作小句、排悶。	巻四
仏前飲酒浩然有得	巻五	酔後口占	巻五
読桃花扇伝奇［節三］	巻五	地南茅屋春日	巻七
寒夜吟	巻一	瀘州	巻八
帰興	巻七	涪州感旧	巻八
題藕香閣玉窓清影図［録一］	巻五	黄牛峡	巻八
青山寺	巻六	新野城南花陂是陰麗華故居	巻九
春日憶内	巻五	裕州蘭香巌	巻九
曲三分水至楠木園出巫峡［節一］	巻八	黄粱夢鎮戯作	巻九
壬子除夕与亥白兄神女廟祭詩作	巻八	癸丑二月二十日入都。後三日、范摂生夫子筵上、送王子卿帰江南。	巻十
冬夜	巻十一	題邵嶼春葆祺詩後	巻十
達摩面壁図	巻十四	題武連聴雨図。王椒畦作。	巻十
題楽天天随鄰屋	巻十九	三十生日	巻十
空山聴雨図為女冠韻香題	巻二十	代啓答畢秋帆先生。並上近詩一巻。	巻十
		題牡丹巻子	巻十
		除夜五鼓。将入朝独坐口号。	巻十

		送簡州州判張水屋道渥之任	巻十一
		題画	巻十一
		八月二十一日雨中。自題山水小幅。	巻十一
		感事	巻十一
		輓鄭母李安人	巻十二
		四月三十日。雨中排悶。邀亥白兄受之弟同作。	巻十二
		画馬自題	巻十二
		冬日無事。手為内子写照。得其神似而已。内子戯題一絶云。愛君筆底有煙霞、自抜金釵付酒家、修到人間歳子婦、不辞清痩似梅花。依韻和之。	巻十二
		寄答杜槑渓群玉	巻十二
		自題小画	巻十三
		題画冊	巻十三
		重検記日詩稿題十絶句	巻十三
		画山水自題	巻十四
		画僧自題	巻十四
		己未正月十八日紀事	巻十四
		題画	巻十五

		田居園為呉穀人侍読題	巻十五
		天橋春望	巻十五
		偶理案上書帙。各題一詩排悶。	巻十五
		題石君師梅石観生図	巻十五
		月夜聴雨枕上作	巻十五
		自題小游仙館	巻十五
		自題山水	巻十六
		作画自題	巻十六
		壬戌初春。小游仙館読書、道興。	巻十六
		題李墨荘前輩帰槎図	巻十六
		蒲髯出塞図	巻十六
		題思元主人樊学斎	巻十六
		柳如是小像	巻十六
		立秋	巻十七
		観生閣紀夢図	巻十七
		蛛網	巻十七
		題画	巻十七
		南城判事吟示吏民	巻十七
		春雨種菊	巻十七
		小園喜雨	巻十七

		夏日即事	巻十七	
		鮑曇原比部士貞送窮図。即歩原韻。	巻十七	
		題淵如前輩所蔵孫子名印。時新啓祠宇于虎邱。	巻十七	
		新秋喜晴	巻十七	
		禅悦	巻十七	
		礼闈分校口占	巻十七	
		春草	巻十七	
		心光	巻十七	
		題復園画冊	巻十七	
		送松嵐帰山東	巻十七	
		選期已近。口占自嘲。	巻十七	
		為旭林画猿題句	巻十八	
		東阿	巻十九	
		邳州道中。感留侯遺事。	巻十九	
		泛宅	巻十九	
		感事。為坡詩下一転語。	巻十九	
		晩泊鎮江京口駅	巻十九	
		題屠琴鄔論詩図	巻十九	
		潘朗斎河陽春色図	巻二十	

		陽湖道中	巻二十
		李仙像	巻二十
		劉瑞圃南磵訪僧図	巻二十
		洞底遇雨	補巻一
		藕湖秋暁	補巻一
		雪夜	補巻一
		劉伶墓	補巻一
		邯鄲題壁	補巻一
		同彭田橋亥白兄。過浣花渓口占。	補巻二
		大安駅旅夜聞院東弾月琴	補巻二
		趙州雨花菴	補巻三
		題呉碧蓮降壇詩後	補巻三
		題呉山尊櫑画	補巻四
		七月廿七日。為賊竊去澄泥硯一、歙硯二、雪舫水晶印一、王子卿刻陶字小鍾印一、胡城東船山獅紐小玉印一、黄仲則鋳長母相忘仿漢瓦当銅印一。作詩誌之。	補巻四
		病懐	補巻四
		為香圃、作補梅書屋図。幷題。	補巻四

		法梧門祭酒、以涪翁旧時愛菊陶彭沢今作梅花樹下僧詩意写照。戯題二絶。	補巻五
		題画	補巻五
		題画	補巻六
		濰県道中	補巻六
		舟中即事	補巻六

（一）張問陶の作詩観

重検記日詩稿題十絶句　　重ねて記日の詩稿を検して、十絶句を題す

少作重繙只汗顔　　少作　重ねて繙けば　只だ汗顔
此中我我却相関　　此中我我　却つて相関わる
悪詩儘有真情境　　悪詩　儘《ことごと》く真の情境有り
忍與風花一例刪　　風花と一例に刪するに忍びんや

刪詩　　詩を刪す

一字真如博浪椎　　一字　真に博浪の椎の如し
僧敲畢竟異僧推　　僧敲は畢竟　僧推と異なる
霊鍼未乞天孫巧　　霊鍼　未だ天孫の巧を乞はず

子細雲衣漫改為　　雲衣を子細にして　漫りに改めて為る

改詩　　詩を改む

無功歳月強編年　　無功の歳月　強ひて編年す
旧夢如雲尚了然　　旧夢　雲の如きも　尚ほ了然たり
漫語讕言聊自賞　　漫語　讕言　聊か自から賞す
快心原不在流伝　　快心　原《も》と流伝に在らず

編年　　編年

南船北馬意踟躕　　南船北馬　意　踟躕たり
到処応留記事珠　　到る処　応に留むべし　記事の珠
也擬一年分一集　　也た一年に擬へて　一集に分かてば
浪遊踪跡恐模糊　　浪遊の踪跡　恐らくは模糊たり

分集　　集を分かつ

題屠琴鄔論詩図　　屠琴鄔の論詩図に題す

仙経佛頌養霊胎　　仙経佛頌　霊胎を養ひ
七宝荘厳啓弁歳　　七宝荘厳　弁歳を啓く

提筆便存天外想
神龍鱗爪破空来

規唐摹宋苦支持
也似残花放幾枝
鄭婢蕭奴門戸好
出人頭地恐無時

也能厳重也軽清
九転丹金鑄始成
一片神光動魂魄
空霊不是小聡明

提筆　便ち存す　天外の想
神龍　鱗爪　空を破りて来る

唐に規《のっと》り宋に摹《も》して　苦《はなは》だ支持するは
也た残花の幾枝に放つに似たり
鄭婢　蕭奴　門戸好きも
人頭の地を出づること　恐らくは時無し

也た能く厳重に　也た軽清
九転の丹金　鑄て始めて成る
一片の神光　魂魄を動かし
空霊は是れ小聡明ならず

「重検記日詩稿題十絶句」より全十首の内、四首を、「題屠琴鄔論詩図」では全四首の内、三首を取り上げた。「重検記日詩稿題十絶句」は、自分の詩稿を整理する課程を題材とし、「刪詩」から「祭詩」の十の段階ごとに詩を作っている。「刪詩」では若書を読み返して恥じ入るばかりであるが、それでもここには自分の真の思いがあるのだから、風に散る花びらのように取り去ってしまうことができようか、と詩への思いを描く。「改詩」では一字を替えることの重さを、「編年」では書き散らした作品に当時の思いを今でも強く感じ、「快心　原と流伝に在らず」と感情を思うままに表現することが大事であって、広く人々に伝わることではない、としている。「分集」ではあちらこちらへと旅をするが、到る所に詩興を呼び起こすものがある。それを一年一集としてまとめると、旅の軌跡は曖昧模糊として見えなくなってしまうと、自らの旅の多さを詠っている。

「題屠琴鄔論詩図」其一では佛の教えの中に人の及びもつかない詩想があり、それを会得すれば空から神龍が現れるかのように詩想が現れるとする。其二は唐・宋を積極的に詩の軌範としても、鄭玄や蕭穎士の召使いたちが門前の小僧よろしく多くの知識を身に付けても、結局は主人を超え得ないように、詩人としての独自性を出すことはないと、個性の重視を示す。其四では、時には重く、時には軽く、思索に思索を重ねた上に、一筋の閃きを得て始めて人の心を動かすような詩を作ることができ、清らかで柔軟な詩想はちょっとした聡明さによって得られるものではないと、詩想の奥深さを語る。

これらの作詩観は延いては、選んだ春濤自身の作詩観といってよいのであろう。春濤は詩論を著すことはなかったが、読み手はおそらくそう読み取ったに違いない。

(二)禅味への関心について

禅悦

蒲団清坐道心長　　蒲団の清坐　道心長し
消受蓮花自在香　　消受す　蓮花自在の香
八万四千門路別　　八万四千門路別なり

誰知方寸即西方　誰か知らん　方寸即ち西方なるを

「禅悦」、すなわち禅の喜びと題した詩の全二首の内、其一を取り上げる。この張問陶に限らず、陳碧城や郭頻伽の詩にも禅宗への関心が伺える詩がある。春濤も彼の名と字をつなげると、「希黄魯直（黄魯直を希《こひねが》ふ）」すなわち北宋の文人、黄庭堅を敬い慕うというように、禅宗を好み、禅宗からの影響を強く受けた黄庭堅と同じく、春濤も禅宗を好んでいた。王漁洋が提唱した、洗練された含蓄ある表現を用い、言葉に表しつつも言い尽くさず、余韻を重んじる神韻説にも、禅宗の「不立文字」の影響があり、春濤の詩風を考える上で禅味の存在は欠かせない言葉であろう。(13)

以上のように、『清三家絶句』編纂の意図を、例を挙げつつ考えた。『清廿四家詩』は詩の形式の手本であり、『清三家絶句』は詩をどう表現するかという内容面での手本としたことが、両書の編纂の目的であったといえよう。

五　春濤と清人との出会い――金邠と葉松石――

明治十年代初め、元高崎藩主の大河内輝声は、日本に来訪した清人たちの元を訪れ、筆談（彼らの筆談は、今日我々のいう「漢文」を用いていた）の形で会話をしている。その中に次のような一節がある。

（明治十一年五月七日　日野注）輝声　筆談はだれがいちばんすぐれていますか？　桼園　それは、鷲津毅堂・重野成斎・永坂石埭・森春濤がいちばんです。(14)

輝声と清から来た文人、王治本（黍園は号）とのやりとりである。この会話で注意すべきは、黍園が筆談のすぐれた人物として、漢文家として評価のある成斎と毅堂以外に、春濤と石埭をあげている点である。永坂石埭（弘化二年、一八四五〜大正十三年、一九二四）は、名古屋で医者をしていたが、明治七年に東京で医を開業した。春濤編『銅椀龍唫』後序を書くなど、「春門の四天王」の一人にあげられるなど、詩人としても評価されている。

それでは、石埭・春濤がなぜ筆談にすぐれていると評されたのかについて考えたい。二人は石埭が一世代下であることを除けば、いずれも幕末から明治初年にかけては名古屋で活躍していた。明治四年、尾張藩は学制の改革を行い、藩校明倫堂に外国人の教師を雇っている。その中で清語や書の教師として呼ばれたのが、金邠、字は嘉穂である。鶴田武良「金邠について——来舶画人研究——」(15)などによれば、彼は明治四年の初めに長崎へ行き、そこで尾張藩の儒者、岡田篁所より明倫堂での教授を薦められ、同年二月に明倫堂教授となっている。(16)この時、森槐南・奥田抱生・永坂石埭らが金邠から清語を学んだとされている。

また、当時明倫堂督学となっていた佐藤牧山の漢文に批評を加えており、明治年に刊行された『牧山楼文集』にその批評が残っている。春濤も清人と直に接するのは初めてであったろうが、自分の詩に批評を求めている。その一例を挙げる。(17)

蘆花漁笛二詠（其一、（　）内字が金邠の批正。2—1）

遮(能)蔵江上丈人舟　　遮り（能く）蔵す　江上　丈人の舟
隔断風前一笛秋　　隔断す　風前　一笛の秋
抵死不離南浦水　　死に抵るとも離れず　南浦の水

雁愁鷗夢両悠悠　　　雁愁　鷗夢　両つながら悠悠たり

もっとも、春濤は金邠から字の間違い以外を指摘された以外は、改訂の意見を取り入れていない。後に岩渓裳川が春濤の批正を得た後、さらに王泰園の批正によって字句を変更したことに対して、「其政に従ふは愚のことならずや」と叱責し、その場にいた小野湖山も「一体日本人は清国人とさえ云へば、詩の上手なりと思ふは謬りなりと笑はれしことあり」という逸話(18)も、清人の意見を無条件に受け入れてはならない、というこの頃の漢詩人たちの意識であったかもしれない。とはいえ、金邠は初めて接した清人で、書を贈りあう交際もあった(19)から、春濤にとって印象深い存在であった。春濤の詩の中で、金邠の名は、「江楼夜坐懐金邠」(11—47)、「送王琴仙還清国兼寄懐金爾葉松石二子」(13—65)に見える。

江楼夜坐懐金邠　　　江楼夜坐す　金邠を懐ふ

風燈閃閃挂篷窓　　　風燈閃閃として　篷窓に挂り
誰愛餘涼駐画艭　　　誰か餘涼を愛して　画艭を駐む
忽憶姑蘇台畔月　　　忽ち憶ふ　姑蘇台畔の月
帰人舟已近呉江　　　帰る人の舟は已に呉江に近し

送王琴仙還清国兼寄懐金爾葉松石二子
王琴仙の清国に還るを送る　兼ねて懐ひを金爾・葉松石二子に寄す

雁風燕雨迹多差
此意平生吾所嗟
湖上別愁悲楚管
夜来零露泣湘花
仙雲近接東瀛水
星漢遙回八月槎
南滬儻逢金與葉
為伝詩酒老京華

雁風　燕雨　迹差《たが》ふこと多し
此の意　平生　吾が嗟く所
湖上の別愁　楚管を悲しみ
夜来の零露　湘花に泣く
仙雲　近く接す　東瀛の水
星漢　遙かに回《かへ》る　八月の槎
南滬《こ》　儻《も》し金と葉に逢はば
為に伝へよ　詩酒　京華に老ゆと

いずれも金邠の帰国後、風流と共に語るべき存在であった金邠や、次に紹介する葉松石がいなくなった寂しさを詠っている。

もう一人、春濤に影響を与えた清人がいる。明治七年から九年にかけて東京外国語学校で清語を教えていた葉松石である。(20)ここでは彼の文集『煮薬漫抄』(21)内の記述に注目したい。同書には日本滞在時の思い出や、文学論など様々なことについて書いている。その中に次のような文章がある。

少年受詩法於陳雲伯先生。（中略）不愧碧城仙館衣鉢。
（葉松石の兄が　日野注）少年たりしとき、詩法を陳雲伯先生に受く。……（兄の詩は）碧城仙館の衣鉢に愧ぢず。

　凡作近体詩、誦之流水行雲、聴之金声玉振、観之朝霞散綺、講之異繭繰糸、能事畢矣。
　凡そ近体詩を作すに、之を誦ふるに流水行雲のごとく、之を聴くに金声玉振のごとく、之を観るに朝霞散綺のごとく、之を講ずるに異繭繰糸のごとくならば、能事畢れり。

陳雲伯は『清廿四家詩』『清三家絶句』に詩が収められた陳碧城のことである（碧城仙館は彼の住まいの名である）。ここでは挙げなかったが、張問陶の詩や郭頻伽の詩についての感想を述べた文章も散見する。当時の清人、特に蘇州近辺の人々に、張問陶・陳碧城・郭頻伽の詩が好まれていた一傍証といえよう。また、「凡近体詩……」の条は、先に示した張問陶の作詩感に相通ずるところがあり、春濤がこのような作詩感を葉松石から聴いたか否かはおくとしても、清人とのやりとりの中で、このような意識を感じ取った可能性はあったといえよう。

清人と春濤との交流について述べてきたが、そこで思い至るのは、春濤が金邠・葉松石ら蘇州近辺で生活していた人々から、当時の清詩の流行に関する最新の情報を聞き、彼等の間で評価の高かった張問陶・陳碧城・郭頻伽の三人を特に『清三家絶句』として編纂する狙いが生まれたのではないか、ということである。これについては、更に検証の余地を残すものの、春濤と清詩との関わりについて、一考すべきことであろう。

注

（1）『清三家絶句』については、新井洋子「森春涛《ママ》編『清三家絶句』について」（大学院紀要『二松』第十九集、二〇〇五年三月）を参照されたい。同論文にも『清廿四家詩』への言及がある。『清三家絶句』所収の絶句と『清廿四家詩』所収の絶句は、張船山と陳碧城については重複がない。しかし、郭頻伽のみは『清廿四家詩』所収の絶句十三首の内、十首とほとんど重なっている。郭頻伽の絶句に佳作とされるものが少なかったためか、『清廿四家詩』での選者である丹羽花南が『清三家絶句』刊行前に亡くなっているため、あえて重複を厭わなかったのか、理由は定かでない。

（2）汲古書院、二〇〇六年三月。

（3）大江敬香「明治詩家評論」（明治二十八年執筆。『敬香遺集』大江武雄刊、一九二八年十一月）所収。後に『明治漢詩文集』に再録（明治文学全集第六十二巻、筑摩書房、一九八三年八月）。ここでは『明治漢詩文集』三四三頁を用いた。

（4）辻揆一「明治詩壇展望（其一）」（初出は「漢学会雑誌」第六巻第三号、一九三八年十二月、一一七～一一八頁）。後に前掲『明治漢詩文集』に再録。ここでは『明治漢詩文集』三六五～三六六頁を用いた。

（5）「清詩の総集に就いて（下）」（「支那学」第二巻第八号、一九二二年）、七十五頁

（6）依田学海著、学海日録研究会編『学海日録』第四巻（岩波書店、一九九二年三月）、一四八頁

（7）日暮忠誠編『官員録』、拡隆舎、一八七七年六月、第三ウに拠る（国立国会図書館所蔵、同館近代デジタルライブラリー所収）北川雲沼（泰明）は太政官賞勲局二等秘書官、中島一男は同局八等属にあった。『清廿四家詩』奥付には、「編録人　東京五番町イ五番地　滋賀県士族寄留　中島一男」とある。

（8）近藤光男著、『清詩選』（漢詩大系第二十二巻、一九六七年六月）、二三二頁

（9）近藤『清詩選』、松村昂著『清詩総集叙録』（二〇一〇年十一月、汲古書院）参照。

（10）『神田喜一郎全集』第八巻、同朋社出版、一九八七年十月、一六三～一六七頁（初出は注（6）六近藤著に付された月報）先に引用した箇所を含む、神田の指摘を挙げておく。

しかし、これに反して、江戸時代の末期から明治大正年代に至る約百年間における清詩の流行は、じつにすさまじいものであつた。（中略）ところでこれほどまでに読まれた清朝人の詩集が、こんにちぱつたりと読まれなくなつたのは何故であらうか。その餘りにも甚しい変化に驚くのほかはないが、その理由は極めて簡単である。江戸時代の末期から明治大正の時代にかけて清朝人の詩集を愛読したのは、我国の漢詩人で、かれらはみづから漢詩を作る手本として、これを愛読したのである。（中略）それよりも時代の近い清朝人の詩になると、何といつても理解もし易いし新鮮味もあり、それ

だけ直に共感をひくところもある。これが江戸時代から明治大正時代にかけて清朝人の詩集が流行した大きな理由であらう。

(11) 二松學舍大学日本漢文教育研究推進室所蔵本に拠った。

(12) 注 (11) に同じ。

(13) 春濤と禅との関係については、合山林太郎「幕末明治期の艶体漢詩——森春濤・槐南一派の詩風をめぐって」、和漢比較文学第三十七号、二〇〇六年八月、十七—三十二頁も参照されたい。

(14) 実藤恵秀編訳『大河内文書』、平凡社、一九六四年五月、七十七頁

(15) 美術研究通号三一四号、国立文化財機構東京文化財研究所・東京文化財研究所企画情報部編、一九八〇年九月、一三四—一四四頁。また、町泉寿郎「養徹定と金嘉穂の明治四年、長崎における筆談記録」、日本漢文学研究第四号、二〇〇九年三月、一〇七—一三〇頁では、古写経についての意見の交換を行う金嘉穂の姿が伺える。

(16) なお、金邠と尾張藩との関係についての史料があるため、付記する。明治四年十二月、フランスから清国へ帰還する清国外交官、張徳彝が船に同乗した丹羽昭陽（丹羽らはヨーロッパへの視察旅行の帰りであった）と、金邠についての会話をしている。

（同治十年十一月二日　日野注）其一人姓丹羽名昭陽、朝夕扳談。伊云「貴国金嘉穂先生、蘇州人、在本処現任学職。曾聞之否。」彝曰「未聞。」又云「現在本国国学明倫堂課読。今若駕詣尾張、其学官必款待之。」（其の一人の姓は丹羽、名は昭陽にして、朝夕扳談す。伊云ふ「貴国の金嘉穂先生は、蘇州の人にして、本処の現任の学職に在り。曾つて之を聞かざるや否や。」彝曰く「未だ聞かず。」又云ふ「現在本国の国学明倫堂課読なり。今若し尾張に駕詣すれば、其の学官必ず之を款待せん」と。　張徳彝著、左歩青点、鍾叔河校「帰途記」（『随使法国記〔三述奇〕』所収）、湖南人民出版、一九八二年二月、二七〇頁）

(17) 上村才六編「文字禅」第二十四号、声教社、一九一八年三月、一頁

(18) 岩渓裳川「詩話　感恩珠」、『作詩作文之友』第七号、益友社、一八九九年二月、二頁

（19）第一章で紹介した「四月二日、予生辰也。携児泰・侄民徳、到写真場。與国島女教師五字掛幅［清客金邠書贈予者］、併上之鏡。乃題廿八字」詩や、葉松石「贈春濤詩壇」詩（『新文詩』第三集所収）への春濤の批評に「祇談風月四字係余坐頭扁題是清国姑蘇人金邠書而贈余者（『祇談風月』四字は余の坐頭の扁題に係るものなり。是れ清国姑蘇人の金邠の書して余に贈る者なり）」とある。

（20）葉松石の経歴等については、既に陳捷『明治前期日中学術交流の研究』（汲古書院、二〇〇三年二月）において詳細に論じられているので、同書の十五～二十二頁を参照されたい。

（21）沈雲龍編『近代中国史料叢刊第43輯』所収本（文海出版社、一九六九年十一月）に拠った。

第七章　春濤と艶詩をめぐって

はじめに

森春濤の詩風は、艶麗を第一とするのが、春濤在世時より今日にまで変わらない評価といえる。明治期においては、小野湖山「題森春濤蓮塘詩後」詩（『湖山近稿』巻二）がその傍証として挙げられている。

題森春濤蓮塘詩後

千古香奩韓偓集　　千古の香奩　韓偓集
継之次也竹枝詞　　之に継ぐ次や　竹枝詞
両家以外推妍妙　　両家以外　妍妙を推さば
一種森髯艶体詞　　一種　森髯の艶体詞のみ

韓偓の『香奩集』、劉禹錫らによる竹枝詞はいずれも艶詩を代表する作品とされている。しかし、久保天随が竹枝詞について、「抑も竹枝は、劉禹錫に剏り、専ら土地情宜を叙す。後世に至りては、狭斜の境、烟麗の盛を述ぶるを以て足れりと為す。その本末を誤ること、甚しといふべし」(1)と述べるように、明治期にはかなり片寄った印象が先走っていた。後に触れるが、韓偓もまた、『香奩集』の与える印象が強く、それ以外の作品も含めて、より広く韓偓の詩について見る視点に欠けていた。そして、『香奩集』・竹枝詞の後継者と目された春濤についても、やはり作品全体ではなく、世に代表作として取り上げられている作品のみが、春濤の詩風を判断する基準になっていたといえる。春濤の詩風については、既に揖斐高「森春濤小論」中の「二　春濤の詩風」において、詳細な論が述べられている。(2) ここでは依田学海「新潟竹枝序」「春濤詩鈔序」、成島柳北「偽情痴」、春濤「詩魔自詠」詩引などの別の詩文より、春濤の詩への評価について考えたい。

一　学海と春濤との交流について

まず、「新潟竹枝序」「春濤詩鈔序」を書いた依田学海と春濤との交流について述べる。

明治期の漢文の大家の一人である依田学海は、今日では彼の漢文集『譚海』が翻刻されるなど、再評価が進みつつある。(3) 学海がいつ頃から春濤と知り合うようになったかは、正確な年月は明らかでないが、学海の日記『学海日録』(以下『日録』と略す)では、明治八年四月二十一日の条で初めて春濤の名が登場する。(4)

二十一日。一円吟社に至る。森春濤に逢ふ。此人詩をもて世に名あり。(以下略)

前年の終わりには春濤は東京は下谷に住まいを構えているため、あるいはその辺りまで溯り得るかもしれない。いずれにせよ、東京定住後の早い時期から春濤が学海と接触を持ったといえる。両者を繋ぐ一つの可能性は、『日録』明治

八年八月十一日の条に見える。(5)

十一日。小崎公平、諸官と河長楼に会す。この日会する者皆藤（藤森天山　日野注）門友なり。川田甕江・鷲津毅堂を始、横山徳渓・渥美正幹・増田賛・大野誠。また会するもの小野湖山・三島判事・森春濤等は門人にあらざれど皆藤翁の知る人なり。（以下略）

佐倉藩で天山に教えを受けた学海と、嘉永四年に江戸に一時滞在し、天山にもその名が耳に届いていた春濤とは、天山との関係の濃淡はあるが、天山を介してお互いの名を知っていたかもしれない。また、二人が詩会などでの交際のみではなく、当時の東京の詩人たちの交際網の中において協力する姿が、『日録』明治十一年十一月十三日の条(6)より伺える。

十三日。雲沼北川氏が卒せしは去年の事なりしが、その友人日下部・岩谷及び森春濤・小野湖山の二翁、雲沼が選せし諸人の詩ならびに諸官の選せしを合せて廿四詩選として板行し、一ツには書の価をもて雲沼氏が子孫救恤のはしにもせばやとてものせられしが、此日はその書板行成就せしとて諸官を会せられたりき。余は日・谷両子の請がまゝに、その跋をものしつ。川田氏は序作れり。（以下略）

この他にも、両者が度々詩会で同席したことを『日録』は伝えている。もっとも、『日録』明治十三年六月廿三日の条(7)には春濤への皮肉もあり、学海が春濤の心酔者であるという関係でもなかったようである。

廿三日。（中略）春濤の詩、もはら香奩の体を作り、艶治の語多し。岡本黄石翁も詩をもて京師にきこへたるが、京師の少年才子上夢香・神田孝なんどいふ上手ども多かりしが、或人、上国の風もよろしかるべけれども、当時東京に行はるゝ春濤風の詩を学び給はゞいかにとゝすゝめしかば、両子黄石にいかにすべきと問しに、黄石うち笑ひて、春濤詩に妙ならざるにあらず、されど正派にあらずして魔道といふべしと答しかば、二子もまたその言をよしとしてやみぬ。このこと春濤が門人なりける橋本蓉塘きゝてかくと告しかば、春濤大かたならず怒りて安からず思ひしにぞ、ことし黄石再び東京に遊せしかど、そのもてなし前の如くならず、黄石の訪くる事あるときも、いとすげなくあへしらひて、うち解くることもなしとぞ。春濤・湖山・枕山の三子、当世の詩傑ともいふべし。枕山の人となりはくわしく知らず。湖山年老て酒僻あり。さまにでもあらぬ事を怒ることあり。春濤もまたやゝもすれば怒を発してとゞむべからざること多し。その性相似たりといふべし。諂諛もて人にそしらるゝには、ますよしあらむか。

この条は、後に述べる「詩魔自詠」詩を作った一件に大きく係わっている。学海と春濤との関係を『日録』の中から垣間見たが、両者の関係は、学海が詩社の主催者ではなく、東京の詩社の中心的存在であった春濤に特別な対抗意識や衝突する理由もなかった。つまり、学海は春濤の心酔者でもなく、敵対者でもなく、適度な距離をおいた春濤を客観的に批評しうる立場にあったといえよう。『春濤詩鈔序』において、序という文体上、称賛が中心を占めていることは否めない。しかし、例えば春濤の門弟、あるいは実子の森槐南のような人達が書くよりも、客観性は見出せよう。この序文は明治漢詩壇の中で、春濤の詩風の本領がどこにあったかを考える上で、注目すべきものなのである。

二　「詩魔自詠」引について

明治十三年一月ごろ、春濤は「詩魔自詠幷引」詩（14—29）を作った。七言絶句八首と引、すなわち序文とで構成されたものである。絶句には仏教語が多く典故として用いられ、詩の意味を捉えることが難しいため、本論ではその序文を中心に考えたい。まず原文を引く。

詩魔自詠引

点頭如来、目予為詩魔。昔者王常宗、以文妖目楊鉄崖。蓋以有竹枝続奩等作也。予亦喜香奩竹枝者。他日得文妖詩魔並称、則一生情願了矣。若夫秀師呵責、固所不辞也。

詩魔自詠の引

点頭如来、予を目して詩魔と為す。昔者王常宗、文妖を以て楊鉄崖を目す。蓋し以て竹枝、続奩等の作有ればなり。予も亦た香奩、竹枝を喜ぶ者なり。他日、文妖・詩魔の並称を得れば、則ち一生の情願了れり。夫れ秀師の呵責の若きは、固より辞せざる所なり。

既に入谷仙介［ほか］校注『漢詩文集』において注釈が施されているため、それを用いつつ読み解きたい。元末明初の文人、楊鉄崖が艶詩を好んだため、同時代の王常宗は楊鉄崖を「文妖（士大夫のあるべき姿に背く詩文を作る奴）」と蔑んだ。同じく艶詩を好む自分もまた、点頭如来様から「詩魔（人の心を悪く誘惑する詩を作る奴）」と評された。「文妖・詩魔」と、かの楊鉄崖と併せて呼ばれるようになれば、詩人の本懐を遂げたものである。秀師から厳しく咎められるのは、当然のことである。以上のように読み解いてみたが、二つ未解決の箇所がある。一つは「点頭如来」とは誰か。もう一つは「秀師」とは誰であるかである。「点頭如来」については、一つ挙げておかなくてはならない詩がある。春濤「自題写真」詩である。

自題写真（初出は『新文詩』第五十四集、明治十二年十一月。14―19）

前身示疾老維摩　前身は疾を示す老維摩
八万四千煩悩多　八万四千　煩悩多し
臂上焚香増綺障　臂上　香を焚けば　綺障増し
鉢中弾舌現詩魔　鉢中　舌を弾けば　詩魔現る
情縁微笑大伽葉　情縁の微笑　大伽葉のごとく
影事三生乾闥奪　影事の三生　乾闥奪のごとし
一榻無聊仍有酒　一榻　無聊なるも　仍ほ酒有り
待他天女散曼陀　他の天女の曼陀を散らすを待たん

春濤六十一歳の作であるが、六十を過ぎた頃より春濤は自らを維摩に擬えるようになっている。俗世にありながら、菩薩や如来たちと対等、あるいはそれ以上に仏の教えについて討論をする様子が、「維摩経」に描かれている。武士階級ではない春濤（＝維摩）が、漢詩壇（＝仏教）ではお武家様たち（＝菩薩や如来たち）以上の存在となっているとの自負であろう。とすれば、「点頭如来」も武士階級の詩人と考えることができる。

更に「点頭」の典故として、禅語の「群石点頭（頑石点頭とも）」が挙げられる。中国の南北朝時代、高僧が人の代わりに石に説法をしたところ、石がその言葉をありがたがり、頷いた（＝点頭）という佛教譚である。春濤は禅宗を好んでいたので、おそらくこの典故を用いたのであろう。唐、劉禹錫の「生公講堂」詩もこの佛教譚が基本にあるので、あるいはそこからも春濤は知識を得たかもしれない。ここで再び取り上げるべきは、先に引いた『日録』の一節、「春濤詩に妙ならざるにあらず、されど正派にあらずして魔道といふべしと答しかば、二子もまたその言をよしとしてやみぬ。このこと春濤が門人なりける橋本蓉塘きゝてかくと告しかば、春濤大かたならず怒りて安からず思ひしにぞ」である。岡本黄石の号、黄石は前漢の軍師、張良に兵書を与えた黄石公に基づくものである。黄石は彦根藩の軍学師範である岡本家の養子となったから、この号は黄石にとってよく適ったものである。しかし、春濤は「黄石」ではなく、石は石でも「群石」「頑石」のようなつまらない石ではないか、と皮肉を込めて「詩魔自詠」詩の序文としたのである。

もう一つの「秀師」は、北宋の恵洪『冷斎夜話』に見える一節が典故である。

法雲秀関西、鉄面厳冷、能以理折人。魯直名重天下、詩詞一出、人争伝之。師嘗謂魯直曰「詩多作無害、艶歌小詞可罷之」魯直笑曰「空中語耳、非殺非偸、終不至坐此墮悪道」師曰「若以邪言蕩人淫心、使彼逾礼越禁、為罪悪之由。吾恐非止墮悪道而已」魯直領之、自是不復作詞曲耳。（『冷斎夜話』巻十）

法雲秀関西は、鉄面厳冷にして、能く理を以て人を折す。魯直（黄庭堅を指す　日野注）の名は天下に重く、詩詞の一たび出づれば、人争ひて之を伝ふ。師嘗つて魯直に謂ひて曰く「詩の多作は害無きも、艶歌小詞は之を罷むべし」魯直笑ひて曰く「空中語なるのみ、殺するに非ず偸むに非ず、終に此の堕悪の道に坐するに至らざらん」師曰く「若し邪言を以て人を蕩し心を淫すれば、彼に礼を逾え禁を越えせしめ、罪悪の由と為す。吾れ恐らくは堕悪の道に止まるのみに非ざるなり」魯直之を領して、是より復た詞曲を作さずと。

先にも触れたように、春濤は黄庭堅を好んでいたから、かつて黄庭堅が法雲から「人の心を悪へと導く艶詩を作ってはならない」と言われたように、艶詩を好む自分もまた、その叱責を甘んじて受けようと、春濤は自分に批判に受けて立つとの姿勢を示したのである。

なお、この後、「詩魔歌」（小野湖山、『新文詩』第五十八集）「余頃作詩魔歌、贈春髯。覚冗長可厭。因改賦。一絶併刻詩魔酒顛印贈之」（小野湖山、同第六十集）「詩魔歌併引」（橋本蓉塘、同第六十集）「題髯翁詩魔自詠後」（橋本蓉塘、同第六十六集）「詩魔歌。贈春濤翁」（靄雲道人、同第六十九集）と、春濤を支援する立場の詩が作られる。ただ、春濤としては、「詩魔自詠」を作ったことで気が晴れたか、黄石の詩集の題詩を書くなど、両者のわだかまりはなくなったようである。しかし、次には春濤ではなく、息子の槐南が非難と対象となるのである。

三　成島柳北「偽情痴」と艶詩の流行

明治十四年三月四日付の『朝野新聞』雑録欄に「偽情痴」と題された一文が掲載された。(8) いささか長文であるが、全文を挙げる。

偽情痴

古今天地間人ニシテ色ヲ好マザル者無シ。自カラ好マザルト言フ者ハ詐リノミ。試ニ看ヨ。英傑ノ士、才智ノ人ニ論無ク、卓識能文ノ徒ト雖モ皆此範囲ヲ脱スル能ハズ。其真情ノ発シテ文詞歌句トナルモノ、指屈スルニ暇有ラザルナリ。況ヤ尋常ノ都人士ヲヤ。市井ノ少年子ヲヤ。若シ傾城ノ色絶世ノ姿ニ会ヘバ、心ヲ蕩カシ、神ヲ喪ヒ、恍然惚然トシテ竟ニ陥テ、色界ノ餓鬼タルモ何ゾ深ク咎ムルニ足ランヤ。然リト雖モ、人ノ情慾ニ溺ルル者ハ、皆其ノ実相ノ前ニ現ジ、其ノ艶麗ナル容貌ノ親シク我レニ接シテ堪フ可カラザルニ因テ知ラズ覚エズ其ノ貲財ヲモ擲チ品行ヲモ顧ミザルノ域ニ陥ルノミ。若シ夫レ画図ノ美人、泥塑ノ名姫ナラシメバ、如何程情ヲ動カスニ足ルモノナルモ、誰レカ復タ之レガ為メニ其ノ心神ヲ流蕩セシメンヤ。真仮自カラ別有リ。虚実太ダ異有リ。是レ至愚ノ人ト雖モ能ク弁ズル所ナリ。独リ怪ム、世間一種ノ文士輩有テ常ニ青楼ニ上ボルニモ非ズ、屢バ紅裙ト接スルニモ非ズ、徒ラニ稗官ヲ読デ、其骨既ニ朽ルノ佳人ヲ慕ヒ、空シク伝奇ヲ誦シテ、其ノ面ヲモ識ラヌ尤物ヲ恋ヒ、断腸ト叫ビ、銷魂ト唱ヘ、忽チ哭シ、忽チ泣キ、狂ノ如ク、酲ノ如ク、相思ノ語、可憐ノ字、争フテ排列シ来タリ。夢カ影カ人カ鬼カ、奇奇怪怪名状スル可カラザル者有リ。自カラ以テ情痴ト称スルモ、真ノ情痴ニ非ズ。自カラ以テ風懐トスルモ、真ノ風懐ニ非ズ。元是レ偽情痴ノミ。仮風懐ノミ。噫偸香竊玉ノ事ハ、人間ノ美徳ニ非ズ。然レドモ万忍ブ可ラザルノ情ニ出デテ、以テ罪ヲ名教ニ獲ルハ、寔ニ已ムヲ得ザルモノトシテ、之ヲ不問ニ附スルノミ。然ルニ絶エテ其ノ情実モ無キニ、故ラニ狂態ヲ呈シ、艶語ヲ綴リ、以テ妙ト呼ビ、快ト叫ブ、是レ何等ノ不見識ゾヤ。美人ノ幽霊ヲ見テ心ヲ傷マシメ、尤物ノ影法師ヲ望ンデ情ヲ悩ス。彼ノ仮声ヲ聴テ俳優ヲ慕フノ痴、女子ニ下ダルコト万々ナルニ非ズヤ。斯クノ如ク説キ来タレバ、彼徒ハ必ズ我ヲ罵テ無情極マル男子ト言ハン。我々ハ元来無情ニ非ズ。色ヲ好マザルニ非ズ。唯ダ仮ヲ粧フテ真ト為シ、偽ヲ飾ツテ実ト為シ、故サラニ腸ヲ断チ、益モ無ク涙ヲ流ガシテ、文詞上ニ色男メカス文士其人ノ考案ガ一向分カラヌ故、一言以テ質サザルヲ得ザルナリ。若シ我々ノ説ヲ非ナリトセバ、一夕実地ニ遊ビ、之ヲ正真ノ活美人ニ問ハバ、必ズ自カラ悟ル所有アラン。呵々。

実在の女性との恋愛に溺れるのはともかく、実在しない想像上の女性にうつつを抜かし、「文詞上ニ色男メカス文士」気取りをするのは、所詮絵空事の域をでないではないか、という内容であるが、実はその「文詞上ニ色男メカス文士」が森槐南を暗に指すものであった。

明治十三年二月、十六歳の槐南は自作の戯曲『補春天伝奇』を出版している。(9) 陳碧城が明末の名媛、馮小青・楊雲友・周菊香三人の墓が荒廃したことを、夢の中で知り、その墓を改修した話を元にした戯曲であり、『補春天伝奇』の序文を書いた学海や黄遵憲などが、その早熟な才能に驚いている。しかし、ようやく大人の仲間入りをした程度の年齢で、恋愛を題材とした戯曲を書くとは、柳北にしてみれば「まだ色恋の奥深さをよく解らぬ若者が」と、いささか皮肉を呈したくなったのであろう。

では、その皮肉に対して、槐南はどのように答えたか。それは槐南「無端」詩を見なくてはならない。

無端　　森槐南（『新文詩』第七十三集　明治十四年四月—五月）

無 端 拍 手 笑 呵 呵　　端無くも手を拍ち　笑ふこと呵呵たり
時 復 擡 頭 喚 奈 何　　時に復た頭を擡げて　喚ぶも奈何せん
穿 鑿 其 誰 非 混 沌　　穿鑿　其れ誰か混沌に非ずや

盈虧唯我與嫦娥
花残痩蝶夢還小
春老古鵑啼不多
猶有風懐餘結習
画簾重聴美人歌

盈虧《えいき》　唯だ我と嫦娥のみなり
花は残れ　痩つる蝶の　夢　還た小さく
春は老い　古き鵑の　啼くこと多からず
猶ほ風懐の結習を餘す有りて
画簾　重ねて聴く　美人の歌

特に第三・四句では「自分はよけいな穿鑿を受けて死んでしまった混沌のようであり、月の満ち欠けや人の評価の変化のような移り変わりに悩まされるのは、月の女神の嫦娥と自分である」と柳北の自分への評価に対する憤りを表現している。最初の発表時では「無端」詩は取り上げた一首のみであったが、後に更に一首を付け加えている。その二首目の自注に「時有目余詩為偽情痴仮風懐者（時に余の詩を目して偽情痴・仮風懐と為す者有り）」（『槐南集』巻一）と書いている。槐南にしてみれば、よほど腹立たしい一件であったらしい。

柳北と槐南、黄石と春濤との諍いの背景には、更に指摘しておくべきことがある。それは明治十年代、艶詩を集めた詩集が出版されていることである。この点について、関係する書籍を列挙した。

横浜竹枝　永坂石埭著（明治二年六月）
古今春風詩鈔　鶴見東馬編（明治十一年九月）
遊仙洞詩集　藤田虎雄編（同年十一月）
東京新詠　関根痴堂著（明治十二年二月）
近世人情詩集　玉置正太郎編（同年八月）

憐香惜玉集　　橋本新太郎編（明治十四年二月）
情詩舌冷集　　田島象二編（同年五月）
　春濤詩鈔（甲籤）　森春濤著（同十四年七月）

一文字下げた書籍は、艶詩集ではないが、春濤及び春濤と親しい関係にある人々のものである。この中で注目すべきは、橋本新太郎編『憐香惜玉集』(10)である。

『憐香惜玉集』は、大江敬香（安政二年〈一八五五〉～大正五年〈一九一六〉）・児嶋愛鶴・板谷湘香（児嶋・板谷の生没年は不明）の漢詩集である。編者である橋本の「例言五則」第一則では、「本集者就大江児島《ママ》板谷三家近稿中抜抄其体係香奩者編之（本集は就ち大江・児島・板谷の三家の近稿中より其の体の香奩に係る者を抜抄して之を編ず）」とあるように、彼等の近作より艶詩を抜粋して作られた漢詩集である。生没年の判る大江は刊行時、二十七歳にあたり、年齢から見れば若手の詩人に属している。大江の詩より二首を挙げる。

春夜奩体二首［節一］　　春夜奩体二首［一を節す］
弦絶歌沈夜悄然　　弦は絶へ　歌は沈み　夜悄然たり
一燈隔水淡於烟　　一燈　水を隔てて　烟よりも淡し
多情月影掠簾去　　多情の月影　簾を掠めて去り
知是春閨夢正遷　　知んぬ　是れ春閨の夢の正に遷るかと

寄懐槐南兄三首［節一］　　懐を槐南兄に寄す三首［一を節す］

兄是当今陳碧城　　兄は是れ当今の陳碧城
香奩妙句又誰争　　香奩　妙句　又た誰と争はん
東台烟水墨江月　　東台の烟水　墨江の月
写上紅箋便艶評　　写して紅箋に上せば　便ち艶評

「春夜奩体」は音曲の絶え、寂しい夜の閨房の中で恋人の訪れをまつ女性の姿を描き、「寄懐槐南兄」では敬愛する森槐南は、正に現在の陳碧城というべき存在であって、その艶詩に誰が敵うであろうか。上野や隅田川の風景を紅の詩箋に記せば、「艶麗な詩である」との評価が起きる、と槐南の詩歳を賞賛している。若手の詩人たちの間では、槐南の艶麗な詩を詩作の目標とする風潮があったのではあるまいか。そうであれば、柳北らの年代の詩人からは、艶麗な詩に走る若手に対して苦々しい思いを抱き、延いては若手の目標とされる槐南への批判につながったと考えるべきであろう。

四「新潟竹枝序」について

先の詩魔騒動などを経て、依田学海によって明治十四年に書かれたのが「新潟竹枝序」である。これは春濤が同年、新潟への紀行で詠んだ詩を集め、明治十四年十月に刊行した詩集、『新潟竹枝』の序文である。(11)

森春濤先生は、詩を以て海内に著名なり。今茲辛巳七月、将に新潟に遊ばんとす。諸友に別れを告げて曰く「吾、将に山川人物の以て大なるを観、吾が詩を盛んにせんとするなり」と。君が詩は諸体に工みにして。最も艶麗を以て名を得。蓋し李玉渓、温飛卿の流亜なり。陳碧城・郭頻伽の如きは、則ち兄弟の間に在り。或ひは其れ浮靡にして正声に非ずと疑ふ。余以為らく然らずと。詩は性情なり。関雎は国風の始と為すも、以て性情の正をしき得るに非ずや。顧みるに乃ち庸腐を以て典雅と為し、枯渋を以て淡遠と為す。摸擬剽窃は、以て愚俗を赫《あらは》す。言と情の背き、文と質の違へば、是れ真の詩に非ざるなり。（中略）豈に独り其の詩を盛んにして、儕輩を圧倒するのみならんや。且つ夫れ玉渓の韓碑、籌筆、飛卿の謝公墅、湖陰曲は、筆力雄健にして、文字麗則なり。雅頌と謂ふべ区して、異曲同工なり。君が詩は艶麗を以て名を得ると雖も、而して其の長編巨作も亦た往往にして人を驚かす。世徒の概ね艶体を以てするは、君を知るに非ざるものなり。

この序文を含む春濤の新潟紀行については、次のような記述がある。

七月より歳晩迄春濤は新潟地方を巡遊した。曩に文久二年夏高山に遊んだ時に、越後の柏崎と新潟から請待を受けた。

然し七月には是非帰郷せねばならぬからと云つて断つた旨が、例の速水佐分両家宛の長い手紙に書いてあつた。今二十年目にそれが再燃したのである。（中略）甕江は、詞鋒要作北方強、去訪当年古戦場、横槊英風誰継響、杉公城上月如霜。と其行を壮にしたが、枕山は、月明七十四橋夜、白紵歌成開酒懐、と奨め、松塘は、高山絶唱継三国、又載吟毫向新潟、集裏重添好竹枝、三生君是劉賓客。と期待した。春濤は留別の詩に、（中略）と云ふので意のある所を示して居る。（石黒二五八―二五九頁）

春濤の詩は次の作品である。

辛巳七月将游新潟賦此留別東京諸同好（15―1）

辛巳七月　将に新潟に游ばんとして此れを賦し東京の諸同好に留別す

白髪飄蕭何所之
湖楼置酒話分離
此行要問今風俗
吾意将翻古竹枝
一笑三年逢越女
心腸木石奈呉児
憐他七十二橋柳
秋近千糸更万糸

白髪　飄蕭　何の之く所ぞ
湖楼　置酒して　分離を話す
此の行　要《かなら》ず問はん　今の風俗
吾が意　将に翻さん　古の竹枝
一笑三年　越女に逢ひ
心腸木石　呉児をいかんせん
憐れむ　他の七十二橋が柳の
秋近うして　千糸　更に万糸なるを

「此の紀行において必ず今の新潟の風俗を訊ねることにしよう。そして、新潟にて見聞きしたことへの私の気持ちを、昔よりある竹枝詩の形で新たに表現するつもりだ」という春濤の言葉に、この新潟紀行に対する春濤の強い意識を読み取ることができる。この背景には、先の「詩魔」「魔道」と指摘されたことや、ちょうどこの七月に春濤の漢詩集『春濤詩鈔甲籤』（現行の『春濤詩鈔』巻一より巻四がこれに当たる）が出版されたことが伺える。春濤にとって、自分の漢詩人としての存在価値をより強く世に広めることが急務であったのではあるまいか。

学海の序文の「春濤は艶詩に長けた李商隠や温庭筠の詩風を受け継いでいるが、李商隠らには艶詩以外にも優れた作品がある」という指摘は、「春濤詩鈔序」にも強く受け継がれているのである。

五 「春濤詩鈔序」について

まず、中心となる箇所の訓読を示す。(12)

先生の明治中興の三十餘年前より、夙に詩を以て海内に名あり。其の作る所の無慮数千首、藻絵雕飾、風月を嘲弄し、煙霞を笑傲す。人目して韓内翰・杜分司と為し、或ひは之を病とす。余曰く否なり。子は先生の得る所の詩に煙雨満村春靉靆、可無牛背出英雄と云ふ有るを記せざらんや。当路見て之を奇とし、曰く是れ偉人なりと。召見して方略旋議するも、合はざれば先生怫然として去りて復た出でず。嗚乎其の志知るべし。然らば則ち吟風弄月、一世を嘲謔して、慷慨激楚の音と成さざるは、是れ先生の笑罵なり。情の至れる者は分司の俊爽・内翰の幽咽の、出だして艶詞・冶曲と為るを見ざるや。彼は其の憂国の志や深し。故に其の発する所此の如し。苟しくも其の笑を見て以て喜と為し、其の罵を見て以て怒と為すは、浅きかな其の人を知るや。紀暁嵐嘗て云ふ中鉄蟾、好んで香奩艶体を以て、不遇の感を寓すと。先生は葛巾野服、事外に超然とし、意思翛然なり。豈に声律に不遇を託せんや。顧みるに先生老いたりと雖も、憂世の志は未だ嘗つて一日として衰えざるなり。其の詩を借りて、以て胸襟を写すは、蓋し嬉笑怒罵の外なる者に出づる有るなり。

序文はまず春濤の詩に対する当時の評価を記す。そして、詩の内容が、必ずしも詩人の人となり、考えと同一ではないとする。そして、詩の表現、あるいは詩風のみで詩人の人格を評価することの危うさを説いている。

ここで学海は、「人目為韓内翰杜分司、或病之」「分司之俊爽内翰之幽咽」と、春濤の詩風が杜牧と韓偓の詩風に近いとの世評を挙げ、さらに春濤が両者の詩風の長所を取り入れていることを指摘する。杜牧については、韓偓に較べて研究が進んでいる。その詩風、特に艶詩の作者としての杜牧と、古文の大家であり、また、兵法書の注釈を行った杜牧という二面性については、贅言を加える必要はなかろう。

一方の韓偓(13)（唐会昌二年、八四二―後梁龍徳三年、九二三）は、先に述べたように、女性の官能美を多く詠った漢詩集『香奩集』の印象が強いが、最も膾炙した作品は『三体詩』巻一、『聯珠詩格』巻三に収められた次の詩であろう。

自沙県抵尤渓県、値泉州軍過後、村落値皆空。因有一絶（此後庚午年）

沙県より尤渓県に抵り、泉州の軍過ぎて後、村落皆空しきに値ふ。因りて一絶有り（此れ後の庚午の年なり）

水自潺湲日自斜　　水　自ら潺湲たり　日　自ら斜なり
尽無鶏犬有鳴鴉　　尽く鶏犬無くして　鳴鴉のみ有り
千村萬落如寒食　　千村　萬落　寒食の如く
不見人煙空見花　　人煙を見ずして　空しく花を見る

野口寧斎は『三体詩評釈』の中で、この詩について、「香奩集を作る、詞多くは側艶、嬌憨昵戀、工みに児女の態を写す、一時を驚動し、千載を風靡す」「此後にして温李を学ぶ者、劉筠楊億、皆忠清鯁亮の人なり、而して冦準文彦博趙抃等の名臣皆西崑の詩派を伝ふる者なり、詩風を以て人を測るもの、難しといふべし」と述べている。(14)「詩風を以て人を測るもの、難しといふべし」は、また「春濤詩鈔序」における学海の意図とも合致している。ここで挙げられた温李、すなわち温庭筠と李商隠もまた、優れた艶詩の作者であり、春濤の詩風に影響を与えたことは、岡本黄石「哭森春濤」詩中に「江湖早歳擅才名　温李流風写性情（江湖　早歳　才名を擅にし　温李の流風　性情を写す）」（『黄石斎』第六集巻六）とあることから伺える。

さらに韓偓の生涯について追記すべきは、唐代の末期に唐王朝を少しでも立ち直らせそうとし、唐滅亡以降は軍閥の一人の元に身を寄せるも、最後まで二朝に仕えなかった唐王朝への厚い忠誠心を持った人物であったことである。『四庫提要』において、

其詩雖局於風気、渾厚不及前人、而忠憤之気、時時溢於語外。性情既摯、風骨自遒。慷慨激昂、迥異当時靡靡之響。其在晩唐、亦可謂文筆之鳴鳳矣。

其の詩の風気に局《せば》まり、渾厚の前人に及ばざると雖も、忠憤の氣、時時、語外に溢る。性情既に摯《あつ》く、風骨自ら遒《ひい》づ。慷慨激昂、迥《はる》かに当時靡靡の響に異なる。其の晩唐に在るや、亦た文筆の鳴鳳と謂ふべし。

と韓偓の詩を評価したのは、艶詩の作者と忠誠心溢れる詩を作ったという二面性を指摘していて、まず穏当な評価といえよう。(15)

杜牧も韓偓も、その多岐に亙る作品を見れば、必ずしも世に称されるもののみが詩風の本領であるとはいえない。より広く様々な視点から作品を見つめることが大切である、これが学海の「春濤詩鈔序」における意図である。逆にいえば、そう訴えなければならなかったほど、世間での「春濤詩＝艶詩」とする印象が強かったことの反証ともなるのである。

春濤が没して十年の後、春濤の門弟の一人、岩渓裳川は次のような一文を残している。(16)

○春濤か艶体の詩とて、世人の喧伝し、今も人之を賞して已ます、故に綺麗なる詩は春濤風抔と人の稱するより、翁の詩は皆然るべしと思ふ後輩も少からず、殊に知らず、翁が当時時時を詠出せられて、一篇の詩史を爲すも、多く之れあることを、人若し左に抄出する数篇を読めば、如何の感あるや、柳北先生か翁か吉原避災詞に他の詩人の冷笑せられし如く、艶体の詩も人の及はさる所、時事の詩も当時此上に出つる詩あるや、決して無しと云はん外なかるべし、

裳川の指摘は、春濤は艶詩のみでなく、時事を詠い込んだ漢詩も多く作っており、相変わらずの春濤の詩風に対する世評への苛立ちを彷彿とさせる文章である。時事を詠み込んだ漢詩といえば、「春濤詩鈔序」に「当路見奇之」として引く、春濤の「村童牧牛図」詩（7—1）を挙げている。

村童牧牛図　　甲寅

中　興　覇　略　説　豊　公　　中興の覇略　豊公を説くも

公亦微時是牧童　公も亦た微時は是れ牧童なり
煙雨満村春鬖髿　煙雨　村に満ち　春　鬖髿たり
可無牛背出英雄　牛背より英雄の出づること無かる可けんや

甲寅、すなわち安政元年の作である。徳川幕府の権勢も揺らぎ始め、何か違った世界が来るのではなかろうか。それはかつての豊臣秀吉がそうであったように、村の一牛飼いが起こすのではあるまいか。春濤の新しい時代への期待と興奮が読み取れる詩である。それでも、この詩を読むとき、作者が読み手をぐいぐいと自分の世界に引きずり込もうとする強い刺激を、読み手は感じにくいであろう。おそらく読み手は杜牧「清明」詩、あるいは同「江南春絶句」詩を思い出すに違いない。「煙雨満村春鬖髿」という転句は、起句・承句を受けた結句のみならず、詩全体を飲み込み、春のたゆたう雰囲気に満ちる。かつて入谷仙介は森槐南の詩を評して、「彼は表現者であって、アジテーターではない、ということである」とした。(17) おそらく、春濤にも似たような扇動者になりきれないところがあり、あるいは、そういった柔らかさ、弱さが春濤の詩への評価への一つの因子になっているのかもしれない。

学海は「春濤詩鈔序」において、詩人の称賛されている一面のみによって、詩人や詩風を評価することの危うさを説いた。論文中に引いた寧斎や裳川の意見もそれに相通じている。「春濤＝艶詩」の図式はごく一面のものでしかないことを述べた。そもそも「艶詩」とは何か、単なるエロティックポエムのことでしかないのか、それとも、何か違った意味を含むのか。この点を踏まえて、春濤の詩を見つめることが大切なのである。

おわりに——詞華集に選ばれた春濤の漢詩について——

最後に、「春濤詩鈔序」が後世に何らかの影響を与えたかについて考えたい。その手掛かりとして、大正・昭和に編まれた代表的な漢詩選集に、どの詩が選ばれたかを例示する。多くの作品を収められたものもあるが、煩を厭わず記す。

『明治名詩鈔』[18]（永坂石埭選）

「擬古」「倚竹書龕詩」「岐阜提鐙歌為勅使河原鉄瓦作」「丁亥元旦鳴門観潮歌〔丁亥〕」「宿法応寺」「蘭亭集字詩〔幷序〕」「秋日拉泰姪民徳上金華山」「読史有感楠氏事」「小牧山」「豆腐」「僧円桓過訪口誦厲樊榭移居詩即和其韻」「寒夜永阪石埭招飲分韻書即事」「寄呈毅堂先輩」「二十日宿豊橋駅是夜雨」「念七日入東京即夜石埭至為予謀栖息地喜賦」「己卯新正六十一自祝」「自題写真」「辛巳七月将游新潟賦此留別東京諸同好」「次一東石如見贈韻」「二喬読兵書図」「芭蕉庵雅集壁掲元僧楚石詩幅因用其韻」「題画」「途上所見」「梅花画冊」「偶題」「春昼六言」「新秋夜坐」「回郷絶句五首〔録三〕」「曝書読書二首」「詠史二首」「常盤牛若二図」「自画雑題」「午睡起戯書」「村瀬氏過期不嫁聞其意欲得書生如余者即聘為継室」「読晋書」「白髪」「新暦謡〔癸酉〕」「詠史」「蓮蕩夜帰」「梨堂相公対鷗荘印賞題辞」「十二月二十一日湖亭潑散会同盟諸公皆至名優数輩亦闌入矣酒間有感書此以贈」「徳川精廬公子穆如閣雅集賦得春寒花較遅以題為韻五首」「挂川駅寓喩月楼」「観音像賛」「舟下高梁川」「売宅戯題門帖」「歳晩題壁自適」

『現代日本詩集　現代日本漢詩集』[19]（井土霊山選）

「岐阜竹枝二首」「送別二首」「四月二日作」「聞鵑」「辛巳七月将游新潟賦此留別東京諸同好」「梅花四首用趙甌北韻［録二］」

『明治大正名詩選　前編』[20]（木下彪選）

「岐阜竹枝二首」「回郷絶句」「城西散策」「春雨中読書于桶間村相羽子辰家」「玉浦雑詩」「諏訪山雑題」「望湖楼」「賦得春寒花較遅」「春寒」「舟夜」「曝書」「迂哉印譜題辞」「経三島中洲旧居」「宿小仏村」「比翼塚二首」「風懐」「詠史二首」「詠史」「太白捉月図」「読元遺山集」「縦筆」「山中」「自画雑題」「晩過織田冢」「懐我山中友」「岐阜留別」「大磯客舎臥病書悶」「蟹江城址」「読史有感楠氏事」「秋晩出游」「秋晩游小房山」「老将行」「老馬行」「呼嗟乎行」

個々の選者の好みや、刊行された時代背景によって、その所収基準は異なっている。『明治大正名詩選　前編』では所収基準を、「擬古采らず寿詩采らず詠物詩少しく采る応酬詩少しく采る要するに虚設排し実叙を重じ性情醇正格律典雅を以て宗と為し幽晦纎佻の作一概采らず」としている。しかし、これらを『春濤詩鈔』より照らし合わせて判るのは、いわゆる「艶詩」の類がほとんど収められていない点である。特に『明治名詩鈔』での選者である永坂石埭は、春濤の古参の弟子である。春濤と時代を同じくし、共に漢詩を作り続けた石埭が艶詩を収録しなかったことは、単に批判を避け、無難な作品を選んだのではなく、学海の二つの序文に示されたような様々な角度から春濤の詩を見つめることを踏まえたのであろう。そうであれば、「春濤詩鈔序」が春濤の漢詩、延いては明治漢詩について考える際、重要な一つの指標になるのではないかと考えるのである。

注

（1）『評釈日本絶句選』、本郷書院、一九〇八年九月、六五頁
（2）『漢詩文集』（新日本古典文学大系　明治編二）、入谷仙介［ほか］校注、岩波書店、二〇〇四年三月、四三三～四四八頁
（3）『漢文小説集』（新日本古典文学大系　明治編三）、池澤一郎［ほか］校注、岩波書店、二〇〇五年八月。『近代文学研究叢書第十巻』（昭和女子大学近代文学研究室、昭和女子大学光葉会、一九五八年十月）四〇七～四八〇頁にも学海の詳細な伝記がある。
（4）『学海日録』第三巻、学海日録研究会編、岩波書店、一九九二年一月、三一一頁
（5）注（4）同書、三一六頁
（6）『学海日録』第四巻、学海日録研究会編、岩波書店、一九九二年三月、一四八頁
（7）注（6）同書、二六九～二七〇頁
（8）『朝野新聞　縮刷版』13、東京大学法学部明治新聞雑誌文庫編、一九八二年五月
（9）『補春天伝奇』については、沢田瑞穂「森槐南の伝奇二種」、國學院漢文学報四、一九三八年二月、五十三～七十八頁と、神田喜一郎『日本文学における中国文学Ⅰ』「三十八　槐南と清客」（『神田喜一郎全集』第六巻、同朋社出版、一九八五年四月、三三七～三四二頁）に詳しい考察がある。なお、春濤の門人で、槐南とも交際の深かった阪本蘋園は、後に「この頃槐南は依田学海に就て支那の詞曲伝奇を読む事に勉め、脚本を書いては朗誦して悦に入るが常でありました。」と述懐している。（阪本蘋園「明治初年の詩壇概況」「東華」第一集、芸文社、一九二八年八月、四十六丁オ）
（10）国立国会図書館所蔵（同「近代デジタルライブラリー所収）を用いた。
（11）該当箇所の原文を付す。

森春濤先生。以詩著名於海内。今茲辛巳七月、将遊新潟。告別諸友曰。吾将観山川人物以大盛吾詩也。君詩工於諸体。而最以艶麗得名。蓋李玉渓、温飛卿流亜。如陳碧城郭頻伽。則在兄弟之間矣。或疑其浮靡非正声。余以為不然。詩者性情也。関雎為国風之始。非以得性情之正乎。顧乃以庸腐為典雅。以枯渋為淡遠。摸擬剽竊。以赫愚俗。言与情背。文与質違。是非真詩也。（中略）豈独盛其詩圧倒儕輩已哉。且夫玉渓之韓碑籌筆。飛卿之謝公墅湖陰曲。筆力雄健。文

字麗則。可謂与雅頌。異曲同工矣。君詩雖以艶麗得名。而其長編巨作。亦往往驚人。世徒概以艶体。非知君也。

(12) 原文は次のとおりである。

先生於明治中興之三十餘年前、夙以詩名海内。其所作無慮数千首、藻絵雕飾、嘲弄風月、笑傲煙霞。人目為韓内翰杜分司、或病之。余曰否。子不記先生所得詩乎有云煙雨満村春靉靆、可無牛背出英雄。当路見奇之、曰是偉人也。召見方略旋議。不合先生怫然去不復出。嗚乎其志可知矣。然則吟風弄月、嘲謔一世不成慷慨激楚之音。是先生之笑罵也。情之至者也不見分司之俊爽内翰之幽咽、出為艶詞冶曲乎。彼其憂国之志深矣、故其所発即如此。苟見其笑以為喜、見其罵以為怒、浅乎其知人也。紀暁嵐嘗云申鉄蟾好以香匳艶体、寓不遇之感。先生葛巾野服、超然事外、意思脩然。豈託不遇於声律哉。顧先生雖老矣、憂世之志未嘗一日衰也。其借詩、以写胸襟、蓋有出嬉笑怒罵之外者矣。

(13) 『韓偓詩注』、陳継龍注、学林出版社、二〇〇一年四月、一二七頁　韓偓については左記の諸書を参照した。『韓偓事迹考略』、陳継龍、上海古籍出版社、二〇〇四年六月。『唐韓学士偓年譜（附香奩集弁真）』（新編中国名人年譜集成第十九輯）、陳敦貞、一九八二年一二月、台湾　商務印書館

(14) 郁文館、一九一〇年六月、六十三〜六十四頁

(15) 『四庫全書総目』巻一五一（集部　別集類四）、商務印書館、三〇〇二頁

(16) 岩渓裳川「詩話　一名感恩珠」、『作詩作文之友』第十二号、益友社、一八九九年五月、十一頁

(17) 入谷仙介著『近代文学としての明治漢詩』、研文出版、二〇〇六十月、四十五頁

(18) 森川鍵蔵編、鷗夢吟社、一九一五年六月、五十二〜七十一頁

(19) 現代日本文学全集第三十七篇、改造社、一九二九年四月、四九五〜四九六頁

(20) 国分青厓監修、漢詩大講座第十巻、アトリエ社、一九三七年七月、一二四〜一三四頁

第八章　野口寧斎の描いた森春濤像

――野口寧斎の漢詩集『出門小草』の上梓をめぐって――

はじめに

野口寧斎（慶応三年三月十五日〈一八六七・四・十九〉～明治三十八〈一九〇五〉年五月十二日）は、森春濤ら幕末から明治十年代の漢詩壇を牽引した世代の後を継ぐ存在として、森槐南らとともに注目すべき人物である。しかし、彼のまとまった漢詩集がないことと、彼の伝記資料に乏しいこと――これは彼の死が、日本の猟奇殺人事件の一つである「野口男三郎事件」に関係することに因るか――、この二点がおそらくは近年になるまで研究の対象とならなかった理由であろう。ただ、今日では寧斎を対象とする論文が書かれており、徐々に研究が進みつつある。(1) その一助として、本論文では、寧斎の唯一の漢詩集である『出門小草』（明治二十三年刊）を研究対象とする。(2) まず、当時の寧斎の環境について触れ、次いで『出門小草』序跋執筆者等との関係、収録された漢詩の構成について述べる。最後に所収の漢詩「恭輓春濤森先生」詩から、寧斎の描いた森春濤像について考えたい。

一　『出門小草』出版に至るまで

中村忠行編「略歴」では、寧斎について次のような一節がある。(3)

十四年父の病没により帰郷、数年後再び上京して哲学館に入り、かたわら詩を森春濤・槐南に学んだ。同門の佐藤六石とは、その頃から親交を結んだ。かくて、寧斎の詩は、「新新文詩」第十三集（明十九・六）以下、「毎日新聞」の「滄海拾珠」欄、「東京日日新聞」の「文苑」欄などに見られるが、実際に詩人としての声価が定まったのは『出門小草』の上梓（明二十三・三）以後のことで、同年九月の星社結成の折には、既に「詩壇の鬼歳」の名をほしいままにしていた。

概ね従うべきものであるが、既に合山林太郎の指摘にあるように、寧斎の詩が『新文詩』に初めて掲載されたのは、同第九十三集（癸未四月）所収の「若林残夢翁七十九寿詞［原三二］」一首である。癸未は明治十六年、寧斎十九歳のときである。(4)

森春濤・槐南父子の編になる『新文詩』には、寧斎の父、野口松陽（名は常共、字は伯辰）が第一集から、時に自らの詩を載せ、時に他者の詩の評者となるなど、深い関わりがあった。同じく第九十三集に、土方久元の「野口松陽三回忌辰作」詩も収められていることから見ると、春濤らは寧斎の詩壇への初登場の時期を、松陽の喪が明けたころとした、と考えることができる。また、土方の詩には巌谷一六・森春濤の評があり、一六は「一字一涙、不堪多読（一字一涙し、多読に堪えず）」、春濤は「一読一慟、予欲刻之松陽墓道碑焉（一読一慟し、予、之を松陽墓道碑に刻まんと欲す）」と評している。

春濤と松陽との交際については、合山論文に詳しいため、ここでは、春濤と同じく明治漢詩壇を牽引し、詩文集『一六遺稿』を残した巌谷一六と野口松陽との交際について触れたい。両者の交際の始まりは、共に太政官に勤め始めた明治七、八年ごろであろう。後に松陽の漢詩集『毛山探勝録』(5)（松陽が亡くなってわずか三ヶ月後の明治十四年八月刊。出版人は森槐南）では、一六の自作自書になる「読毛山探勝録」がその掉尾を飾っている。その中に「余与伯辰、同在史官。交久情親、尤服其才藝。文酒徵逐、相得甚楽（余と伯辰、同じく史官に在り。交わり久しくして情親し、尤も其の才藝に服す。文酒徵逐して、相甚だ楽しむを得）」と記している。史官とは、明治政府が明治十年に設置した修史館（同八年、歴史編纂のために設置された、修史局を改組したもの）を指す。松陽は内閣権少書記官が最後の職となっているが、特に修史館在職時を取り上げたのは、あるいは松陽がその才芸を発揮するのに、修史館――士大夫にとって、歴史編纂に関わることは、的確な記述能力などが強く問われるため、特に重い意味を持つ――こそが最もふさわしい、と一六が考えたためであろうか。一六の息子、巌谷小波も「寧斎主人と余とは、実に不思議の宿縁あるものである。主人の父常共氏は、又松陽と号して有名な学者であつた。されば我が父とは只に同職の同僚であつたのみならず、私交にも同好の誼を篤うして、実に莫逆の間であつたが、其児等も互ひに親友として、交際は前後二十年に垂んとする」(6)と回想しており、一六・松陽の交際の深さを述べている。

また、松陽は明治十四年五月四日に亡くなるが、それからまもなく刊行された『新文詩』第七十三集（辛巳四月至五月）、同第七十四集（辛巳五月至六月）には左記のような松陽を追悼した詩文が収められている。

第七十三集
巌谷一六「哭野口伯辰」詩（評は依田学海）
第七十四集
蒲生褧亭「祭野口伯辰文」（評は棗園〈姓名未詳〉）

丁野遠影「哭野口伯辰」詩（評は一六）

この時、一六は修史館一等編修官、依田学海は同三等編修官、丁野遠影は警視庁二等警視である。蒲生褧亭はかつて修史局三等協修を勤めていた。丁野と松陽との接点については不明であるが、依田・蒲生はいずれも太政官管轄の修史館（修史局）に勤めていたから、太政官の官吏であった松陽とは、詩壇以外でも交際はあったであろう。学海は『学海日録』(7)の中で、「（明治十四年　日野注）五日。出仕す。きのふ野口松陽やみて歿す。松陽、名は常共、肥前諫早の人。詩文最工なり。人となり温厚にして事務に通ず。癩疾にかかり久しく病たりしが終に不起。惜かな。六日。少雨。松陽の葬を青山に送る」と記し、松陽の死を悼んでいる。一覧を見れば解るように、一六は自ら松陽追悼の詩を作り、丁野の詩の評者にもなっている。ここにも一六と松陽の交際の深さを伺えるのである。寧斎の詩人としての成長を考える上で、一六の存在の大きさは注視する必要があろう。

二　『出門小草』の構成について

明治十六年、詩壇への登場を果たした寧斎は、一方、哲学館（現在の東洋大学）において学業に励んでいる。寧斎の友人であり詩人である、佐藤六石（元治元年～昭和二年）は寧斎を追憶した文章に次の一節がある。(8)

去る五月十二日（明治三十五年　日野注）に亡くなつた野口寧斎と余とは、随分古い友達で、その交際を始めたのは、明治十七八年頃であッた。その頃、寧斎は哲学館に、余は皇典講究所に入学して居たが、好きな道とて課業の暇さへあれば平仄を並べ、一詩出来毎に、それを浄書して「毎日新聞」へ投寄して居た。「毎日新聞」の滄海拾珠欄は、初め森春濤先生が担任して居られたが、その後槐南先生が代はられた。寧斎も余も此の拾珠欄のお蔭で、世間に詩名が知られたのであツた。

春濤・槐南父子の編する『新文詩』『新新文詩』、詩の評者となっていた『毎日新聞』への投稿を通じ、寧斎はその詩人としての歳能を開花させている。しかし、それはあくまでも一投稿者としての立場に留まっており、詩壇における存在をはっきり示すためには、詩集を刊行することが求められた可能性が高い。しかも、先の記事を書いた佐藤六石は、『出門小草』刊行四ヶ月前の明治二十二年十一月に詩集『扁舟載鶴集』(9)を刊行している。四歳年上の六石が詩集を刊行したことは、寧斎にとって詩集を世に出すことへの大きな刺激になであったことは確かであろう。六石は、先の記事で『出門小草』刊行についての経緯も述べている。

出門小草の上梓　寧斎が著にして、その上梓せる始めは、出門小草である。此は暗に余が「扁舟載鶴集」と相対峙する積りで著したので、題簽は巌谷一六翁、序文は矢土錦山氏、余の「載鶴集」と少しも替らぬ。殊に四号字で廿一字詰九行の排列まで同じであッたが、その作に至りては、精練淘汰俗に所謂絹篩にかけたもので、余が集とはまるで雲泥の相違であつた。で熊谷寺懐古の作は、余が九十九里歌の七古と対し、恭輓春濤森先生の作は、余が堀上邸篠原氏題其槐陰堂二十二韻と対し、どこまでも余と対峙して遂に余をして顔色なからしめたのであった。

表1を見ると判るように、詩の数・題跋の著者など、ほぼ両書は同じ構成となっている。六石の証言と併せて考えれば、『出門小草』の刊行について、寧斎がいかに六石への強い対抗心を表したかが、はっきりと読み取れるのである。

次に序跋などを寄せた人々との関係について述べる。巌谷一六はすでに触れたので、他の人々を見ると、岡本黄石のような老大家、寧斎の故郷、諫早の旧領主である諫早家崇、春濤門下でも矢土錦山のような先輩から、大久保湘南・佐藤六石など比較的年齢の近い人まで、多岐にわたっている。しかし、六石の『扁舟載鶴集』との大きな違いは、寧斎・六石共通の師である森春濤がいないことである。寧斎にとって、もっとも批評して欲しかったであろう春濤は、『出門小草』刊行前年の明治二十二年に亡くなっている。春濤との死別は深い痛みを伴うとともに、この詩集のもう一つのヤマ——一方は六石も指摘した「熊谷寺懐古」詩——である、「恭輓春濤森先生」詩を生み出す動機ともなっている。結果として、この詩は神田喜一郎が「凡て一百八十四句、九百二十字を数える一大長篇」(10)となって結実し、詩壇から大きな注目を受けることにもなったのである。槐南はこの詩を「其中開闔変化、力を香山に得ること実に多し」(其の中の開闔変化、力を香山に得ること実に多し)と評するように、おそらく詩の構成、自注を差し挟むところなどは、詩の形によって自らの生涯を表現した白居易「代書詩一百韻、寄微之」詩にならっているのであろう。また、長さでも白居易の一百韻には及ばないものの、九十二韻という大作となっている。

また、詩集の構成についてであるが、全十八タイトル、二十三首からなっている。詩集を生み出すきっかけとなった熊谷への旅は、明治二十二年十二月三十日に東京を離れ、大宮・鴻巣を経て、熊谷に到着。翌年の一月上旬に帰京している。神田喜一郎はこの旅の理由を「前年(明治二十二年　日野注)の十一月二十一日、春濤が歿して、諸家の奠した多くの哀輓の作の中で、特に本田種竹と宮崎晴瀾(両者とも寧斎と同じく、春濤・槐南門下の詩人)が才力に任せて作った七古の長篇が衆目を牽いた。寧斎はおそらくそれと勝を角さうとの意図から精魂を傾けて作ったのであらう、その出来上つた晩詩は、廻かに種竹・晴瀾の作を淩ぐ五古の一大長篇であつた。寧斎が熊谷に都塵を避けたのも、実はこれを完成するためであつたと推せられるのである」として、年末年始の煩わしさを避け、詩作に励むために、知人の居る熊谷に向かった、とする。一方、別の見方をすると、奥付の寧斎の住所が「島文次郎方寄留」とあるように、寧斎は世帯主ではなく、岩手県知事などを勤めた島惟精の養子となった弟、島文次郎の家に母、恵以、妹、曽恵とともに身を寄せていたことになる。仮に次に示す、「出門放歌」の「抱疾に苦しむ」が事実――但し、これが父と寧斎を苦しめたハンセン氏病（無論、今日では治療法も確立し、何ら脅威ではないが、当時は偏見の対象となっていた）か否かは定かでない――ならば、病身の自分が弟に迷惑をかけられないと、文次郎を気遣って、寧斎のみ家を離れたとも考えることができよう。

所収の詩全てを紹介することはできないので、詩集全体の序章にあたる、第一首「出門放歌」のみを紹介する。

出門放歌

疾風吹屋塵繞膝
倮然一身苦抱疾
矻矻窮年不看山
万斛鄙吝除無術
故人勧我白雲遊
躍然而起興乃逸
忙中偸閑閑亦忙

疾風　屋に吹きて　塵　膝を繞る
倮然たる一身　抱疾に苦しむ
矻矻《かつかつ》として窮年　山を看ず
万斛の鄙吝　除くに術なし
故人　我に勧む　白雲の遊
躍然として起てば　興　乃ち逸し
忙中に閑を偸むも　閑も亦た忙がし

算来今年明日畢
是誰破胆文送鬼
我欲披襟談捫虱
是誰紫陌拝新年
我欲青山繙異帙
人間姑絶間応酬
望外肯求新撰述
抗手乱山何処辺
出門笑掲登程筆
書曰己丑臘月三十日

算来すれば　今年　明日に畢はる
是れ誰ぞ破胆の文もて鬼を送るは
我　襟を披きて捫虱《もんしつ》を談ぜんと欲す
是れ誰ぞ紫陌にて新年を拝するは
我　青山に異帙を繙かんと欲す
人間　姑く絶たん　間なる応酬
望外　肯へて求めん　新たな撰述
手を抗ぐれば　乱山　何処の辺ぞ
門を出でて　笑ひて掲げん　登程の筆
書して曰く己丑臘月三十日

あばら屋の中で貧窮と病気の内に年を過ごそうとし、山を見る余裕もなかった。そこに友人が俗世から離れた地への旅を勧めてくれた。旅に出ようと、いざ思い立ってみると、はやる気持ちや時間というものは、あっという間に過ぎてゆく。数えてみれば明日で今年も終わってしまう。都会で窮鬼、すなわち貧乏神の肝が潰れるような詩文を書いて、新年を迎えるのではなく、旅に出て思うままに議論をし、珍しい書物を読みたいのである。俗世での無意味で退屈な詩の応酬はお断りにし、旅先では新しい詩文を書くことに努めることにしよう。我が家に手を上げて別れを告げると、行く先の山並はどのあたりにあるのであろうか。家の門を出ると、行く先々のことを記す筆を笑いながら取り上げ、まず「己丑の年、十二月三十日」と書くのである。詩の要旨はこのようになろう。

書名、第一首にある「出門」という表現については、森槐南が跋文に「李青蓮云『仰天大笑出門去、我輩豈是蓬蒿人』命名之意可知矣（李青蓮云はく「天を仰ぎて大笑し　門を出でて去る、我が輩豈に是れ蓬蒿の人ならん」命名の意知るべきかな）」とし、李白「南陵別児童入京」詩の一節を挙げる。この槐南の指摘を踏まえて、跋文に続く永坂石埭らの題詩も「出門一笑大江横」（永坂石埭）「出門一笑伴浮鷗」（岩渓裳川）と句を作っている。あるいは韓愈「出門」詩が寧斎の念頭にあったかもしれない。

出門　韓愈

長安百万家　長安　百万の家
出門無所之　門を出でて　之く所無し
豈敢尚幽独　豈に敢へて幽独を尚ばんや
與世実参差　世と実に参差なればなり
古人雖已死　古人　已に死すと雖も
書上有其辞　書上　其の辞有り
開巻読且想　巻を開きて読み且つ想へば
千載若相期　千載　相期するが若し
出門各有道　門を出づれば各の道有れど
我道方未夷　我が道　方に未だ夷《たひ》らかならず
且於此中息　且く此の中に於いて息まん

天命不我欺　天命　我を欺かず

李白の「南陵別児童入京」詩が長安に向かう、期待に満ちた旅の始まりであるのに対し、韓愈の詩では同じく長安に着いたものの、訪ねるべき自分を庇護してくれる人もなく、閉塞感の中、それでも「天命　我を欺かず」と気持ちを奮い立たせる姿がある。李白の詩の正反対の方向を向く韓愈の詩の影響を問うのは難しいかもしれないが、「古人已に死すと雖も、書上　其の辞有り。巻を開きて読み且つ想へば、千載　相期するが若し」には、次に取り上げる「恭輓春濤森先生」詩における春濤への追悼につながるものを見出すのである。

三　「恭輓春濤森先生」詩について

先にも触れたが、神田喜一郎はこの詩を評して、次のようにいう。

前年の十一月二十一日、春濤が歿して、諸家の奠した多くの哀輓の作の中で、特に本田種竹と宮崎晴瀾が才力に任せて作つた七古の長篇が衆目を牽いた。寧斎はおそらくそれと勝を角さうとの意図から精魂を傾けて作つたのであらう、その出来上つた輓詩は、廻かに種竹・晴瀾の作を凌ぐ五古の一大長篇であつた。寧斎が熊谷に都塵を避けたのも、実はこれを完成するためであつたと推せられるのである。（中略）凡て一百八十四句、九百二十字を数える一大長篇である。しかもその内容は、一篇の春濤の伝記と謂つてもよいばかりではなく、明治漢詩史の重要資料でもあるので、ここに録しておきたいと思ふのであるが、何分にも長篇のこととて割愛する。

前半部分については既に指摘しているので、後半部分について考える。春濤が亡くなった後、春濤が漢詩欄の批評を担当した毎日新聞に、おそらく槐南の談話と推測できる「森春濤先生事暦略」が、明治二十二年十一月二十九日から十二月四日にかけて連載されている。(11) 寧斎が「一篇の春濤の伝記」である「恭輓春濤森先生」詩を作るにあたっても、この「森春濤先生事暦略」や、槐南ら春濤の近親、同門の先輩からの直話、自分自身と春濤との交わりが根本となっていよう。本論文では、現代語訳や注釈は別の機会に譲り、八句で一段落となっているので、個々の段落の書き下し、及び要旨を示す。(12)（〈　〉内は寧斎の自注）

【詩序】

春濤先生、己丑十一月念一日を以て易簀す。余、垂髫より通謁し、恩遇多年なり。父執との誼厚く、情は葭莩に比す。而して料らずも今日有るなり。令嗣槐南君、哀毀礼を過ぐ。余、朝昏過従し、何ぞ遽を忍び志痛まんや。庚寅一月八日を越え、卒哭の辰に当たり、余、偶ま熊谷に在り。乃ち香を焚き位を設け、恭しく長古一篇を奠し、哀しみは辞に見はる。

春濤が前年に亡くなったこと。自分が子供のころから多くの知遇を受けたこと。父、松陽もまた春濤と深い友情があったこと。槐南が春濤の葬儀の際、哀しみの余り、舌を傷つけ、出血したこと。自分が今でも春濤を失ったことの哀しみを述べ、この五言古詩をその霊に献ずることを記す

【第一句から第八句】

吁嚱《くき》　正声亡び

人に伝ふるも終に作《おこ》らず

世を挙げて姿媚を貴び
譊譊《どうどう》たるは皆俗学なり
経は葩《はな》ありて邪無く
騒は怨みて以て寄託す
先生の出づるを待つこと有りて
集成して新格を創る

春濤の出現により、途絶えていた伝統に、新たな息吹を入れて復興したこと

【第九句から第十六句】

蔚《うつ》たり彼の古金城〈名古屋、一名は金城なり〉、
世々家は扁鵲を追う
古壁　夜に方を伝え
清流　晨に薬を洗ふ
漫に期す　三たび肱を折るを
刀匕《とうひ》　忽ち霍を揮ふ
総て俗の医《いや》し難きの為なり
高才　敢へて齷齪せんや

春濤が名古屋の医家に生まれ、医者となるべく研鑽を積んだこと

【第十七句から第二十四句】

李・杜・韓・蘇・黄
一一咀嚼に供ふ
漂麦　佳話を留め
苦吟　自から覚えず〈先生、鷲津益斎の塾に在るとき、詩を嗜むこと食色よりも甚だし。一日、庭中に曝書するに、先生は監たり。先生　詩を思ひ、雨驟の至るを知らず。伝えて談柄と為す。益斎の嫡嗣、毅堂君戯れて贈るに曰ふ「当年の佳話　吾能く記す、高鳳の庭前　漂麦来る」と〉
麗思　千言を動かし
墨妙　斧鑿《ふさく》無し
高手　鵰を射るを推すも
空山　尚ほ璞を抱く

その一方、詩人としての才能に目覚め、鷲津益斎の塾、有隣舎において、詩作に励んだこと。詩作に励むあまり、虫干しをしていた書物が雨に濡れるのにも気づかなかったこと

【第二十五句から第三十二句】
蟹江　秋　正に好し
大酔して蜃閣に上る
甲を蘸《ひた》せば海　杯と為し
鍤《すき》を荷へば天　是れ幕なり
船腹　蘆花に撐《さおさ》し

笑ひて客星の脚を加ふ
漁笛　呼びて夢醒め
水月　灎として捉ふべし〈先生　蟹江村に寓す。蘆花漁笛集を著す。句有りて云ふ「臥して閑脚を伸ばして船腹に加ふれば、人は道ふ蘆中に客星有りと」〉

尾張藩の蟹江村にて、風雅の楽しみを味わったこと

【第三十三句から第四十句】
豪懐　担簦《たんとう》軽く
長路　空橐《くうたく》を奈んせん
淪落たり　書生の衫
跐踦《しき》たり　居士の屩
風雨　函関を度り
晴雪　蓮嶽を拝す
清には瞻《み》る　八朶の開くを
険には想ふ　万夫の郤《しりぞ》くを

貧乏であったが、江戸へ行こうとし、粗末な身なりで旅立ち、富士を見、箱根の関を越えたこと

【第四十一句から第四十八句】
端無くも江都に至り
門冷たくして箔を施さず

敞簀《しょうさく》　雨淋浪たり
朽几　塵傾撲たり
笑ひて言ふ窮も亦た佳なり
此の才　磨啄に資せんと
一曲　売衣の歎〈先生は江戸に在り。貧甚だし。「売衣の歎」一篇を賦す。戯謔百出す〉
険語　駆瘧に耐う〈先生善く瘧を患ふ〉
江戸に着いたものの、貧乏暮らしが続く、それでもその状況を「困窮も自分の詩才を磨いてくれる」とし、「売衣歎」詩を作って人々の注目を集めたこと。持病の瘧に耐えたこと

【第四十九句から第五十六句】
長嘯して更に西に向かひ
陸機　初めて洛に入る
千里　蓴羹を重んじ
多士　羊酪を愧づ
弾琴す　梁伯鸞〈梁川星巌なり〉
捫虱す　王景略〈家里松嶹なり〉
項を設けて口　絶えず、相逢ひて酬酢を事とす
江戸から京へ行き、梁川星巌や家里松嶹と宴席を重ねたこと

【第五十七句から第六十四句】

最も憶ふは月波楼の
高会　冠倒卓せるを
銀燭　鏗然《こうぜん》として僵《たお》れ
剣を抜きて狂僧躍る
大喝して燈を持ち来たらしめば
哦詩　神自若たり
鋒鋭　当たるべからず
筆を揮えば槊《ほこ》を横たふに等し〈先生は京師に在り。斎藤拙堂将に郷に帰らんとす。諸名士　筵を三樹坡月楼に設け、之に餞す。僧月性も亦た来会す。酒酣にして、蛮舞を起こす者有り。月性怫然として、刀を揮ひ燭を仆す。衆皆色を失ふ。先生大呼して曰く「詩成りたり」と。妓に命じて燈を点《とも》さしめ、疾書して云ふ「風雨楼頭　燭涙催し、此の筵　今夜　是れ離盃。君に従ひ酔ひて抜く　王郎の剣、莫愁（女性の名）を驚殺し　莫哀（歌の名）を歌ふ」と。満座鬨《こう》笑す。

ある宴席の場において僧月性が憤りのあまり、暴れ出したこと。その混乱の中、泰然自若として詩を作り、その詩の機知に富んだ内容により、混乱が収まったこと

【第六十五句から第七十二句】
当時　国歩艱く
壮士　紛として交錯す
詩に噍殺の音有りて

哀しきこと霜天の角に似たり
独り詣りて温柔を宗とし
文章　麗しきこと丹雘《たんわく》のごとし
風雅　餘声有り
卓犖《たくらく》を推す所以なり

幕末の騒動の中、人々の詩にも殺気だった雰囲気があったこと。春濤の詩の持つ魅力が理解されなかったこと

【第七十三句から第八十句まで】

帰臥す　卅六の湾〈美濃の長柄川は、世に卅六湾と称す〉
腹笥　更に圧赦す
春水　香魚長じ
桃花　紅灼灼たり
短命なり蛍雪の童〈嫡子蛍窓君、詩才敏妙なり。神童の目有るも、病を以て夭たり〉
健筆　霜空の鶚
天は寒し　日暮の時
倚竹　寂寞を慰む〈継配の倚竹孺人、実に槐南君の生母なり〉

美濃への帰郷。長男を失なったこと。三番目の妻との穏やかな生活のこと

【第八十一句から第八十八句まで】

梅鶴　佳き眷属

同じく聴く　故城の柝
学植　淵源見《あらは》れ
幸舎　目豈に旄《ぼう》ならん
咄嗟に百春を賦せば
出づる処　都て適確なり〈先生郷に在りて、執政の命を奉る。一日を限りとし、春詩百題を賦す。執政驚嘆して曰く「『胸に錦繡有り』とは、古人我を誣ひず」と〉
漫りに才　限り有りと言ふも
餘裕　真に綽綽たり〈先生に「三日苦吟して　才　限り有り、百方冥捜して　句円なり難し」の句有り〉

名古屋への移住。尾張藩の重役から詩の課題を与えられ、見事に応えたこと

【第八十九句から第九十六句まで】

腔に満つ　憂世の心
毫端　民の瘼《ばく》より発す
小人　志を喪ふを憐れみ
士風　衰弱を救はんとす
堂堂たり　黒船行
語を出だせば殊に蹇諤なり〈嘉永中、米艦　浦賀に来る。海内騒擾たり。先生は「黒船行」を作り、之を紀す〉
毀茶は詞も亦た微にして
繊児　吐舌して作《は》づ〈賞茶の結社、尾藩最も甚だし。先生は「毀茶行」を作り、其の玩物喪志を諷す〉

時勢にも深く目を向け、社会への警告を詩によって行ったこと

【第九十七句から第百四句まで】

忽ち聖明の治に遭ひ
雅頌　筆削を待つ
京国　故人多く
杖を曳きて雲嶁を出づ
香草と美人と
性霊　木鐸を称す
汝南　月旦新たに
文詩　評駁厳し〈明治甲戌、先生居を東京に徙し、茉莉吟社を創り、『新文詩』を編ず、月次の刊行なり。世之を篋中集に比す〉

明治を迎え、東京に赴き、詩文雑誌『新文詩』の刊行を始めたこと

【第百五句から第百十二句まで】

幽奇なり　長吉の拈《ねん》
瑰麗たり　義山の斲《たく》
或ひは謂ふ詩中の魔なりと
先生　嗒然《とうぜん》として噱《わら》ふ
指を弾きて華厳を現し

白毫　眉灼爍たり
煩悩　即ち菩提にして

菩薩の縛を受けずと〈先生最も竹枝香奩等の作を喜ぶ。或ひと目して詩魔と為す。先生自嘲を賦して云ふ「三生の口業　一泥犁、笑ひて詠ず風懐待品の題。傍人のために説くも渾《すべ》て信ぜず、大煩悩　是れ大菩提」と〉

春濤の艶麗な詩句に対して、「人心を惑わす詩人」と揶揄されたこと。その批判を洒脱にかわしたこと

【第百十三句から第百二十句まで】

鸜鵒　韓郎を驚かし
鴛鴦　崔珏《さいかく》を笑ふ
青蓮　大いに呼ぶべし
餘は皆才力薄し〈先生　青蓮・昌谷・玉渓を奉じ、圭臬と為す。梨堂相公、其の堂に顔して曰ふ「三李」と〉
客来りて何の談ずる所ぞ
阿戎　識字博し〈先生の「辛巳新年」に「客来りて多くは阿戎と談ず」の句有り。蓋し槐南君を指すなり〉
衣鉢　箕裘を譲り
夢寐　邱壑を憶ふ

春濤が李白・李賀・李商隠を詩の手本としたこと。息子の槐南が詩人としての才能を発揮し始めたこと。故郷への思いを募らせること

【第百二十一句から第百二十八句まで】

三年　一笑して留まり

越女　真に綽約たり
花は圧す玉欄干
柳は維ぐ金絡索
八百八洲の秋
笑ひて傲る天摸を把らんと
游仙　夢縹緲
月に和して流霞を酌む〈庚辰の夏、先生北游す。『新潟竹枝』一巻有り。丁亥の秋、仙台に游ぶ。松島を観て、「游仙」十二首有り。並びに人口に膾炙す〉

明治十三年、春濤の新潟への旅。同二十年、春濤の仙台への旅
【第百二十九句から第百三十六句まで】
濤を観るに興　最も豪なり
丁亥正月の朔
雲霞猶ほ未だ曙ならざるに
金烏　声喔喔《あくあく》たり
鞺鞳《とうとう》たり海門の潮
扁舟　心境拓く
雲夢　八九の呑
快を呼びて矍鑠たるを誇る〈丁亥元旦、先生鳴門にて濤を観る。長歌一篇を賦して之を紀す。先生晩年の大作と

為す〉

明治二十年、春濤の徳島への旅

【第百三十七句から第百四十四句まで】

保つを願ふ黄髪の期

遽かに驚く　少しく微落するを

胡蝶　春魂醒め

海棠　秋夢悪し〈先生病中の絶句「七十一年　一夢非なり、茶煙禅榻　斜暉に倚る。児曹若し三生の事を問はば、胡蝶花前　胡蝶飛ぶ」「西風に向ひて断腸を号ぶを聞く、香露無きと雖も色華香し。憐むべし昨夜　月明の底、一酔呼び醒ます秋海棠」倶に嘉識《かしん》に非ざるなり〉

遺吟薤歌《かいか》に代え

柩を城北の郭に送る

日　暮れて　雨　山に満ち

蕭颯として乾籜《けんたく》を巻く〈先生の新塋は、日暮里の経王寺に在り〉

自分の詩が己の死の予兆となったこと。春濤の死、及び葬儀

【第百四十五句から第百五十二句まで】

嗚呼　七十年

煙霞　裁度に供う

私史　三千篇

雲漢　昭倬《しょうたく》に比す〈「悪詩長短三千首、私史春秋七十年」は先生の戊子元旦の句なり。其の実は、遺稿　万を以て数ふべしと云ふ〉

長しく留まる天地の間

世は羨む布衣の扑

大碣　詩人と表し

栄は勝る金紫の爵〈先生の墓標、冠するに「詩人」の二字を以てす。蓋し呉梅村に倣ふなり〉

　七十年の生涯で三千もの詩を作ったこと。「詩人森春濤先生墓」と墓に記したことは、勲章を得るより、遙に名誉あることとすること

【第百五十三句から第百六十句まで】

生平　古道を尚び

友于　棣萼を聯ぬ〈先生と令弟精所君は、友誼極めて篤し〉

落落たり豪俠の心

情誼　然諾を重んず〈先生の毅堂君におけるや、託孤の誼有り。一諾して渝はらず。真に古の人なり〉

故交　我が孤なるを憐れみ

曾ち許す叩門すること数《しばし》ばなるを

和気　愛日温かく

具に見ゆ　恩の威渥なるを

　弟や、鷲津毅堂とも情愛が濃やかであったこと

【第百六十一句から第百六十八句まで】

十六　我れ詩を学び
雌黄　偏えに懇愨《こんかく》なり
万里　桐花を期し
一顧　伯楽に感ず〈歳は壬午に在り。余年十六。詩を録して政を乞ふ。先生題して曰はく「清風　故人のごとく来たる、故人　今は見ず。松下　清風有り、清風　何ぞ稷稷なる」と。敢へて当らずと雖も、以て坐銘に充つ〉
追随す詩酒の游
恍然として尚ほ昨の如し
望　已に荀龍を負ひ
恩　未だ楊雀に報ひず

父、松陽を失った自分へも優しく接してくれたこと。自分の詩に真心のあるの添削をしてくれて、優れた指導者であることを感じたこと。その恩情に未だ報いていないこと

【第百六十九句から第百七十六句まで】

遺照　蔵して筐に在り
珠髯　白一握〈先生　観濤の小照恵まる〉
同里　豊公を説き
面　自から猿玃《かく》に類す〈先生自から小照に題して云ふ「本貫　尾張の洲、傍人　笑ひて休まず。竊かに聞く豊太閤の、面貌　獼猴《びこう》に類すと」〉幾たびか聞く酔後の吟、先生尤も謔を善くす。我曰はく古神仙の、暗中摸索して著

すと〉

春濤自らが「豊臣秀吉と同じように、猿に似た顔である」とおどけたことを、手元にある春濤の写真を見て思い出すこと。春濤が「自分は昔の仙人がうろうろしている内にここに来たようなもの」と自らを戯れに評したこと

【第百七十七句から第百八十四句まで】

仙や今　安くにか在らん
我が心　転た悠邈《ゆうばく》たり
爰に卒哭の辰に当たり
寒泉　幾勺を奠ぜん
再拝して一に歔欷《きょき》し
仰望す　天宇の廓
鐘歇みて　雲　容容
髣髴たり　瑤台の鶴

その仙人のような春濤はどこに行ってしまったのか、と心が落ち着かないこと。春濤の命日を迎え、熊谷の地で春濤の霊を弔うこと。春濤の霊がどこへ行ってしまったかと思うこと

【槐南の評】

寧斎は松陽先生の嫡嗣たり。先生と先君子との交、知己の感有り。故に寧斎の此の篇、全力を用ひて之を為す。布置井然として、一糸紊れず。近代の作手、惟だ広瀬梅墩のみ髣髴たるを得べし。先君子の九原にて之を見れば、

必ず当に故人のあるを喜ぶべきかな。焦仲卿の妻の詩、凡そ一千七百四十五字なり。古今の長篇、斯れを其の冠たりと為す。清初の呉梅村の哭志衍一篇も亦た大作と称す。餘所罕に見ゆ。而れども此の篇相拮抗す。其の中の開闔変化、力を香山に得ること実に多し。固より徒だ冗長を以て能と為さざるなり。

駆け足の紹介ではあるが、寧斎がどのように春濤の生涯を描こうとしたか、また、どれほどの力を注いだかを伺うことができよう。

更に、この詩が春濤の伝記としては、どの位の価値を持つのであろうか。春濤の年譜については、春濤の弟子の一人、阪本釤《さん》之助が編輯した「春濤先生年譜抄録(13)（以下、抄録と略す）」が最も優れているので、これと比較したい。**表2**で「抄録」と寧斎の注で年代が推定できるものを対照する。両者で特に違う姿勢は、「抄録」が『春濤詩鈔』（明治四十五年刊）に収める編年順の詩題を基調とし、個々の出来事を淡々と綴るのに対し、寧斎の注は情報量では劣るものの、春濤の逸事を伝えている点が特徴であると考える。寧斎注に示す「黒船行」「毀茶行」、詩題は不明の「清風来故人、故人今不見。松下有清風、清風何稷稷」詩は、『春濤詩鈔』には未収録であるため、春濤の散佚した詩を紹介する点も大きな価値がある。両者を併せみることによってこそ、より詳細に春濤の生涯に触れることができよう。

最後に

『出門小草』は、「恭輓春濤森先生」詩のような長大な古詩の他にも、律詩・絶句の詩を収め、表現の幅のある詩集でもある。しかも、それを二十六歳の若さで成したことは、冒頭の中村の指摘にあるように、詩人としての声価を定めるには充分なものであった。当然のことではあるが、これらの詩は寧斎一人の能力のみの作物ではなく、槐南や兄弟子達の助言・添削もあったであろう。それでも、寧斎の優れた詩歳がこの詩集の基盤であることは確かであり、後に槐南を支え、明治漢詩壇に欠かせぬ存在となる寧斎の力量を大きく世に知らしめるものとなったのである。

注

（1）寧斎の先行研究、及び寧斎に関連する資料には、次のものがある。
中村忠行「正岡子規と野口寧斎」、文学33―10、岩波書店　一九六五年十月。合山林太郎「野口寧斎の前半生――明治期における漢詩と小説――」、東洋文化復刊第九十五号、無窮会　二〇〇五年十月。同「野口寧斎の後半生――明治期漢詩人の詩業と交友圏――」、「斯文」第一一五号、斯文会、二〇〇六年三月。廣庭基介「研究成果　島文次郎　本館初代館長略伝」、「静脩」臨時増刊号100周年記念、京都大学附属図書館、一九九九年十一月。前田愛「嗚呼世は夢か幻か――野口男三郎事件顚末」（一九七七年、朝日新聞社より刊行の『幻景の明治』所収。後に『前田愛著作集』第四巻、岩波現代文庫にも所収）。松本清張『ミステリーの系譜』、一九六八年、新潮社より刊行。後に中公文庫に所収。＊「野口男三郎事件」の記述がある。永原和子監修『日本女性肖像大事典』、日本図書センター、一九八五年十一月　＊野口曽恵子の写真を収める。手塚登望『寒空の梅　その面清く尊し菩薩にも似て』、文芸社、一九八九年三月　＊野口曽恵が晩年を過ごした、諫早の福寿園を題材とした小説。

本論文では、特に合山「野口寧斎の前半生――明治期における漢詩と小説――」より、多大な裨益を受けた。ここに記して、謝意を表する。また、本文中での合山論文の引用は全て右論文からである。

（2）『出門小草』は架蔵本を用いた。なお、第六首「漢源閣」詩は、「天孫擲下支機石、池水溶溶碧似油。夢裏仙槎尋不得、澹雲深鎖小迷蔵」とあるが、寧斎が朱で「蔵」字を「楼」字に書き換えているので、注記する（「蔵」字では韻字にならない）。また、この「漢源閣」の命名者は春濤である。春濤「漢源閣」詩（16―2）に「游竹井澹如別墅。墅在星川水源之地。予命之曰漢源閣。花竹幽秀、蓋不譲輞川之荘也」と注記がある。

（3）神田喜一郎編『明治漢詩文集』〈明治文学全集第六十二巻〉、四二四～四二五頁、筑摩書房、一九八三年八月
（4）『新文詩』は二松學舍大学附属図書館所蔵によった。
（5）国立国会図書館所蔵によった。現在では国会図書館近代デジタルライブラリーで見ることができる。
（6）『我が五十年』、三八二～三八三頁、東亜堂、一九二〇年五月（一九八七年に久山社より復刻されている）
（7）学海日録研究会編『学海日録』第四巻、二十五頁。岩波書店、一九九二年五月。なお、「癩疾」は今日の視点では不適当な表現であるが、原文の表記のままとした。
（8）「野口寧斎の逸事」、「太陽」第十一巻第八号、博文館、一九〇五年五月（専修大学図書館所蔵を用いた）
（9）注（5）に同じ。
（10）「六十九　槐南の暗香・竹磎の疏影」（以下、神田の引用は全てこれによる）、『日本における中国文学Ⅱ』、七十九頁、『神田喜一郎全集』第七巻、同朋社出版、一九八六年一二月
（11）『毎日新聞（復刻版）』第九十巻、不二出版
（12）詩の本文は左記の通りである。

春濤先生、以己丑十一月念一日易簀。余垂髫通謁、恩遇多年。父執誼厚、情比葭莩。而不料有今日也。令嗣槐南君、哀毀過礼。余朝昏過従、何忍遽志痛焉。越庚寅一月八日、当卒哭之辰、余偶在熊谷。乃焚香設位、恭賦長古一篇。哀見乎辞。

吁嚱正声亡、伝人終不作。挙世貴姿媚、譊譊皆俗学。経葩而無邪、騒怨以寄託。有待先生出、集成創新格。蔚彼古金城〈名古屋、一名金城〉、世家追扁鵲。古壁夜伝方、清流晨洗薬。漫期三折肱、刀匕忽揮霍。総為俗難医、高才敢齷齪。李杜韓蘇黄、一一供咀嚼。漂麦留佳話、苦吟不自覚〈先生在鷲津益斎塾、嗜詩甚於食色。一日曝書於庭中、先生監焉。先生思詩、不知雨驟至。伝為談柄。益斎嫡嗣毅堂君戯贈曰「当年佳話吾能記、高鳳庭前漂麦来」〉。麗思動千言、墨妙無斧鑿。高手推射鵰、空山尚抱璞。蟹江秋正好、大酔上蜃閣。蘸甲海為杯、荷鍤天是幕。船腹撑蘆花、笑加客星脚。漁笛呼夢醒、水月灔可捉〈先生寓蟹江村。著蘆花漁笛集。有句云「臥伸閑脚加船腹、人道蘆中有客星」〉。豪懐軽担簦、長路奈空橐。淪落書生衫、跐踦居士屩。風雨度函関、晴雪拝蓮嶽。清瞻八朶開、険想万夫郤。無端至江都、門冷不施箔。敝簀

雨淋浪、朽几塵傾撲。笑言窮亦佳、此才資磨啄。一曲売衣歎〈先生在江戸。貧甚。賦「売衣歎」一篇。戯謔百出〉。険語耐駆瘧、先生善患瘧。長嘯更向西、陸機初入洛。千里重蓴羮、多士愧羊酪。弾琴梁伯鸞〈梁川星巌〉。捫虱王景略〈家里松嶹〉。設項口不絶、相逢事酬酢。最憶月波楼、高会冠倒卓。銀燭鏗然僵、抜剣狂僧躍。大喝持燈来、哦詩神自若。鋒鋭不可当、揮筆等横槊〈先生在京師。斎藤拙堂将帰郷。諸名士設筵于三樹坡月楼、餞之。僧月性亦来会。酒酣、有起蛮舞者。月性怫然、揮刀仆燭。衆皆失色。先生大呼曰「詩成矣」命妓点燈、疾書云「風雨楼頭燭涙催、此筵今夜是離盃。従君酔抜王郎剣、驚殺莫愁歌莫哀」満座鬨笑〉。当時国歩艱、壮士紛交錯。詩有噍殺音、哀似霜天角。独詣宗温柔、文章麗丹雘。風雅有餘声、所以推卓犖。帰臥卅六湾〈美濃長柄川、世称卅六湾〉、腹笥更圧赦。春水長香魚、桃花紅灼灼。短命蛍雪童〈嫡子蛍窓君、詩才敏妙。有神童目、以病夭〉、健筆霜空鶚。天寒日暮時、倚竹慰寂寞〈継配倚竹孺人、実槐南君生母也〉。梅鶴佳眷属、同聴故城柝。学植見淵源、幸舎目豈眊。咄嗟賦百春、出処都適確〈先生在郷、奉執政之命。限一日、賦春詩百題。執政驚嘆曰「『胸有錦繡』、古人不我誣」〉。漫言歳有限、餘裕真綽綽〈先生有「三日苦吟才有限、百方冥捜句難円」句〉。満腔憂世心、毫端発民瘼。小人憐喪志、士風救衰弱。堂堂黒船行、出語殊蹇諤〈嘉永中、米艦来于浦賀。海内騒擾。先生作「黒船行」、紀之〉。毀茶詞亦微、繊児吐舌怍〈賞茶結社、尾藩最甚。先生作「毀茶行」、諷其玩物喪志〉。忽遭聖明治、雅頌待筆削。京国多故人、曳杖出雲崿。香草与美人、性霊称木鐸。汝南月旦新、文詩厳評駁〈明治甲戌、先生徙居于東京、創茉莉吟社、編「新文詩」、月次刊行。世比之於篋中集〉。幽奇長吉拈、瑰麗義山斲。或謂詩中魔、先生嗒然噱。弾指現華厳、白毫眉灼爍。煩悩即菩提、不受菩薩縛〈先生最喜竹枝香奩等作。或目為詩魔。先生賦自嘲云「三生口業一泥犂、笑詠風懐待品題。説与傍人渾不信、大煩悩是大菩提」〉。鸎鵡驚韓郎、鴛鴦笑崔珏。青蓮可大呼、餘皆才力薄〈先生奉青蓮・昌谷・玉渓、為圭臬。梨堂相公、顔其堂曰「三李」〉。客来何所談、阿戎識字博〈先生辛巳新年有「客来多与阿戎談」句。蓋指槐南君也〉。衣鉢譲箕裘、夢寐憶邱壑。三年一笑留、越女真綽約。花圧玉欄干、柳維金絡索。八百八洲秋、笑傲把天摸。游仙夢縹緲、和月流霞酌〈庚辰之夏、先生北游。有『新潟竹枝』一巻。丁亥之秋、游仙台。観松島、有「游仙」十二首。並噲炙人口〉。観濤興最豪、丁亥正月朔。雲霞猶未曙、金烏声喔喔。鞺鞳海門潮、扁舟心境拓。雲夢八九呑、呼快誇矍鑠〈丁亥元旦、先生鳴門観濤。賦長歌一篇紀之。為先生晩年大作〉。願保黄髪期、遽驚少微落。胡蝶春魂醒、海棠秋夢悪〈先生病中絶句「七十一年一夢非、茶煙禅榻倚斜暉。児曹若問三生事、胡蝶花前胡蝶飛」「聞向西風号断腸、雖無香露色華香。可憐昨夜月明底、一酔呼醒秋海棠」倶非嘉讖也〉。遺吟代薤歌、送柩城北郭。日暮雨満山、蕭颯巻乾籜〈先生新塋、在日暮里経王寺〉。嗚呼七十年、煙霞供裁度。私史三千篇、雲漢比昭倬〈「悪詩長短三千首、私史春秋七十年」先生戊子元旦句也。其実、遺稿可以万数云〉。長留天地間、世羨布衣朴。大碣表詩人、栄勝金紫爵〈先生墓標、冠以「詩人」二字。蓋倣呉梅村也〉。生平尚古道、友于聯棣蕚〈先生與令弟精所君、友誼極篤〉。落落豪俠心、情誼重然諾〈先生於毅堂君、有託孤之誼。一諾不渝。真古之人也〉。故交憐我孤、曽許叩門数。和気愛日温、具見恩威渥。十六我学詩、雌黄偏懇愨。万里期桐花、一顧感伯楽〈歳在壬午。余年十六。録詩乞政。先生題曰「清風来故人、故人今不見。松下有清風、清風何穆穆」雖不敢当、以充坐銘〉。追随詩酒游、恍然尚如昨。望已負荀龍、恩未報楊雀。遺照蔵在篋、珠髯白一握〈先生見恵観濤小照〉。

同里説豊公、面自類猿玃〈先生自題小照云「本貫尾張洲、傍人笑不休。竊聞豊太閤、面貌類獼猴」〉。幾聞酔後吟、先生尤善謔。我曰古神仙、暗中摸索著。仙乎今安在、我心転悠邈。爰当卒哭辰、寒泉奠幾勺。再拝一歔欷、仰望天宇廓。鐘歇雲容容、髣髴瑤台鶴。

寧斎為松陽先生嫡嗣。先生與先君子交、有知己之感焉。故寧斎此篇、用全力為之。布置井然、一糸不紊。近代作手、惟広瀬梅墩可得髣髴。先君子九原見之。必当喜故人有子矣。焦仲卿妻詩、凡一千七百四十五字。古今長篇、斯為其冠。清初呉梅村哭志衍一篇、亦称大作。餘所罕見、而此篇相拮抗。其中開闔変化、得力香山実多。固不以冗長為能也。

(13) 東洋文化三、無窮会、一九五七年

野口寧斎『出門小草』目次

題簽	「出門小艸」	一六（巖谷修）
表紙裏	「呈　櫻史詞兄雅鑑」「野口弌字田卿号寧齋」	寧斎自書・鈐印＊2
表題	「出門小草」	古梅修題（巖谷修）
題辞		鷹城学人（諫早家崇）
叙		矢土錦山（勝之）
献詩		森大来（槐南）
総評1		岡本黄石(迪)
総評2		巖谷古梅（修）
寧斎詩1	出門放歌（以下全ての詩に槐南の評のみが付されている）	
寧斎詩2	車中望大宮公園。卒賦二律。似同游堀古鼠	
寧斎詩3	過鴻巣	
寧斎詩4	晩至熊谷。寺山星川来邀。延余於家。賦此抒謝。	
寧斎詩5	訪刈谷富春梅花村荘	
寧斎詩6	漢源閣	
寧斎詩7	歳晩書懐　節二	
寧斎詩8	庚寅元旦。口占二律	
寧斎詩9	即事	
寧斎詩10	暁起	
寧斎詩11	熊谷寺懐古	
寧斎詩12	寄懐大久保湘南在鎌倉	
寧斎詩13	五日。散策紀游。五首	
寧斎詩14	竹枝　節二	
寧斎詩15	人日。寄懐槐南先生。	
寧斎詩16	恭輓春濤森先生	
寧斎詩17	寄懐宮崎晴瀾。旧唱和韻	
寧斎詩18	将帰京。留別富春星川二子	
跋		森大来（槐南）
題詩		石埭永坂周　裳川巖渓晋 湘南大久保達　六石佐藤寛
奥付	明治二十三年三月廿五日印刷　明治二十三年三月廿六日出版　定価貳拾銭 著述者兼発行者　東京市日本橋区久松町二十九番地　島文次郎方寄留　長崎県士族　野口一太郎 印刷者　東京市麴町区有楽町三丁目壹番地　東京府士族　川田幹一	

佐藤六石『扁舟載鶴集』目次

題簽	「扁舟載鶴集」	（巌谷一六　＊1）
表題	「扁舟載鶴集」	（巌谷一六）
表題裏	「磊々山房聚珍」	（巌谷一六）
題辞		古梅居士題（巌谷一六）
叙		矢土錦山（勝之）
題詞1		森大来（槐南）
題詞2		本田幸（種竹）
題詞3		野口弌（寧斎）
六石詩1	己丑八月、舟発霊岸島（付、黄石・春濤・槐南批評）	
六石詩2	舟中放歌（付、黄石・槐南批評）	
六石詩3	寒川（付、槐南批評）	
六石詩4	自千葉至東金途中（付、黄石・一六・春濤・槐南批評）	
六石詩5	東金客舎（付、一六批評）	
六石詩6	槐陰堂主人篠原君、邀飲八鶴亭。臨水対山、眺矚絶佳。欲用梁星巌先生旧題韻以賦一律、未成。君促之甚急。乃口占二十八字、塞責。（付、槐南批評）	
六石詩7	八鶴湖。用星巌先生旧題韻。（四首　付、槐南・春濤・一六批評）	
六石詩8	湖上晩帰（付、黄石・一六・槐南・春濤批評）	
六石詩9	川場村所見（付、槐南・一六批評）	
六石詩10	堀上村篠原氏宅、題其槐陰堂。二十二韻。（付、槐南・一六・春濤・黄石批評）	
六石詩11	片貝村飯高氏食蛤、戯賦。（付、黄石・一六・槐南批評）	
六石詩12	九十九里歌（付、一六・槐南・春濤批評）	
六石詩13	二袋村婦翁佐瀬氏家。得雑句数首。（付、黄石・春濤・槐南・一六批評）	
六石詩14	別内子（付、槐南批評）	
六石詩15	暁発二袋村（付、一六・槐南批評）	
六石詩16	土気山中（付、黄石・春濤・槐南批評）	
六石詩17	南帰海上（付、槐南・黄石・一六）	
六石詩18	還家後得一律（付、黄石・春濤・槐南批評）	
評など		岡本迪（黄石）閲　巌谷修（一六）題 老春森髯魯直（春濤）妄言 森大来（槐南）妄批　孫君異（来安）乱説
奥付	明治廿二年十一月十日印刷　明治廿二年十月十五日出版　（非売品） 著作者兼発行人　佐藤寛　東京市麴町区飯田町四丁目十一番地 印刷人　東京市京橋区築地二丁目十七番地　河野定行	

「春濤先生年譜抄録」「恭輓春濤森先生」詩注対照表

阪本釤之助（旧号、三橋。後に蘋園と号す）編「春濤先生年譜抄録」	野口寧斎「恭輓春濤森先生」詩注（抜萃）
文政二年　生于尾張一之宮。	
天保四年　耽詩作。	
天保六年　七月自岐阜還一之宮。九月赴蟹江。	
天保八年　哭鷲津松陰先生。	
天保九年　遊海門寺、佐屋、鍋蓋。	
天保十年　還一之宮家。	
天保十一年　九月鷲津益斎先生見訪。	先生在鷲津益斎塾、嗜詩甚於食色。一日曝書於庭中、先生監焉。先生思詩、不知雨驟至。伝為談柄。益斎嫡嗣毅堂君戯贈曰「当年佳話吾能記、高鳳庭前漂麦来」
天保十二年　有常盤、牛若二図詩。又有遊鎌谷大作。	
天保十三年　有春日江村雑詩。	
弘化元年　名古屋客舎暫留	
弘化四年　真童号蛍窓生	
嘉永三年　遊京阪謁梁川星巌、遇篠崎小竹等。	
嘉永四年　四月有江上偶成詩。抵江戸、有越函嶺其他観潮坂、清見寺諸作。交遠山雲如。帰路病于大磯客舎。	先生在江戸。貧甚。賦「売衣歎」一篇。戯謔百出。
嘉永五年　有桶狭間又喪児詩。	
嘉永六年　会詩友於草堂、行蘭亭修禊。有蘭亭集字詩五律十首。	嘉永中、米艦来于浦賀。海内騒擾。先生作「黒船行」、紀之。
安政元年　貧甚、有村童牧牛図詩	
安政二年　与村瀬太乙唱和。十月藤本鉄石来訪。有櫟陰村舎雑詩	
安政三年　有文字詩。十二月十四日喪室。有悼亡詩七絶四首。	

安政四年　　蓄髪。有三十年円頂詩。謁鷲津先師墓。遇斎藤拙堂翁。	先生在京師。斎藤拙堂将帰郷。諸名士設筵于三樹坡月楼、餞之。僧月性亦来会。酒酣、有起蛮舞者。月性怫然、揮刀仆燭。衆皆失色。先生大呼曰「詩成矣」命妓点燈、疾書云「風雨楼頭燭涙催、此筵今夜是離盃。従君酔抜王郎剣、鷩殺莫愁歌莫哀」満座閧笑。
安政五年　　抵京師磨針嶺作望湖楼詩。	
安政六年　　娶村瀬氏。有星巌翁追悼詩。	
万延元年　　喪児真童。子勤弟自大阪帰。	嫡子蛍窓君、詩歳敏妙。有神童目、以病夭。
文久元年　　二月挙児、喪村瀬氏。有悼亡詩。	
文久二年　　九月娶国島氏。有『高山竹枝』。	継配倚竹孺人、実槐南君生母也。
文久三年　　五月借居於名古屋桑名町三丁目、曰桑三軒。神波即山、永坂石埭等入門。挙児泰二郎（槐南）。	賞茶結社、尾藩最甚。先生作「毀茶行」、諷其玩物喪志。
元治元年　　七月有聞蛤御門変詩。中秋月無弟子勤号静処至詩。此年鷲津毅堂仕尾藩為侍講。	
慶応元年　　有田宮総裁笹島陪遊詩。又有毅堂先輩錦旋八律次韻詩、聞藤井竹外訃等諸作。	先生在郷、奉執政之命。限一日、賦春詩百題。執政驚嘆曰「『胸有錦繡』、古人不我誣」
慶応二年　　九月遊越前。寓福井孝顕寺、謁松平春嶽公。十二月下足羽川、三国港滞在。	
慶応三年　　遊吉崎・山代諸地。有三国竹枝五十首詩。此年余入門、当時称永井三橋。	
明治元年　　従藩公北征軍与丹羽花南等応酬。編『銅椀龍吟』、『新暦謡』。	
明治二年　　中秋藩公賜宴、有五言排律一首。	
明治三年　　三月永井西浦（釤之助兄）開詩会於	

其家。同月十三日子槐南上学、有志喜七律一首。八月十二日城内公宴、有応令詩排律二章。	
明治四年　歳暮一首「有客中聊復爾、也勝在家貧」之句、近況可想。	
明治五年　二月喪国島氏、有悼亡二律。八月下木曽川、遊伊勢至西濃。冬寓養老戸倉竹圃家有七律十三首。	
明治六年　三月十四日移居岐阜。十月六日同岡本黄石賞月於長良川。野村藤陰来訪。	
明治七年　三月三十日行先室国島氏大祥忌、拉児泰次郎往哭墓。墓在名古屋円頓寺。十月移居東京。十月十五日発岐阜、二十日至豊橋、二十七日入京。	
明治八年　卜居于下谷区中徒町三丁目。茉莉巷凹処、以近摩利支天祠也。有東京才人絶句、雑誌「新文詩」編輯発行。	明治甲戌、先生徙居于東京、創茉莉吟社、編「新文詩」、月次刊行。世比之於篋中集。
明治九年　送岡本黄石西帰。	
明治十年　有西南時事詩之作。問丹羽花南病。	
明治十一年　有六十自贈詩。三条公対鷗荘題、祠村上仏山十不楼詩等諸作。	
明治十二年　五月十八日移居旧宅対門。三条公被召。有華甲自寿詩。名家次韻多。	
明治十三年　有送三橋生祇役于静岡詩。	
明治十四年　遊北越有『新潟竹枝』著。	
明治十五年　遊房総。又坐湯于伊香保。	歳在壬午。余年十六。録詩乞政。先生題曰「清風来故人、故人今不見。松下有清風、清風何穆穆」雖不敢当、以充坐銘。
明治十六年　遊甲州上明身延山、面謁日鑑管長。又訂交薄井小蓮村上帰雲等。	
明治十七年　迎新年于美濃古市場村。入江州経彦根入京都、与伊勢小淞、谷太湖等唱酬。二月十七日経姫路入岡山。	
明治十八年　有病。八月二十日伴槐南至伊香保温	

泉。又至信州平穏温泉。	
明治十九年　森文部大臣招致、十月十六日発東京遊四国。途過滋賀、与県令中井桜洲、県丞阪本三橋等応酬。有湖南十二勝絶句。	
明治二十年　徳島、脇町、箸蔵、屋島、丸亀、玉浦各地歴遊、有箸蔵大作。十月遊東北地方、至白河、二本松、松島等各地。	
明治二十一年　四月十一日赴松浦伯蓬莱園、与川田甕江、枕山、鱸松塘、向山黄村諸老同席。陪伊藤春畝公、遊夏島金沢諸地。	
明治二十二年　移居于麴町平河町。児槐南掃先妣墓於名古屋円頓寺、有次韻。十一月二十一日病没。葬于日暮里経王寺。有辞世詩、「七十一年一夢非、茶煙禅榻倚斜暉。児曹若問三生事、胡蝶花前胡蝶飛」	先生墓標、冠以詩人二字。蓋倣呉梅村也。

跋　文

本書は、筆者が二〇一二年（平成二十四年）三月、成蹊大学大学院文学研究科より博士（文学）の学位を授与された論文「森春濤の基礎的研究」を基に、必要な資料を増補したものである。

本書収録中、学術雑誌・紀要等に発表した初出の状況は次のとおりである。

第一章第二節　「森春濤の悼亡詩について」「新しい漢字漢文教育」第三十五号　二〇〇二年十二月

第二章　同題　二松學舍大学大学院紀要「二松」第十八集　二〇〇四年三月

第三章　同題　二松學舍大学大学院紀要「二松」第十九集　二〇〇五年三月

第五章第三節から第五節　「森春濤と森槐南――「新文詩」ノート」「国文学解釈と鑑賞」第七十八巻第十号　二〇〇八年九月

第六章第一節・第二節　「清廿四家詩について」「成蹊國文」第四十三号　二〇一〇年三月

第八章　「野口寧斎の漢詩集『出門小草』の上梓をめぐって」「成蹊國文」第四十四号　二〇一一年三月

附録三　同題　「三島中洲研究」第四号　二〇〇九年三月

また、英文要旨は、筆者の「博士（文学）を取得して」（ニューズレター「双松通訊」第十七号〈二松學舍大学日本漢文教育研究推進室　二〇一二年九月〉）からの転載である。転載については二松學舍大学日本漢文教育研究推進室実施委員会の許可を得た。

筆者が森春濤に関心を抱いたのは、伊藤漱平先生が「人の師としての中洲三島毅の一面――二松山長として、東宮侍講として――(覚書)」(戸川芳郎編『三島中洲の学芸とその生涯』〈平成十一年、雄山閣出版刊〉所収)を書かれるに当たり、そのお手伝いをしたころである。どなたからのお話であったかは定かでないが、伊藤先生の独特の書体で書かれた原稿をワープロで打ち直す作業であった。ほぼ毎日、原稿用紙二、三枚のコピーが届き、それを何とか判読しながら作業を続けた記憶がある。完結すると、先生のお宅にて読み合わせを行った。暑い中、先生のお宅に伺うと、手拭いを姉さんかぶりにした、山賊か海賊の大親分を思わせる出で立ちの先生がおられた。汗を拭き拭き、原稿の手直しをされていた先生のお姿は、懐かしい思い出の一つである。

この論文の「三　中洲と英才たち(一)――好例としての夏目漱石と森槐南」において、先生は森槐南を取り上げられた。当時、研究対象が定まっていなかった筆者は、お手伝いをするうちに、漠然と槐南を研究してみようかと考えた。そこで槐南の詩集『槐南集』を眺めてみたが、難解な槐南の詩を読み解くことができず、「それでは、最も影響を与えたであろう、春濤ではどうか」と、春濤について調べ始めた。随分と気楽な考えであるが、結果としては、そう的外れなものではなかったと思っている。このころ、既に『春濤詩鈔』の影印版があり、略年譜なども作られていた。但し、揖斐先生が「従来の森春濤研究が一部の見易い資料に限られた、不徹底な段階に止まるものであったことは否めない」と書かれたように、日本漢詩文、特に幕末から明治にかけての研究に、春濤の名は必ず現れるにもかかわらず、春濤のまとまった研究、特にその生涯全般を見渡したものはなかった。そこで、春濤の伝記研究として取り組んだ最初の論文が、第一章第二節の基である「森春濤の悼亡詩について」である。この論文から学位論文までに十年の月日が流れていることを思うと、それが長かったのか短かったのか、未だに自分の中で感情の整理ができていない。

それ以降、春濤についての論文を書き続ける中で、一つの思いもかけない幸運が訪れた。二松學舍大学ＣＯＥプログラム公開講座において、石川忠久先生の講義をお手伝いする中、受講者の一人である住田笛雄氏より研究の援助のお申し出があり、そのありがたいご支援によって、成蹊大学大学院へ進学する道が拓けたのである。更に幸運が重なり、当時、二松學舍大学で講義をされていた揖斐先生に、成蹊大学への進学について申し上げると、指導についてのご快諾を頂くことができた。先生は『新日本古典文学大系　明治編』の『漢詩文集』において、入谷仙介氏とともに森春濤の漢詩の注釈をされており、最も指導をして頂きたい方と願っていたのである。

二〇〇九年四月に成蹊大学大学院文学科日本文学専攻博士後期課程に進学し、二〇一二年三月に修了ができたのは、ひとえに揖斐先生のご指導のおかげである。「博士（文学）を取得して」に記したように、揖斐先生のご指導は、押しつけず・放任せずという絶妙の距離感に基づいたものであった。大学院の面接の際に、ある先生が「揖斐先生はお忙しいので、なかなか指導をしてもらえないかもしれませんが、大丈夫ですか」とのお話があったとき、やや不思議な感があった。専修大学文学部では小和田顕先生・松原朗先生、二松學舍大学大学院博士前期課程では石川忠久先生・伊藤漱平先生にご指導を頂いてきた。その中において、「あれをやれ」「これをやれ」「自分の言う通りに書け」とおっしゃる方は一人としておられなかった。指導する側は研究をする上で手助けはするが、研究そのものは自分一人でするもの、と教わってきた筆者には、手取り足取りという濃密過ぎる指導は念頭になかったためであろう。揖斐先生は年度が改まる毎に「今年度の研究計画を教えて下さい」と、研究計画書をお求めになられたが、「何枚書きましたか」「どうするつもりですか」とお尋ねになることはなかった。また、論文の指導においても、筆者の不備や、注意すべき点を的確に指摘され、助言を頂いたが、「最後にどうするかは、あなたが決めることですから」と、常に一定の余地を残して下さった。大局的な視点でのご指導を頂けたことは、何より大きな励ましとなった。

本書において、森春濤の研究に一つの区切りがつけることができたが、まだまだ取り組むべき課題は多い。引き続き春濤の研究を進めてゆくとともに、今後は幕末以前の漢詩文にも研究範囲を拡げてゆきたい。そして、「だがさうしたたとひ一句でも、新しい確実な資料を太祇の句集中に加へる事は、決して徒労ではない。正確な資料の蒐集整理、それは何といつてもすべての研究の基礎的事業であるからだ。「奥の細道」をたつた一ぺんのぞいたゞけで生半可な芭蕉論をふり廻すよりも、芭蕉の一句に正しい年代の證憑を與へる方が、どれ程立派な意義のある仕事であるか分らない」（潁原退蔵『太祇句集』後記）とあるような研究をしたい。

学位論文については、審査にあたられた揖斐高先生、林廣親先生、久保田篤先生、外部からの審査として宮崎修多先生より多くのご指摘、ご助言を頂いた。また、石川忠久先生、佐藤保先生、松原朗先生には、中国学からの視点によるご指摘、ご助言を頂いた。諸先生にあつく御礼を申し上げる。なお、佐藤保先生には汲古書院へのご紹介を頂いたことも併せて御礼を申し上げる。

本書の刊行は、汲古書院の石坂叡志社長、同編集部の小林詔子氏のご支援によるところが大きい。校正については、高橋昭男、田中洋一の両氏にご助力を賜った。また、中国語の論文要旨は、杜軼文氏に翻訳をお願いした。お力添えを頂いた皆様に深く御礼を申し上げる。

なお、本書の刊行に当たっては、成蹊大学大学院博士論文出版助成の交付を受けたことを、ここに明記する。

平成二十四年十一月

日野俊彦

著者略歴

日野　俊彦（ひの　としひこ）

1971年（昭和46年）2月、東京都に生まれる。2012年（平成24年）3月、成蹊大学大学院文学研究科博士後期課程（日本文学専攻）修了。博士（文学）〔成蹊大学〕。専攻は幕末から明治にかけての日本漢詩文・日中文化交流。現在、成蹊大学アジア太平洋研究センター客員研究員。

論　文

「評語「豪放」の発生について――蘇軾詞への評価を中心として」（新しい漢字漢文教育第27号、1998年）、「国会図書館蔵『川路高子日記』――翻刻と解題および人名索引――」（成蹊人文研究第19号、2011年〈揖斐高ほかとの共同研究〉）ほか。

森春濤の基礎的研究

平成二十五年二月二十六日　発行

著　者　日　野　俊　彦

発行者　石　坂　叡　志

印刷所　中台整版
日本フィニッシュ
モリモト印刷

発行所　汲　古　書　院

〒102-0072　東京都千代田区飯田橋二―五―四
電　話〇三（三二六五）九七六四
ＦＡＸ〇三（三二二二）一八四五

ISBN978－4－7629－6504－3　C3095

KYUKO-SHOIN, Co.,Ltd.　Tokyo

A Basic Study of Mori Shuntoh

Toshihiko Hino

In chapter 1, "People Surrounding Mori Shuntoh: His Kinsmen and Teachers," I first wrote about his parents, siblings, and home environment on the basis of the Mori family's death register, etc. Next, with regard to his wives and children, I showed how he gave expression to his affection for his family with reference to his in memoriam poems, etc. Finally, I inferred how Shuntoh's early poems were influenced by the *kanshi* of Washizu Ekisai, who ran the private school Yūrinsha where Shuntoh studied, through a comparison of their poems, and I clarified what sorts of poems the youthful Shuntoh liked and wrote.

In chapter 2, "On Mori Shuntoh's Poem "Jūichigatsu jūrokunichi kyo ji," I examine on the basis of his poems how Shuntoh lived through the upheavals of the *bakumatsu* period. The poem "Jūichigatsu jūrokunichi kyo ji" draws on the precedents of Su Shi of the Northern Song and Qian Qianyi of the late Ming and early Qing, and I clarify the emotions that Shuntoh put into this poem as he superimposed onto them the circumstances in which Su Shi and Qian Qianyi had found themselves.

In chapter 3, "Mori Shuntoh in the *Bakumatsu* Period," I ascertain how Shuntoh actually conducted himself in the *bakumatsu* period, and I consider his way of life.

In chapter 4, "Shuntoh and Niwa Kanan: Shuntō in the Early Meiji Era," dealing with Shuntoh in the first years of the Meiji era, a part of his life that had been completely overlooked, I use the entry on Mori Shuntoh in the *Hanshi* nayose, a directory of retainers of Owari domain, to shed light on the circumstances in which Shuntoh found himself around this time and on how Niwa Kanan, who held an important position in Owari domain at the time, associated with Shuntō and supported him. Lastly, I present an overview of the *Shinrekiyoh*, a collection of *kanshi* by Shuntoh that was published in 1873 and the full scope of which had not been known.

In chapter 5, "Shuntoh and Kainan: With Reference to the Publication of the *Shinbunshi*," I examine on the basis of works such as the *Shuntoh sensei*

itsujidan by Satoh Kan contacts between Shuntoh and other *kanshi* poets of the *bakumatsu* period and the exchange of information for the compilation of anthologies of *kanshi*. I also take up anthologies of Shuntō's *kanshi* published in the *bakumatsu* period and early Meiji era and discover in them the underpinnings of the skills that Shuntoh was later to display as an editor. Lastly, dealing with Shuntoh after his arrival in Tokyo, I examine links between Shuntoh and contemporary *kanshi* circles on the basis of poems included in the *Shinbunshi*.

In chapter 6, "Shuntoh and Poems by Chinese Poets," I consider Shuntoh in his capacity as an editor, focusing on the *Shin sanka zekku*, which Shuntoh edited on his own, and the *Shin nijūshika shi*, for which he was one of the selectors. First, on the basis of their prefaces and explanatory remarks, I explain why these two works were published. Next, from the poems by Zhang Wentao included in the *Shin sanka zekku* I educe Zhang Wentao's views on poetry writing and his interest in Chan, and thinking that Shuntō may have used these poems to give voice to his own views on poetry writing, I reach the conclusion that the *Shin nijūshika shi* was produced as a model for poetic forms and the *Shin sanka zekku* as a model for poetic ideals. Lastly, I take up Shuntoh's contacts with Chinese men of letters who visited Japan in the early Meiji era and point out that these may have had an influence on links between Shuntoh and poems by Chinese poets.

In chapter 7, "On Shuntoh and Love Poetry," I take up some poems composed by Narushima Ryūhoku, Shuntō, and Yoda Gakkai in 1880–81 and, taking into account trends in contemporary *kanshi* circles, I shed light on criticism of Shuntoh and Kainan and responses to this criticism and consider the evaluation of Shuntoh's *kanshi*.

In chapter 8, "The Picture of Mori Shuntoh Portrayed by Noguchi Neisai: On the Publication of Noguchi Neisai's *Kanshi* Anthology *Shutsumon shohsoh*," I describe both the circumstances leading to the publication of the *Shutsumon shohsoh*, a kanshi anthology by Shuntoh's pupil Noguchi Neisai, and its structure, and I clarify the picture of Shuntoh portrayed in one of its poems, about Shuntoh, into which Neisai put his greatest efforts. This poem may be described as a biography of Shuntoh from his birth to his death in the form of a *kanshi*, and Neisai's notes inserted throughout the poem have great value as source material for supplementing past biographical research on Shuntoh. By

explicating the poem's overall structure and Neisai's notes, I was able to provide valuable material for biographical research on Shuntoh.

The appendices consist of a brief chronological record of Shuntoh's life, a list of the titles of the poems contained in the *Shuntoh shishoh*, and a transcription of the *Shinrekiyoh*, described in chapter 4.

詩人森春濤的基礎研究

日野　俊彦

《第一章　森春濤身邊的人們—親屬及師長》。首先，筆者根据森家的家傳記録，記述了春濤的双親、兄弟以及其家庭環境；接着，通過對春濤追憶詩等作品的分析，描絵了春濤対妻兒的關愛之情；最後，聚焦到其與鷲津益齋兩人所寫漢詩的對比之上，春濤早年曾求學于益齋所創辯的有隣舍，通過這種對比，可以看到益齋的漢詩對春濤的早期作品所産生過何種影響，而年輕時代的春濤讀詩、作詩時的喜好也就一目了然了。

《第二章　森春濤〈十一月十六日擧兒〉詩考》。本章通過春濤的詩作来觀察其在幕府末期這個亂世之秋中的生活實態。《十一月十六日擧兒》一詩中提到的，如北宋的蘇軾、明末清初錢謙益等人的境遇，都與他當時的境況重合，自然也就能清晰地感受到春濤在詩中所寄之情了。

《第三章　幕府末期的森春濤》。同上一章的時代背景相同，本章対春濤在幕府末期的行為処事進行了具体的描述，并対其処世之道進行了思考。

《第四章　春濤與丹羽花南—明治初期的春濤》。本章考察的是，在春濤的傳記研究中一直以來被忽視的明治初期。対這一時期的考察，主要是通過尾張藩士的人名録，即《藩士名寄》中“森春濤”条的記載而展開的。文中不僅清楚地描述了明治初期春濤所処境遇，還厘清了時任尾張藩要職的丹羽花南與春濤之間的關係，以及他對春濤的援助。最後，還介紹了一本春濤出版于明治6年的漢詩集《新暦謡》，而一直以來我們都對其全貌知之甚少。

《第五章　春濤與槐南—以〈新文詩〉的刊行爲中心》。在佐藤寛《春濤先生逸事談》等文中都提到過生活在幕府末期的漢詩人們和春濤之間的互相交流，以及

有關他們在編輯漢詩的詞華集時彼此互通信息的事实。而筆者在此基礎之上，通過對幕府末期至明治初期所刊行的春濤的漢詩集等的考察，証明了日後作爲編者大展身手的春濤所擁有的實力是與生俱來的。最後還提到了上京後的春濤，通過《新文詩》所収的漢詩，対其與當時的漢詩壇之間的往來進行了考察。

《第六章 春濤和清詩》。本章以春濤獨立編纂的《清三家絶句》、春濤爲編者之一的《清二十四家詩》這兩部爲中心，對編者春濤進行考察。筆者首先依据《清二十四家詩》、《清三家絶句》的序文以及凡例等原始資料，叙述了這兩部書的刊行緣由。春濤在《清三家絶句》所収的張問陶詩中發掘出了張問陶的作詩觀及対禅宗的關心，而筆者論爲這些正是春濤爲自己的作詩觀所作的代辯之言，繼而得出了以下結論，即《清二十四家詩》旨在編寫詩歌形式的規範，而《清三家絶句》側重于闡述詩歌理念的典範。最後，論及了春濤與明治初期訪日的清国文人之間的交流，并指出這些也在一定程度上加深了春濤與清詩之間的聯系。

《第七章 關于春濤與艶詩》。本章列擧了明治13、14年間完成的，成島柳北《僞情痴》、春濤的《詩魔自咏》、依田學海《與森春濤》及《春濤詩鈔序》等詩作，結合這些詩作及當時漢詩壇的傾向來看，更爲明確地看到了當時對春濤、槐南的批判，以及對于這些批判的反應，从而對春濤的漢詩進行了評価。

《第八章 野口寧齋所描繪的森春濤像—以野口寧齋的漢詩集〈出門小草〉的刊行爲中心》。本章叙述了春濤的弟子—野口寧齋的漢詩集《出門小草》直至出版的前後經過及其内容構成，并通過其中由寧齋尽心撰寫的《恭挽春濤森先生》一詩，清晰地勾勒出了森春濤的人物像。《恭挽春濤森先生》以漢詩的形式描繪了春濤从出生直至謝世的一生，堪称一部"森春濤傳"。詩中寧齋的点注随処可見，筆者論爲它們是對迄今爲止的春濤的傳記研究完美補充，具有很高的史料価値。而対詩歌全体構成以及寧斎点注的解説，也為春濤的傳記研究提供了寶貴史料。

最後，在"附録"中収録了春濤的簡略年譜、《春濤詩鈔》所収詩的詩題一覧表，以及第四章中介紹過的《新暦謡》的翻刻版。

索　　引

人名索引

書名索引

附　　録

春濤略年譜及び『春濤詩鈔』詩題一覧・『新暦謡』翻刻

春濤詩鈔巻一	年齢	影印本ページ数
文政二年　一宮村下馬町（現一宮市本町四丁目）に生まれる。父は森左膳、母は鈴木京甫の娘。		
文政十一年　岐阜の眼科医、中川春作に預けられ、医術を学ぶ。		
天保四年　詩作に耽る。「岐阜竹枝」詩を詠む。		
天保六年　七月、岐阜より一宮へ帰郷す。九月、母の実家のある蟹江村へ再び医術の修業のため行く。		

三十六湾集［自癸巳三月至乙未七月］（天保四年～六年）

1－1	岐阜竹枝［以下岐阜時作］	15	6
1－2	新秋夜望	15	6
1－3	常在寺訪山沢上人［上人善書］	15	6
1－4	春日藍川即矚［甲午］	16	6
1－5	晩過織田冢［在上加納村］	16	6
1－6	夏夜宿覚林寺	16	6
1－7	藍川酒楼小酌納涼	16	7
1－8	新秋竹技二首	16	7
1－9	山中古刹	16	7
1－10	江上夜帰	16	7
1－11	秋思	16	7
1－12	秋晩游小房山	16	7
1－13	與僧夜酌分韻成詠	16	7
1－14	游蹤［乙未］	17	7
1－15	崇福寺観桃花	17	7
1－16	楊貴妃桜	17	7
1－17	常在寺読鼎石山人旧題因次其韻	17	7
1－18	明照寺畳前韻	17	8
1－19	金華山城址三畳韻	17	8
1－20	寄呈松隠鷲津先生四畳韻	17	8
1－21	中川氏新墅五畳韻	17	8
1－22	稲葉祠下作六畳韻	17	8
1－23	満願寺後園七畳韻	17	8

1－54	老馬行	17	11
1－55	贈子寿	17	11
1－56	題画二首	17	11
1－57	臨去似諸弟妹	17	12

春濤詩妙巻二
天保八年　　鷲津松陰没。
天保九年　　海門寺、佐屋、鍋蓋に遊ぶ。
天保十年　　一宮へ帰郷す。

蘆花漁笛集［自乙未九月至丁酉十二月］（天保六年～八年）

2－1	蘆花漁笛二詠［以下寓蟹江村時作］	17	12
2－2	蟹江村寓居雑述	17	12
2－3	酒醒二首	17	12
2－4	守歳二首	17	13
2－5	梅花四首用趙甌北韻［丙申］	18	13
2－6	春潭釣者歌	18	13
2－7	蟹江城址	18	13
2－8	牡丹二首	18	13
2－9	四月二日作［是日予生辰］	18	13
2－10	夏景沖澹偶然作用皮陸唱和韻	18	13
2－11	孤舫双槳二詠	18	14
	（1）孤舫		
	（2）双槳		
2－12	秋蝶二首	18	14
2－13	禁体詠雪用東坡聚星堂韻	18	14
2－14	歳暮	18	14
2－15	元旦叙懐［丁酉］	19	14
2－16	春昼六言	19	14
2－17	江村春居	19	14
2－18	漁家婚嫁	19	14
2－19	海棠	19	14
2－20	玉蘭［古名木蘭］	19	15
2－21	読史有感偶有寄桃太郎討鬼島図索詩者乃戯題之	19	15

2－22	杏花	19	15
2－23	三日出游偶得二律	19	15
2－24	武陵桃源	19	15
2－25	天台桃源	19	15
2－26	四月二日作	19	16
2－27	好去矣行	19	16
2－28	題漂母飯韓信図呈謝王姑二首	19	16
2－29	八月十四日大風用老杜茅屋為秋風所破歌韻	19	16
2－30	哭松隠先生	19	16
2－31	哭恭甫鈴木丈人	19	16
2－32	三休菅翁見訪賦贈	19	16
2－33	寒夜読書	19	16
2－34	宿法応寺	19	16
2－35	歳晩書適	19	16

海門釣庵集［自戊戌正月至己亥正月］（天保九年～十年）

2－36	海門寺村雑詩	20	17
2－37	江上酒家轆轤韻	20	17
2－38	四月二日作	20	17
2－39	詠蟬贈善琴人	20	17
2－40	宿佐屋村	20	17
2－41	江閣	20	17
2－42	蓑笠二詠為秋潭釣者	20	18
	（1）簑		
	（2）笠		
2－43	陋巷	20	18
2－44	村行逢社	20	18
2－45	宿鍋蓋村	20	18
2－46	夜帰	20	18
2－47	漁舟重贈秋潭釣者	20	18
2－48	晩歩所見	20	18
2－49	郷友寄詩次韻集唐	20	18
2－50	野菊	20	18
2－51	秋景四首	20	18
2－52	赤壁後游夕飲鈴木氏分月白風清為韻	20	18

2－53	冬軒曝背	20	19
2－54	冬晩雑句	20	19
2－55	春初雑句［己亥］	21	19
2－56	留別横江［春潭秋潭］昆季	21	19

春濤詩鈔巻三
天保十一年　九月、鷲津益斎を訪ねる。十月、大赤見村の服部牧山における、鷲津益斎・森春濤らによる不休社同人の詩宴が開かれる。

人日草堂集［自己亥正月至庚子正月］（天保十年～十一年）

3－1	人日帰家	21	20
3－2	帰後内集	21	20
3－3	梅谿春暁以題為韻予得谿暁	21	20
3－4	呈益斎鷲津先生	21	20
3－5	春夕客至	21	20
3－6	送速水九郎西上観花	21	20
3－7	佐分但州招飲談詩	21	20
3－8	森士幹折簡詰朝出游問予意	21	20
3－9	士幹要予游旗橋	21	20
3－10	為永春蝶情史題辞	21	21
3－11	還俗尼	21	21
3－12	尋春	21	21
3－13	読史有感楠氏事	21	21
3－14	早起対花憶岐阜旧友	21	21
3－15	佐分清因招予賞園中桜花	21	21
3－16	菜花	21	21
3－17	游妙興寺分落花芳草為韻得草字	21	21
3－18	春晩雑句	21	21
3－19	夏初雑句	21	22
3－20	多情	21	22
3－21	四月二日偶成	21	22
3－22	聞鵑	21	22
3－23	四月八日謡［一名哥哥謡○俗謡塡韻］	21	22
3－24	琴笛二詠	21	22

3－25	游球師房	21	22
3－26	梅醤［三休居士以詠物為真詩而予未服也居士曰予不能自作焉能知其趣乎酒間戯指梅醤拈嘗字為韻使予詠之詩成居士曰善］	21	22
3－27	過北県官舎所見	21	22
3－28	宿万松亭	21	22
3－29	谿亭即事同球上人光村某賦	21	23
3－30	西瓜南草二詠	21	23
	（1）西瓜		
	（2）南草		
3－31	訪服部士廉	21	23
3－32	題閨秀藤氏梧竹書房	21	23
3－33	夏晩雑句	21	23
3－34	秋初雑句	21	23
3－35	游仙集唐三首	21	23
3－36	観谷文晁蘆花夜月図寄懐子寿	21	23
3－37	益斎先生見示近作次韻以呈	21	23
3－38	秋夜訪友人臥病	21	24
3－39	土屋生欲西游不果貧甚有詩次韻慰之	21	24
3－40	鹿児宗一夕大飲適近隣失火延及其家生猶沈酣不覚為人所扶出僅免焚死詩以調之	21	24
3－41	秋晩出游	21	24
3－42	夜宿山村	21	24
3－43	蘆花被	21	24
3－44	秋晩雑句	21	24
3－45	冬初雑句	21	24
3－46	栽松寺小集分清池皎月照禅心為韻予得禅字［十月八日］	21	24
3－47	山居冬夜	21	25
3－48	雪日寄士幹	21	25
3－49	常盤抱孤図	21	25
3－50	酔李図	21	25
3－51	森綱甫茶室	21	25
3－52	藤士徳書室	21	25

3－53	雪夜訪森雲州分詩成勝得官為韻予得官字	21	25
3－54	歳晩謝客	21	25
3－55	元日偶成［庚子］	22	25
3－56	夜寒欲雪士幹偶至分梅径誤尋香為韻	22	25
3－57	梅花双鶴図	22	25
3－58	人日偶題	22	25

春濤詩鈔巻四

松雨荘人集［庚子二月至十二月］

4－1	自題松雨荘壁［予郷為松雨荘因以為号］	22	26
4－2	間居次韻二首	22	26
4－3	寄懐三休居士在京	22	26
4－4	春天	22	26
4－5	春雲	22	26
4－6	春雨	22	26
4－7	春雪	22	26
4－8	春月	22	26
4－9	春風	22	26
4－10	春寒	22	26
4－11	春城	22	27
4－12	春郊	22	27
4－13	春苔	22	27
4－14	春草	22	27
4－15	春雁	22	27
4－16	春蝶	22	27
4－17	春鶯	22	27
4－18	春燕	22	28
4－19	春愁	22	28
4－20	春夢	22	28
4－21	春柳	22	28
4－22	美人蹴鞠図	22	28
4－23	青桃丘神祠	22	28
4－24	三月三日行	22	28

	（1）春寒	23	32
	（2）春宵	23	32
	（3）春月	23	32
	（4）春雪	23	32
	（5）春山	23	32
	（6）春水	23	32
	（7）春昼	23	32
	（8）春暁	23	32
	（9）春晴	23	32
	（10）春星	23	32
	（11）春寺	23	32
	（12）春谿	23	32
	（13）春酒	23	32
	（14）春茶	23	32
	（15）春砧	23	32
	（16）春機	23	32
	（17）春糸	23	32
	（18）春酔	23	32
	（19）春醼	23	32
	（20）春犬	23	33
	（21）春猫	23	33
	（22）春燕	23	33
	（23）春蛛	23	33
	（24）春蓴	23	33
	（25）春芹	23	33
4－54	鎌谷紀游	23	33

春濤詩鈔巻五	
天保十三年	鷲津益斎没。
弘化二年	大赤見村の服部天都子を娶る。
弘化四年	森一郎生まれる。

林下柴門集［自辛丑至癸卯］（天保十二年～十四年）

5－1	草堂小集益斎先生見臨賦此言謝［辛丑］	23	34

5－2	春夜聞笛	23	34
5－3	春夜酒醒	23	34
5－4	春寺夜帰	23	34
5－5	天道橋上逢士廉	23	34
5－6	贈王某［某本姓田家富田産及某身蕩亡殆尽因省田字両傍以自警云亦奇士也］	23	34
5－7	夜宿東光寺	23	35
5－8	七夕無題	23	35
5－9	三休居士見訪賦贈	23	35
5－10	跋為永春水扇頭翡翠	23	35
5－11	九日賀林氏致仕	23	35
5－12	晩秋村居	23	35
5－13	辛丑除夕	23	35
5－14	初春過酒井松荘西涯亭［壬寅］	24	35
5－15	高陰寺観梅	24	35
5－16	春日江村雑詩	24	36
5－17	小牧山	24	36
5－18	子宣宅観桜	24	36
5－19	送春二首	24	36
5－20	四月二日作	24	36
5－21	新暑舟行看山	24	36
5－22	過真光寺廸師為予煮茶	24	36
5－23	秋海棠	24	36
5－24	浅野伝十招飲酒間次吉田文淵見示詩韻	24	36
5－25	秋日過山村次益斎先生韻	24	36
5－26	江閣	24	36
5－27	秋江	24	37
5－28	対酌小占贈子文	24	37
5－29	十月八日栽松寺例集益斎先生有詩即次韻	24	37
5－30	年光	24	37
5－31	哭益斎先生	24	37
5－32	壬寅除夕戯作	24	37
5－33	江城二月謡［癸卯］	25	37
5－34	春暁	25	37

5－35	巌師見訪	25	37
5－36	名古屋客舎與雲州対酌	25	37
5－37	林君梅山宅花下夜醼同文郁坦道太乙及神田某賦分得蘇字	25	37
5－38	子宣邀飲梅山君予亦陪焉分得桜字率賦以呈	25	38
5－39	春尽日宿坦師房暁起戯賦	25	38
5－40	擬古	25	38
5－41	田氏昆季一夕二婚詩以賀之	25	38
5－42	養猫	25	38
5－43	士廉赴名古屋後連日訪之不遇便留題二十八字	25	38
5－44	篁村梅花便面為子勤弟題兼贈篁村	25	38
5－45	訪友不遇	25	38
5－46	山夜調琴次文郁韻	25	38
5－47	偕文郁子文過東光寺坐間有秋水蘆花図巻乃分四字為韻各賦予得水字	25	38
5－48	中秋	25	39
5－49	晩帰過石野橋所見	25	39
5－50	秋深病中書感	25	39
5－51	秋夕不寐題斎壁二首	25	39
5－52	寄題桂崖画史新居	25	39
5－53	哭弟磯	25	39
5－54	寄妹	25	39
5－55	同子勤弟訪桂崖有詩見示次韻賦贈	25	39
5－56	重游岐阜有感而作	25	39

零蟬落雁集［自甲辰至丁未］（弘化元年～四年）

5－57	藍川旗亭送宮野生之伊勢	26	39
5－58	三日江上所見	26	39
5－59	嬉春絶句	26	40
5－60	甲辰四月二日名古屋客中作	26	40
5－61	読元遺山集	26～29	40
5－62	新夏清昼	26～29	40
5－63	銷夏雑詩	26～29	40
5－64	園中即事用挂幅星巌翁詩韻	26～29	40
5－65	江閣涼酌畳韻	26～29	40

5－66	松鶴高士	26~29	40
5－67	梅鶴高士	26~29	40
5－68	万松亭即事	26~29	40
5－69	江村書適	26~29	41
5－70	江楼暴雨	26~29	41
5－71	玉堂富貴図	26~29	41
5－72	江楼雑詩	26~29	41
5－73	秋暁	26~29	41
5－74	江上秋夜	26~29	41
5－75	題画	26~29	41
5－76	九日雨中寄懐岐阜諸友	26~29	41
5－77	禅寔恵張将赴濃州大安会寮徴餞詩	26~29	41
	（1）贈禅寔		
	（2）贈恵張		
5－78	宿栽松寺次韻	26~29	41
5－79	題画四首	26~29	41
5－80	豆腐	26~29	42
5－81	晩帰欲雪	26~29	42
5－82	冬暁	26~29	42
5－83	自甲辰至丁未旧槀全逸今補綴之名曰零蟬落雁集後題一絶	26~29	42

春濤詩鈔巻六	
嘉永三年	京阪に遊び、梁川星巌や篠崎小竹と面識を得る。
嘉永四年	四月、江戸へ行くも、生活に困窮し、一宮へ帰る。五月八日、篠崎小竹死。
嘉永五年	江馬細香と会う。

落花啼鳥集［自戊申至癸丑］（嘉永元年～六年）

6－1	王維像賛［戊申］	30	42
6－2	山行回文	30	42
6－3	傷春	30	42
6－4	王昭君	30	42
6－5	夏日園廬	30	42

6－6	夏庭即事	30	42
6－7	旭荘翁手録隣松院晩眺詩見寄書此以謝	30	42
6－8	村居雑詩	30	43
6－9	秋雨	30	43
6－10	秋晴	30	43
6－11	秋山	30	43
6－12	秋水	30	43
6－13	秋柳	30	43
6－14	秋草	30	43
6－15	題画回文	30	43
6－16	落葉	30	43
6－17	次藤子正赴禅林寺途中詩韻	30	43
6－18	冬夜偶成	30	43
6－19	己酉人日草堂小集分高適人日寄杜二拾遺詩一臥東山三十春為韻予得春字因用其原韻［己酉］	31	44
6－20	春夜侍某病賦呈	31	44
6－21	村行所見	31	44
6－22	江村春居	31	44
6－23	諸葛菜	31	44
6－24	春後訪士廉村居	31	44
6－25	夜帰	31	44
6－26	游東郡	31	44
6－27	春山訪僧図	31	44
6－28	釣台図	31	44
6－29	宿桂巌上人房	31	44
6－30	中秋対酒走筆	31	45
6－31	李白夢筆図	31	45
6－32	重陽不登高	31	45
6－33	漁村秋景	31	45
6－34	山墅秋暮図	31	45
6－35	箕形氏後園	31	45
6－36	春夕酒醒［庚戌］	32	45
6－37	東山春雨図	32	45
6－38	野馬図	32	45

	（5）嘯雲巌		
6－67	観潮阪	33	48
6－68	雨中登清見寺	33	48
6－69	風雨踰函嶺	33	48
6－70	納涼聞笛	33	48
6－71	送雲如山人游伊香保	33	49
6－72	新秋湖楼題壁	33	49
6－73	秋懐	33	49
6－74	秋海棠	33	49
6－75	訪無底上人上人已移住仙台遙有此寄	33	49
6－76	秋晴看飛鴻有感	33	49
6－77	偶成	33	49
6－78	九月四日夜夢得三四既醒足之	33	49
6－79	発江戸留別枕山楽山晩菘諸君	33	49
6－80	大磯客舎臥病書悶	33	49
6－81	梅花漁艇図［壬子］	34	49
6－82	春山蘭若	34	50
6－83	春雨中読書于桶間村相羽子辰家	34	50
6－84	題落花流水図寄懐沢井鶴汀	34	50
6－85	四月二日作	34	50
6－86	緑陰	34	50
6－87	贈細香女史	34	50
6－88	夜雨酒醒	34	50
6－89	竹	34	50
6－90	悼児	34	50
6－91	美人撲蝶図［癸丑］	35	50
6－92	蘭亭集字詩［幷序］	35	50
6－93	則武氏恵松書喜以寄	35	51
6－94	臨別題仙翠亭	35	51
6－95	幽期	35	51
6－96	春雨赴服士善期	35	51
6－97	梨花	35	51
6－98	桃花	35	51
6－99	山居銷夏図	35	52

7 －21	次太乙翁題自画詩韻以贈	37	54
7 －22	村居銷夏	37	54
7 －23	池端避暑	37	54
7 －24	蘆簾	37	54
7 －25	新涼夜坐	37	54
7 －26	虫声	37	54
7 －27	秋夜	37	55
7 －28	閨怨回文	37	55
7 －29	釣耕庵主人邀飲次壁幅橘鳴門詩韻以贈	37	55
7 －30	十月望日藤本鉄石見過	37	55
7 －31	題画	37	55
7 －32	櫟陰村舎雑詩	37	55
7 －33	送藤本鑄公游京師	37	55
7 －34	三日江上即事[丙辰]	38	55
7 －35	題長沼氏兵要録後	38	55
7 －36	酒間言志	38	55
7 －37	春夕酒醒	38	55
7 －38	餞春	38	55
7 －39	吉田蘇川宅観藤花	38	56
7 －40	物議	38	56
7 －41	文字	38	56
7 －42	暮行田間	38	56
7 －43	午睡起戯書	38	56
7 －44	題酒壺代銘	38	56
7 －45	客夜	38	56
7 －46	湖村月夕	38	56
7 －47	白秋海棠	38	56
7 －48	御溝紅葉図	38	56
7 －49	悼亡	38	56
7 －50	丁巳新年偶成[丁巳]	39	56
7 －51	梅花	39	57
7 －52	無題	39	57
7 －53	刻意	39	57
7 －54	春寒	39	57

春濤詩鈔巻八
安政六年　二番目の妻、陸田村の村瀬逸子を娶る。

万延元年　森一郎死。渡辺精所、大坂より帰る。	
文久元年　二月、森晋之助生まれる。十二月二十三日、村瀬逸子没。	
文久二年　四月から七月初めまで高山に滞在。九月、三番目の妻、国島静を娶る。「高山竹枝」を作る。	
文久三年　五月、名古屋桑名町三丁目に家を借り、桑三軒と名付ける。神波即山、永坂石埭等が入門する。森泰二郎（槐南）生まれる。	

夢入青山集［自己未正月至壬戌二月］（安政六年～文久二年）

8－1	夢中江十年曽閲幾孱顔句覚後足三句［己未］	41	61
8－2	雨窓暖甚午睡自詠	41	61
8－3	春恨	41	61
8－4	村瀬氏過期不嫁聞其意欲得書生如余者即聘為継室	41	61
8－5	江上春興	41	61
8－6	僧桂園自京師到見示宇田栗園近作即次其韻誌別	41	61
8－7	寄懐大沼枕山	41	62
8－8	七十翁何所求追悼星巌翁［翁時七十印用此語］	41	62
8－9	整理近稾偶得二絶	41	62
8－10	縦筆	41	62
8－11	間居［庚申］	42	62
8－12	哭児真［三月六日］	42	62
8－13	小游仙効曹唐	42	63
8－14	納涼用王右丞韻	42	63
8－15	竹	42	63
8－16	梧桐	42	63
8－17	子勤弟帰覲置酒於松雨荘対酌成詠	42	63
8－18	遅越君夢吉不至	42	64
8－19	又	42	64
8－20	辛酉二月十二日挙児紀喜［辛酉］	43	64
8－21	和友人照鏡覧白髪	43	64
8－22	春詞	43	64
8－23	松本士権見訪口誦僧円桓詩即次其韻	43	64
8－24	寄題僧鏡堂花柳無私処	43	64
8－25	巌田碩人到用高太史喜宋山見人訪詩韻	43	65
8－26	懐人絶句	43	65

	（3）牛山層嵐		
	（4）鞍嶽遠雪		
	（5）桜馬場花		
	（6）美人峰月		
	（7）晨寺霜鐘		
	（8）寒街夜柝		
8－46	梅宰扇頭画	44	68
8－47	福田竹崖招飲次壁幅広瀬旭荘詩韻	44	68
8－48	游東山僧刹	44	68
8－49	美人睡起図	44	68
8－50	緑猗園小集賦竹窓聴雨	44	68
8－51	梧竹幽居	44	68
8－52	七夕	44	68
8－53	高山竹枝	44	68
8－54	中山七里馬上口占	44	70

維鵲有巣集［自壬戌八月至癸亥四月］（文久二年～三年）

8－55	予将娶国島氏賦此贈某	44	70
8－56	九月某日娶国島氏為継室	44	70
8－57	読宋名臣言行録	44	70
	（1）趙普		
	（2）曹彬		
	（3）范質		
8－58	自跋風懐詩後	44	70
8－59	東坡生日	44	70
8－60	歳晩雑述	44	70
8－61	訪郷網川次其見贈韻［癸亥］	45	71
8－62	紅蘭張氏谿山雪景	45	71
8－63	花朝月下見蝶	45	71
8－64	代贈	45	71
8－65	太湖石歌	45	71

春濤詩鈔巻九
慶応二年　九月、越前に遊び、松平春嶽に拝謁する。十二月、足羽川を下り、三国港に滞在する。

桑三軒集［自癸亥五月至丙寅八月］（文久三年～慶応二年）

9－30	甲子七月念一夕聞京中十九日之変感激不寐詩以紀事	46	74
9－31	秋水芙蓉小照	46	74
9－32	馬上晩晴	46	74
9－33	月下虫声	46	74
9－34	中秋無月喜子勤弟至	46	75
9－35	冬日遣懐用張船山韻	46	75
9－36	今尾客舎夜雨不寐書此排悶	46	75
9－37	省斎招飲壁有亡友三樹詩因用其韻	46	75
9－38	歳晏百憂集	46	75
9－39	隔岸春雲［乙丑］	47	75
9－40	城外間歩同石埭挺庵作	47	75
9－41	春潮帯雨	47	75
9－42	梨花春月	47	75
9－43	春昼	47	75
9－44	惜春	47	75
9－45	題画	47	76
9－46	山中	47	76
9－47	熱田水閣小集分韻賦江楼月夕	47	76
9－48	月汎	47	76
9－49	竹蘭図	47	76
9－50	早秋清暁	47	76
9－51	始聞秋風	47	76
9－52	籠中虫［以題勒韻］	47	76
9－53	夜投西寺用高青丘韻	47	76
9－54	酒醒	47	76
9－55	深柳漁荘	47	76
9－56	秋日江居写懐	47	76
9－57	舟夜酒醒	47	76
9－58	老杉園聴雨	47	77
9－59	漁浦晩秋	47	77
9－60	子潤新購青鸞帚一柄索予詩賦此兼賀其新娶	47	77
9－61	九月二十五日田宮総裁拉予及太乙立斎可墨諸子游笹島分韻得吾字	47	77
9－62	舟抵横須賀	47	77

9－63	久米村途上	47	77
9－64	海荘晩晴	47	77
9－65	酔李図	47	77
9－66	寒村雑句	47	77
9－67	穀堂先輩応聘就国有錦旋八律見示乃次其韻以贈	47	77
9－68	水仙［丙寅］	48	78
9－69	漢	48	78
9－70	城西訪友人別墅	48	78
9－71	寄呈穀堂先輩	48	78
9－72	嬉春絶句	48	78
9－73	夢見故里春色覚後有感書此寄子勤弟	48	78
9－74	暮春	48	78
9－75	春後	48	78
9－76	池亭午睡	48	79
9－77	水閣酔題	48	79
9－78	盆池養魚	48	79
9－79	舟中戯題	48	79
9－80	枕上聴風鈴	48	79
9－81	銷夏	48	79
9－82	蓮池垂釣	48	79
9－83	晨起山荘所見	48	79
9－84	南浦早秋	48	79
9－85	松堂待月	48	79
9－86	秋江話別図	48	79
9－87	江上送別	48	80
9－88	聞竹外訃作二絶句寄哭	48	80
9－89	舟夜聞雁	48	80
9－90	湖山秋景	48	80
9－91	雨窓話旧	48	80

春濤詩鈔巻十	
慶応三年	吉崎・山代などに遊ぶ。「三国港竹枝」を作る。

千巌万壑集［自丙寅九月至十二月］

10－1	丙寅九月将游越前留別城中諸子	48	80
10－2	岐阜	48	80
10－3	古市場村投内弟国島雅直宅	48	81
10－4	秋尽	48	81
10－5	郡城	48	81
10－6	贈平野里鷹	48	81
10－7	穴馬途上雑詩	48	81
10－8	寄内［幷引］	48	81
10－9	友兼村訪広瀬梅墅限韻同賦	48	81
10－10	雪達摩	48	81
10－11	雪美人	48	81
10－12	雪馬	48	82
10－13	雪兔	48	82
10－14	贈梅墅	48	82
10－15	柳処携酒至遂偕上伊振山畳韻	48	82
10－16	寄内三畳韻	48	82
10－17	寄名古屋諸子四畳韻	48	82
10－18	雪夜帰舟和広瀬江村	48	82
10－19	酔中戯作墨竹畳韻	48	82
10－20	鐙下読賈浪仙詩三畳韻	48	82
10－21	客夢四畳韻	48	82
10－22	題画	48	82
10－23	雪日匳体	48	83
10－24	渡九頭竜川	48	83
10－25	贈長谷川棄一	48	83
10－26	畳韻寄内	48	83
10－27	題水碧沙明楼	48	83
10－28	客窓写懐	48	83

九十九橋集［丙寅臘月］

10－29	福井城下作	48	83
10－30	酒間贈大島怡斎	48	83
10－31	孝顕寺寓居與張南村夜話用東坡定恵院韻	48	83
10－32	雪爪上人橡栗山房十勝詩	48	83

	（1）満城春樹		
	（2）嫩草趺坐		
	（3）竹径晩風		
	（4）緑陰昼静		
	（5）衆岫寒色		
	（6）絶頂夜涼		
	（7）長天秋月		
	（8）陰壑虚籟		
	（9）雲裏鐘声		
	(10) 千峰雨気		
10－33	題松香山房為鈴木蓼処嘱	48	84
10－34	頃得内子書未報将発福井書此附郵	48	84
10－35	臘月念六日雨中舟下羽水抵三国港	48	84

港雲楼雨集［自丁卯正月至二月］（慶応三年）

10－36	三国港竹枝	49	84
10－37	春病	49	87
10－38	雨中舟発三国港抵吉崎	49	87
10－39	山代坐湯詞	49	87

桃花流水集［丁卯三月○是歳三月浣以後全軼］

10－40	三日福井城下看桃有感作短歌	49	87
10－41	看桃詞	49	87
10－42	水楼看桃	49	88

春濤詩鈔巻十一
明治元年　三月二十一日、三人扶持、明倫堂詩文会評懸となる。九月、『銅椀龍唫』を出版する。
明治二年　正月、御目見席となる。十二月、更に二人扶持を増加され、詩文会評懸と漢学一等助教の次座を兼任する。学校総教支配となる（六等官）。
明治三年　三月十三日、槐南、学校に入る。四月二十七日、漢学一等助教となる。
明治四年　五月二十八日、渡辺精所没。七月十七日、史生、庶務掛となる。八月二十八日、十四等官となる。九月五日、書記編輯科を務める。
明治五年　二月、森静没。八月、木曾川を下り、伊勢・西濃を遊歴する。冬、

養老の戸倉竹圃家に身を寄せる。	
明治六年　三月十四日、岐阜に移り住む。十月六日、岡本黄石と長良川に月をめでる。『新暦謡』を出版する。	
明治七年　三月三十日、森静の大祥忌を行う。東京に移り住むことを決め、十月十五日に岐阜を発し、二十日に豊橋、二十七日に東京に着く。毅堂、石埭、小野湖山等と往来する。	

桑三軒後集［自戊辰正月至壬申七月］（明治元年～五年）

11－1	維時［戊辰］	50	89
11－2	従駕北征時予為本営斥候	50	89
11－3	戊辰重陽	50	89
11－4	又用蘇老泉韻寄某在越後軍営	50	89
11－5	秋山散策	50	89
11－6	秋夜感懐	50	89
11－7	次丹羽花南韻［己巳］	51	89
11－8	春思	51	89
11－9	息夫人	51	89
11－10	江村	51	89
11－11	春山帰樵	51	89
11－12	春郊帰牧	51	89
11－13	次花南韻	51	89
11－14	神剣	51	90
11－15	雕虫	51	90
11－16	楚宮怨	51	90
11－17	間居早秋	51	90
11－18	蒙叟観魚図	51	90
11－19	舟夜聴秋虫用王穀原韻	51	90
11－20	中秋賜醼八韻	51	90
11－21	村荘所見	51	90
11－22	秋晴出郭	51	90
11－23	峨洋山荘小集	51	90
11－24	秋晩汎湖用胡仲参韻	51	90
11－25	鐙下読伊勢小淞近稾題其後	51	91
11－26	諸葛春耕図［庚午］	52	91

11－58	題画	54	94
11－59	冬夜雑詩	54	94
11－60	養老山房詩集題辞戸倉竹圃嘱	54	95

太陽開暦集［自癸酉正月至甲戌十月］（明治六年～七年）

11－61	新暦謡［癸酉］	55	95
11－62	岐阜雑詩	55	95
11－63	長良渡観桃	55	96
11－64	揚門渡	55	96
11－65	無題	55	96
11－66	尉公隄［慶長中加藤左衛門尉所築］	55	96
11－67	濃藍楼	55	96
11－68	稲葉山観桜	55	96
11－69	月前写懐	55	96
11－70	聞鵑	55	96
11－71	鏡巌	55	96
11－72	忠節村	55	96
11－73	追悼大夢	55	96
11－74	読村上佛山近詩題其後	55	96
11－75	十月六日中秋片野三浦近藤諸子要予及児泰汎長良川賞月適岡本黄石翁帰自北游邀飲舟中即追次梁先師中秋対月韻	55	97
11－76	秋好	55	97
11－77	野村藤陰見訪賦此以贈［時藤陰棄職還郷又頃幹鉄心遺稾上木事詩中故及］	55	97
11－78	上江舟中	55	97
11－79	三十六湾［毎冬月鴛鴦多至］	55	97
11－80	晩帰逢雨雪	55	97
11－81	元旦望金華山［甲戌］	56	97
11－82	無端	56	97
11－83	一笑	56	97
11－84	三月三十日［故二月十三日］先室国島女教師大祥忌拉泰往哭墓［辛未十月十三日特命拝女教師墓在名古屋円頓寺］	56	97
11－85	晩晴	56	97

11－86	巖井欽斎寄近作索和	56	98
11－87	聞長良川有排舟為梁之議戯賦	56	98
11－88	香魚水裔廬題壁	56	98
11－89	秋日拉泰姪民徳上金華山	56	98
11－90	登覧	56	98
11－91	予将赴東京次児泰留別詩韻題寓舎壁	56	98

春濤詩鈔巻十二
明治八年　下谷区仲徒町三丁目に家を借り、茉莉巷凹処と名付ける。『東京才人絶句』、雑誌『新文詩』編輯、発行する。

黄葉青山集［甲戌十月］

12－1	甲戌十月十五日将発岐阜留題	56	98
12－2	展墓	56	98
12－3	二十日宿豊橋駅是夜雨	56	98
12－4	小夜中山児泰誦星巖翁薄雲疏木一聯即賦二十八字	56	98
12－5	富嶽	56	98
12－6	念三日宿沼津	56	99
12－7	絵島	56	99
12－8	念七日入東京即夜石埭至為予謀栖息地喜賦	56	99

台麓湖干集［自甲戌十一月至乙亥十二月］（明治七年～八年）

12－9	鷲津法官招飲小野湖山偶至［甲戌］	56	99
12－10	次花南少丞秋日雑感韻	56	99
12－11	題画	56	99
12－12	野花秋蝶	56	99
12－13	隣居詩贈大沼枕山	56	99
12－14	大臣威武歌	56	99
12－15	十二月一日湖亭小集分韻得先	56	99
12－16	十六日湖亭小集分韻得冬	56	99
12－17	陸放翁心太平庵硯引用王漁洋為畢通州賦韻為日下部内史賦	56	100
12－18	都督凱旋歌［甲戌十一月二十八日作］	56	100
12－19	一月六日湖亭小集分韻得虞［乙亥］	57	100

12－20	十六日湖亭小集次鷲津法官韻	57	100
12－21	題画	57	100
12－22	悼篠於女史	57	100
12－23	偶閲越夢吉遺稾有微月弾箏図為篠於関氏詩曰月澹弘徽深殿煙幽絃弾起想夫憐白桃花影春如夢人在水精簾押前感賦一律	57	100
12－24	花露研朱	57	101
12－25	春蘭画冊	57	101
12－26	三月一日湖亭例集分韻得文乃春蘭	57	101
12－27	送大冢行夫	57	101
12－28	春汎分韻得真	57	101
12－29	游春絶句	57	101
12－30	次葉松石春日雑興韻	57	101
12－31	次葉松石見贈韻	57	101
12－32	蠶詞	57	102
12－33	墨隄初夏分得茅字	57	102
12－34	吸湖山楼小集分韻	57	102
12－35	読湖山翁蓮塘唱和集次原韻	57	102
12－36	清簟看棋	57	103
12－37	湖上雑詩以荷花世界柳糸郷為韻	57	103
12－38	茉莉祠下作［茉莉夫人為波斯匿王次妃即諸天中摩利天所称鬼子母事見瓔珞経及法苑珠林又見舒鉄雲詩序及張三丰集］	57	103
12－39	鵜飼曲三首次大槻磐谿翁韻	57	103
12－40	墨水観月歌	57	103
12－41	題圯南翁遺稾	57	104
12－42	湖亭題壁［十一言］	57	104
12－43	吉原避災詞	57	104
12－44	自詠	57	104

春濤詩鈔巻十三	
明治十年	二月、『旧雨詩鈔』刊行。
明治十一年	三月二十日、丹羽花南没。

茉莉凹巷集［自丙子至戊寅］（明治九年～十一年）

13－30	墨水遣興	59	108
13－31	読花月新誌畳韻四首贈成島柳北	59	109
13－32	江上春興	59	109
13－33	想見	59	109
13－34	和王桼園湖楼酌月韻	59	109
13－35	厳如上人華甲寿言	59	109
13－36	新涼夜話	59	109
13－37	月下虫声	59	109
13－38	秋江話別図	59	109
13－39	九月二十四日詠史	59	109
13－40	九十月之交詠史	59	110
13－41	秋感	59	110
13－42	湖墅雑賦	59	110
13－43	戊寅上日［戊寅］	60	110
13－44	湖亭雨集分韻得真	60	110
13－45	鶯入新年語	60	110
13－46	梅花水仙同瓶	60	110
13－47	六十自贈	60	111
13－48	畳韻	60	111
13－49	再畳韻	60	111
13－50	三畳韻	60	111
13－51	春寒	60	111
13－52	玉池仙館小集酒間次即山韻	60	111
13－53	小湖新柳詞	60	111
13－54	雑句	60	112
13－55	題画	60	112
13－56	清国沈梅史與王桼園琴仙昆仲過訪偕観東台花飲湖上長酡亭分得長字	60	112
13－57	四月二日六十生辰畳自贈韻	60	112
13－58	禅榻茶煙	60	112
13－59	題小山春山留丹槀後	60	112
13－60	村上佛山索十不楼詩副以西京十子詩乃次其韻寄題	60	112
	（1）山不高		
	（2）水不深		

	（3）花不稠		
	（4）竹不密		
	（5）琴不調		
	（6）棋不巧		
	（7）茶不精		
	（8）酒不醇		
	（9）主不迎		
	（10）賓不謝		
13－61	移居畳用自贈韻［五月八日］	60	112
13－62	梨堂相公対鷗荘印賞題辞	60	113
13－63	贈成島柳北	60	113
13－64	三洲査客歌題長秋史書帖為児玉奎卿嘱	60	113
13－65	送王琴仙還清国兼寄懐金繍葉松石二子	60	113
13－66	清国欽差大臣何公突如来如驚喜曷勝賦二絶句以謝	60	113
13－67	遙奠星巌先生墓用如意山人韻［戊寅九月二日実二十一年忌辰也旧社諸子相謀修祭其墓魯直在東京不能與焉聊献蔬酒之資附以此詩］	60	113
13－68	善因縁歌遙賀葉松石新娶	60	114
13－69	寒虫促織	60	114
13－70	十二月二十一日湖亭潑散会同盟諸公皆至名優数輩亦闌入矣酒間有感書此以贈	60	114
	（1）市川団十郎		
	（2）尾上菊五郎		
	（3）中村仲蔵		
	（4）守田勘弥		

春濤詩鈔巻十四
明治十二年　五月十八日、家を旧宅の道を挟んだ所に移る。夏、伊香保に遊ぶ。
明治十四年　長野、北越に遊ぶ。十月、『新潟竹枝』刊行。青木樹堂没。

周華甲子集［己卯］（明治十二年）

14－1	己卯新正六十一自祝	61	115
14－2	風梅	61	115
14－3	写照自賛	61	115

14－4	藍川送別図巻片野南陽嘱題	61	115
14－5	送南陽帰美濃	61	115
14－6	四月二日六十一生辰自祝［清明在本月五日句中故云］	61	115
14－7	梨堂相公対鷗荘雅集席上恭賦奉呈	61	115
14－8	又以遠鷗浮水静軽燕受風斜為韻賦十首	61	115
14－9	送鍋島公赴任沖縄県次秋永照隣韻	61	116
14－10	梨本三品親王華甲寿言	61	116
14－11	香山坐湯詞	61	116
14－12	題養花楼	61	116
14－13	楫取令公與湖山翁唱和藍園老人亦次韻見示因次原韻以贈	61	116
14－14	観魚亭小集畳用前韻	61	116
14－15	九月念日堀口文枰小祥忌辰次乃父藍園翁近作韻聊充蘋藻之奠	61	116
14－16	訪松本行雲富田新居	61	117
14－17	月琴詞	61	117
14－18	美人擘阮用陳碧城韻	61	117
14－19	自題写真	61	117
14－20	野花秋蝶	61	117
14－21	松	61	117
14－22	東京新詠題辞	61	117
14－23	新評戯曲十種題辞	61	117
14－24	読宋明間雑著触緒成篇	61	118
14－25	十二月二十日得末松青萍倫敦十月三十一日書書中詩次韻却寄	61	118

梅花一笑集［自庚辰正月至辛巳六月］（明治十三年～十四年）

14－26	上日偕湖山石埭櫟窓三郊児泰観梅墨上遂飲八百松楼［庚辰］	62	118
14－27	禅妓同参図為衛鑄生嘱	62	118
14－28	題東海帰帆図送衛鑄生帰呉	62	118
14－29	詩魔自詠［幷引］	62	118
14－30	三月二十九日東台観花遂飲湖亭晩間雨至乃以雨糸風片煙波画船為韻同枕山湖山黄石周峰千和三郊児泰作	62	119

14－31	墨隄游春詞	62	119
14－32	雨中墨上看花	62	119
14－33	送長岡公使赴欧州次其留別韻	62	119
14－34	僧房牡丹為純徹上人嘱	62	120
14－35	題画	62	120
14－36	五月九日陪梨堂相公醼於煙霞深処席上賦呈	62	120
14－37	三島中洲寒流石上一株松舎告成招同諸友落之席上賦贈	62	120
14－38	送福原周峰帰西京次留別詩韻	62	120
14－39	鶴遐年友[和歌題]巌倉相公王姑寿言	62	120
14－40	広島雑詩題辞	62	120
14－41	葉松石在西京見寄二律次韻代贈	62	120
14－42	千和翁寓居和癡堂	62	121
14－43	黄石詩鈔題辞用其琵琶湖歌韻并効其体	62	121
14－44	次柳北病中詩韻	62	121
14－45	翻刻千金譜題辞	62	121
14－46	内村鱸香六十寿言	62	121
14－47	題郭少泉墨蘭	62	121
14－48	秋興	62	121
14－49	永阪石埭横浜竹枝題辞	62	122
14－50	庚辰除夕	62	122
14－51	辛巳新年[辛巳]	63	122
14－52	探梅絶句	63	122
14－53	題画	63	122
14－54	蓉塘詩鈔題辞	63	122
14－55	春林読書図	63	122
14－56	又分題為韻得読字	63	123
14－57	送三橋生次其留別韻	63	123
14－58	野口松陽毛山探勝録題辞	63	123
14－59	鈴木真一為予写真題此自戯	63	123
14－60	善光寺雑詩	63	123
14－61	上田雑詞	63	124
14－62	団扇	63	124
14－63	題桜井米城観川堂	63	124
14－64	榴子詞	63	124

春濤詩鈔巻十五	
明治十五年	房総を遊歴。八月～十二月まで伊香保に湯治。十月五日、鷲津毅堂没。

白髪飄蕭集[自辛巳七月至歳晩]

15－1	辛巳七月将游新潟賦此留別東京諸同好	63	124
15－2	畳韻	63	124
15－3	横堀馬上作	63	124
15－4	車抵六日町投宿松屋	63	124
15－5	抵新潟寓阪口五峰宅五峰有読春濤詩鈔詩次韻	63	124
15－6	赤冢適軒見示近作次韻以贈	63	125
15－7	石鼓硯歌為市島東里作	63	125
15－8	六名賢図賛為丹呉俊平嘱	63	125
	（1）陶靖節		
	（2）李翰林		
	（3）陸処士		
	（4）黄太史		
	（5）蘇玉局		
	（6）林和靖		
15－9	揺落	63	125
15－10	玉堂清韻引為国井伴之丞作	63	125
15－11	次三宅快斎秋望韻	63	126
15－12	雨窓無聊次東京諸子寄懐詩韻六首	63	126
	（1）鷲津毅堂		
	（2）成島柳北		
	（3）瓜生梅村		
	（4）浜村薇山		
	（5）杉山三郊		
	（6）玉桼園		
15－13	秋水蘆花小照	63	126
15－14	酔中題松風亭	63	126
15－15	新潟竹枝	63	126
15－16	将去新潟次韻留別	63	129
15－17	車抵柏崎	63	129

雲漢霓裳集[自壬午正月至八月]（明治十五年）			
15－18	壬午歳旦	64	129
15－19	藤堂三位老公七十寿言	64	129
15－20	送黄吟梅転任桑港領事赴米国	64	129
15－21	小向井村看梅次中洲韻	64	129
15－22	花下小憩杉浦梅潭口占一律乃次其韻	64	129
15－23	徳川精廬公子穆如閣雅集賦得春寒花較遅以題為韻五首	64	130
15－24	梁田蛻巌翁百二十五年忌辰用山陽先生旧韻	64	130
15－25	華燭詞贈杉山三郊	64	130
15－26	四月二日湖山翁要予及児泰東台看花	64	130
15－27	対鷗荘雅集以柳塘春水漫花塢夕陽遅為韻十首	64	130
15－28	王泰園将游北越齎留別詩来祖時予亦将游南総乃次韻志別	64	131
15－29	食烏賊魚戯作	64	131
15－30	次巌田廉堂浦上晩眺韻	64	131
15－31	千葉竹枝	64	131
15－32	游八鶴湖用梁星巌先生原韻	64	131
15－33	川場村過遠山雲如故寓用梁翁旧題韻	64	131
15－34	四時田家楽十二首為菅椿村題河雪航画屏風	64	131
15－35	春山仙奕図杉山千和寿言	64	132
15－36	水檻遣心次阪本三橋韻	64	132
15－37	送人赴朝鮮	64	132

春濤詩鈔巻十六
明治十六年　五月、甲府に遊ぶ。七月、身延山にて日鑑管長と会い、父の追善を行う。名古屋にて小野湖山と書画会を開催した後、九月に一宮へ帰る。十月二十二日、妹の追善を行う。十二月二十八日、亡妻の実家、国島家にて越年する。

香山坐湯集[自壬午八月至臘月]

16－1	車抵板橋口占	64	133
16－2	游竹井澹如別墅墅在星川水源之地予命之曰漢源閣花竹幽秀蓋不譲輞川之荘也	64	133

16－3	過新町駅車上作[駅属緑野郡]	64	133
16－4	楠公訣子図	64	133
16－5	備後三郎題詩図	64	133
16－6	香山八勝	64	133
	（1）上山秋月		
	（2）関谷帰雲		
	（3）猿沢清猿		
	（4）物聞山鵑		
	（5）丸山躑躅		
	（6）高嶺鳴鹿		
	（7）双嶽積雪		
	（8）香湖杜若		
16－7	香山賞心十六事	64	133
	（1）楽山館銷夏		
	（2）仁泉亭賞秋		
	（3）掃雲楼待月		
	（4）浴蘭室挿花		
	（5）嘯雲楼弄笛		
	（6）後間楼看棋		
	（7）聚遠楼読画		
	（8）岫雲楼品香		
	（9）積流館試茗		
	（10）香雲楼聞歌		
	（11）枕雲楼聴雨		
	（12）挹翠楼養醒		
	（13）洗心楼点易		
	（14）玉兎庵調琴		
	（15）普時堂嚼雪		
	（16）日渉園撫松		
16－8	香山坐湯詞	64	134
16－9	富岡	64	134
16－10	富岡客舎邂逅鱸松塘	64	134
16－11	題対山臨水楼為挂川愛石嘱	64	134

篆刻雕虫集［自癸未正月至四月］（明治十六年）

峡雲嶽雪集［自癸未五月至九月］

	（8）白根夕照		
16－34	甲府留別次帰雲送別韻	65	137
16－35	又次青村送別韻	65	137
16－36	七月二日竹塢宅次帰雲韻	65	137
16－37	老松詩二首次向山黄村韻為安藤友松作	65	137
16－38	巨鼎詩為友松作	65	138
16－39	題蘆花浅水漁荘為依田蘆川嘱	65	138
16－40	題雲谿桃柳文禽図	65	138
16－41	蘆川送到鰍沢有詩次韻志別	65	138
16－42	身延山	65	138
16－43	次近藤石城見贈韻	65	138
16－44	夏夜対月同静岡諸子賦	65	138
16－45	挂川駅寓嗡月楼	65	138
16－46	次太田岫雲韻留別	65	138
16－47	題松月堂	65	138
16－48	仙榻石為柴田敬斎作敬斎喪明末句故及	65	139
16－49	浜松	65	139
16－50	奥山方広寺十景	65	139
	（1）抱腹巌		
	（2）虎豹巌		
	（3）貝多谿		
	（4）龍偃杉		
	（5）白崖峰		
	（6）游龍窟		
	（7）玄聖関		
	（8）雲仙洞		
	（9）羊腸石		
	（10）亀背橋		
16－51	題夕陽花外村舎為横田秋巒嘱	65	139
16－52	新居駅題浜名橋	65	139
16－53	百花園寓居雑詠	65	139
16－54	蘆雁図	65	139
16－55	熱田駅水月楼題壁	65	140

詩酒逢迎集[自癸未九月至臘月]

16－56	還郷	65	140
16－57	詠史	65	140
16－58	十月二十二日亡妹小祥忌追悼有作	65	140
16－59	掃墓	65	140
16－60	十二月六日岐阜大雪題十八楼壁用東坡北台韻	65	140
16－61	新文詩第百集刻成書此謝巻中諸君	65	140
16－62	寓誓願寺石川柳城有詩見贈乃次其韻	65	140
16－63	魯岳師用前韻見贈因畳原韻	65	141
16－64	次一東石如見贈韻	65	141
16－65	香魚水裔廬是余岐阜故寓之扁字又有二扁曰九十九峰軒曰三十六湾書楼今茲癸未冬月再游岐阜門人勅使河原生請余曰願掲三扁於自家以存其名焉余乃欣諾挙以贈之係以一律	65	141
16－66	二十八日移寓古市場村国島西圃宅	65	141

春濤詩鈔巻十七
明治十七年　二月十七日、森静の十三回忌を行う。彦根から京都に遊び、伊勢小凇、谷太湖らと応酬する。二月十七日、姫路から岡山に入る。十一月三十日、成島柳北没。

江山有待集[甲申]（明治十七年）

17－1	甲申新年[時寓国島西圃宅]	66	142
17－2	読湖山翁賜硯紀恩詩次原韻遙賀特典	66	142
17－3	鷗夢荘小集次高橋倭南韻	66	142
17－4	倚竹書龕詩	66	142
17－5	題躬耕図蓋餘斎主人遺囑云	66	142
17－6	一月二十七日雨接東京信得写真四張各題一絶遣悶	66	142
	（1）児泰来		
	（2）媳幾保		
	（3）室織褚		
	（4）女香雨		
17－7	次韻	66	143
17－8	二月四日立春雪堀口舫山過訪是日初聞鶯	66	143

17－9	十日雪遙哭広瀬青村［予之滞甲凡六十日青村日夕過従談論詩文爾汝相忘今得訃音傷悼何已賦此寄］	66	143
17－10	十二日先室十三回忌辰	66	143
17－11	十七日小原睢陽招飲無何有荘賦謝	66	143
17－12	長浜阻雪	66	143
17－13	緑飲亭二十四景為吉田長作囑	66	143
	（1）平郊桑柘		
	（2）浅渚菰蒲		
	（3）葦汀魚簖		
	（4）柳港客帆		
	（5）古墟樹影		
	（6）幽寺鐘声		
	（7）胆峰積雪		
	（8）賤嶽奔雷		
	（9）八幡花雨		
	（10）七尾雲峰		
	（11）龍谿飲蜺		
	（12）姉水宿煙		
	（13）亀城澹靄		
	（14）磯岬餘霞		
	（15）筆州帰鷺		
	（16）針嶺浮嵐		
	（17）堅田釣艇		
	（18）犬嶼僧楼		
	（19）霊山大月		
	（20）沖島疏鐙		
	（21）比良暁霽		
	（22）三上夕暉		
	（23）日枝晴翠		
	（24）天漢春流		
17－14	四時吟	66	144
17－15	車過米沢途上作	66	144
17－16	高宮駅訪小林枕水賦贈	66	144
17－17	枕水居接田部郡長浪華信楮尾有詩次韻却寄	66	144

17－18	彦根客舎次鳴鶴仙史近作韻却寄	66	144
17－19	雨中游楽楽園園則故彦根侯游息之処	66	144
17－20	三月二十七日入京	66	144
17－21	伊勢小凇邀飲賞園中梅花天寒日暮篝鐙痛飲亦読騒名士也戯賦	66	144
17－22	謁星巌先生墓	66	144
17－23	都門踏歌行	66	144
17－24	訪谷太湖	66	145
17－25	手島益堂招飲麗沢堂分韻	66	145
17－26	嵐山観花与小凇周峰竹香幽石香巌分唐句為韻予得浅草纔能没馬蹄	66	145
17－27	多景色楼新題十詠	66	145
	（1）金城暮鴉		
	（2）古寺晩鐘		
	（3）網島夜雨		
	（4）淀江晴虹		
	（5）豊廟桜花		
	（6）駒山秋月		
	（7）蟹洲涼榻		
	（8）山崎帰帆		
	（9）麗橋毬鐙		
	（10）甲嶺初雪		
17－28	富田村訪亡弟子勤故居書似渡辺俊蔵	66	146
17－29	山夜聞鵑	66	146
17－30	諏訪山雑題	66	146
17－31	須磨	66	146
17－32	皇子村	66	146
17－33	曾根菅廟古松用秋玉山長律韻	66	146
17－34	岡崎億山招飲有詩見贈次韻抒謝	66	146
17－35	姫路阻雨億山見訪有詩次韻	66	146
17－36	股野達軒翁有詩見贈次韻	66	146
17－37	網干村途上	66	146
17－38	観音像賛	66	147
17－39	舟夜次韻	66	147

17－40	岡山諸子要予游故城内芳春館分韻得元	66	147
17－41	自湛江抵高梁途上	66	147
17－42	高梁	66	147
17－43	訪中村源蔵芭蕉園	66	147
17－44	客窓雑吟	66	147
17－45	経三島中洲旧居	66	147
17－46	舟下高梁川	66	147
17－47	一七令為瀧本遅庵嘱	66	147
17－48	菅茶山先生遺宅	66	147
17－49	玉島竹枝	66	148
17－50	笠岡途上	66	148
17－51	題種龍図	66	148
17－52	錦雲亭観楓	66	148
17－53	次韻自贈	66	148

春濤詩鈔巻十八
明治十八年　八月二十日、槐南を伴って伊香保温泉にて湯治。更に信州、平穏温泉にて湯治をする。十月二十八日、長梅外没。
明治十九年　十月十六日、東京から四国に向かう。

千里帰来集［自乙酉正月至丙戌九月］（明治十八年～十九年）

18－1	乙酉元旦［乙酉］	67	149
18－2	題福住氏万翠荘	67	149
18－3	病起題壁	67	149
18－4	湖亭小集枕山有詩見賀乃次原韻	67	149
18－5	寄題田辺碧堂花深深処	67	149
18－6	五月六日広瀬雪堂招飲枕山湖山黄石雪爪梅外甕江三洲及予梅外有詩次其韻	67	149
18－7	送姚志梁帰清国	67	149
18－8	湖心亭晤福原周峰分緑陰幽草勝花時為韻幽字	67	149
18－9	六月十八日白鷗社諸子同盟追弔柳北仙史乃賦以奠	67	149
18－10	送土方議官赴欧州	67	149
18－11	詠竹山階親王七十寿言	67	150
18－12	香山	67	150

18－42	墨上贈人	68	153
18－43	秋夜感興八首次大来韻	68	153

春濤詩鈔巻十九		
明治二十年　徳島、脇町、箸蔵、屋島、丸亀、玉浦の各地を遊歴する。十月、白河、二本松、松島等の各地を遊歴する。		

南海游覧集[自丙戌十月至丁亥九月]

19－1	丙戌十月将游南海諸州留別九首[丙戌]	68	154
19－2	十月十六日東京出門横浜解纜翌早達四日市湾船中作	68	155
19－3	阻雨	68	155
19－4	楽楽園用前游題壁韻	68	155
19－5	琵琶湖舟中次芳川越山君韻	68	155
19－6	湖上雑詠十二首呈中井明府	68	155
19－7	十一月十六日夜発浪華津翌早抵徳島湾船中作	68	156
19－8	十八日冒雨訪酒井知県事是夕迅雷風烈	68	156
19－9	烈風甚雨終夕不寐又書二十八字	68	156
19－10	次前冢渭南見贈詩韻	68	156
19－11	鐙下作家書悄然不寐用前韻賦一首	68	156
19－12	次岸白堂韻	68	156
19－13	丁亥元旦鳴門観潮歌[丁亥]（明治二十年）	69	156
19－14	早起問梅	69	156
19－15	次福原周峰寄懐詩韻却寄	69	157
19－16	西京迎鸞曲	69	157
19－17	戯贈	69	157
19－18	徳島春興六首	69	157
19－19	徳島竹枝	69	157
19－20	阿波風土詩	69	157
19－21	訪雪琴上人遂宿其房	69	157
19－22	三月十三日抵小松島訪七條古心壁上掲新居水竹詩幅因次韻書即事［僧栗翁亦至結尾故及］	69	158
19－23	小松島即興	69	158
19－24	徳島留別	69	158
19－25	臨去題壁	69	158

19－26	三月尽日発阿赴淡作	69	158
19－27	脇町寓居	69	158
19－28	贈三好郡長武田竹谿竹谿主督四国三県新道開鑿之事詩中故及	69	158
19－29	岸白堂招飲酒間次韻	69	158
19－30	原村訪一原伯文	69	159
19－31	池田客舎	69	159
19－32	箸蔵山新題二十四詠	69	159
	（1）箸山霊雨		
	（2）蔵谷涌雲		
	（3）中堂法鼓		
	（4）崇殿香煙		
	（5）芳湾修竹		
	（6）曲塢早桜		
	（7）鐙台夜雪		
	（8）鐘閣曙嵐		
	（9）仙埒調驪		
	（10）経筵馴鴿		
	（11）古原牧笛		
	（12）新道馬車		
	（13）西晻夕陽		
	（14）東林秋月		
	（15）祓川呦鹿		
	（16）茶所叫鵑		
	（17）升水甘霖		
	（18）室橋幽霧		
	（19）葛窪黄鳥		
	（20）石径蒼松		
	（21）前峡估帆		
	（22）後巒樵斧		
	（23）澗陰紫蕨		
	（24）天半翠杉		
19－33	琴平新撰十二題	69	160
	（1）象山新月〇謝春星俳句云三日月哉牙磨出寸象頭山		

	（2）円碧遠霞		
	（3）桜節春祠		
	（4）楓時秋禊		
	（5）後林采蕈		
	（6）前市納涼		
	（7）複道彩虹		
	（8）狭川白雨		
	（9）鼓楼松翠		
	(10) 鐙閣鵑声		
	(11) 飯峰初雪		
	(12) 宕嶺夕陽		
19－34	屋島	69	161
19－35	丸亀客舎次江村香巌韻	69	161
19－36	玉浦雑詩	69	161

游仙集［自丁亥十月至十一月］

19－37	丁亥十月将游東奥書此寄南中諸友	69	161
19－38	白河	69	161
19－39	二本松	69	161
19－40	游仙十二首仙台覧松島作	69	161

春濤詩鈔巻二十
明治二十一年　四月十一日、松浦伯の蓬莱園に、川田甕江、枕山、鱸松塘、向山黄村諸老と同席する。伊藤博文の夏島の別荘、金沢などに遊ぶ。
明治二十二年　槐南の住む、麹町平河町へ居を移す。槐南、名古屋円頓寺にて母の追善を行う。春濤、十一月二十一日死。法号は老春院森髯居士。日暮里経王寺に葬られる。墓は永坂石埭の筆になる「詩人森春濤先生墓」とのみ記されている。後に槐南ほか森家の墓は多磨墓地に移る。

閉門高臥集［自丁亥十一月至戊子九月］

20－1	児大来従伊藤総理大臣赴沖縄県贈別［丁亥］	69	162
20－2	国府青厓自小笠原島帰貺鱆子蕉実賦謝	69	162
20－3	大来新居題壁	69	162
20－4	売宅戯題門帖	69	162
20－5	歳晩題壁自遣	69	162

20－6	七十自述［戊子］	70	163
20－7	歳寒三友図	70	163
20－8	疏快	70	163
20－9	東台観花	70	163
20－10	送肥冢龍帰省播州	70	163
20－11	黙鳳帖題辞為黙鳳道人嘱	70	163
20－12	佐藤牧山八十八初度其門人某徴寿言因次其自祝原韻	70	163
20－13	拉女香雨散策墨上	70	163
20－14	四月十一日［古重三前二日］松浦伯蓬萊園招飲同川田大沼鱸向山諸子賦	70	163
20－15	殿山荘雅集次唱和原韻	70	163
20－16	春畝公夏島別業以春水船如天上坐夕陽人在画中行為韻同黄石甕江古梅鳴鶴即山錦山賦	70	164
20－17	陪春畝相公金沢観牡丹	70	164
20－18	夏島別業分韻得山字	70	164
20－19	芭蕉庵雅集壁掲元僧楚石詩幅因用其韻	70	164
20－20	小園書適	70	165
20－21	送阪本三橋赴任名古屋	70	165
20－22	聴雨	70	165
20－23	竹窓対奕図	70	165

老春瘧後集［自戊子十月至己丑十一月］

20－24	十月十三日［古暦重九］宿痾告退月下内集対酒成詠［戊子］	70	165
20－25	小游仙詞効曹唐体作仮薬名詩	70	165
20－26	偶題	70	165
20－27	歳晩書寄大来麴街寓居	70	165
20－28	除日寄送大来従春畝議長守歳夏島	70	166
20－29	梅花宿禽図［己丑］	71	166
20－30	将移家有作	71	166
20－31	二月十一日	71	166
20－32	紀元節又得一律	71	166
20－33	題石埭墨梅	71	166
20－34	梅花小品	71	166

20－35	児大来円頓寺掃先妣墓有詩見寄老夫不能率読乃次韻却寄亦痛極成詩也情見于辞	71	166
20－36	湖山翁寄示双龍園詩次韻却寄	71	166
20－37	麴塁題壁	71	166
20－38	昨日	71	166
20－39	寄題杜宇初声村墅鈴木鉄城嘱	71	166
20－40	秋日雑感	71	167
20－41	秋人	71	167
20－42	秋海棠	71	167
20－43	秋雨	71	167
20－44	秋雨歎	71	167
20－45	秋月	71	167
20－46	秋風	71	167
20－47	秋雨	71	167
20－48	独鷺	71	167
20－49	送肥龍山人歴游近県	71	167
20－50	九日	71	167
20－51	天長節恭賦	71	168
20－52	絶句	71	168

＊年譜は阪本彭之助編「春濤先生年譜抄録」（『東洋文化』第三号「特輯　郷土文化と先儒」、東洋文化振興会、1957, 10所収。）、「森春濤略年譜」（一宮市博物館編『平成四年度企画展　漢詩人・森春濤の遺墨』所収）などを参照した。

附『新暦謡』翻刻（太字は『詩鈔』に収録されているもの　11—61）

	新暦謡　三十二首
	尾張　森魯直　稿
	太陽開暦日麗天　不比殷周有変遷　一自橿原垂大統　二千五百卅三年
	王暦更端春忽開　璿杓転丑暖先回　謾天明命応明詔　梅自著花鶯自来
	乱頭一沐拝王春　不負身為開化民　笑著賀衣仍上下　我無新服擬官人

	新柳依依払御溝　九重春闢五雲楼　平明奏上賀正表　各国衣冠拝冕旒
	一月一日朝千官　東洋西洋万国歓　従今彼此推新暦　七曜三光不両般
	循環不覚地球大　旋転応同天体図　誰道長房能縮地　也能縮日得新年
	耳辺鶯韻春入熙　手裡椒華挙一卮　看到黄昏下階拝　新娥坐在早梅枝
	三戸村猶瑞靄多　東風吹暖及巖阿　好参郷社修元始　窃奏御謡来目歌
	淫祠在在同時毀　正祀堂堂即日興　先皇祭節君須認　掲在新頒暦上層
	新頒官暦削浮文　須識陰陽推歩分　開塞何曽干我事　無稽休説八将軍
	四年置閏以為常　餘数無多見大綱　天要生生少傷損　才将一日厄黄楊
	三百六十無凶日　東西南北皆吉方　播伐娶遷人自択　莫為巫卜所譸張
	妖占俗卜惑愚民　不見君平一輩人　禍福糾縄今反爾　可憐簾肆閉新春
	邪説紛紜一掃空　便知明徳遍西東　不須随地為人祟　無事金神與玉公
	王道無偏雨露濡　霊苗異草一般蘇　平均宜就平民籍　降則浮屠外狗屠
	諸刹榱題示敬神　人天道理苦紛紛　惜他説教無標的　仏八分餘儒二分
	仏徒還俗豈其天　士族帰農非偶然　日裡耕田家裡宿　人人各執自由権
	農非農又士非士　邦制莫為当日看　須認徴兵新詔令　点他丁壮就軍団
	雞棲豚柵接紫荆　竹落桑村入耦耕　咄咄都人何所利　尋常兎獺価連城
	春雨一犂桑者宅　春風万里估人舟　蠶糸百噸茶千噸　輸送横浜大馬頭

	従前暦日叙云云　今則不過存至分　平定建除難作体　多才亦奈鮑参軍
	雪深三尺凍雲横　豈有材供七種羹　休道不成桃菜節　采蘭采菊亦空名
	春入杏花紅未酣　軽寒脈脈雨毿毿　新来燕子応相訝　江上已過三月三
	一年花事入新晴　澹蕩春風無限情　須記観桜時節好　清和四月即清明
	四月方看寒食花　中秋正見下弦娥　幾回繙暦検詩料　添得雖多減亦多
	料応看月有新詩　不著陳陳腐腐辞　寄語傍人須刮目　晦痕如鏡望如眉
	官使分区興義校　民宜按戸給資銭　児童上学纔三日　啞咩施呢記得全
	村童就学慧何如　笑我老知時務疎　牛背夕陽帰牧路　漢書不誦誦洋書
	郭索横行世所宗　郷庠也合此相従　可憐頑陋村夫子　猶是区区課学庸
	六経四子属無用　地理天文要一新　珎重他家佳子弟　不容迂腐作儒人
	窮理宜攻翻訳書　腹中文字任空疎　唯諳日誌新聞紙　勝読陳編万巻餘
	花嘲柳謔又逢春　還被罵為游食民　何識西洋開化域　紀元前已有詩人
	僕本遊民。詩亦無益游戯。這個游戯。游民本領。老逢盛典。仰頌明時。固分之宜。
	明治六年。春分前二日。春濤髯史。識于岐阜之香魚水裔之廬。
	明治六年五月刻成
	名古屋本町通五丁目
	書肆　永楽屋正兵衛版

『槐南集』詩題一覧　附槐南略年譜

文久二年十一月十七日　森春濤と静（旧姓国島、春濤の三番目の妻）との間に生まれる。
明治五年二月十四日　森静没。
明治七年十月　春濤、織楮（春濤の四番目の妻)、妹孝子とともに東京へ移住する。
明治八年七月　春濤、『新文詩』を刊行する（～十六年十二月)。
明治十三年二月　槐南、『補春天伝奇』（永坂石埭による傍訳を附す）を刊行。同年、各務幾保（兄は各務幸一郎、各務鎌吉）と結婚する。

明治十四年（1881）　一月二十八日、編纂課（司法省）に配属。月給八円。七月十八日、二等繕写（太政官）となる。

辛巳

槐南集巻一		年齢	影印本ページ数
1－1	雑擬	19	6
1－2	行路難	19	6
1－3	新春家醼	19	7
1－4	楊柳枝詞	19	7
1－5	無端二首	19	7
1－6	送永井三橋［敏］西游次其留別詩韻	19	7
1－7	反游仙	19	7
1－8	団扇詞	19	7
1－9	野口松陽先輩［常共］毛山探勝録題辞	19	7
1－10	以鏡贈別	19	8
1－11	訪三橋新居次題壁詩韻［三橋西游数旬回］	19	8
1－12	六月念五楫取耕堂太令［素彦］招飲分韻得琴同大沼枕山［厚］小野湖山［長愿］諸老及家大人賦	19	8
1－13	戯贈	19	8
1－14	聞虫短歌関根癡堂［柔］鷗雨荘席上作	19	8
1－15	秋夕酔後走筆作長句自亦不知作何語也	19	8
1－16	晩秋杉山三郊［令吉］冒雨而至貌甚憔悴云将養病香山悤悤話別意殊悵惘賦一律以贈	19	9
1－17	寄懐三郊在香山	19	9
1－18	采桑詞次三郊香山唱和韻	19	9

1－19	聴三郊談金洞之勝	19	9
1－20	歳暮道情	19	9

明治十五年　二月、何如璋の任期が満ち、第二代公使黎庶昌が来日。随員に郭慶藩・陳允頤・姚文棟ら。黄遵憲、サンフランシスコ総領事赴任のため離日。五月～十一月、コレラ流行。十月五日、鷲津毅堂死。七月二十三日、壬午事変勃発。十二月二十六日、槐南、八等掌記（太政官）となる。

壬午

1－21	新春多暇有以何必西廂弾詞索詩者戯作八絶句	20	10
1－22	戦城南	20	10
1－23	二月十三日先妣忌辰志感	20	10
1－24	偶占	20	10
1－25	清国公使館参賛黄公度［遵憲］改官米国桑港領事将赴之賦以贈別	20	11
1－26	読史偶占	20	11
1－27	春詞	20	11
1－28	偕室人湘秋小妹湘蘭看花東台	20	11
1－29	催妝詞為杉山三郊賦	20	11
1－30	双栖鴛鴦曲	20	11
1－31	暮春雑感	20	12
1－32	車轣轆行	20	12
1－33	蔡文姫帰漢国	20	12
1－34	不如帰去辞	20	12
1－35	擬唐人楽府	20	12
1－36	春末夏初墨上即目	20	13
1－37	労労歌	20	13
1－38	猗蘭操	20	13
1－39	小病無聊閲明季雑史得六律	20	13
1－40	苦熱東諸同人時疹病盛行死者日数百人	20	14
1－41	和橋本蓉塘［寧］二首	20	14
1－42	浴後涼甚戯代人閨意仍用前韻	20	14
1－43	接到蓉塘連篇畳和余才渋気沮已豎石頭之旛矣忽聞朝鮮変報慨然有所感又畳一律時壬午七月二十九日也	20	14
1－44	是夜月色甚明撫今思昔百感交集因拈南宋稗史排悶乃題其後	20	14

1－45	星河七月謡	20	14
1－46	秋詞	20	15
1－47	髪繍浄土曼荼羅諸名流題詠殆徧余復何言戯題四截句于其後	20	15
1－48	秋懐	20	15
1－49	自題深草秋塡詞	20	15
1－50	偶作	20	15
1－51	秋思古意	20	15
1－52	孔雀東南行題揚州十日記後	20	16
1－53	秋夜雑吟	20	16
1－54	雑述	20	16
1－55	反箜篌引	20	17
1－56	除夕	20	17
1－57	守歳	20	17

槐南集巻二
明治十六年　三月、槐南、『古詩平仄論』（王士禛原著、翁方綱原本に、槐南が訓点と評語を加えたもの。宝書閣）刊行。四月、姚文棟らが蘭亭記念の詩会を墨堤の植半楼にて行う。併せて小野湖山の古稀の賀会を開く。森春濤、槐南、永坂石埭ら出席。

癸未

2－1	銭虞山初学集注活刷竣工購一部贈蓉塘吟侶媵以七律六首	21	18
2－2	雪夜永阪石埭［周］玉池仙館招飲分得寒字	21	18
2－3	口占	21	18
2－4	二月八日大雪	21	18
2－5	姚志梁［文棟］示其弟農盦［文枏］梅影四律索和同石埭蓉塘作四首	21	19
2－6	畳韻四首	21	19
2－7	再畳四首	21	19
2－8	哀雁行	21	20
2－9	鉤里行	21	20
2－10	紫月篇	21	21

2－11	上巳姚志梁招同諸名流修禊墨水酒楼兼補祝小野侗翁前輩［長愿］七十寿六首	21	21
2－12	憶田園曲九首	21	21
2－13	久不晤蓉塘吟侶聞杜門息影與病為縁有此寄	21	22
2－14	烈婦吟	21	22
2－15	演義日本外史平氏巻題辞為松村春風［操］作	21	23
2－16	日枝祠神弦曲三章	21	23
	①神弦正曲		
	②神弦別曲		
	③神弦変曲		
2－17	銅日謡	21	23
2－18	薤露行鳳凰引傷両皇女連殤而作	21	24
2－19	十月五日先師鷲津毅堂先生忌辰謹賦七律四章以代蘋蘩	21	24
2－20	九日清国黎公使［庶昌］招同諸名流作登高会時家君出游余列席末次公使詩韻奉兼志感懐	21	24
2－21	真間手児奈事本邦詞人赤人虫麻呂以下題詠頗多今茲仲冬與松浦起雄［辰男］佐佐木耐斎［浚］諸同僚游国府台過所謂真間浦旧地有一祠相伝手児奈汲井処井今存于祠旁憑弔之餘得七古一篇	21	25
2－22	読空同子集	21	25
2－23	荆山三章章五句［効少陵曲江詩体］	21	26
2－24	農夫哭	21	26
2－25	除夕戯作	21	26

槐南集巻三
明治十七年　六月二十一日、麹町公園内に星岡茶寮が開寮。七月、橋本蓉塘死。九月十五日、東京府大暴風雨。同月二十六日、槐南、七等掌記（太政官）となる。十一月一日、不忍池の新設馬場で、第一回秋期競馬会が開催される。十一月三十日、成島柳北死。冬、黎庶昌、母の喪に服すため帰国、徐承祖が後任公使となる。

甲申

3－1	元旦口占	22	27
3－2	早春書懐送橋本蓉塘赴熱海	22	27

3－3	送井上巽軒学士［哲］游欧羅巴	22	27
3－4	鐙火読書篇和家大人倚竹書龕詩	22	27
3－5	新柳	22	28
3－6	読陳雲伯頤道堂集	22	28
3－7	蓉塘養痾熱海旬日回未全癒賦贈	22	35
3－8	芳野行宮瓦硯歌為関沢霞庵［清修］賦	22	35
3－9	新嫁謡	22	35
3－10	聞蓉塘病劇賦此以問	22	35
3－11	柴原議官［和］邀看梅花席上賦呈	22	35
3－12	湖上冶春絶句用厲樊榭韻和永阪石埭	22	36
3－13	柳橋冶春絶句畳前韻	22	26

槐南集巻四

甲申

4－1	橋本蓉塘画蘭歌	22	37
4－2	黄金白玉篇	22	37
4－3	雑感	22	38
4－4	高野竹隠患軟脚疾将赴函山調養旬日賦贈	22	38
4－5	佐佐木耐斎［浚］看花小金井経国分寺遺址得古瓦数片伝観索賦二絶句	22	38
4－6	夏初雑吟随得随録四首	22	38
4－7	自題松下弾琴小照	22	38
4－8	絶句	22	38
4－9	送楊惺吾［守敬］還清国	22	39
4－10	湖心亭雨望［近修理湖隄築競馬場牐口常開水枯大半］	22	39
4－11	連日西南風大作書感二首	22	39
4－12	題江村夏景図巻	22	39
4－13	大家	22	39
4－14	明星爛爛行［幷序］	22	39
4－15	病中偶占	22	40
4－16	題夢草吟社諸子墨水詩巻後似林春郊［春三］	22	40
4－17	漫興	22	40
4－18	夏日寓感兼寄懐蓉塘	22	41
4－19	漫述	22	41

4－20	小楼涼甚與客分韻賦詩得眉字	22	41
4－21	黄吟梅［超曽］奉公使之命将周游諸道餞飲墨上賦贈	22	41
4－22	拈李杜詩集戯書其後	22	41
4－23	漁洋山人精華録恵棟注本少時展玩未能終巻今茲甲申長夏無事暇則披閲以八月朔日始得告畢因賦長古一篇題其後	22	41
4－24	哭橋本蓉塘	22	42
4－25	内親高橋仙翁谿［暘］忌日会表弟国島昆［徳］仲［安］上都各務岳丈［省三］設醮修祭予亦与焉席上志感兼贈国島昆仲	22	43
4－26	今秋七月引	22	43
4－27	月夜懐亡友蓉塘	22	44
4－28	大風雨以後荒涼殆甚時正陰暦中秋陰雲晦冥不見月色乃作	22	44
4－29	十月五日毅堂先師三年忌辰先是諸同人相謀建碑墨陀是日碑成因会客于八百松楼席上賦此以抒感臆［時古暦八月十七夜］	22	44
4－30	古重陽日戯作	22	45
4－31	万寿聖節謹賦	22	45
4－32	詰朝趨衙遇僚友竹海子徒歩而帰問何之曰偸還間家耳竹海子方膠続断絃新婚燕爾則偸間二字中有無限風情在戯作一絶調之	22	45
4－33	平安山河行観細川澄元甲冑図像而作	22	45
4－34	寒柳	22	45
4－35	十二月書事効詠史楽府体	22	46
4－36	歳除日志感用厲樊榭歳晩南湖詩歌韻巌谷［修］丁野［遠影］両史監	22	46
4－37	除夕酔後偶作用石埭韻	22	46

槐南詩巻五
明治十八年五月、姚文棟が休暇のため、帰国。送別の宴が開かれる。同月、春濤、『新新文詩』刊行（～二十年十一月、第一集～第三十集）。槐南、母、静の和歌集『古梅賸馥』を刊行する。

乙酉

5－28	題画	23	52
5－29	夏初茉莉園新居即事	23	52
5－30	間情	23	52
5－31	哭田園曲	23	52
5－32	成島柳北没後條忽已経半歳白鷗社諸人招同開追弔之筵余以事不赴賦此遙奠	23	53
5－33	永坂石埭玉池仙館招飲観呉蘭雪姫人岳緑春墨蘭	23	53
5－34	題岳緑春墨蘭画幅為夢楼主人［石埭別号］作	23	53
5－35	七月送史館諸僚友以命差遣各地	23	54
5－36	送丸山子堅［瓚］赴任福島県	23	54
5－37	送佐藤双峰［精明］乞仮帰其郷里磐城	23	54

槐南集巻六

乙酉

6－1	林櫟窓［信］将游清国観西湖荷花戯賦八絶句意在借以誌湖山勝概不専荷花故語無倫次	23	55
6－2	戯詠洋装美人	23	55
6－3	送北條鷗所［直方］漫游北海道	23	55
6－4	拉鞍懸鶴峰飲台麓小香山楼又折簡招杉山三郊洗盞更酌尽酔極歓三郊詩先成即次韻	23	56
6－5	鶴峰亦有詩次韻	23	56
6－6	畳韻戯賦	23	56
6－7	八月二十三日昧爽発都率賦一律	23	56
6－8	火輪車上口占	23	56
6－9	前橋駅	23	56
6－10	一谿橋排船為梁柱	23	57
6－11	渋川駅訪堀口藍園老人［貞歙］留憩片時題壁而去	23	57
6－12	出駅徒歩入山	23	57
6－13	香山坐湯雑吟	23	57
6－14	游榛名山紀行七十二韻	23	57
6－15	双嶽烝身窖放言	23	58
6－16	九月一日将出香山題寓楼壁	23	59
6－17	題北條鷗所北游詩巻後	23	59
6－18	書絶妙好詞箋後［幷序］	23	59

6－19	鞍懸鶴峰成親後僑居牛門余與鈴木晴峰訪之戯賦	23	59
6－20	月夜即事	23	59
6－21	同鶴峰晴峰飲牛門酒楼席上次鶴峰韻	23	59
6－22	古中秋日陰雨淒寒至晩而晴月光倍覚皎潔	23	59
6－23	題朝鮮人洪琴石［英植］書成三問夷斉廟詩後為鞍懸鶴峰作	23	59
6－24	戯寄題小笠原楚崖公子［長育］何必読書斎以斎名為韻	23	60
6－25	志痛次韻鶴峰見慰	23	60
6－26	長塩純卿以其先人忌日招同史館諸僚友賦此鳴謝時陰暦重陽前一日	23	60
6－27	塩谷修卿［時敏］国分寺瓦硯欲賦一長古未成先書此作引	23	60
6－28	妙巍山紀游詩八首	23	60
6－29	合詠国分寺瓦硯春日杯二物皆塩谷修卿所蔵	23	61
6－30	題夢楼主人画梅次其冬暁即事詩韻	23	62
6－31	歳暮漫興	23	62

槐南集巻七
明治十九年　一月九日、七等掌記廃官。修史局掌記（内閣）となる。五月十八日、判任官六等（内閣）となる。

丙戌

7－1	元日詰朝有作	24	63
7－2	又	24	63
7－3	一月三日奠亡児墓	24	63
7－4	春初雑述	24	63
7－5	一月三十日孝明天皇忌辰恭賦一章是日大雪	24	63
7－6	哀緬甸詞	24	63
7－7	先妣忌日	24	64
7－8	剛腸篇贈野上寓公［瀧三］	24	64
7－9	送西尾鹿峰［為忠］罷職帰西京	24	64
7－10	読宇都木烈士遺草悲感交集因有慨乎時	24	64
7－11	国重半山大令［正文］招家大人及小野湖山中井敬所二老飲湖畔酒楼比余陪席醺已闌矣有妓小仙侑酒	24	65

	善談四坐傾靡興極成詩		
7－12	芳野懐古	24	65
7－13	三月三日鈴木晴峰初度招飲賦此致謝是日風雪頗甚	24	65
7－14	北條鷗所将游清国北京乃泛詠燕都形勝繋以近事贈別四首	24	65
7－15	二十日同晴峰鶴峰散策東台晩飲酣春亭以亭名為韻歴叙所見	24	66
7－16	東台観花偶興三首用酣春亭詩韻似永阪石埭	24	66
7－17	墨上看花作十絶句	24	66
7－18	五月朔日毎日新聞社有移局改張之挙索余題句	24	67
7－19	題山下生［亀吉］陪游詩巻後	24	67
7－20	南北両都篇［并序］	24	67
7－21	五月三十日文部大臣森公［有礼］招都下名流為其尊人鶴陰先生八秩寿大来與家君亦陪席末謹賦七律二章奉賀	24	68
7－22	雨中曼陀道人夢楼招飲	24	68
7－23	六月十六日	24	68
7－24	夏事八詠戯賦	24	68
	①繅糸		68
	②曬薬		68
	③造醤		68
	④売氷		68
	⑤挿秧		69
	⑥洗竹		69
	⑦浮瓜		69
	⑧折荷		69
7－25	思詩	24	69
7－26	夜涼所見	24	69
7－27	納涼詞	24	69
7－28	晩間驟雨	24	69
7－29	湖上次韻	24	69
7－30	岐阜弔鐙歌為勅使河原鉄瓦［直］作	24	69
7－31	謝杉山三郊送牽牛花	24	70
7－32	秋閨	24	70

7－33	蝴蝶蜻蜓便面	24	70
7－34	秋夜感興八首	24	70
7－35	新花月誌題辞	24	71
7－36	観西人查理禰馬伎	24	71
7－37	送同僚鞍懸鶴峰転営林主事赴任石川県	24	71
7－38	家大人留別之什一時和者至十数家爰亦依韻賦九絶句非肯騁北山之望聊以効西子之顰云爾	24	72
7－39	題南部煙花画冊	24	72
7－40	次鞍懸季敏養老山詩韻養老十餘年前旧游之地臨楮回憶令人神観飛越	24	72
7－41	古重陽夕懐旧有賦	24	73
7－42	西郊紀游詩	24	73
7－43	暮秋作	24	75
7－44	詩関風化不可不慎重然専以此求詩便陋矣今人好軽詆古人於其出処之際稍有可議者輒侈口集矢不復問詩之工拙何如尤為可歎顧予豈甘為名教罪人者惟不欲説随園所謂大帽子話耳	24	75
7－45	読吉川元春伝作長歌兼題馬山陣図及其自書太平記後	24	75
7－46	田中内閣書記官長［光顕］芭蕉庵招飲和其重陽日与山県大臣唱酬原韻以呈	24	76
7－47	冬夜玉池仙館話雨用主人原韻	24	76
7－48	関雪江先生十年祭賦此志感	24	76
7－49	除夕	24	76

槐南集巻八
明治二十年　七月十一日、内閣属、判任官六等となる。十一月二日、伊藤博文の沖縄外三県巡視に随行する。十二月二十六日、慰労金百円を下賜される。

丁亥

8－1	新年作	25	77
8－2	新正五日史局上直忽接石埭一札寄示新年之什率然次韻	25	77
8－3	前一夕飲開花楼歓甚今読石埭柳橋旗亭作不禁技癢即用其韻賦一律	25	78

8－4	畳前韻贈石埭	25	78
8－5	開春六日雪晩霽得月	25	78
8－6	関山月	25	78
8－7	春雨柳橋酒楼楚崖公子招醼席上作十絶句	25	78
8－8	潮野草堂歌為田中遜卿［義成］作［幷引］	25	79
8－9	広瀬雪堂［進一］見示與黄石三洲諸人自在香処賡和之什用其韻寄題	25	79
8－10	送高橋掌記転官赴北海道	25	79
8－11	予前有春雨柳橋酒楼十絶友人永阪石埭依数和之清麗芊眠毎一誦芬芳満口技癢不禁再用前韻以寄風情其淫思綺語不為秀道人所訶者鮮矣世有黄山谷亦応一笑首肯	25	80
8－12	行楽	25	80
8－13	晩春玉池仙館晤清人孫聖與［点］用其東游詩韻以贈六首	25	80
8－14	雨中東台観桜闃寂無人作此詩	25	81
8－15	春日湖山雑興十首	25	81
8－16	夢聞喁喁似是園花相語覚而詩之各系以一花	25	82
8－17	朱縄行［幷引］	25	82
8－18	坐雨無聊百感塡臆賦詩自遣四首	25	82
8－19	六月二日玉池仙館再晤聖與酒間率賦	25	83
8－20	和田中青山翰長寄懐春畝相公在夏島別業詩	25	83
8－21	寄題品川顧問官念佛庵次閣中諸公韻	25	83
8－22	又一首和金洞内翰	25	83
8－23	青山翰長有再寄春畝大臣詩命予和之	25	83
8－24	送吉原謙山游奥州	25	84
8－25	謙山奥州之行已賦小詩贈別謙山意未慊更索余長歌乃賦此報之	25	84
8－26	七月十日作	25	84
8－27	七月三十日挙児志喜	25	85
8－28	輓佐佐木耐斎	25	85
8－29	題画	25	85
8－30	長日	25	85
8－31	晩行湖上所見	25	85

8－32	八月十六日風雨迅雷戯用俳体紀之	25	85
8－33	岐阜扇歌為鉄瓦生作	25	85
8－34	日食詩［八月十九日］	25	86
8－35	鍾秀楼図佐藤双峰嘱題	25	86
8－36	牽牛花	25	86
8－37	黄牽牛花	25	86
8－38	春畝相公手謄清相李鴻章奏疏歌為同僚龍居氏［頼三］作	25	87
8－39	秋懐	25	87
8－40	十月十八日家大人有仙台之行率賦四律	25	88
8－41	徳川候自英国還朝大会飲旧藩臣於江東中村楼席上賦此	25	88

槐南集巻九

丁亥

9－1	十一月二日有随春畝大臣巡閲沖縄長崎鹿島広島各県之命喜極成詩不知筆之所如	25	88
9－2	八日横浜開洋高千穂浪速扶桑筑紫海門葛城六艦連隊而発作短歌	25	88
9－3	観音崎	25	89
9－4	経相模洋群山皆見独芙嶽為陰雲所掩	25	89
9－5	豆州洋即目	25	89
9－6	天晩急雨颯至高千穂艦点電気鐙作導知漸入遠州灘也是夜風濤極穏	25	89
9－7	暁起望参尾諸山	25	89
9－8	海天即事	25	89
9－9	暮過紀海望大島鐙台是英船覆没処	25	89
9－10	夜聞軍歌其声頗壮歌則属楠公訣別及拏翁末路故事	25	89
9－11	土洋風浪険悪不能前進再入紀海竟泊神戸港	25	89
9－12	諏訪山常磐亭題壁［席掲家君所書雲諏波訪楼扁蓋三年前曽寓此］	25	90
9－13	暁発神港望播淡諸勝	25	90
9－14	由良峡	25	90
9－15	遙望阿淡峡口是家君観濤処	25	90

9 －16	再出土佐洋志感	25	90
9 －17	海天寥闊四不見陸地縦筆作歌	25	90
9 －18	豊後洋	25	90
9 －19	日向洋	25	90
9 －20	佐多岬	25	90
9 －21	海門岳［形肖蓮嶽俗称薩摩富士］	25	90
9 －22	西郷隆盛墓	25	91
9 －23	城山	25	91
9 －24	麑島雑詩	25	91
9 －25	浩然亭二絶	25	92
9 －26	題壁二首	25	92
9 －27	興業館聴薩摩琵琶短歌	25	92
9 －28	十七日冒霧開洋出佐多岬風濤大作不能前復回泊麑島時日晩天霽暮色蒼然仰見一鉤新月	25	92
9 －29	硫黄島噴煙騰涌左為竹州右為鵜瀬	25	92
9 －30	七島洋放歌	25	92
9 －31	大島	25	93
9 －32	二十一日到沖縄島入那覇港	25	93
9 －33	途上所見	25	93
9 －34	檻蛇行	25	94
9 －35	首里途上作	25	94
9 －36	首里王城	25	94
9 －37	孔子廟［在首里中学校］	25	94
9 －38	中城懐古	25	95
9 －39	沖縄竹枝二十首	25	95
9 －40	自琉球帰泊五島珠浦作	25	96
9 －41	歳暮	25	96
9 －42	次韻送矢土錦山［勝之］游熱海	25	96
9 －43	歳除索祭詩龕主人画梅歌	25	96
9 －44	除夕	25	97

槐南集巻十
明治二十一年　四月、枢密院開院。伊藤、首相を辞任し、初代議長となる。五月一日、槐南、枢密院勤務を命ぜられ、六月二十九日、枢密院属となる。

八月二十六日、伊藤の朝鮮及びウラジオストックの視察に随行する。十月十三日、黎庶昌が旧暦重陽の賀宴を開く。十二月二十七日、慰労金二十五円を下賜される。

戊子

10－1	元旦	26	97
10－2	次巖谷古梅内翰［修］新正詩韻	26	97
10－3	送阪本三橋［敏］赴任函館時余整理南游詩稾不暇他及率賦此以贐	26	97
10－4	無題	26	97
10－5	賀西春庵八十用自寿原韻	26	98
10－6	連日雪作寒甚用東坡江上値雪韻兼呈古梅内翰	26	98
10－7	玉池雑贈	26	98
10－8	送島田三郎米国之行	26	99
10－9	送末広鉄腸［重恭］周游海外君前有雪中梅花間鶯之著海内風行一時紙貴詩故用以相為終始云	26	99
10－10	四月一日竹内氏中村楼書画会邂逅孫君異［点］及清国游歴官傅懋元［雲龍］顧少逸［厚焜］余以事先去聞席散後古梅内翰拉三人赴湖心亭極文酒徵逐之盛即用其唱和原韻兼寄君異	26	99
10－11	麴街冶春詞	26	99
10－12	楓時秋禊［琴平十二勝之一］	26	100
10－13	贈菊池金吾	26	100
10－14	殿山荘雅集用清相李少荃詩韻	26	100
10－15	次孫君異重游日本詩韻却贈	26	100
10－16	陪春畝相国金沢百宝闌月看牡丹	26	101
10－17	夏島小蓬萊館阻雨分韻得西	26	101
10－18	席上次矢土錦山韻	26	101
10－19	芭蕉庵雅集壁掲元僧楚石詩幅即用其韻	26	101
10－20	佐藤牧山翁［楚材］八十八寿筵次自慶韻	26	101
10－21	上毛山本有所半百寿言	26	101
10－22	送阪本三橋之任愛知県用家大人韻	26	101
10－23	島田梅顚［万］索贈詩賦七古一篇応之	26	102
10－24	送大久保湘南［達］帰展佐渡	26	102

10－25	送巌谷古梅内翰游西都麴坊吟社諸子限韻十二文乃効其体	26	102
10－26	夏島別業呈春畝枢密	26	102
10－27	湖山翁遽西帰賦此志悵	26	102
10－28	八月二十九日随春畝枢密出都促装甚急不暇告別諸友口占一絶句以寄	26	102
10－29	浪華酒楼次重野編修長［安繹］寄送詩韻兼留別湖山老人幷遠藤造幣局長［謹助］	26	102
10－30	夜発神戸戯作	26	103
10－31	馬関雑詩	26	103
	①桜山招魂祠		
	②小門襟流別墅		
	③梅坊臨江閣［阿弥陀寺旧址春畝枢密常館于此］		
	④安徳天皇陵		
	⑤壇浦		
	⑥聞魚楼讌贈		
	⑦対帆楼晩眺		
10－32	玄海洋二首	26	103
10－33	対馬	26	103
10－34	海上歌	26	104
10－35	釜山	26	104
10－36	元山津中秋観月歌	26	104
10－37	元山人家矮陋腥穢不可当	26	104
10－38	頃随伊藤枢密還自朝鮮清国黎公使招赴重陽醼集賦謝	26	105
10－39	和人悼亡	26	105
10－40	題佐藤六石［寛］幽窓旧夢稾	26	105
10－41	題国分青厓［高胤］懐五子詩	26	105
10－42	題円光大師伝記図巻僧関城嘱	26	105
10－43	十一月四日岡三橋［守節］招飲酔中赴席賦贈	26	105
10－44	送野口寧斎［弌］省親帰里次留別韻	26	105
10－45	刀筆	26	106
10－46	時事	26	106
10－47	書空代人	26	106
10－48	釣誉	26	106

槐南集巻十一
明治二十二年　二月十一日、大日本帝国憲法発布。三月、伊藤の京坂外三県の出張に随行する。五月二十一日、判任官五等となる。六月、憲法発布前後の勉励により、慰労金十七円五十銭を下賜される。十一月三日、東宮冊立。十一月二十一日、春濤死。十二月、慰労金二十三円を下賜される。同月二日、槐南、除服出仕する。

己丑

11－15	観松旭斎天一奇伎	27	111
11－16	湖心亭席上賦呈湖山翁頽唐之筆豈敢云贈第以資一時談噱已	27	112
11－17	野口寧斎游江島帰見恵漬糟石決明数枚媵以七言古風一篇乃賦此致謝按石決明即鰒魚一名九孔螺俗作鮑魚非也後漢呉良為郡吏不阿太守賜良鰒魚百枚昔人珍賞其所従来尚矣	27	112
11－18	六石過訪有詩次韻	27	112
11－19	戯和宮崎晴瀾［宣政］韻	27	112
11－20	次古梅内翰大綱山館養痾雑詩韻	27	112
11－21	横川唐陽［悳］過訪云明日将帰信州酔中戯賦此贈別	27	113
11－22	佐藤六石扁舟載鶴集題辞	27	113
11－23	題雨軒生雑鈔	27	113
11－24	送矢土錦山帰伊勢	27	113
11－25	涼夜不寐感念百端聊次六石寧斎二子唱和詩韻以言吾懐正金聖歎所謂此亦一消遣法云爾	27	114
11－26	送宮崎晴瀾帰土佐用留別原韻	27	114
11－27	次晴瀾神戸客楼連日風雨寄懐韻	27	114
11－28	九日清国黎公使紅葉館醼集率賦二律	27	114
11－29	小田原鷗盟館即事	27	114
11－30	田中青山議官見恵木通果一籃賦此致謝麴坊吟社席上分韻得東	27	114
11－31	天長節詔立明宮親王殿下為皇太子大礼慶成恭賦七言古体一篇	27	114
11－32	金井金洞議官［之恭］嘱題其先人烏洲先生月瀬図巻己丑歳除之夕丙廬作此	27	115

槐南集巻十二
明治二十三年　三月、黎庶昌が芝紅葉館で曲水の宴を催す。同月二十三日、判任官四等、上級俸給となる。九月、星社を復興し、主盟となる。中江兆民、幸田露伴、野口寧斎、森鷗外らと新橋にて「国粋の宴」を開く。十二月、慰労金四十円を下賜される。

庚寅

12－29	陪春畝相公飲塔澤洗心楼即興成五十六字	28	121
12－30	苦雨悶甚尋夢自遣	28	121
12－31	六月十二日巽亭小集作九絶句語無倫次以資一場鬨笑已	28	121
12－32	戯贈石埭用錦山韻	28	122
12－33	紅葉館醼集席上贈黄夢畹［協塤］	28	122
12－34	上海黄夢畹言施在近同人醵集江東中村楼即次紅葉館原韻為贈	28	122
12－35	晃山紀游一百韻	28	122
12－36	晃山之游未能悉探其勝概賦此志恨	28	124
12－37	中秋游村田一峰鵠沼松露園賞月得七古一篇	28	124
12－38	送宇田滄溟［友］帰土佐用留別原韻	28	124
12－39	送落合東郭［為誠］游相州	28	124
12－40	西岡宜軒［逾明］赴任函館有留別詩七章選韻極苦中外名士争和次之以餞其行予亦効顰	28	125
12－41	九月二十三日招同錦山青厓種竹敬香岐山霞庵寧斎六石湘南琴荘晴欄諸友会麴塁之旧窠創星社之新号龍集鳳会霞蔚雲蒸詩道於焉振興英才嗣後徵逐小子不敏豈敢公建騒壇之幟先君有霊伏惟冥扶大雅之輪爰賦七言詩四章以申謝意兼紀盛事	28	125
12－42	贈国分青厓用其華厳瀑詩原韻［丼序］	28	125
12－43	重陽黎蒓斎公使登高雅集示留別詩二章即次原韻奉餞	28	126
12－44	陰暦十月二十七日黎蒓斎公使招集署侍醼殊歓謹呈二律恭送還軺	28	126
12－45	美人曳旭図歌為宮崎生嘱	28	126
12－46	芳山懐古	28	127
12－47	烏生八九子	28	127

槐南集巻十三
明治二十四年　一月二日、神波即山死。二月十八日、三條実美死。同月二十四日、佐藤牧山死。五月十一日、大津事件勃発。同月十四日、槐南、京都府及び兵庫県へ出張する。七月、判任官三等、下級俸給となる。八月十六日、官制改正により、四級俸給となる。十月一日、大沼枕山死。十一月二十七日、

村上佛山の十三回忌を芝紅葉館にて行う。

辛卯

13－1	新年試筆	29	128
13－2	新春漫興	29	128
13－3	一月四日送神波即山柩還阪本三橋招同永阪石埭水野大路［遵］永井禾原［久］杉山三郊会飲湖心亭旧雨一尊悲喜交集十絶句雑然無次第聊以志吾懐已	29	128
13－4	十二日訪副島蒼海公［種臣］遇待殊殷天寒甚公親手為余加裘所尤感激率次公席上原韻奉謝	29	129
13－5	擬古	29	129
13－6	春風謡	29	129
13－7	哀辞一章	29	129
13－8	鉄丐道人将赴九州索余贈詩即賦短歌以之	29	130
13－9	戯題三宅某新著	29	130
13－10	人心死［悪鄭某也］	29	130
13－11	送日下部鳴鶴［東作］游清国次留別韻	29	130
13－12	玉池仙館小集席上作	29	131
13－13	美人汲井図	29	131
13－14	春事闌矣東台墨水諸勝走馬看徧頗有孟郊春風得意之態因賦七律六首紀之予戒綺語已久一時興会所到不能自禁敢末首聊当解嘲	29	131
13－15	促寧斎作詩因而戯之限蘭字	29	131
13－16	竹磎幽居小集分得垣字	29	132
13－17	帰雁操	29	132
13－18	問寧斎病悵然懐旧	29	132
13－19	漫興七絶	29	132
13－20	雨日感興	29	132
13－21	悵望有得	29	133
13－22	五月十一日有賊傷露国太子於大津于連両国事体極大中外繹騒枢密院徹宵秉十二日皇上幸西京十四日副島枢密持枢密院議長以下十八人連署書往西都唁問大来従焉車中次枢密韻	29	133
13－23	鴨西寓楼雨中次枢密韻	29	133
13－24	西都紀事詩	29	133

13－25	二十一日車駕還京春畝蒼海諸公在扈従之列大来厠供奉末班率用春畝公原韻以志喜	29	133
13－26	小川岐山［牧］宅與寧斎湘南霞庵飲分韻	29	134
13－27	送松永聴剣［謹］行北海道	29	134
13－28	題徳富淇水［一敬］詩草後	29	134
13－29	送落台東郭帰省熊本	29	134
13－30	佐野顧問［常民］令愛忌日賦奠	29	134
13－31	同都門諸雋送横川唐陽帰信濃	29	134
13－32	送栗田鶴渚［嬌］帰備後	29	134
13－33	蒼海公招飲偕楽園驟而卒至芭蕉滴瀝與隔簾琴筑相和余佇白蓮花下聴之微吟一絶狂興殊王	29	135
13－34	次韻佩香女史贈寧斎詩	29	135
13－35	山陰岡島某以国字訳元人西廂記索予題辞戯作二律	29	135
13－36	與湘南夜話雷雨驟至戯賦	29	135
13－37	古中元夜予與青厓岐山寧斎且談得長古一篇興到之語固有不入格者也	29	135
13－38	朱鷺	29	136
13－39	思悲翁	29	136
13－40	艾如張	29	136
13－41	上之回	29	136
13－42	戦城南	29	136
13－43	巫山高	29	136
13－44	上陵	29	136
13－45	将進酒	29	136
13－46	子夜歌	29	137
13－47	八月三十日東台酣春楼星社小集席上賦贈北條鷗所	29	137
13－48	既望夜坐雨忽然傷心得三絶句	29	137
13－49	竹磎幽居聴秋小集席上分韻得送	29	137
13－50	十月三日岡本黄石伊藤聴秋諸老修梁川星巌先生贈位祭雨于星岡大来賦古詩一章以志感	29	137
13－51	山県含雪将軍有朋椿山荘歌［椿山旧名乞丐峪］	29	138
13－52	関沢霞庵卜居向岡招邀同人賦贈	29	138
13－53	送井原天游［昂］赴任琉球	29	138
13－54	近藤柳塘［源］畳雲集題辞	29	138

13－55	十一月二十七日村上佛山翁十三年忌辰末松青萍［謙澄］城井錦原［剛］諸君設祭筵于紅葉館率賦七律二章奉奠	29	139
13－56	夜観星象六首	29	139
13－57	除夕永阪石埭祭詩龕小集作十絶句	29	139

槐南集巻十四
明治二十五年　八月十三日、内閣属、四等俸給となる。十一月十一日、浅草大火。槐南、『唐詩選評釈』（～三十年、新進堂）を刊行する。

壬辰

14－1	元旦酔後次錦山韻以道情	30	140
14－2	題故身延法主清兮道人遺集後	30	140
14－3	上副島蒼海公兼言余懐二十四韻	30	140
14－4	鏡中梅和大久保湘南	30	141
14－5	奉和春畝相国	30	141
14－6	滄浪閣即興呈春畝相国是日雪	30	141
14－7	野口寧斎唐宋皆詩閣小集次主人韻	30	141
14－8	杉田観梅十絶句	30	142
14－9	千芳楼邂逅辻沢菖水［玄］酒緑鐙紅歓飲達旦用錦山賦謝	30	142
14－10	和山田空斎伯［顕義］韻	30	142
14－11	揉香賊	30	142
14－12	四月二十四日與巌谷裳川［晋］野口寧斎同展先大人墓	30	143
14－13	送寧斎游名古屋	30	143
14－14	五月一日星社小集次壁間所揭星巌先生詩韻	30	143
14－15	巽亭小集用呉梅村舟行影動為韻送福原周峰帰伊勢兼寄高野竹隠［清雄］	30	143
14－16	立夏後三日竹磎幽居小集席上分韻得寒	30	143
14－17	田辺碧堂手島秋水［鑑］二君燕寓雅集同杉谷六橋［言長］宗星石長望両公子幷星社諸友陸放翁一簾疏雨琴書潤満架情風枕簟涼為韻得一字賦五言短古紀事	30	144
14－18	呈蒼海伯	30	144

14－19	送碧営帰備中次其留則原韻二首	30	144
14－20	寧斎嘯楼分韻体限五古	30	144
14－21	玉河夜汎志憶	30	144
14－22	信陽林希心華甲寿言唐陽嘱	30	144
14－23	七月十五日雷落晩晴閣賦短古紀事呈黄石翁	30	144
14－24	大洗海楼即事用黄中則観潮行韻似寧斎	30	145
	①其前		
	②其後		
14－25	哭堀古鼠	30	145
14－26	即興十律似星社諸子	30	145
14－27	送北條鷗所帰任仙台	30	146
14－28	感述二章	30	146
14－29	聴雨	30	146
14－30	盆蘭	30	146
14－31	秋日詠史	30	146
14－32	十一月十一日紀事	30	147
14－33	十六日同野口寧斎奉唁蒼海公居喪率次重九原韻以呈是日余三十初度之辰距先君子四周諱日四日耳	30	147
14－34	二十日尾州故旧設先大人斎筵於名古屋金城館大来百里奔祭恭賦五言古風六篇以告	30	147
14－35	邯鄲才人嫁為厮養卒婦	30	148
14－36	湖心亭小集送周峰南帰	30	149
14－37	浄瑠璃史題辞	30	149
14－38	鶏林詩選題辞寧斎韻	30	149
14－39	和蒼海公送窮詩	30	149
14－40	除夕玉池祭詩龕観蘇斎図引	30	149

槐南集巻十五
明治二十六年　三月、『水滸後伝』（～二十八年九月、庚寅新誌社）を刊行する。八月二十三日、岐阜県水害。

癸巳

15－ 1	歳朝随春畝相公游大磯率賦以呈	31	150
15－ 2	又用錦山韻	31	150
15－ 3	人日陽和洞即事似錦山	31	150

15－26	天長節桜洲山人寓楼招飲見示先君子琶湖雑詠遺墨一幅命予依数和之即次其韻信口成十二首	31	156
15－27	清国黎受生太守［汝謙］嘱題賢母蕭太夫人稲畦芸菜図	31	157
15－28	除夜玉池詩龕例集題寧斎祭詩図	31	157

槐南集巻十六
明治二十七年　四月、森孝子、森川竹磎と結婚する。八月一日、日清戦争始まる。

甲午

16－1	元日墨上偶占	32	158
16－2	開春二日大磯招仙閣賦呈春畝相国	32	158
16－3	自大磯返畳元日韻	32	158
16－4	人日星社小集用石埭祭詩韻	32	158
16－5	新春送阪本三橋帰任岡山県	32	158
16－6	雁来館小集與三橋話旧次中洲翁韻	32	159
16－7	二月十四日永井禾原為亡友林櫟窓開薦筵于湖心亭招集同社諸子席上作一絶句	32	159
16－8	恭紀大婚二十五年盛典七十二韻	32	159
16－9	善知鳥祠［東奥奇勝之一斎藤氏嘱題］	32	160
16－10	酒煖鎧紅閣分得煖字戯賦贈典斟真娘	32	160
16－11	星岡小集分韻得支賦贈土居香国［通豫］	32	160
16－12	即事四首和森川竹磎妹丈［鍵］	32	160
16－13	古暦重三江芝房星使紅葉館醼集用副島枢密韻賦五言二十句	32	160
16－14	題佐伯羽北遺稾	32	161
16－15	鵑声	32	161
16－16	含雪将軍椿山荘雅集即賦以呈	32	161
16－17	次本田種竹晩春台北間居詩韻	32	161
16－18	夜熱困人偶見案頭石埭近製口占即和	32	161
16－19	感興	32	161
16－20	八月法宮引送山県大将軍奉命出師朝鮮	32	161
16－21	高麗鷹行	32	162
16－22	二葉山用春畝相国春和園雅集韻賦一絶	32	162

16－23	栗田鶴渚将養痾須磨示留別詩三首次韻贈行	32	162
16－24	冬杪広島客舎読石埭寄懐之什中懐惻焉賦此以酬即用原韻兼寧斎東郭	32	162
16－25	厳島	32	162
16－27	青厓山人将赴朔方軍幕以十一月十一日来於広陵余同錦山把臂一笑歓甚乃共餞飲旗亭率賦七律二章為甗	32	163
16－28	除夜玉池祭詩龕小集次厳谷裳川原韻	32	163

明治二十八年　二月十二日、丁汝昌自殺。三月十三日、長三洲死。十二月九日、槐南、勳七等となり、三百円を下賜される。

乙未

16－29	元旦口号	33	163
16－30	新年第三日偕楽園小集賦似石埭	33	164
16－31	六日草堂小集畳前韻	33	164
16－32	酒酣放歌三畳韻	33	164
16－33	四畳韻	33	164
16－34	孟春九夕将赴広島嘯楼話別分韻得灰	33	164
16－35	聞丁禹亭死雖我公敵不能不詩以弔之	33	164
16－36	賦得鶯有好音賀近衛翠山公八十八寿	33	164
16－37	送高杉東一赴任支那金州	33	164
16－38	馬関寓目用玉池禊飲原韻	33	164
16－39	雨中京邸雑感	33	165
16－40	有懐五首	33	165
16－41	古沢介堂明府［滋］招飲桜雲台席上纖贈青厓	33	165
16－42	六月二十九日芝浦晴矚亭小集分得韻歌	33	165
16－43	大纛餘光題辞寧斎嘱	33	165
16－44	小説阿秋題辞渋柿園主人嘱	33	165
16－45	送横川唐陽以軍医赴台湾	33	166
16－46	原氏野毛山別墅題壁	33	166
16－47	送土居香国赴官台湾	33	166
16－48	偶感似尾張藤井紫水［勲］兼寄柳社諸子	33	166
16－49	芳川越山司法［顕正］示鎌倉懐古詩徴和率賦	33	166
16－50	又二首	33	166
16－51	鎌倉妙本寺懐古	33	167

16－52	三谷耕雲［仲］聴松濤処招飲即吟	33	167
16－53	用才調集体題伊藤紹春公子［博邦］走馬小照	33	167
16－54	秋曉詩	33	167
16－55	飯田旗郎以其新訳法国人羅某戯著索題即賦五絶句	33	167
16－56	金沢保胤彙清国通行尺牘為一編求予引首会有所思乃賦四絶句代之題辞	33	168
16－57	哀辞七章	33	168
16－58	先君子七祥忌辰用石埭原韻志感	33	168
16－59	玉池仙館翦燭第一集分韻得青	33	168
16－60	後赤壁夜清樾書屋小集席上率賦	33	169
16－61	朱秀水天地儲精硯歌［并引］	33	169
16－62	除日大磯群鶴楼口占	33	169

槐南集巻十七
明治二十九年　二月五日、末広鉄腸死。八月三十一日、伊藤博文、首相を辞職。九月、槐南、矢土錦山も辞表を提出。

丙申

17－1	歳旦書懐	34	170
17－2	和春畝相公自題小照詩韻	34	170
17－3	次錦山元旦詩韻	34	170
17－4	失題	34	170
17－5	二月星社小集即興似席上諸子	34	170
17－6	翦燭第三集戯賦一律是日雨	34	170
17－7	広莫之野送朝比奈珂南［知泉］游露国	34	170
17－8	四月八日翦燭第四集和石埭原韻	34	171
17－9	碧堂将去前一日東台花事方酣乃約同裳川寧斎往美術学校歴観元禄以来文物図画竟倶飲於鶯谷香山楼席上賦一律以誌影事	34	171
17－10	為売醤浜口氏題美人夢商標図	34	171
17－11	墨上和越山法部韻	34	172
17－12	車中応教	34	172
17－13	水野大路重赴台湾前数夕邀飲同人于富春楼率賦敍別	34	172
17－14	五月十三日滄浪新墅勝集和春畝相国原韻	34	172
17－15	席上復和春相即興詩韻二首	34	172

17－16	春畝相国奉命巡視台湾余亦在随槎之列次相国発都口占詩韻	34	172
17－17	陶庵相公大磯別業招邀酒間賦呈	34	172
17－18	台北客次和春相原韻	34	172
17－19	丙申六月巡台篇用蔣苕生台湾賞蕃図詩韻兼効其体	34	173
17－20	長崎漫興	34	174
17－21	佐世保阻風有感	34	174
17－22	海洋月夜	34	174
17－23	大観楼嘱目	34	174
17－24	九月十八日祭詩龕翦燭集席上所感謾賦四絶句	34	174
17－25	解悶	34	174
17－26	諸相五首	34	174
17－27	題柳井絅斎［碌］作詩自在	34	175
17－28	田中夢山枢密［不二麻呂］双芝仙館雅集賦一律	34	175
17－29	題宮崎晴瀾詩巻	34	175
17－30	翦燭集集席上賦一律志感	34	175
17－31	又一首訂玉池仙子星舫再集之約	34	175
17－32	星舫画梅引［并引］	34	175

明治三十年　一月十一日、皇太后死。八月十二日、向山黄村死。九月、『平壌誌』（原著者は尹斗寿。槐南は野口寧斎とともに、書中の詩評者となっている、出版人は吾妻健三郎）刊行。

丁酉

17－33	新正三日赴大磯途上有感率賦一律	35	176
17－34	鎌倉東慶寺弔天秀尼墓和越山公韻	35	176
17－35	高島九峰［張輔］酔茗処集遅勝間田蝶夢太守［稔］不至兼懐秋月天放［新］用宋荔裳悠然堂詩韻	35	176
17－36	夜雨酣楼雅集分陳碧城紅梅白石三生為韻得白字	35	176
17－37	哀輓十章	35	176
	①繭館悲風集		176
	②晨瞻車駕出		176
	③宮門催涙燭		177
	④燎火連椒掖		177
	⑤詔置大喪使		177

	⑥先陵何鬱鬱		177
	⑦秘器開仙洞		177
	⑧腸作車輪転		177
	⑨悲田院裏鐘		177
	⑩昧旦翠微頂		177
17－38	烏栖曲	35	177
17－39	偕楽園集賦贈水野大路	35	178
17－40	送永井禾原罷官赴清国上海	35	178
17－41	集唐十首贈紹春公子新娶	35	178
17－42	秋月天放見貺其存稾一巻賦此為謝用其與蝶夢唱和原韻	35	179
17－43	寄懐春畝侯在欧州次越山公韻	35	179
17－44	双芝仙館翦燭集席上寄懐永井禾原在上海虹口輪船公司次石埭韻	35	179
17－45	七月八日湖心亭勝集贈小野湖山先生	35	179
17－46	中元前一夕北條鷗所招飲賦謝	35	179
17－47	又用霊芬館中元夕水閣即事韻贈蝶夢太守	35	180
17－48	短歌行	35	180
17－49	白糸行効杜意	35	180
17－50	野田黄雀行	35	180
17－51	樹中草	35	180
17－52	題星巌遺稾後	35	180
17－53	柳島旗亭同尾州耆旧送永井禾原再之清国	35	180
17－54	古暦十三夜双芝仙館翦燭雨集得五十六字	35	180
17－55	既而雲破月来用夢山原韻又賦一絶	35	180
17－56	古暦九月望夜蝶夢太守招飲用中秋原韻賦贈	35	180
17－57	席上邂逅山田寒山［潤］戯作	35	181
17－58	記事書感	35	181
17－59	星社小集送裳川游熊本畳韻	35	181
17－60	台北八勝詩黒屋天南［久］嘱	35	181
17－61	遣興二首	35	181
17－62	送呉芳谿学士［秀三］赴欧洲	35	181
17－63	和春畝侯金沢詩	35	182
17－64	大岡硯海［育造］初老寿筵律次春畝侯原韻	35	182

17－65	又賦一律以志感	35	182
17－66	玉池仙館臘尾翦燭集賦得二律	35	182
17－67	除夜祭詩龕観馬南斎臨閻立本職貢図歌	35	182
17－68	又次石埭韻題其墨戯	35	182

槐南集巻十八
明治三十一年　四月十二日、岡本黄石死。八月～十二月、伊藤の大韓帝国・清国視察に随行する。九月、戊戌の政変。十二月二十四日、鱸松塘死。

戊戌

18－1	新年雪	36	183
18－2	星社小集道情一律	36	183
18－3	花香月影題辞大江敬香［孝之］嘱	36	183
18－4	三月星社小集次石埭聴雨韻是日雪	36	183
18－5	偕楽園上村売剣［才六］招飲兼贈湘南	36	183
18－6	廃詩久矣偶湘南来話別惻焉傷懐復理旧絃不覚我手之渋也戊戌四月初七夕	36	183
18－7	用申浦姚芷舫［文藻］原韻題禾原西游詩藁後兼言別懐	36	184
18－8	和裳川落花	36	184
18－9	偶感二首似双芝翦燭集諸吟盟是日風	36	184
18－10	戯贈禾原	36	184
18－11	五月八日雨中星岡雅集賦似矢土錦山小室屈山［重弘］高野竹隠田辺碧堂諸子	36	185
18－12	十三夕祭詩龕翦燭雅集分韻率賦兼餞竹隠	36	185
18－13	罷官作	36	185
18－14	将発帝都春畝候相有詩率用原韻口占一絶	36	185
18－15	七月二十六日夜発大磯到岐阜明夕汎長良川作	36	185
18－16	西都客舎次福原周峰見贈原韻	36	185
18－17	嵯峨山荘八勝詩為周峰作	36	185
18－18	神戸宇治野山倶楽部瀬鴻氏招飲席上戯呈春侯	36	186
18－19	巌崎水哉［虔］音羽花壇小集次長井倚楼生見贈詩韻兼似神戸諸名流	36	186
18－20	暁過周防洋驟雨俄至即景賦呈爵相	36	186
18－21	長崎偶贈	36	186

18－22	仰陽亭次丹羽翰山韻	36	186
18－23	釜山晩眺	36	186
18－24	海上即事志感	36	186
18－25	漢江舟中	36	186
18－26	景福宮詞	36	187
18－27	昌徳宮観女楽引	36	187
18－28	龍山暁発是日大霧	36	187
18－29	登州海上即事兼弔丁禹廷	36	187
18－30	九月十二日栄中堂［禄］北洋医学堂醼集叨陪席末恭賦紀盛兼呈袁慰廷廉訪［世凱］	36	187
18－31	王菀生観察［修植］招飲席上次其贈伊侯詩韻	36	188
18－32	燕京使署読中島時雨［雄］日本酒歌輒歌而和之	36	188
18－33	西苑紀事詩	36	188
18－34	看月有懐是夕古暦中秋	36	188
18－35	永井禾原徐園雅集偶抒胸臆兼似滬上諸名士四首	36	188
18－36	暁入長江過通州即目	36	189
18－37	江陰県所見	36	189
18－38	夜過鎮江	36	189
18－39	擁被一覚已過金陵東方漸白遙回望鍾山於煙靄模糊中	36	189
18－40	蕪湖	36	189
18－41	天塹	36	189
18－42	小孤山	36	189
18－43	湖口県	36	190
18－44	湓浦	36	190
18－45	潯陽小泊口占	36	190
18－46	九江弔李太白	36	190
18－47	黄州	36	190
18－48	古琴台	36	190
18－49	漢陽	36	190
18－50	伊藤侯相甫抵江夏張香帥［之洞］設醼於黄鶴楼大来亦忝席末即賦是篇	36	190
18－51	欲歴游楚境不果夜出漢口作	36	191
18－52	金陵偶占	36	191
18－53	下関江口待安慶輪船不至賦此排遣	36	191

槐南集巻十九
明治三十二年　二月～、東京帝国大学文科大学講師となる。三月、『浩蕩詩程』（鷗夢吟社）刊行。五月、『新詩綜』（～三十四年四月、第一～第十三集、鳴皐書院）刊行。九月、帝室制度調査局秘書となる。

己亥

19－13	又偕楽園席上分韻得山	37	195
19－14	明皇秉燭夜游図	37	195
19－15	鷗所招飲夜雨酣楼用其所示原韻賦謝	37	196
19－16	席上贈高島九峰	37	196
19－17	河野鉄兜三十三年祭日題其遺稾後以奠	37	196
19－18	題子美縛鶏行後	37	196
19－19	偕楽園賦贈碧堂	37	196
19－20	六月十八日訪嘯楼夜話予韈為盗児奪去寧斎賦失韈吟見寄即以此酬之	37	196
19－21	題焦爛餘稾後霞庵嘱	37	196
19－22	七月六日玉池仙館翦燭集即賦兼寄禾原	37	197
19－23	十二日双芝仙館翦燭集賦此其二章則偶志感臆爾	37	197
19－24	席上分韻即景	37	197
19－25	中元玉池一半児社雅集率賦	37	197
19－26	湖心亭賦贈姚賦秋［文藻］	37	197
19－27	又賦贈劉問芻［学詢］慶篠珊［寛］	37	197
19－28	上村売剣招飲星岡茶寮即次原韻以謝	37	197
19－29	古中秋夜星岡翦燭集送水野大路游清国	37	197
19－30	十一月一半児集席上観先君子旧題即用其韻志感	37	197
19－31	陰暦十月既望双芝仙館翦燭集分韻得陽即寄懐水野大路	37	198
19－32	近藤氏招飲対潮山館席上賦此	37	198
明治三十三年　五月十日、皇太子結婚。			

庚子

19－33	上日大磯散策	38	198
19－34	試鐙之夕雪門会席上分許瑤光雪門詩草元日詩鐙花紅裏過元宵為韻得過字	38	198
19－35	紀元節日三橋府丞星岡招飲席上次其見示韻	38	198
19－36	雨日陪春畝通侯観梅水戸偕楽園即景賦呈	38	198
19－37	三月四日玉池禊醼邀飲清国文芸閣学士［廷式］主人有詩即用其韻賦似	38	198
19－38	永井禾原招飲香雪軒與文芸閣学士相見以詩代話写我胸臆語無倫次也	38	198
19－39	十一日觴芸閣学士于墨水之上仍用前韻	38	199

19－40	四月四夕借楽園席上用李長吉江南弄韻送土居香国帰任于西京	38	199
19－41	暁望厳島	38	199
19－42	登熊本城	38	199
19－43	熊本行徳拙軒［温］席上賦呈	38	199
19－44	古柳橋翦燭集分韻得留是日適値陽暦端午予方自九州帰	38	199
19－45	席上次禾原韻	38	199
19－46	古端陽後一日星岡翦燭集分韻得微	38	199
19－47	席上和三橋原韻	38	199
19－48	東宮作儷大礼慶成後三日赴荒川図南太守［義］梅園書屋之筵席上分韻得浮	38	200
19－49	哭水野大路双芝仙館翦燭集席上作	38	200
19－50	曼殊宮闕式微歌五章	38	200
19－51	中元湖心亭醼集追悼杉浦梅潭［誠］	38	200
19－52	安田泰堂［義直］自杜陵至招飲湖心亭即景口占	38	201
19－53	和種竹偶占見贈	38	201
19－54	永井禾原来青閣翦燭集有感次壁幅金粟女郎詩韻	38	201
19－55	玉池一半児集四壁皆墨竹如助主人画梅之興者即景口吟一絶	38	201
19－56	以李太白集下酒酔輒成句	38	201
19－57	種竹峨眉山房分韻賦贈	38	201
19－58	秋尽日正値先君子忌辰同裳川展経王寺墓塋適石埭賦一律見貽因用原韻即以志感	38	201
19－59	赴酣雪亭翦燭雅集之期途上晩雨将霽回望禁垣煙樹如画口占一首	38	202
19－60	席上次東木道人題画韻贈手島海雪［知徳］	38	202
19－61	臘八双芝仙館翦燭集分虞道園臘八七律中白頭長與青山対句為韻得與字	38	202
19－62	又次船山臘八日詩韻志感	38	202
19－63	又限韻真	38	202
19－64	十五日玉池一半児集用石埭臘八後－日海禅寺詩韻	38	202
19－65	龕壁掲左文襄風伝画角孤城晩月滴寒江夜笛商一聯分韻得青	38	202

19－66	招飲種竹裳川用壁幅金邠詩韻	38	202
19－67	除夕祭詩龕観清国慈嬉太后福寿両大字扁歌	38	202
19－68	席上次種竹韻	38	203

槐南集巻二十
明治三十四年　四月二十九日、迪宮誕生。

辛丑

20－1	歳旦聞鶯	39	203
20－2	春日游仙詞	39	203
20－3	和寧斎丑年羊日詩韻	39	203
20－4	又和其次鷗所韻	39	203
20－5	又和其次売剣韻	39	203
20－6	大江敬香花月会席上分韻得咸	39	203
20－7	二月一日花月会分韻得歌	39	204
20－8	内野皎亭［悟］菊池惺堂［晋］招飲香樹園分韻得虞	39	204
20－9	又分得菰字	39	204
20－10	二月星岡雅集即賦七律二章	39	204
20－11	股野藍田太守［琢］招飲偕楽園蒙示鎌台懐古松江唱和之什即次鷗所原韻賦呈	39	204
20－12	二月玉池一半児集分韻得南	39	204
20－13	三月一半児集分韻得青	39	204
20－14	豆腐詩次先大人遺篇原韻西田春畊嘱	39	204
20－15	四月七日惺堂皎亭招邀墨水汎舟観桜即用太白江上吟韻以鼓詩興	39	204
20－16	双枕橋限陽韻	39	205
20－17	八日双芝仙館翦燭集仍用江上吟韻呈夢山主人	39	205
20－18	席上分韻得東	39	205
20－19	十日長岡雲海貴爵［護美］水荘賦得隔江看花	39	205
20－20	席上分主人原作韻得第二首第七首	39	205
20－21	花後玉池翦燭集席上作	39	205
20－22	十五日一半児集席上分韻得紅	39	205
20－23	念三日如蘭会席上分緑樹重陰蓋四隣青苔日厚自無塵為韻余得四字	39	205

20－24	念七日下村自知［房］招飲皆香園即次香国保津川詩韻以賦謝	39	205
20－25	二十九日値皇長孫降誕敬賦長律八韻志慶	39	206
20－26	暮春送人限韻	39	206
20－27	五月初五雨日陶庵通侯招飲観躑躅花坐間有客談及金聖歎唐才子詩之説因戯用其体即興口占	39	206
20－28	端陽後一日夢山枢密招飲星岡茶寮是日会者十九人因口占絶句即如其数	39	206
20－29	翦燭集席上次禾原原韻	39	207
20－30	泰堂招飲于画舫繡簾之楼席上放言即用原韻	39	207
20－31	夏日星岡茶寮即景賦似翦燭諸吟盟	39	207
20－32	又次三橋原韻	39	207
20－33	志賀矧川［重昂］招飲以鮮鯉魚下酒賦謝用少陵看打魚韻	39	208
20－34	七月十日双芝仙館翦燭集用壁幅佐久間象山詩韻	39	208
20－35	又分韻得蒸	39	208
20－36	石埭招飲酣雪亭分韻得東	39	208
20－37	八月三日挈児健游塩原途上景勝妙不可言即作	39	208
20－38	有賀博士［長雄］在念佛庵是日一笑見迎備荷款遇率賦言謝	39	208
20－39	宿楓川閣所謂塩谷第一楼也糟泉清徹可鑑毛髪走筆題此	39	208
20－40	妙雲寺	39	208
20－41	題楓川楼壁	39	209
20－42	歴観諸爆布口占	39	209
20－43	戯題天狗巖	39	209
20－44	機織戸過故奥蘭田別墅	39	209
20－45	須巻湯瀧	39	209
20－46	源三洞	39	209
20－47	木葉石	39	209
20－48	下山	39	209
20－49	塩原読高尾碑作	39	209
20－50	二十四日梅川楼伊藤壺谿［賢道］招飲席上即送其再之杭州坐有李夢夢柵江寧波人為談普陀之勝結故及	39	210

20－51	翦燭集分韻得蕭	39	210
20－52	又分韻得真是夕秋熱中人戯効李義山体	39	210
20－53	又観梅雪所携鄺湛若墨巻口占一絶	39	210
20－56	十月玉池一半児集偶賦一律	39	210
20－57	席上分韻得豪	39	210
20－58	重陽後一日双芝仙館小集賦七古一章兼寄懐禾原在清国	39	210
20－59	双芝仙館翦燭集分杜牧九日斉山登高詩江涵秋影雁初飛句得影字	39	210
20－60	又拈江字韻戯調裳川	39	211
20－61	慕萊堂詩清国李藝淵［維翰］嘱題	39	211
20－62	十二月八日長酡亭言志会席上分韻得刪	39	211
20－63	酒間和山田新川［宣］原韻即以言詩	39	211
20－64	土肥鶚軒博士［慶蔵］招飲香雪軒即賦言謝	39	211
20－65	十六日一半児集分韻得湘即贈禾原［時禾原自湖南帰］	39	211
20－66	除夕祭詩龕與裳川同用張船山鳳県除夜詩韻	39	211

槐南集巻二十一
明治三十五年　四月十九日、小松宮彰仁親王、天皇の名代としてエドワード７世戴冠式出席するため渡英。十二月五日　佐野常民死。

壬寅

21－1	新年梅	40	212
21－2	双芝仙館人日翦燭集裳川有詩因和之	40	212
21－3	又分人日題詩草堂得草字	40	212
21－4	又戯賦六言以人日題詩草堂為韻	40	212
21－5	永井禾原招飲花月楼即席賦兼呈蔡和甫星使［鈞］	40	212
21－6	玉池一半児詩社雅集席上分顔得曽	40	212
21－7	紀事詩	40	212
21－8	江木冷灰博士［衷］檀欒第一集席上次石埭韻	40	213
21－9	三月初六日送阪本三橋太守赴任福井県二十二韻	40	213
21－10	菊池惺堂味鐙書屋招飲読其題味鐙書屋詩集詩有感而賦	40	213
21－11	観梅於墨水途中値雨而帰飲八百松楼分韻得支	40	213
21－12	八百松楼酔賦用石埭墨水送春詞韻	40	213

21－13	檀欒第二集和冷灰原韻	40	213
21－14	二十三日忽雪與裳川皎亭飲紅業亭分亭名為韻得紅	40	214
21－15	又分得亭字	40	214
21－16	双芝仙館翦燭集作雑句	40	214
21－17	四月送土肥鶚軒博士随小松邸往賀英皇加冕大礼	40	214
21－18	皆香園小集分園静花留客為韻得客	40	214
21－19	檀欒第三集墨水舟中分韻得刪	40	214
21－20	又分韻得冬	40	215
21－21	香雪軒翦燭集禾原有詩率次其韻	40	215
21－22	席上分韻得刪	40	215
21－23	図南三橋両明府招飲柳島橋本楼即席分韻得灰率賦道情聊以応景耳	40	215
21－24	星岡茶寮送図南太守帰長崎分韻得東	40	215
21－25	檀欒第四集席上分韻得青	40	215
21－26	又賦一絶	40	215
21－27	是日詩思甚苦不似前游賦此解嘲	40	215
21－28	五月一半児集分韻得東	40	216
21－29	六月初二夜翦燭雅集分韻得文即景言志	40	216
21－30	又一首戯贈裳川	40	216
21－31	十二日檀欒第五集重用鉄笛道人花游曲韻	40	216
21－32	又次冷灰原韻	40	216
21－33	十五日雨中甫里綺里見菖蒲花即景分韻	40	216
21－34	一半児集分韻得寒	40	216
21－35	口占一首似石埭惺堂即索裳川和	40	216
21－36	二十五日双芝仙館翦燭集雅筵即事賦呈	40	216
21－37	席上分韻得蕭	40	216
21－38	七月十一日同都門鴻儒碩彦邀飲情国呉摯甫先生［汝綸］于東台酒亭即賦長古一章呈政	40	216
21－39	摯甫見和大用外腓真体内充令人未敢逼視惟僕曹鄶浅陋謬以強秦見擬若無所酬或覚謂秦無人也苦捜枵腹復製一篇白皓赤団趁韻而已	40	217
21－40	中元雨中祭詩龕一半児集分韻即賦	40	218
21－41	十九日呉摯甫京卿僦宅永田街與余家隣並偶読古歓堂集有移居詩和者甚盛因次其韻賦成一篇寄似索和	40	218

21－42	二十七日偕呉君喬梓玉池之招用前韻賦呈	40	218
21－43	檀欒六集海楼看漁即景用冷灰原韻	40	218
21－44	風雨海楼酒酣興王又賦一首	40	219
21－45	冷灰又有絶句即次其韻	40	219
21－46	読呉辟彊［啓孫］詩本偶獲一篇即書其後還之	40	219
21－47	八月初三日苦雨悶坐適辟疆送到和章因畳韻重寄兼似杜顕閣［之堂］顕閣前有風雨五古見示詩中故云	40	219
21－48	読深州風土記賦摯甫	40	219
21－49	八百松楼酒間摯甫戯効鐙謎云日本背面美人打詩経一句皆不能精著摯甫笑曰帯則有餘衆称其工妙即賦一絶	40	219
21－50	天眷［幷序］	40	220
21－51	福原周峰嘱題摂津福厳寺古松即賦四絶句相伝後醍醐天皇自隠岐島還駐蹕寺中此松即邀睿賞賜蒼官護国四字額云寺在兵庫去楠公墓不遠	40	220
21－52	十三日星岡茶寮邀飲福原周峰請呉君喬梓暨杜顕閣李光炯［徳膏］郭虞颺［鍾韶］来会	40	220
21－53	星岡醼後二日玉池小集餞周峰西帰用其星岡見贈原韻前日摯甫酬君句云坐中裙屐聯翩客争似芙蓉第一峰故詩中及此	40	220
21－54	念七日偕呉摯甫柳橋酒楼観煙火戯口占一律	40	221
21－55	日前聞種竹有嫣字韻詩畳到五篇而至今未蒙開示不知何以見外如此戯依韻志慊即寄非有意角力也	40	221
21－56	読種竹和答詩知其為七畳韻因和見答	40	221
21－57	再和種竹見答不覚前後亦已五用此韻無補費神幾於玩物喪志任君有十畳二十畳僕請従此閣筆	40	221
21－58	秋暑［大江敬香花月会席上分韻得元］	40	221
21－59	啜茗雅集席上次韻贈辟疆	40	221
21－60	九月七日永井禾原招同石埭裳川及清国王黍園［治本］醼于其逗子新墅対君山楼即興率次原韻	40	222
21－61	席上雑和	40	222
21－62	内池淡湖嘱題其始祖益謙翁佩刀	40	222
21－63	陰暦十四夜玉池一半児集觴黄小宋観察［璟］于酣雪亭先是小宋過訪見示其扇頭和摯甫作即前日星岡	40	222

	醼集寰字韻也因畳韻賦贈		
21－64	又雑次小宋詩韻	40	222
21－65	小宋嘱題壮游図記	40	222
21－66	古中秋湖心亭檀欒第七集賦一律幷贈呉摯甫時摯甫言旋在近	40	223
21－67	又次冷灰韻	40	223
21－68	又次裳川韻	40	223
21－69	九月二十一日永井禾原招飲来青閣同摯甫喬梓黄小宋暨石埭裳川冷灰諸友在階前拍照畢分韻得文口占即興	40	223
21－70	又次小宋詩韻	40	223
21－71	二十四日手島海雪招飲次韻井贈摯甫	40	223
21－72	席上次摯甫韻	40	223
21－73	二十九日郵船公司総弁近藤恬斎［廉平］招飲即席賦兼似摯甫小宋［前日大風此夕雖晴風勢未息］	40	224
21－74	席上呉辟疆示暴風七律一首即次其韻	40	224
21－75	敬香花月会次田辺蓮舟［太一］韻	40	224
21－76	本田種竹招飲席上次其送呉摯甫詩韻即以為贈是日湖山老人亦至而先回竟不見故有六句	40	224
21－77	同摯甫訪湖山老人即席次韻	40	224
21－78	菊池惺堂招飲席上次呉辟疆韻	40	224
21－79	古重陽檀欒集第八集餞呉摯甫帰清国	40	224
21－80	酔後次冷灰韻	40	224
21－81	十月一半児集用陳鵬年詩幅韻	40	224
21－82	席上分韻得真	40	224
21－83	念五日春畝侯相華甲寿筵即賦呈政	40	224
21－84	檀欒第九集冷灰韻	40	224
21－85	又和冷灰酔後一絶原韻	40	225
21－86	福島伊藤抱月華甲寿言吉野桜山［醇］嘱	40	225
21－87	寄題金井金洞三嶽之荘次湖山翁原韻	40	225
21－88	十一月一日一半児集席上分韻得尤	40	225
21－89	檀欒第十集次冷灰原韻以道我情	40	225
21－90	又分韻得元阪口五峰有自笑香山是再生之句戯反其意而贈之	40	225

21－91	臘八日双芝仙館翦燭集即興和夢山近製韻	40	225
21－92	又分韻得尤	40	225
21－93	玉池臘集分韻得陽	40	225
21－94	除夕玉池祭詩龕賦此以資歓噱	40	225

槐南集巻二十二
明治三十六年　八月、奥田義人と有賀長雄、伊藤の推薦により、帝室制度調査局御用掛となる。

癸卯

22－1	元旦酔後放言用温八叉漢宮迎春詞韻	41	226
22－2	啜茗雅集席上和小林天龍［慶］新年詩韻	41	226
22－3	檀欒第十一集限用東坡聚星堂雪詩韻時欲雪未雪因作待雪辞即以促之	41	226
22－4	又分韻得庚	41	227
22－5	雪日土居香国見過有詩即以此答之	41	227
22－6	越日復大雪読諸子畳韻之什感而有作	41	227
22－7	種竹数畳予已避席惟其中一篇特見贈示者不可不酬也日前問種竹病壁挂元僧笑隠和虞道園絶句真跡尤所垂涎故篇末及之	41	227
22－8	二月十三日天又微雪旋属晴適種竹送到其十五畳韻而裳川更有促和之作予請為両家解囲	41	227
22－9	種竹寄似二十畳韻属予更下一断語即以此代総評云	41	228
22－10	啜茗雅集席上次韻	41	228
22－11	玉池一半児集席上分韻得歌	41	228
22－12	檀欒第十二集次冷灰韻戯作	41	228
22－13	席上傷呉摯甫	41	228
22－14	大森村本間氏邸園看梅花席上分韻得冬	41	228
22－15	将赴出雲石埭置酒見餞即賦此志別	41	228
22－16	禾原招同檀欒諸友分韻得支時余将出游啓行在即賦此兼訂花時重集之約	41	228
22－17	擬王建宮詞	41	228
22－18	二條城	41	229
22－19	福原周峰香草吟廬始晤神田香巌［醇］分韻得真	41	229

22－20	小憩岡山後楽園有馴鶴数隻故作盤勢来索人投餌感而作此	41	229
22－21	院荘	41	229
22－22	久世晩眺	41	229
22－23	美甘道中	41	229
22－24	宿根雨是手島海雪故里因賦一絶以寄	41	229
22－25	過四十曲嶺	41	229
22－26	松江皆美館即目	41	229
22－27	村上琴屋［寿夫］招飲臨水亭同横山耐雪［大蔵］三島睡雨［粲］賦	41	229
22－28	臨水亭酔中贈觴歌妓	41	230
22－29	又戯琴屋	41	230
22－30	簸川懐古	41	230
22－31	杵築道中	41	230
22－32	望大社作	41	230
22－33	千家宮司［尊紀］招飲伊奈佐浜養神館伊奈佐浜即紀所謂五十狭田之小汀也是日雨甚酔後走筆題壁	41	230
22－34	恭謁大社	41	230
22－35	松崎水亭［定］創覇淞吟社会者天游知事琴屋郡長而外信太淞北［英］横山耐雪中島秋圃［謹］西川潜斎［自省］渡部桃蹊［寛］井川収軒［冽］三島睡雨皆本地詩人也用琴屋見贈韻即府	41	230
22－36	又分韻得東是日朗晴始望見大仙山	41	230
22－37	暁発松江到堺港再次琴屋韻別覇淞諸子	41	231
22－38	山本鴻堂招同山田永年神田香巌大竹蔣径及越前人高島丹山泝游嵐峡即景口号	41	231
22－39	憩三間屋適蔣径誦示湖山如意両老唱和詩即次其韻	41	231
22－40	又次永年見贈詩韻	41	231
22－41	周峰香草吟廬邂逅矢土錦山次見似原韻	41	231
22－42	服部蘇天［乂］招飲及第堂同周峰錦山赴之率次主人原韻	41	231
22－43	又次桜井桂村［彝］韻	41	231
22－44	古暦重三高津小集予阻風中酒終致爽約次清原颿山［檀］詩韻以志我負罪寔多云	41	231

22－45	又次磯野秋渚［惟秋］韻	41	231
22－46	四月三日双芝仙館翦燭集席上和夢山三絶句原韻	41	232
22－47	席上次裳川韻	41	232
22－48	一半児集即景偶占	41	232
22－49	檀欒十三集墨江舟中即興用冷灰原韻	41	232
22－50	又分韻得先	41	232
22－51	湖心亭餞高野竹隠之黄薇時予方自山陰返知君往程是我過来路也率次留別原韻志別	41	232
22－52	又送土居香国赴任金沢仍用前韻	41	232
22－53	唾壺	41	233
22－54	五月十一日東掖門内迎鑾蹕赴永井禾原城西宅口号一首	41	233
22－55	来青閣翦燭集分韻得支兼贈夢山	41	233
22－56	又和禾原原韻	41	233
22－57	竹酔前一日檀欒十四集即興次冷灰韻	41	233
22－58	再和裳川落花	41	233
22－59	花後松浦鸞洲世子［厚］招飲蓬萊園即席次観梅唱和詩原韻言謝	41	233
22－60	鈴木鹿山［宗文］招飲名古屋諸名士于香雪軒予亦与焉賦此言謝	41	233
22－61	風日有感晩赴玉池晤丁叔雅［恵康］籾山衣州［逸也］即作此歌	41	234
22－62	来青閣醼集席上分韻得湖	41	234
22－63	来青閣再晤叔雅即次玉池席上原韻賦呈	41	234
22－64	桜雲台觴陶矩林［森甲］方葯雨［若］賦贈	41	234
22－65	席上楽林籌字韻即賦	41	234
22－66	六月初六皆香園茗集率賦	41	234
22－67	檀欒十五集次冷灰韻	41	234
22－68	席上分韻得江	41	234
22－69	双芝仙館翦燭集和夢山原韻	41	235
22－70	席上分韻得冬瓶内桫欏樹偶堕一花乃作	41	235
22－71	送高島北海［得三］以絵事游米国	41	235
22－72	玉池翦燭集分韻得虞戯効放言	41	235
22－73	又和夢山原韻	41	235

22－74	又和一東石如［順］酔後二絶句韻	41	235
22－75	玉池一半児集率賦一律	41	235
22－76	臨江楼醼集即賦呈清国諸賓	41	235
22－77	酒間又得一首	41	236
22－78	七月四日清谿雨集即賦道情	41	236
22－79	玉池一半児集分韻得先	41	236
22－80	檀欒第十六集次冷灰韻是日移帝室制度調査局于枢府一隅即兼似高島九峰	41	236
22－81	席上分韻得虞	41	236
22－82	劉蕙石［世珩］有金石図説之刻玉池相見贈以長句	41	236
22－83	席上次長岡雲海韻即贈石埭	41	236
22－84	双芝仙館翦燭集席上雑句	41	236
22－85	啜茗雅集席上次禾原韻	41	236
22－86	玉池一半児集分韻得東	41	237
22－87	席上戯用冷灰所得韻	41	237
22－88	中秋前一夕来青閣翦燭集雑句和禾原原韻	41	237
22－89	又和夢山原韻	41	237
22－90	又分韻得寒即次裳川原韻	41	237
22－91	古中秋湖心亭檀欒第十七集分韻得青	41	237
22－92	又得絶句一首	41	237
22－93	双芝仙館翦燭集席上作	41	237
22－94	又次禾原見似韻	41	238
22－95	冢原夢舟［周］寒翠荘雅集分韻得東即景道情	41	238
22－96	古重陽檀欒集用去申與呉摯甫賡和詩原韻以志悃悵	41	238
22－97	又賦二絶句	41	238
22－98	双芝仙館餞秋雅集席上雑詩	41	238
22－99	湖心亭檀欒潑散会効種竹艶体即用冷灰原韻	41	238
22－100	又分韻得時字口占幷似海雪	41	238
22－101	至日遺興［翦燭集席上作］	41	239
22－102	翦燭集酔中雑和	41	239

槐南集巻二十三
明治三十七年　十月、随鷗吟社、『随鷗集』を刊行する（～昭和十九年三月）。

甲辰

23－1	早春檀欒例集和冷灰韻偶賦四律	42	239
23－2	出師［幷序］	42	239
23－3	紀事一首玉池一半児集席上作	42	240
23－4	詠梅用陸放翁西郊尋梅韻［檀欒集席上作］	42	240
23－5	送伊藤大使往韓国	42	240
23－6	檀欒集席上限韻詩自亦不知其述何事惟風人之旨言之想応無罪爾	42	241
23－7	又分韻得支	42	241
23－8	送三谷耕雲大尉従征露軍	42	241
23－9	双芝仙館翦燭集席上和夢山原韻	42	241
23－10	芝館燭集分韻得前即興賦此	42	241
23－11	席上和夢山風字韻二絶	42	241
23－12	又次石埭夢山唱和原韻因憶墨江花事之盛	42	242
23－13	又和石埭連環体	42	242
23－14	五月一日墨江雨集是為檀欒第二十三集即用冷灰真韻五絶句韻賦成雑句	42	242
23－15	又分韻得支	42	242
23－16	和裳川春柳	42	242
23－17	双芝仙館翦燭集和夢山四絶句	42	242
23－18	席上分韻得蒸	42	243
23－19	暮春来青閣翦燭集次禾原韻	42	243
23－20	席上観丹羽花南詩画即用其韻志愴	42	243
23－21	又和夢山連環体	42	243
23－22	勝島仙坡博士［仙］静園荘雅集席上次韻即賦	42	243
23－23	席上分無計延春日可能留少年為韻得留	42	243
23－24	又和鷺洲公子原韻	42	243
23－25	来青閣雅集即景次禾原韻	42	243
23－26	双芝仙館翦燭集和夢山原韻偶聞徳国水師欲借洞底湖習戦前詩故及	42	243
23－27	席上紀感一首	42	243
23－28	又分壁幅青山只満目五字為韻得只	42	244
23－29	紅葉亭即興次湘南韻	42	244
23－30	玉池一半児集邂逅飯冢西湖賦此以贈	42	244

23－63	寒翠荘観楓雅集次夢舟原韻	42	248
23－64	読石埭経王寺作有感即和	42	248
23－65	星陵小集送渡辺金谷学士［千代］之浪華	42	248
23－66	又送葦原鉄蓮師帰天草	42	248
23－67	狂韻五律戯効俳体歳晩檀欒集賦此	42	248
23－68	至日双芝仙館翦燭集分韻得侵	42	249
23－69	新浜御苑打鴨歌［十二月二十九日］	42	249

槐南集巻二十四
明治三十八年　一月三十一日、副島蒼海死。五月十二日、野口寧斎死。五月二十八日、日本海海戦。六月七日、岸田吟香死。六月、金井秋蘋死。七月二十二日、巌谷一六死（七月十二日とも伝わる）。

乙巳

24－1	五日恭賦御題新年山	43	250
24－2	人日啜茗雅集席上和天龍原韻	43	250
24－3	哭蒼海先生	43	250
24－4	檀欒清集冷灰主人出金剛力士一尊索詩率賦	43	250
24－5	南佐荘雅集席上和鸞洲公子韻	43	250
24－6	立春後一日游百花園和祇南海書幅韻	43	250
24－7	玉池一半児雅集兼似禾原	43	250
24－8	石埭斜庵茗醼邂逅鈴木鹿山次韻即賦	43	250
24－9	檀欒集席上即興志感次冷灰韻	43	250
24－10	又一首	43	250
24－11	春分八百松楼即賦是日忽雪旋晴光景莫測因呈席上諸賓兼贈横山耐雪	43	250
24－12	双芝仙館翦燭集分韻得魚	43	251
24－13	席上和夢山原韻	43	251
24－14	又兼贈禾原	43	251
24－15	墨江行用温庭筠東郊行韻［檀欒三十集墨水舟中作］	43	251
24－16	舟中和冷灰原韻	43	251
24－17	玉池翦燭集即興道情和夢山原韻	43	251
24－18	又分韻得青	43	252
24－19	効香山諷諭詩	43	252
24－20	首夏翦燭集和夢山原韻	43	252

24－21	寧斎歿後十日同人会上野山王台挙酌羞之典率賦一章志愴	43	252
24－22	寒翠荘翦燭集和冷灰原韻兼贈夢舟	43	252
24－23	又和夢舟原韻	43	252
24－24	日本海海戦大捷功成歌	43	252
24－25	六月十七日静園荘雨集次仙坡原韻	43	253
24－26	又絶句一首	43	253
24－27	又七律一首	43	253
24－28	十八日甫里綺里看菖蒲作	43	253
24－29	星岡雅集晤清国笠雲禅師率賦二律以贈	43	253
24－30	梅子黄時双芝仙館翦燭集分韻得支	43	253
24－31	又和夢山原韻	43	253
24－32	又分韻得麻	43	254
24－33	池上本門寺清醼即興賦呈霊亀上人	43	254
24－34	遠近山荘檀欒例集即和冷灰原韻	43	254
24－35	畳韻答種竹	43	254
24－36	游閼伽流山	43	254
24－37	山荘分韻得支中元前一日将出山適雨賦此留別	43	254
24－38	笛吹嶺和種竹見懐兼似湘南	43	254
24－39	車中和湘南	43	254
24－40	自軽井沢帰後数日追次裳川韻寄冷灰聞冷灰山中記事頗渉無稽因相戯兼調石埭海雪湘南在山苦霧	43	254
24－41	寧斎詩話題辞四首	43	255
24－42	大江揚鶴［卓］明星山房雅集次主人原韻	43	255
24－43	百花園看秋卉有作	43	255
24－44	十七夜玉池一半児集対月限用杜韻	43	255
24－45	双芝仙館翦燭集和夢山原韻即以道情	43	255
24－46	又和夢山即興原韻	43	255
24－47	又分韻得陽	43	255
24－48	花月会席上分韻得微	43	255
24－49	本門精舎観楓唱和用杜牧山行韻	43	256
24－50	又一首	43	256
24－51	古暦十月望来青閣翦燭集兼送海雪赴満州	43	256
24－52	又分韻得刪	43	256

25－56	是日主客留照以為記念即次長沢松雨［範男］韻幷紀之	44	263
25－57	念六日高田柳糸郷雅集分韻得支	44	263
25－58	柳糸郷接五峰詩電知其有謝公東山之興戯和	44	263
25－59	又次保坂竹蔭［祐吉］見贈	44	263
25－60	又次韻増村成堂［度次］見贈	44	263
25－61	柳糸郷題壁用松堂詩韻	44	263
25－62	念七日投軽井沢遠近山荘峭涼侵人戯作用冷灰原韻	44	264
25－63	念八日夢山招飲席上分韻得真	44	264
25－64	青萍枢密泉源亭即事同種竹湘南分亭名為韻得泉	44	264
25－65	念九日旋京用種竹出門詩韻	44	264
25－66	花月百回雅集次敬香原韻	44	264
25－67	龍口看月分韻得咸	44	264
25－68	明星山房中秋秋雨集和揚鶴原韻	44	264
25－69	虎渓園観菊次韻	44	264
25－70	古重陽前一夕檀欒集次冷灰韻	44	264
25－71	泉源亭観楓雅集即興	44	264
25－72	青萍即和見答因用前韻再賦一首	44	265
25－73	古暦八月既望偕石埭種竹湘南冒赴佐原蓑輪縑浦［芳］之招其翌汎舟刀江観捕鮭而帰後賦此篇以志顚末	44	265
25－74	双芝仙館翦燭集席上作	44	265
25－75	玉池翦燭集即事	44	265
25－76	双芝仙館観楓雅集即興	44	266
25－77	十一月念日寒翠荘雅集即賦	44	266
25－78	二十四日鷺洲伯巣鴨別墅観楓醼席上即次主人原韻	44	266
25－79	玉山樵草堂雅集［幷引］	44	266
25－80	来青閣小集分韻得歌謾道所思	44	266
25－81	花月会席上和敬香原韻	44	266
25－82	至日佐藤謙堂招飲席上分韻得灰	44	267
25－83	双芝仙館臘尾翦燭集分韻得刪	44	267
25－84	又和夢山原韻	44	267

槐南集巻二十六
明治四十年　五月十五日、金井金洞死（五月十日とも伝わる）。九月二十九日、本田種竹死。

丁未

26－27	寒翠荘雅集和夢舟原韻	45	271
26－28	種竹山人追薦之筵分韻得蕭昔柳屯田葬仙人掌游人士女毎逢清明上冢之節携澆墓名曰弔柳会請援此例従今謂此会為弔竹則為東台又増一故事矣	45	271
26－29	晩看黄葉［自然吟社例集席上分韻得冬］	45	271
26－30	十二月初七日自然吟社鶯亭例集掲野望及即興為題分韻得微亭有南海康梁二人留題因有所感触賦之	45	271

明治四十一年　一月二十二日、帝室制度調査残務員罷免。同日、図書寮編修官（六等、宮内省）となる。二月九日、大久保湘南死。

戊申

26－31	社頭松［上日試筆］	46	271
26－32	寒蕪［来青閣消寒第一集席上分詠］	46	272
26－33	来青閣席上分韻口占	46	272
26－34	石川柳城［戈足］将游清国南辺次其留別詩韻贈行	46	272
26－35	湖亭早春［自然吟社例集席上分韻得蕭］	46	272
26－36	来青閣消寒第二集賞盆栽鄧尉梅同用王漁洋雨花橋観花韻	46	272
26－37	又分漁洋鄧尉竹枝韻同賦	46	272
26－38	自然吟社例集席上賦鶯亭老梅	46	272
26－39	謝蕪村遺愛紫雲瓢詩紹春公子嘱題	46	272
26－40	随鷗吟社大会和土居香国原并以志感	46	272
26－41	又一首次韻志臆	46	272
26－42	雨中看桜即景［自然吟社例集席上分韻得文］	46	273
26－43	来青閣雅集以新陰命題率賦七律一章亦即予近日昕夕所目覩之実景云爾	46	273
26－44	緑陰看棋［自然吟社例集席上分韻得尤］	46	273
26－45	梅天即事［同前分韻得微］	46	273
26－46	安広龍峰［伴］招飲函山臨谿閣即興	46	273
26－47	北窓［自然吟社例集席上分韻得塩］	46	273
26－48	寒翠荘銷夏清集次夢舟原韻	46	273
26－49	七月二十九日青萍子爵芝城山館納涼雅醼席上率賦七律一章贈韓国金雲養中枢［允植］	46	273
26－50	八月十七日青萍子爵軽井沢泉源亭醼集賦呈雲養中枢	46	273

26－51	三生女士弾三弦作浄瑠璃調合坐傾聴畳席上聯句韻贈之	46	273
26－52	十八日赴小諸車中作	46	274
26－53	憩柳沢氏荘和青萍	46	274
26－54	布引山釈尊寺	46	274
26－55	瑠璃殿六角堂和青萍	46	274
26－56	小諸光岳寺	46	274
26－57	寺有吹洞簫者帰途口占和青萍	46	274
26－58	十九日雨宮氏［敬］別墅招飲和雲養	46	274
26－59	墅後鑿山立銅像一基云是主人元配某氏像也次青萍韻志之	46	274
26－60	赴江木冷灰遠近山荘之招再呈雲養用其雨宮席上七律韻	46	274
26－61	二十日登碓氷嶺和青萍贈雲養	46	274
26－62	鄭葵園［丙朝］詩有預想明登妙義還戒僮晨起啓柴関也能奇峭偏明秀圧倒日東千万山句其辞頗微戯答之	46	274
26－63	二十一日游妙義山途中雲養出長歌一篇見示走筆次其韻以酬	46	275
26－64	妙義山	46	275
26－65	石門和雲養	46	275
26－66	次雲養韻	46	275
26－67	二十二日下山用葵園妙義山長古韻志別	46	275
26－68	二十六日玉池詩龕醼集雑贈用葵園軽井沢述事志感詩韻	46	276
26－69	二十八日招同雲養葵園石埭皎亭偕游墨水百花園雨中拍照用雲養詩韻記之	46	276
26－70	三十日春畝統監三河楼夜醼次統監韻贈別	46	276
26－71	秋陰［自然吟社例集席上分韻得豪］	46	276
26－72	中秋鶯亭醼集和揚鶴原韻	46	276
26－73	酒間再畳前韻	46	277
26－74	又分韻得歌	46	277
26－75	丸山竹顚［良香］草頭秋榭小集分韻得支	46	277
26－76	土居香国仙寿山房賞菊分韻得元	46	277
26－77	弔竹詩筵拝種竹山人遺像感賦	46	277

26－78	聴秋閣雅集即景和夢山原韻	46	277
26－79	玉池詩龕清集即事	46	277
26－80	来青閣作東坡生日供以蠟梅一首贈趙景贶韻	46	277
26－81	又分韻得江	46	277
26－82	冬暄［自然吟社例集席上分韻得肴］	46	277
26－83	東山餞歳［自然吟社例集席上分韻得蕭］	46	278
26－84	入沢雲荘博士［達］象於天閣醼集即興	46	278

槐南集巻二十七
明治四十二年　二月一日、田中不二麿死。九月十四日、伊藤の満州行に随行。十月二十六日、伊藤博文暗殺。槐南も重傷を負う。十一月一日、伊藤の遺骸が日本に到着。同月四日、国葬。

己酉

27－1	雪中松寿渋沢青淵男爵［栄一］古稀	47	278
27－2	二月九日玉池祭詩龕湘南追福席上賦奠	47	278
27－3	悼夢山枢密次禾原原韻	47	278
27－4	雪意［自然吟社例集席上分韻得覃］	47	278
27－5	看梅雑詩［同前分韻得刪］	47	278
27－6	四月四日随鷗大会即賦	47	279
27－7	暮春即事［自然吟社例集席上分韻得歌］	47	279
27－8	山亭初夏［同前分韻得虞］	47	279
27－9	芝城山館醼集和青萍原韻	47	279
27－10	緑陰品茶［自然吟社例集席上分韻麻］	47	279
27－11	鶚軒博士百不如斎招飲即賦	47	279
27－12	楊少雲［寿枃］著不如帰行題辞	47	279
27－13	静園荘雅集次仙坡原韻	47	279
27－14	檀欒例集即興次冷灰原韻	47	280
27－15	寒翠荘雅集分皮陸唱和韻得麻即景口占	47	280
27－16	和春畝公乾坤不変四言	47	280
27－17	又和身世委孤剣五言	47	280
27－18	又和三五年間西復東七言時宿雨始霽爽碧如洗車正過山陽道中也	47	280
27－19	馬山浦即目和春公韻	47	280

27－20	過大田車站金雲養鄭葵園皆在雲養出和倉富氏歓迎伊公七律一首見示即依韻賦此	47	280
27－21	七月六日祇謁昌徳宮恭賦一律以呈春畝枢相	47	280
27－22	八日景武台園游会作	47	280
27－23	九日咸寧殿賜醮太皇命限韻人新春三字即賦一絶	47	281
27－24	十一日雲養過訪客次見贈摺扇滕以七律一章即次韻道謝	47	281
27－25	十三日翠雲亭雅集得一律	47	281
27－26	有紅梅者侍席即用春畝公韻賦之	47	281
27－27	再用前韻酬金滄江［沢栄］	47	281
27－28	滄江続贈一絶意在言外謾次其韻	47	281
27－29	再次雲養韻酬呂荷亭［圭亭］	47	281
27－30	畳韻酬鄭茂亭［万朝］兼題其策鼇吟稾後	47	281
27－31	畳韻酬鄭葵園	47	282
27－32	満州艦為霧卸碇海中半日春畝公有詩即景次韻	47	282
27－33	協約	47	282
27－34	軽井沢泉源亭雅集次青萍韻	47	282
27－35	遠近山荘銷夏小集次冷灰原韻	47	282
27－36	山中絶句	47	282
27－37	次裳川韻道情	47	282
27－38	高野竹隠過訪敝廬其翌同赴玉池之招率賦為贈	47	283
27－39	湖亭即事次竹隠韻	47	283
27－40	又次石埭韻	47	283
27－41	柳光亭醮集分韻得元	47	283
27－42	九月二六日弔竹会石埭有過竹君故居用虞伯生子昂墨竹韻之作即次其韻志愴	47	283
27－43	鷺洲伯蓬萊園観月雅集用許渾鶴林寺観月詩韻即賦	47	283
27－44	又分韻得影	47	283
27－45	将赴満州賦以志別	47	283
27－46	車過函嶺春畝公有詩即情	47	283
27－47	船中次春畝公詩韻	47	284
27－48	又畳函嶺詩韻	47	284
27－49	鉄嶺丸船上聞横山某吹洞簫奏千鳥曲	47	284
27－50	重陽前一日登臨二百三高丘作	47	284

27－51	奉天	47	284
27－52	帰舟一百韻	47	284
27－53	有以琵琶弾詞哈爾賓索題者感賦	47	285
27－54	除夜詩龕作	47	285

明治四十三年　二月、図書寮編修官兼宮内大臣秘書官となる。四月十日、小野湖山死。五月十九日、ハレー彗星接近。十二月六日、重野成斎死。同年から翌年にかけて、『漢学』（東亜学術研究会）に、「元曲百種解題」などを発表する。

庚戌

27－55	雪後［自然吟社例集席上分韻得微此日邂逅旧友荻野迦陵七八故及］	48	285
27－56	荻野迦陵［岫］来過偶繙東坡集検出其和蔡準郎中見邀詩即用蘇韻且効其体賦得二首	48	286
27－57	江上看晩霞［自然吟社例集席上分韻得豪］	48	286
27－58	雪中聞鶯［同前分韻得虞］	48	286
27－59	三月二十七日来青閣雅集分韻得魚	48	286
27－60	随鷗社大会次石埭韻	48	286
27－61	即興用白香山春末夏初聞游江郭詩韻［自然吟社席上作］	48	286
27－62	静園荘雅集和仙坡原韻	48	286
27－63	五月十八日呂荷亭過訪茅堂即次其見憶原韻志喜	48	286
27－64	越二日答訪荷亭時喧伝彗星経太陽戯畳前韻題其東游詩巻後	48	286
27－65	與荷亭話別即効其体	48	287
27－66	送粤人王孝若［紹薪］之北京	48	287
27－67	六月四日檀欒例集偶丁冷灰旧藩主故吉川公一年祭令嗣子爵以追悼詩題梅雨有感汎徴冷灰乃課本分韻得微	48	287
27－68	荒木郡宰［忠］嘱題猿山瓢詩	48	287
27－69	夏日林亭［自然吟社例集席上分韻得魚］	48	287
27－70	寒翠荘雅集限用樊榭詩韻	48	287
27－71	又分韻得灰	48	287
27－72	松原瑜洲［新］碧雲荘雅集和主人原韻兼送村上琴屋帰山陰	48	287

27－73	水斎坐雨［自然吟社例集席上分韻得支］	48	287
27－74	断梅節送鶚軒之欧洲次留別原韻	48	288
27－75	新涼有作［自然吟社例集席上分韻得蒸］	48	288
27－76	古中秋鮫洲海楼観月和金枝小峴［道］原韻	48	288
27－77	十月九日弔竹会分韻得麻	48	288
27－78	待我帰軒酒間次鄭葵園韻却贈	48	288
27－79	小春出游［自然吟社例集席上分韻得豪］	48	288
27－80	仙寿山房観菊雅集効清人朱柳塘秋圃聯吟分韻得対菊	48	288
27－81	鸞洲伯巣鴨別業招飲用高青丘詩韻同賦	48	288
27－82	席上分高擁残陽蕭寺晩半随流水楚江秋句為韻得半	48	288
27－83	十一月二十日勝島仙坡為予設哈爾賓遭厄周歳紀念之醼席上次韻志感	48	288
27－84	寒翠荘観楓雅集分輞川荘文杏館詩為韻得棟字	48	288
27－85	歳晩偶成分韻偶展読白石道人集有会於心即賦［自然吟社席上作］	48	289
27－86	星岡潑散雅集和山口松陵［宗義］原韻	48	289
27－87	又分韻得陽	48	289
27－88	永井禾原寿蘇雅集限用宋商丘東坡生日詩韻狂興発作忽獲此篇意在避熱非不満於長公也不然僕何人斯豈敢履蚍蜉撼樹之譏邪	48	289
27－89	歳暮檀欒例集即賦	48	289

明治四十四年　二月二十一日、文学博士号を授与される。三月七日、槐南死。十一月、『槐南集』（森川竹磎の編、刊行者は槐南の息子、健郎。序文は三島中洲、文会堂）、『作詩法講話』（文会堂）刊行。

辛亥

27－90	賦得寒月照梅花	49	289
27－91	雪後看月［東台鶯亭自然吟社例集席上分韻得支時陽暦上元］	49	289
27－92	一月十七日月地香雪軒雅醼和鉄石原韻	49	290

四十五年二月、『杜詩講義』（上巻。中巻は同年五月。下巻は大正元年十一月。いずれも文会堂）、同年五月、『春濤詩鈔』（編者・刊行者は森川竹磎、文会堂）

刊行。
大正二年六月、『李詩講義』（文会堂）
同三年一月『李義山詩講義』（上巻。中巻は同四年年一月。下巻は同六年二月。いずれも文会堂）
同四年一月、『韓詩講義』（上巻。下巻は同五年一月。いずれも文会堂）
同年四月、エズラ・パウンド『キャセイ（The Road to Cathay）』刊行。冒頭には、「主に中国の李白の詩により、故アーネスト・フェノロサのノートによる、解釈は森、有賀両教授による」と書かれている。

詞

28－52	声声慢［涼夜聴虫］		299
28－53	石湖仙［森川竹磎索聴秋仙館寄題之作乃倚白石道人自度腔以題之］		299
28－54	笛家［己丑重陽黎公使醼集席上作］		299
28－55	蝶恋花［戯贈縫児是小喬姉夫所愛者］		299
28－56	憶江南［書三夢詞人紅葉題扇詞後］		299
28－57	賀新涼［読紅楼夢用孫茗玉女史韻］		300
28－58	暗香［読野口寧斎出門小草用白石道人韻即題其後同竹磎作］		300
28－59	金縷曲［一夕酒酣耳熱有懐寧斎倚声以寄］		300
28－60	酔太平［喜黄夢畹過訪小斎幷訂来日祖醼之約］		300
28－61	満江紅		300
28－62	沁園春［森川竹磎得間集題詞］		301
28－63	柳色黄［和鬢糸禅侶即以為贈］		301
28－64	蝶恋花［題鬢糸禅侶花影塡詞図］		301
28－65	金縷曲［題竹磎手謄琵琶記後］		301
28－66	蝶恋花［謝春星贈桂花］		301
28－67	前調［謝鬢糸贈蘭］		301
28－68	祝英台近		301
28－69	浣渓紗［贈巌谷漣山人之西京］		302
28－70	沁園春［玉池席上贈清国姚石泉錫光徐鳳九鈞溥］		302
28－71	前調［重野成斎博士招同諸韻流觴姚徐二子于墨水之上余再倚此調］		302
28－72	浪淘沙［題石埭新潟尋句図詩後］		302
28－73	満江紅［淞水驪歌題詞永井禾原囑］		302
28－74	好事近［石埭招飲酣雪亭偶譜小詞］		302
28－75	前調［酒間即目再依前腔］		302
28－76	賀新涼［題上村売剣詩稟即送其赴北清］		303
28－77	減蘭［丙午花朝後二日来青閣雨集席上賦］		303
曲			
28－78	一半児		303
28－79	又		303
28－80	題永阪石埭横浜竹枝［庚辰］		303
	①北新水令		303

	②南歩歩嬌		303
	③北折桂令		303
	④南江児水		303
	⑤北雁児落帯得勝令		303
	⑥南僥僥令		303
	⑦北収江南		304
	⑧南園林好		304
	⑨北沽美酒帯太平令		304
	⑩南尾声		304
28－81	黎蒓斎公使任満還朝余已七律二章奉送爰推拡其意作南北曲一套［己丑］		304
	①北新水令		304
	②南歩歩嬌		304
	③北折桂令		304
	④南江児水		304
	⑤北雁児落帯得勝令		304
	⑥南僥僥令		304
	⑦北収江南		304
	⑧南園林好		304
	⑨北沽美酒帯太平令		305
	⑩南尾声		305

明治漢詩人伝記データ（稿）

青山延于 あおやま　えんう AOYAMA ENU	『先考行状』　青山勇著刊　1895
	『近世百傑伝』　干河岸貫一著　博文館　1900
	『水戸学全集　第6編　青山延光・青山延于集　付鶴峰海西集』　高須芳次郎編　日本書院　1933
	『水戸学全集　第8編　青山接斎・青山佩弦集　付鶴峰海西集』　高須芳次郎編　『水戸学全集』刊行会　1940
	『青山延于先生性行略』　青山勇談話　吉木竹次朗　書写年不明
青山延光 あおやま　えんこう AOYAMA ENKOH	『先考行状』　青山勇著　青山勇　1895
	『近世百傑伝』　干河岸貫一著　博文館　1900
	『水戸学全集　第6編　青山延光・青山延于集　付鶴峰海西集』　高須芳次郎編　日本書院　1933
	『水戸学全集　第8編　青山接斎・青山佩弦集　付鶴峰海西集』　高須芳次郎編　『水戸学全集』刊行会　1940
秋月韋軒 あきづき　いけん AKIDUKI IKEN	「嗟吁秋月胤永翁」　權藤四郎介著　日本人108　1900
	『秋月胤永先生記念録』　五高同窓会会報9付録　1930
	「秋月韋軒」　森銑三著　伝記10-4　1943
	「秋月韋軒と小泉八雲」　鈴木三八男　斯文66　1971
	「秋月韋軒と奥平謙輔」　鈴木三八男　斯文67　1971
	「秋月韋軒と小泉八雲（〔本誌66号掲載の〕補遺）」　鈴木三八男　斯文67　1971
	「秋月韋軒の遺文について」　中西達治　金城学院大学論集 人文科学編4（1）2007
	「会津藩儒将　秋月韋軒伝」　徳田武　江戸風雅5　2011
石川鴻斎 いしかわ　こうさい ISHIKAWA KOHSAI	『名士の笑譚』　吉井庵千暦著　大学堂　1900
	「「哭鬼」訳注―石川鴻斎『夜窓鬼談』（上）より」　牛尾弘孝・田畑千秋　大分大学教育学部研究紀要19-2　1997
	「「笑鬼」訳注―石川鴻斎『夜窓鬼談』（上）より」　牛尾弘孝　大分大学教育福祉科学部研究紀要21-2　1999
	「「瞰鬼」訳注―石川鴻斎『夜窓鬼談』（上）より」　牛尾弘孝著　大分大学教育福祉科学部研究紀要22-2　2000
	「「貧乏神」訳注―石川鴻斎『夜窓鬼談』（上）より」　牛尾弘孝著　大分大学教育福祉科学部研究紀要23-2　2001

	「石川鴻斎『夜窓鬼談』に係る二三の書誌的事項について」 池田一彦　成城国文学論集29　2004
	「「花神」訳注 (5) 石川鴻斎『夜窓鬼談』(上) より」 牛尾弘孝著　大分大学教育福祉科学部研究紀要26-1　2004
	「『聊斎志異』と『夜窓鬼談』をめぐって (特集『聊斎志異』を読む)」 陳炳崑　曙光2-2　2004
	「『夜窓鬼談』執筆の前後」 ロバート・キャンベル著 (『漢文小説集』(新日本古典文学大系明治編3) 池澤一郎・宮崎修多・徳田武・ロバート・キャンベル校注　岩波書店　2005) 所収
	「石川鴻斎と怪異小説『夜窓鬼談』『東斉諧』」 加固理一郎著 (『日本漢文小説の世界　紹介と研究』 日本漢文小説研究会編　白帝社　2005) 所収
	「石川鴻斎『書法詳論』について―六朝書批判の視点」 中村史朗　滋賀大国文44　2006
	「「七福神」訳注 (6) 石川鴻斎『夜窓鬼談』(上) より」 牛尾弘孝　大分大学教育福祉科学部研究紀要29-1　2007
石津灌園 いしづ　かんえん ISHIDU KANEN	『古今勤王伝略初編』 石津発三郎著　大谷仁兵衛ほか刊　1877
	「灌園先生逝く」 古河老川著　反省会雑誌6-8　1891
岩渓裳川 いわたに　しょうせん IWATANI SHOHSEN	「二十四詩品挙例と廿四詩品解付二十四詩品校勘〔岩渓裳川, 森槐南評解の翻刻〕」 高松享明　文化紀要7　弘前大学教養部　1973
	「詩に於ける処士の謳歌―岩渓裳川の世界」 中村宏著　東洋研究44　大東文化大学東洋研究所　1976
	「荷風の日記―「断腸亭日乗」にみる一話柄〈荷風・裳川・如亭〉(永井荷風の世界〈特集〉) ― (作品研究)」 高橋俊夫　国文学解釈と鑑賞49-4　1984
巌谷一六 いわや　いちろく IWAYA ICHIROKU	『詩家品評録』 伊藤三郎編刊　1887
	『名士の笑譚』 吉井庵千暦著　大学堂　1900
	『巌谷一六と讃岐国』 川口万之助編　河西善太郎刊　1905

	「百川の思い出　第四回　巌谷一六・稲津南洋との交渉」 依田美狭古　伝記4-4　1937
	「巌谷一六研究—書法をめぐって」 瀬古祥代　1998
	「巌谷一六とその周辺の人々の書」 富久和代　書道文化2　2006
	「観峰館所蔵 巌谷一六作品—「対句行草書屏風」について」 湯澤聡　観峰館紀要7　2011
上　夢香 うえ　むこう UE MUKOH	『詩家品評録』 伊藤三郎編刊　1887
	「上真行の〈夢香論楽詩稿〉」 水原渭江　大谷女子大学紀要27-2　1993
	「上夢香詩集初編」 水原渭江　大谷女子大学紀要28-1　1993
	「架蔵 児童文化生資料考 (9) 上真行筆『幼稚園保育唱歌』そのほか」 上笙一郎　論叢児童文化44　2011
内田遠湖 うちだ　えんこ UCHIDA ENKO	『名家文話』 内田鉄三郎編　鉄華書院　1899
	『文士政客風聞録』 怪庵著　大学館　1900
	『遠湖先生喜寿記念蘭言彙芳』 佐伯仲蔵編　谷門精舎　1933
	「内田・岡両翁の先哲叢書の刊行」 梅沢芳男著　伝記4-12　1937
	「明治文学と内田遠湖先生」1-4　柳田泉　書物展望8-7～10　1938
	「最後の儒者」 竹山道雄　心6-2　1953
内村鱸香 うちむら　ろこう UCHIMURA ROKOH	『鱸翁追薦録』 池田健助編刊　1913
	『勤王儒者内村鱸香先生』 桑原羊次郎編　鱸香先生顕彰会　1939
	「内村鱸香特輯」 島根評論16-3　1939
	「幕末の勤皇儒者内村鱸香に就いて」 岩成博　最新史観国史教育9-5　1940
	「内村鱸香の事」 伊藤貫一　伝記9-12　1942
	「二葉亭四迷と内村鱸香」 伊沢元美　島根大学論集（人文科学）14　1965
	「内村鱸香伝記考証序説上」 佐野正巳　人文研究87　1983

	「内村鱸香伝記考証序説中」 佐野正巳　人文研究93　1985
	「内村鱸香」 乾隆昭 『松江藩の時代』 2011
大久保湘南 おおくぼ　しょうなん OHKUBO SHONAN	「詩人追憶―大久保湘南―」 今関天彭　雅友17　1954
大須賀筠軒 おおすが　いんけん OOSUGA INKEN	「大須賀筠軒の生涯―附・『新文詩』とその作家」 中村宏著　東洋研究26　1972
	『磐城史料　筠軒稿本 大須賀履子泰輯』 大須賀筠軒著　磐城史料稿本刊行会　1974
	『大須賀筠軒　大須賀筠軒詩碑建立記念誌』 大須賀筠軒詩碑建立会　1987
大槻磐渓 おおつきばんけい OOTUKI BANKEI	『近世先哲叢談　続編』 松村操編著　1880
	『磐翁年譜』 大槻文彦著刊　1885
	『仙台史伝』 鈴木省三著　静雲堂　1892
	『近世百傑伝』 干河岸貫一著　博文館　1900
	『近世人物伝』 山方香峰著　実業之日本社　1907
	『仙台藩人物叢誌』 宮城県編　1908
	『先哲百家伝』 干河岸貫一著　青木嵩山堂　1910
	『逸話文庫』 第四巻「学者の巻」 通俗教育研究会編刊　大倉書店　1911
	「朱子学者大槻磐渓の西洋観」 梅沢秀夫　清泉女子大学紀要34　1986
	「新出大槻磐渓書牘紹介―河口祐卿・杏斎宛」 徳田武　明治大学教養論集326　2000
	「「磐渓文稿」の想念について―大槻磐渓と頼山陽との出会い」 大島英介　修紅短期大学紀要24　2002
	「志賀重昂『日本風景論』と愛郷心・愛国心―中部日本の火山等に関する記載をめぐって」 米地文夫　総合政策5-2　岩手県立大学総合政策学会編　2004
	「領国での大槻磐渓」 若林力　東京成徳国文27　2004
	「大槻磐渓宅に掲げられた中井履軒の扁額」 飯塚 修三　懐徳75　2007
	「明治「史談」、その読者」 目野由希　日本研究37　2008

	「津山藩主松平斉民と大槻磐渓各々の貼込帖に載る西洋の版画数枚の委細解明と二人の交流」 野村正雄　一滴：洋学研究誌17　2009
	「文苑 齋藤竹堂の「藩命辞退」と「本藩登用未実現」大槻磐渓撰「墓碣文」の作為」 堀口育男　新しい漢字漢文教育50　2010
大沼枕山 おおぬまちんざん OONUMA CHINZAN	『明治名人伝　初編』 岡大次郎編　小林徹二郎刊　1882
	『近世絵本英名伝』 富田安敬編　開進堂　1887
	『詩家品評録』 伊藤三郎編刊　1887
	『明治百傑伝』 干河岸貫一著　青木嵩山堂　1902
	『枕山詩鈔抄』 大沼枕山著　房総叢書第2輯　房総叢書刊行会編刊　1913
	『有隣舎と其学徒』 石黒万逸郎著　一宮高等女学校校友会　1925
	「大沼枕山」 今関天彭　雅友43　1959
	「大沼枕山と股野達軒」 今田哲夫　文学34-3　1966
	「枕山と春濤―明治十年前後の漢詩壇(詩精神(特集))」 前田愛　日本近代文学8　日本近代文学会　1968
	『漢詩人・大沼枕山：俳人友昇をめぐる人々 特別企画展』 福生市郷土資料室編　福生市教育委員会刊　1985
	『大沼枕山来簡集』 福生市郷土資料室編　福生市教育委員会刊　1988
	『漢詩人大沼枕山の世界　十九世紀後半の江戸詩壇』 福生市郷土資料室刊　1988
	『成島柳北　大沼枕山』 日野竜夫〔ほか〕編纂　日野竜夫注　江戸詩人選集第10巻　岩波書店　1990
	「明治期の大沼枕山（私史料の世界〈特集〉）」 安田吉人　地方史研究41-6　地方史研究協議会　1991
	「大沼枕山の剣南体」 鷲原知良　待兼山論叢27(文学)　大阪大学大学院文学研究科　1993
	『漢詩人たちの手紙　大沼枕山と嵩古香』 尾形仂監修　ゆまに書房　1994

「漢詩人大沼枕山の生涯」 安田吉人　調布日本文化5　1995

「大沼枕山選評『同人集』について」 鷲原知良　和漢比較文学16　1996

「大沼枕山の太平頌述―幕末文人の理想世界（特集 文人画と漢詩文 2)」 鷲原知良　江戸文学18　ぺりかん社　1997

「新潟富史の大沼枕山評」 太平文庫主人　太平詩文29　太平書屋　2004

「大沼枕山『江戸名勝詩』注解」 停雲会　太平詩文30～38,40　2004～2008

「解説江戸詩人選集『成島柳北　大沼枕山』」 日野龍夫著（『近世文学史』 日野龍夫著作集第3巻　ぺりかん社　2005）所収

「大沼枕山の「天保新楽府」」 日野龍夫（『近世文学史』 日野龍夫著作集第3巻　ぺりかん社　2005）所収

「大沼枕山の房州への旅と『房山集』―青春の苦悩と自己確立の旅路」 鷲野正明　国士館大学漢学紀要9　2006

「大沼枕山詩における「貧窮」について―梁田蛻巌詩受容の検証」 鷲原知良　京都語文13　2006

「『枕山詩鈔』の諸本」 内田賢治　太平詩文38　2007

「大沼枕山の詩風とその詠史詩」 濱久雄　東洋研究165　2007

「大沼枕山の詩について（第二十三回河鍋暁斎研究発表会)」 濱久雄　暁斎95　2007

「大沼枕山自筆詩稿『枕山随筆』について」 内田賢治　太平詩文40　2008

「『東瀛詩選』における兪樾の修改―大窪詩仏・大沼枕山の所収詩について」 郭穎　中国中世文学研究53　2008

「明治期の大沼枕山について―『明治名家詩選』を中心に（特集=古典文学の精髄としての漢詩文―中世・近世・近代）―（近世漢詩文百花繚乱の競演)」 鷲原知良　国文学解釈と鑑賞73-10　2008

	「『東瀛詩選』における兪樾の修改―大窪詩仏・大沼枕山の所収詩について」 郭穎． 中国中世文学研究53 2008
	「幕末明治期の詠物詩―大沼枕山一派の詩風をめぐって」 合山林太郎 語文94 2010
	「広瀬林外と川路聖謨・安井息軒・大沼枕山」 徳田武 江戸風雅5 2011
	「大沼枕山と杜牧」 内田賢治 国語国文80（6）2011
	「大沼枕山自筆詩稿『己亥枕山遺稿』について」 内田賢治 太平詩文49 2011
	「天保十年の大沼枕山」 内田賢治 太平詩文50 2011
岡 鹿門 おか ろくもん OKA ROKUMON	『鹿門岡千仞の生涯』 宇野量介著 岡広刊 1975
	「『柳外遺稿』に見る“地図事件”―岡千仭との交遊を中心に」 國分智子 太平詩文50 2011
岡松甕谷 おかまつ おうこく OKAMATU OHKOKU	『清国公文一班』 関口隆正編 村田直景刊 1902
	『大分県偉人伝』 大分県教育会編 三省堂 1907
	「岡松甕谷の西史漢訳意見〔含全文紹介〕」 秋元信英 國學院雑誌71-4 1970
	「岡松甕谷のこと」 町田三郎 中国哲学論集13 九州大学中国哲学研究会 1987
	「「叙事」から「叙議夾雑」へ―岡松甕谷・中江兆民における言語と社会」 金子元 相関社会科学15 東京大学大学院総合文化研究科国際社会科学専攻 2005
	「松崎慊堂・木下韡村・岡松甕谷」 古賀勝次郎 『肥後の歴史と文化』 2008
	「安井息軒を継ぐ人々（3）島田篁村・岡松甕谷・竹添井井―安井息軒研究（8）」 古賀勝次郎 早稲田社会科学総合研究11（1）2010
岡本黄石 おかもと こうせき OKAMOTO KOHSEKI	『詩家品評録』 伊藤三郎編刊 1887
	「家康と直弼」 大久保湖州著 春陽堂 1901（初出は国民之友371 1898）
	『明治百傑伝』 干河岸貫一著 青木嵩山堂 1902
	『近世偉人百話 続編』 中川克一編 至誠堂 1912
	「岡本黄石小伝」 須永元 日本及日本人811 1921

	「亡国の遺臣岡本黄石」 今村栄太郎　日本古書通信43-12　1978
	『漢詩人岡本黄石の生涯』 世田谷区立郷土資料館編　2001
	『漢詩人岡本黄石の生涯　第2章（その詩業と交友）』 世田谷区立郷土資料館編　2005
	「岡本黄石と三詩人―彦根来遊の棕隠・山陽・星巌等」 倉島幸雄　斯文114　2006
	「暁斎をめぐる画家たち―是真・乾堂・綾岡・淇堂・黄石・竹圃・柳亭・応真（第二十三回河鍋暁斎研究発表会）」 鈴木美絵　暁斎95　2007
	『漢詩人岡本黄石の生涯　第3章－三百篇の遺意を得る者－』 世田谷区立郷土資料館編　2008
	『宇津木家書簡集』1　世田谷区立郷土資料館編　2010
落合東郭 おちあい　とうかく OCHIAI TOHKAKU	「落合東郭宛徳富蘇峰書翰―「元田先生進講録」刊行に関して」 沼田哲　日本歴史514　吉川弘文館　1991
	「落合東郭―依田学海との交友」 高橋昌彦　雅俗4　雅俗の会　1997
	「『逍遙遺稿』札記―落合東郭のこと」 二宮俊博　椙山女学園大学研究論集（人文科学篇）31　2000
小野湖山 おの　こざん ONO KOZAN	『詩家品評録』 伊藤三郎編刊　1887
	『偉人の言行』 俣野節村著　大学館　1900
	『名家長寿実歴談』 中村木公編　実業之日本社　1907
	「湖山小野先生墓碑銘」 三島毅　斯文1-2　1919
	「明治の勤王詩人小野湖山」 横田天風　東洋文化44・46・47　1928
	『小野湖山小伝』 豊橋市教育委員会編刊　1931
	「小野湖山の幽囚」 石井研堂　明治文化10-5　1937
	「小野湖山」 今関天彭　書苑3-12　1939
	「嶺田楓江と小野湖山両士の阿片戦争に関する訳著親交について」1-3　喜田幾久夫　明治文化16-7～9　1943
	「小野湖山と大沢謙二」1-5　杉野大沢　日本医事新報1684～1688　1956
	「小野湖山」 今関天彭　雅友44・45　1959-60

	「小野湖山「養蚕雑詩」をめぐって―蚕種製造家田島弥平との交流」 日原傳　斯文120　2011
	「小野湖山の攘夷活動」 徳田武　江戸風雅4 2011
小山春山 おやま　しゅんざん OYAMA SHUNZAN	「小山春山獄中之話」 維新史料2　1887
	「小山春山先生伝」 春日井柳堂著　名家叢談20　1897
	「小山春山先生伝」 石川二三造　弘道285　1915
	「勤王儒家小山春山」 横田天風　東洋文化35-37　1927
	「小山春山の生涯」 寺田剛　（『下野文化紀要第1輯』宇都宮下野文化研究会　1943）所収
	「春山のたそがれ」 雨宮義人　桃李5-5　桃李会　1955
	「小山春山獄中の話」（『野史台維新史料叢書39』 日本史籍協会編　東京大学出版会　1975）所収
金井之恭 かない　のりゆき KANAI NORIYUKI	『明治閨秀美談』 鈴木光次郎編　東京堂　1892
	『名士名家の夫人』 須藤愛司著　大学館　1902
	『現今名家書画鑑』 川島正太郎編　真誠堂　1902
	「金井之恭君出流山事件殉国士追典に関する所見　附八節」 史談会速記録166　1906
	『狐禅狸詩』 釋清譚著　丙午出版社　1913
	「使清弁理始末」 金井之恭編　明治文化全集第7巻所収　明治文化研究会編　日本評論社　1992
	「金井金洞先生と維新勤王史料」上下　上毛及上毛人7,9
	「金井之恭君略伝」上中下　小野正弘著　上毛及上毛人16～18
	「金井金洞先生撰書の碑拓及び其蔵儲品」 豊国覚堂　上毛及上毛人112,114
	「金井之恭先生書丹又は撰文篆額碑文の一班」 豊国覚堂　上毛及上毛人146
	「金井之恭先生の寄せられし手簡」 豊国覚堂　上毛及上毛人159
	「金洞翁の略歴と子孫の現在」 豊国覚堂　上毛及上毛人159
	「分家研香翁と金洞翁子孫」 豊国覚堂　上毛及上毛人159
亀谷省軒	「亀谷省軒先生を憶ふ」 橘詩竹　斯文14-6　1932

かめたに　せいけん KAMETANI SEIKEN	「亀谷省軒　その生涯と漢詩文」 辺土名朝邦　活水論文集（日本文学科篇）28　1985
蒲生重章 がもう　しげあきら GAMOH　SHIGEAKIRA	「蒲生重章の生涯と漢文小説　付年譜」 内山知也　斯文112　2004
	「講演　蒲生重章の漢文小説」 内山知也講演　斯文113　2005
	「蒲生褧亭と総生寛／依田学海と総生寛」 斎田作楽　太平詩文51・52　2011
川田甕江 かわだ　おうこう KAWADA OHKOH	『日本博士全伝』 荻原善太郎編　岡保三郎刊　1888
	『万国古今碩学者列伝』 西村竜三著　自由閣　1890
	『帝国博士全伝』 荻原善太郎編　敬業社　1890
	『和漢泰西古今学者列伝』 西村天外著　弘文館　1890
	『日本博士全伝』 花房吉太郎・山本源太編　博文館　1892
	「川田甕江」 依田百川　太陽1-3　1895
	「吾親友川田甕江」 依田学海　太陽2-5,6　1896
	「川田甕江先生伝」 依田百川　談叢2　吉川半七刊　1900
	『名士の笑譚』 吉井庵千暦著　大学堂　1900
	『和漢泰西文学偉人伝』 睨天逸史編　求光閣　1900
	『明治百傑伝』 干河岸貫一著　青木嵩山堂　1902
	『岡山県人物伝』 岡山県編　岡山県　1911
	『川田甕江先生伝』 亀山松濤述　玉島戊申会編　玉島尋常小学校刊　1926
	「川田甕江翁の友誼」 依田春圃　伝記7-2　1940
	「川田剛博士の外史弁誤に就いて」1-3　大久保利謙　東洋文化181-183　1940
	「川田甕江のことゞも―杉山三郊雅談」 三浦叶　斯文74　1973
	「安井息軒の門生たち（2）重野成斎と川田甕江―安井息軒研究（7）」 古賀勝次郎　早稲田社会科学総合研究10（3）2010
	『川田順遺稿集　香魂』 川田順著　甲鳥書房　1969
	『甕江俗牘　倉敷市玉島図書館古文書を楽しむ会』 倉敷市立玉島図書館編　1980
	『川田甕江資料集』1　川田甕江資料集を読む会　2008

	『川田甕江資料集』2　川田甕江資料集を読む会　2009
	『川田甕江資料集』3　川田甕江資料集を読む会　2012
	『甕江川田先生文鈔』　三島中洲書写　書写年不明
菊池三渓 きくち　さんけい KIKUCHI SANKEI	『詩家品評録』　伊藤三郎編刊　1887
	『返り花』　木﨑愛吉著　吉岡平助刊　1899
	『偉人豪傑言行録』　南梁居士編　求光堂書店　1911
	「菊池三渓自筆詩文稿（資料紹介）」　日野竜夫　国語国文46-9　京都大学文学部国語学国文学研究室編　1977
	「『本朝虞初新誌』と講談」　池澤一郎　（『漢文小説集』（新日本古典文学大系明治編3）　池澤一郎・宮崎修多・徳田武・ロバート・キャンベル校注　岩波書店　2005）所収
	「ある儒者の幕末　菊池三渓伝小攷」　福井辰彦　論究日本文学89　2008
	「もう一人のお伝―菊池三渓「臙脂虎伝」について（小特集〈複数言語〉の明治）」　福井辰彦　日本近代文学82　2010
	「京都大学附属図書館蔵 菊池三渓自筆稿本目録（1）」　福井辰彦　京都大学國文學論叢24　2010
	「京都大学附属図書館蔵 菊池三渓自筆稿本目録（2）」　福井辰彦　京都大学國文學論叢25　2011
	「京都大学附属図書館蔵 菊池三渓自筆稿本目録（3）」　福井辰彦　京都大学國文學論叢26　2011
木蘇岐山 きそ　きざん KISO KIZAN	「詩人追憶　真軒先生と岐山翁」　加藤虎之亮　雅友16　1954
木村芥舟 きむら　かいしゅう KIMURA KAISHU	「木村芥舟日記記載の福沢諭吉関係史料」　河北展生　史学30-2　三田史学会　1957
	『木村芥舟とその資料：旧幕臣の記録』　横浜開港資料館編　横浜開港資料普及協会　1988
	『岩瀬忠震書簡注解　木村喜毅（芥舟）宛』　岩瀬忠震書簡研究会著　岩瀬肥後守忠震顕彰会　1993

	「日本海軍の創設者達─創業垂統の人々から学ぶ点、無しとせむや（3）第4章 佐久間象山 奇の人，第5章 木村芥舟（1）徳の人」 谷光太郎　波濤29-3　2003
	「日本海軍の創設者達─創業垂統の人々から学ぶ点、無しとせむや（4）第6章 勝海舟（その2）第7章 木村芥舟（その2）」 谷光太郎　波濤29-4　2003
	「書簡に見る福澤人物誌（14）木村芥舟・長尾幸作─咸臨丸の人々」 佐志傳　三田評論1080　2005
	「木村芥舟詩伝（1）」 徳田武　江戸風雅3　2010
小泉盗泉 こいずみ　とうせん KOIZUMI TOHSEN	「小泉盗泉」 太田孝太郎　雅友43　1959
	「小泉盗泉後記─市地蔵雪」 太田孝太郎　雅友44　1959
国分青厓 こくぶ　せいがい KOKUBU SEIGAI	『風流ばなし』 蕉雨逸人著　求光閣　1895
	『名士の笑譚』 吉井庵千暦著　大学堂　1900
	『文士政客風聞録』 怪庵著　大学館　1900
	『風雲児女』 町田源太郎著　読売新聞社　1906
	「日本新聞時代を憶ふ-6-国分青厓のこと」 古島一雄　新星2-3　新星社　1948
	「国分青厓と明治大正昭和の漢詩壇」 木下彪　師と友
	『近代文学としての明治漢詩』 入谷仙介著　研文出版　2006
	「漢詩における明治調─森槐南と 国分青厓（特集 詩歌の近代）」 合山林太郎　文学9（4）2008
	「明治期の時事批評漢詩─国分青厓「評林」と野口寧斎「韻語陽秋」（特集=古典文学の精髄としての漢詩文─中世・近世・近代）─（近代漢詩文─最後の光芒）」 合山林太郎　国文学解釈と鑑賞73-10　2008
坂口五峰 さかぐち　ごほう SAKAGUCHI GOHOH	『諸国畸人伝』 石川淳著　筑摩書房　1957
	『阪口五峰を中心とする文人の魅力　坂口安吾生誕百年祭』 阪口五峰［ほか］著　阪口五峰展実行委員会　2006
阪谷朗廬 さかたに　ろうろ SAKATANI ROHRO	「阪谷朗廬先生行状」1-3　竜門社雑誌64〜66　1893
	『先哲百家伝』 干河岸貫一著　青木嵩山堂　1910
	『岡山県人物伝』 岡山県編　岡山県　1911

	『贈正五位阪谷朗廬事歴』 阪谷芳郎著刊　1916
	『阪谷朗廬先生五十回忌記念』 阪谷芳郎編刊　1929
	『阪谷朗廬先生の五十回忌』 徳富猪一郎著　書窓雑記　民友社　1930
	「阪谷朗廬先生の教育思想」1-2　稲葉格造　教育5-4,5　1937
	「変革期における思想の形成　阪谷素の場合」1-2　大月明　人文研究12-8,13-7　1961～62
	「明治期における阪谷素の思想について」 大月明　人文研究14-6　1963
	「阪谷素とその交友関係について」 大月明　人文研究18-3　1967
	「阪谷朗廬」 原田満左右　師と友268　1972
	『朗廬詩話』 阪谷朗廬〔原著〕 北川勇著　内外印刷出版部　1984
	「阪谷素にみる伝統と啓蒙―その接点の解明（明六社の思想〈特集〉）」 小股憲明　季刊日本思想史26　ぺりかん社・日本思想史懇話会編　1986
	『阪谷朗廬先生書翰集』 山下五樹編著・刊行　1990
佐田白茅 さた　はくぼう SATA HAKUBOH	『民権家列伝　初編』 小池洋次郎著　巌々堂　1880
	「贈正五位佐田白茅君略伝」 史談会速記録284　1916
佐藤六石 さとう　ろくせき SATOH ROKUSKI	「佐藤六石の初志と詩（特集・思想史）」 中村宏　東洋研究21　大東文化大学東洋研究所　1970
塩谷簣山 しおのや　きざん SHIONOYA KIZAN	『続近世百傑伝』 干河岸貫一著　博文館　1900
	『先哲百家伝』 干河岸貫一著　青木嵩山堂　1910
	「塩谷簣山,塩谷青山の生涯と事跡」 塩谷健講演　斯文103　1994
重野安繹 しげの　やすつぐ SHIGENO YASUTUGU	『日本博士全伝』 荻原善太郎編　岡保三郎刊　1888
	『万国古今碩学者列伝』 西村竜三著　自由閣　1890
	『帝国博士全伝』 荻原善太郎編　敬業社　1890
	『和漢泰西古今学者列伝』 西村天外著　弘文館　1890
	『日本博士全伝』 花房吉太郎・山本源太編　博文館　1892

『名家文話』 内田鉄三郎編　鉄華書院　1899
『和漢泰西文学偉人伝』 睨天逸史編　求光閣　1900
『名家訪問録　第一集』 石川松渓著　金港堂　1902
『現代百家名流奇談』 鈴木光次郎著　実業之日本社　1903
『冷水養生法』 佐々木政吉著　滝沢菊太郎編　開発社 1903
『現代名士の演説振』 小野田亮正著　博文館　1908
『冷水浴と冷水摩擦』 大沢謙二著　文星堂（ほか） 1911
『逸話文庫』 第四巻「学者の巻」 通俗教育研究会編刊　大倉書店　1911
「東京帝国大学名誉教授重野先生墓碑銘」 小牧昌業 斯文4-2　1922
「袖海縦談（重野成斎先生）」 館森鴻　東洋文化146　1936
「重野成斎（安繹）先生」 中山久四郎　歴史教育2-3 日本書院　1954
「明治18年11月の修史館総裁三条実美宛の修史意見書〔含全文翻刻（国学院大学図書館梧陰文庫所蔵重野安繹他起草）〕（史料紹介）」 秋元信英　國學院雜誌71-10　1970
「近代政治史料収集の歩み-2-重野安繹と編年史編修の中止」 桑原伸介　参考書誌研究18　国立国会図書館主題情報部参考企画課編　1979
『重野博士史学論文集. 補巻（重野安繹研究資料編）』 大久保利謙編　名著普及会　1989　雄山閣（昭和13～14年刊の複製に増訂したもの）
「修史館副総裁伊達宗城宛副長重野安繹書翰2通」 Mehl Margaret　日本歴史507　吉川弘文館　1990
「重野安繹の中国観―明治22年の「支那視察案」を中心に」 陶徳民　立教法学42　1995
「二十世紀初頭の熊襲・隼人研究　重野安繹の古代史論」 中村明蔵　季刊社会学部論集18　鹿児島国際大学　1999
「日本近代史学と近代天皇制国家（2）重野安繹における「史学」と「道徳」」 池田智文　国史学研究（龍谷

	大学国史学研究会「国史学研究」編集部編）24　2000
	「重野安繹の漢文碑」 濱口富士雄　群馬県立女子大学国文学研究22　2002
	「稀本あれこれ（477）中村正直書簡 重野安繹宛 明治5年10月4日」 国立国会図書館月報560　2007
	「鄭孝胥氏と東京の漢学者たち」 深澤一幸　言語文化研究34　2008
	「歴史手帖 鹿児島研修記—日我「島津家物語」と重野安繹」 佐藤博信　日本歴史743　2010
信夫恕軒 しのぶ　じょけん SHINOBU JOKEN	「魯堂茶話（信夫恕軒先生）」 平井参　東洋文化147　1936
	「信夫恕軒先生逸話」 佐藤仁之助　東洋文化148　1936
	「儒医信夫恕軒」 富村登　日本医史学雑誌1299　1942
	「恕軒忍草」 宮崎修多　成城文芸147　1994
	「信夫恕軒の文章演戯」 宮崎修太　『漢詩文集』（新日本古典文学大系明治編 2） 入谷仙介[ほか]校注　岩波書店　2004
	「宮崎修太校注『恕軒文鈔』『恕軒遺稿』」 妹尾昌典　成城国文学21　2005
島田篁村 しまだ　こうそん SHIMADA　KOHSON	「会員文学博士島田重礼の伝」 東京学士院雑誌14-2　1892
	「島田重礼氏の『漢籍を読む心得』」 国民之友250　1895
	「故島田教授の略歴」 哲学雑誌13-139　1898
	「島田博士遺稿」 史学雑誌9-11　1892
	『文士政客風聞録』 怪庵著　大学館　1900
	「安井息軒を継ぐ人々（3）島田篁村・岡松甕谷・竹添井井—安井息軒研究（8）」 古賀勝次郎　早稲田社会科学総合研究11（1）2010
杉浦梅譚 すぎうら　ばいたん SUGIURA BAITAN	「杉浦梅譚と岩村貫堂」 塚越鶯亭　雅友39　1958
	『杉浦梅潭箱館奉行日記　慶応二年-慶応四年』 小野正雄監修　稲垣敏子解読　杉浦梅潭日記刊行会（発売　みずうみ書房） 1991
	『杉浦梅潭目付日記　文久二年-元治元年』 小野正雄監修　稲垣敏子解読　杉浦梅潭日記刊行会（発売　みずうみ書房） 1991

	『詩人杉浦梅潭とその時代』（古典講演シリーズ2） 国文学研究資料館編　臨川書店　1998
鱸　采蘭 すずき　さいらん SUZUKI SAIRAN	『近世女流文人伝』 会田範治等編　明治書院　1960
鱸　松塘 すずき　しょうとう SUZUKI SHOHTOH	『鱸松塘』 安房先賢偉人顕彰会編　安房先賢偉人伝　安房同人会　1938
	「鈴木松塘の詩論と袁枚」 松下忠著　漢文学会会報25　1966
	「依田学海・丹羽花南・鱸松塘」 斎田作楽著　太平詩文1　太平書屋　1996
竹添井井 たけぞえ　せいせい TAKEZOE SEISEI	『名士の笑譚』 吉井庵千暦著　大学堂　1900
	「明治初期日本人の見た中国—維新後最初に四川を踏査した竹添進一郎の事跡について」 小林 文男・柴田巌 「社会科」学研究会31　1996
	「竹添井井『棧雲峡雨日記』訳注（1）」 財木美樹　東洋古典学研究4　東洋古典学研究会　1997
	「竹添井井『棧雲峡雨日記』訳注（2）」 財木美樹　東洋古典学研究5　東洋古典学研究会　1997
	「竹添井井『棧雲峡雨日記』訳注（3）」 財木美樹　東洋古典学研究6　東洋古典学研究会　1998
	「竹添井井『棧雲峡雨日記』訳注（4）」 財木美樹　東洋古典学研究7　東洋古典学研究会　1998
	「竹添井井『棧雲峡雨日記』訳注（5）」 財木美樹　東洋古典学研究8　東洋古典学研究会　1999
	「岳堂詩話（13）竹添井井と「桟雲峡雨日記」」 石川忠久　學鐙98-4　2001
	「陸のイメージ—竹添井井から佐々木信綱へ」 石崎等　立教大学日本文学86　2001
	「甲申政変120年—金玉均と竹添進一郎」 鄭鳳輝　海外事情研究32-2　熊本学園大学付属海外事情研究所　2005
	「墓碑銘に見る明治期士大夫の友情—竹添井井と橋本綱常」 池澤一郎　文学10（3）2009

	「安井息軒を継ぐ人々（3）島田篁村・岡松甕谷・竹添井井―安井息軒研究（8）」　古賀勝次郎　早稲田社会科学総合研究11（1）2010
谷口藍田 たにぐち　らんでん TANIGUCHI RANDEN	『名士の笑譚』　吉井庵千暦著　大学堂　1900
	『贈位六先哲略伝』　著者不明　大正頃（石田一鼎、古賀精里、枝吉神陽、草場佩川、伊東冲斎、谷口藍田の略伝）
	「谷口藍田の思想―幕末・明治における儒者のあゆみ」　山口宗之著　佐賀県郷土研究会郷土研究8　1958
	「谷口藍田の思想」　山口宗之　佐賀県郷土研究会郷土研究9　1959
	『儒学者谷口藍田』　浦川晟著刊　1993
	「講演録「儒学者谷口藍田」（特集 第2回長崎県立大学国際フェスティバル）」　浦川晟講演　調査と研究27-1（長崎県立大学国際文化経済研究所）　1996
長　三洲 ちょう　さんしゅう CHOH SANSHU	『詩家品評録』　伊藤三郎編刊　1887
	『明治畸人伝』　阪井弁著　内外出版協会　1903
	『大分県偉人伝』　大分県教育会編　三省堂　1907
	「『学制一覧』に関する研究―書誌学的観点から」　内海崎貴子・安藤隆弘　川村学園女子大学研究紀要14-1　2003
	「炉辺史話 第三話 明治維新の曙　長三州をめぐる人々」　入江秀利　別府史談（23）2010
土屋鳳洲 つちや　ほうしゅう TUCHIYA HOHSYU	『鳳洲土屋弘』　土屋基春著刊　1926
	「鳳洲土屋弘の事蹟」　土屋基春著　史談会速記録385　1930
土井聱牙 どい　ごうが DOI　GOHGA	『近世百傑伝』　干河岸貫一著　博文館刊　1900
	「土井聱牙翁」　永原鉦斎　大東文化4-5　1927
	「先師聱牙先生零細事」　佐々木狂介　作詩作文之友14　益友社
	「書聱牙先生年譜後」　駒田侗斎　斯文10-12
	「聱牙翁必須書目」　武内義雄　支那学2-10
土居香国 どい　こうこく	『現今名家書画鑑』　川島正太郎編　真誠堂　1902
	「土居香国の風流著作「鴨東新話（おうとうしんわ）」

DOI KOHKOKU	(秘められた文学〔翻刻・紹介〕-5-)」 浅川征一郎　国文学解釈と鑑賞38-7　1973
那珂梧楼 なか　ごろう NAKA GOROH	『近世百傑伝』 干河岸貫一著　博文館刊　1900
	『現代百家名流奇談』 鈴木光次郎著　実業之日本社　1903
	『続近世百傑伝』 干河岸貫一著　博文館　1905
	『学生座右訓』 駿台隠士著　大学館　1905
	『先哲百家伝』 干河岸貫一著　青木嵩山堂　1910
	『那珂梧楼先生伝』 菅野義之助述　謄写本　1933
	『那珂梧楼伝』 奥羽史談会　1961
	「那珂梧楼伝」 大田孝太郎　奥羽史談32　1961
	「那珂梧楼先生と古事類苑」 鴇田恵吉　奥羽史談35　1962
	「那珂梧楼伝補遺」 大田孝太郎　奥羽史談38 1963
	『幽囚日録　那珂梧楼日記』 那珂梧楼著　岩手古文書学会編　国書刊行会　1989
	「那珂梧楼先生著書遺墨」 史学雑誌19-6・歴史地理12-1
永井禾原 ながい　かげん NAGAI KAGEN	「永井禾原と李伯元」 入谷仙介　清末小説5　1981　清末小説研究会
	「明治開化と詩の「近代性」—永井禾原の場合（詩歌にあらわれた思想-1-〈特集〉)」 入谷仙介　季刊日本思想史21　1983
	「永井禾原荷風父子の上海体験—1897秋」 入谷仙介　山口大学文学会誌45　1994
	「永井荷風と紅楼夢の関係前史—父・禾原とその周縁人物の影響(創立25周年記念特集 地域研究25年)—(地域研究の新世代)」 呉佩珍　筑波大学地域研究18　2000
	「永井禾原と蘇軾—『來青閣壽蘇詩』を中心に」 池澤滋子　書法漢學研究（4）2009
	「永井禾原と蘇軾（特集 荷風没後五〇年 虚像から実像へ)」 池澤滋子　文学10（2）2009
	『近代文学としての明治漢詩』 入谷仙介著　研文出版　2006

長尾雨山 ながお　うざん NAGAO UZAN	「長尾雨山」（長尾）禮之　冊府10～21　1959～65
	「長尾雨山は冤罪である」 樽本照雄　大阪経大論集47-2　1996
	「〈史料紹介〉三野家文書―三野有造宛長尾雨山書簡」 松本昭雄　香川県立文書館紀要1　1997
	「『漱石全集』の装幀から―漱石と呉昌碩そして長尾雨山」 松村茂樹　漱石研究9　1997
	「西冷印社を創始した四人と呉昌碩・河井荃廬・長尾雨山（特集 西冷印社）」 弓野隆之訳　書論30　1998
	「長尾雨山の帰国（特集 西冷印社）」 樽本照雄　書論30　1998
	「長尾雨山先生の「支那古代の詩変を論ず」を読みて（特集 西冷印社）」 三浦叶　書論30　1998
	「長尾雨山旧蔵の西冷印社・蘭亭関係古写真と雨山の書入れ（特集 西冷印社）」 書論30　1998
	「長尾雨山の書画（特集 西冷印社）」 書論30　1998
	「長尾雨山と上海文芸界」 樽本照雄　書論35　2006
	『嶺雲揺曳　第2』 田岡嶺雲著　新声社　1899
中野逍遙 なかの　しょうよう NAKANO SHOHYOH	『五彩雲』 石橋哲次郎（暁夢）編　文学同志会　1905
	「明治の漢詩人中野逍遙伝」 笹淵友一　言語と文芸1-6　国文学言語と文芸の会　1959
	「中野逍遙書簡」 川崎宏編　文学34-1　1965
	「中野逍遙について-1-逍遙周辺の人々」 村山吉廣　東洋文学研究18　1970
	「中野逍遙」 原田憲雄　人文論叢24　1976
	「「逍遙遺稿」の成立と「再版逍遙遺稿」のこと」 川崎宏　日本古書通信43-9　1978
	「中野逍遙論」 箕輪武雄　日本近代文学25　1978
	「逍遙遺稿―道情七首―について」 西之谷好　愛媛国文研究32　1982
	「「逍遙遺稿」札記―才子佳人小説との関わりをめぐって」 二宮俊博　椙山女学園大学研究論集18-2　1987
	「漢詩人中野逍遙―人と作品」 宮沢康造　獨協大学教養諸学研究22　1987

	「『逍遙遺稿』札記―秋怨十絶其七について」 二宮俊博　椙山女学園大学研究論集19-2　1988
	「『逍遙遺稿』札記-故郷の恋人のこと他-」 二宮俊博『椙山女学園大学短期大学部二十周年記念論集』 1989
	「『逍遙遺稿』札記―狂残痴詩其六について」 二宮俊博　椙山女学園大学研究論集23-2　1992
	「『逍遙遺稿』札記―鶴鳴いて月の都を思ふかな 子規と逍遙」 二宮俊博　椙山女学園大学研究論集（人文科学篇）27　1996
	「『逍遙遺稿』札記―張船山のこと他」 二宮俊博　椙山女学園大学研究論集（人文科学篇）29　1998
	「『逍遙遺稿』札記―高橋白山・月山父子のこと他」 二宮俊博　椙山女学園大学研究論集（人文科学篇）30　1999
	「『逍遙遺稿』札記―落合東郭のこと」 二宮俊博　椙山女学園大学研究論集（人文科学篇）31　2000
	「『逍遙遺稿』札記―シルレルとショオペンハウエルのこと及び張滋昉について」 二宮俊博　椙山女学園大学研究論集（人文科学篇）33　2002
	「明治の漢詩人中野逍遙―その夢その恋―」 二宮俊博（九州大学中国文学会編『わかりやすくおもしろい中国文学』 中国書店　2002）所収
	「『逍遙遺稿』はいかにして編纂されたか」 杉下元明　汲古42　2002
	「中野逍遙の恋の詩―「我所思行」はいかにして推敲されたか」 杉下元明　太平詩文26　2002
	「『逍遙遺稿』札記―張滋昉補遺」 二宮俊博　椙山女学園大学研究論集（人文科学篇）35　2004
	「『逍遙遺稿』札記―香奩体の影響について」 二宮俊博　椙山女学園大学研究論集（人文科学篇）36　2005
	「中野逍遙の『八犬伝』漢詩」 徳田武　江戸風雅3　2010
	『近代文学としての明治漢詩』 入谷仙介著　研文出版　2006

中村敬宇 なかむら　けいう NAKAMURA KEIU	『人物管見』 徳富猪一郎著　民友社　1892
	『精神的講話』 ゼー・エチ・デホレスト著　三宅荒毅訳　福音社　1892
	『偉人の言行』 俣野節村著　大学館　1900
	『明治百傑伝』 干河岸貫一著　青木嵩山堂　1902
	『日本朱子学派之哲学』 井上哲次郎著　冨山房　1905
	『座右之銘　正編』 裳華房編　裳華房　1905
	『修養立志篇』 高市予興著　修文館　1910
	『百傑スケッチ』 高須梅渓著　博文館　1910
	『後は昔の記』 林董述　時事新報社　1910
	『開校四十年分立二十五年記念講演集』 東京女子高等師範学校編　東京女子高等師範学校　1916
	「明治初期における平和思想―中村敬宇を通じて見たる」 高橋昌郎　日本歴史33　吉川弘文館　1951
	「敬宇日記から」 丸山季夫　典籍2　典籍同好会　1952
	「中村敬宇翁の事ども」 栗原古城　読書春秋5-12　春秋会　1954
	「啓蒙思想と明六社―中村敬宇を中心に」 越智治雄　国文学解釈と教材の研究6-11　1961
	「英学者としての中村敬宇」 石井光治　神戸外大論叢13-1　1962
	「中村敬宇」 前田愛　文学33-10　1965
	「中村敬宇の初期洋学思想と「西国立志編」の訳述及び刊行について―若干の新史料の紹介とその検討」 大久保利謙　史苑26-2・3　立教大学史学会　1966
	『中村敬宇』（人物叢書） 高橋昌郎著　吉川弘文館　1966
	「開化思想の二巨人―中村敬宇と福沢輸吉（明治維新・人物群像）」 木村狷介　日本及日本人1463　1968
	「中村敬宇と福沢諭吉―西欧思想への対応における二つの型」 石田雄　社会科学研究28-2　1976
	『敬宇文鈔』 中村正直著　平林広人訳　（敬宇事蹟研究資料1） 中村勝彦刊　1982
	「『敬宇文稿』の年代推定について」 荻原隆　社会科学討究28-1　1982

『幕末・明治海外体験詩集　海舟・敬宇より鷗外・漱石にいたる』 川口久雄編　大東文化大学東洋研究所　1984
「論題 『幕末・明治 海外体験詩集—海舟・敬宇より鷗外・漱石にいたる』川口久雄編」 村山吉廣　比較文学年誌21　1985
「幕末・維新期における中村敬宇の儒教思想（明六社の思想〈特集〉)」 源了円　季刊日本思想史26　1986
「中村敬宇とJ.S.ミル—価値・自由・平等をめぐる両者の思想について」 荻原隆　社会科学討究33-2　1987
「中村敬宇著作目録-上-」 荻原隆　名古屋学院大学論集（社会科学篇）25-4　1989
「中村敬宇著作目録-下-」 荻原隆　名古屋学院大学論集（社会科学篇）26-1　1989
『中村敬宇研究　明治啓蒙思想と理想主義』（政治思想研究叢書） 荻原隆著　早稲田大学出版部　1990
「中村敬宇と英語辞書」 高橋俊昭　英学史研究 24　日本英学史学会　1991
『中村敬宇とキリスト教』（フマニタス選書31） 小泉仰著　北樹出版　1991
「近代日中文化・教育交流史に関する覚え書き—中村敬宇の場合を中心として」 肖朗　名古屋大學教育學部紀要（教育学科）40-2　1993
「ランプシニトス王の宝蔵譚の構造と系譜への補遺〔付篇 神戸国際大学図書館所蔵の『天路歴程』和訳本と中村敬宇の題辞について〕」 松村 淳子・松村恒　神戸国際大学紀要46　1994
「中村敬宇における「敬天愛人」の思想」 藤原暹・平野尚也　Artes liberales（アルテスリベラレス）58　岩手大学人文社会科学部　1996
「中村敬宇におけるパーソニフィケーション—『西国立志編』の場合」 杉井六郎　史窓54　1997
「中村敬宇『西国立志編』（特集　続・日本人の見た異国・異国人—明治・大正期）—（明治時代の異国・異国人論）」 山田有策　国文学解釈と鑑賞62-12　1997

「『敬宇日乗』における中村敬宇と井上圓了」　小泉仰　井上円了センター年報7　1998
「明治エンライトンメントと中村敬宇（1）—『自由之理』と「西学一斑」の間」　大久保健晴　東京都立大学法学会雑誌39-1　1998
「近代日中文化交流史の一断面—中村敬宇の「擬泰西人上書」を中心に」　肖朗　日本歴史603　吉川弘文館　1998
「明治初年における島地黙雷の政教論の意義—中村敬宇・森有礼・福沢諭吉と比較して」　堀口良一　近畿大学教養部紀要31-1　1999
「明治エンライトンメントと中村敬宇(2完)『自由之理』と「西学一斑」の間」　大久保健晴　東京都立大学法学会雑誌39-2　1999
「中村敬宇と近代中国」　薄培林　比較文学43　日本比較文学会　2000
「ミル『自由論』の日本と中国における初訳—中村敬宇訳『自由之理』と厳復訳『群個権界論』」　山下重一　英学史研究33　2000
「中村敬宇と漢詩「内房八景」をめぐって」　諸田龍美　人文学論叢3　2001
「明治日本におけるキリスト教と儒教の交渉—中村敬宇の西洋受容の論理と素地」　陶徳民　關西大學文學論集51-1　2001
「詩人としての中村敬宇」　揖斐高　『漢詩文集』（新日本古典文学大系明治編 2）　入谷仙介[ほか]校注　岩波書店　2004
「中村敬宇の『同人社文学雑誌』」　秋山勇造　人文研究153　2004
「中村敬宇の官僚批判—醇儒の魅力（特集 モラルの輪郭—近代出版と倫理）」　池澤一郎　文学5-1　2004
「明治初期知識人における宗教論の諸相—西周と中村敬宇を中心に」　大久保健晴　政治思想研究4　2004
「訳注 中村敬宇撰文「箕作秋坪墓碑銘」解題並びに訳注」　村山吉廣　斯文114　2006

	「安井息軒と中村敬宇―安井息軒研究序説」 古賀勝次郎　早稲田社会科学総合研究8-1　2007
	「溶融する言葉と文化（8）中村敬宇と〈英華字典〉」 久米晶文・中村司　歴史読本52-9　2007
	「明治啓蒙思想における道徳と自由―中村敬宇を中心に」 李栄　近代日本研究（25）2008
	「中村敬宇と清末中国の官僚文人（東アジア文化交流―人物往来）」 薄培林　アジア文化交流研究（4）2009
	「中村敬宇訳『自由之理』（1）―ミル『自由論』の本邦初訳」 山下重一　國學院法学 47（4）2010
	「中村敬宇訳『自由之理』（2）―ミル『自由論』の本邦初訳」 山下重一　國學院法学 48（1）2010
	「中村敬宇訳『自由之理』（3）―ミル『自由論』の本邦初訳」 山下重一　國學院法学 48（2）2010
並木栗水 なみき　りっすい NAMIKI RISSUI	『並木栗水先生頌徳建碑記念録』 米本信吾著　並木先生建碑事務所刊　1938
	「並木栗水書簡　楠本碩水・並木栗水論学書」（『幕末維新朱子学者書簡集（朱子学大系第14巻） 諸橋轍次・安岡正篤監修　明徳出版社　1975）所収
	「幕末維新における新朱王学の展開（1）並木栗水及び楠本碩水・東沢瀉の史的地位」 望月高明　都城工業高等専門学校研究報告41　国立都城工業高等専門学校　2007
	「幕末維新における新朱王学の展開（2）並木栗水及び楠本碩水・東沢瀉の史的地位」 望月高明　都城工業高等専門学校研究報告42　国立都城工業高等専門学校　2008
	「幕末維新における新朱王学の展開（3）並木栗水及び楠本碩水・東沢瀉の史的地位」 望月高明　都城工業高等専門学校研究報告42　国立都城工業高等専門学校　2008
	「並木栗水『義利合一論弁解』解題並び翻刻　岡野康幸　日本漢文学研究3　2008
	「幕末維新における新朱王学の展開（4）並木栗水及び楠本碩水・東沢瀉の史的地位」 望月高明　都城工業高等専門学校研究報告43　国立都城工業高等専門学校　2009

	「幕末維新における新朱王学の展開（5）並木栗水及び楠本碩水・東沢瀉の史的地位」　望月高明　都城工業高等専門学校研究報告43　国立都城工業高等専門学校　2009
	「幕末維新における新朱王学の展開（6）並木栗水及び楠本碩水・東沢瀉の史的地位」　望月高明　都城工業高等専門学校研究報告44　国立都城工業高等専門学校　2010
	「幕末維新における新朱王学の展開（7）並木栗水及び楠本碩水・東沢瀉の史的地位」　望月高明　都城工業高等専門学校研究報告45　国立都城工業高等専門学校　2011
	「幕末維新における新朱王学の展開（8）並木栗水及び楠本碩水・東沢瀉の史的地位」　望月高明　都城工業高等専門学校研究報告45　国立都城工業高等専門学校　2011
	「幕末維新における新朱王学の展開（9）並木栗水及び楠本碩水・東沢瀉の史的地位」　望月高明　都城工業高等専門学校研究報告46　国立都城工業高等専門学校　2012
	「並木栗水先生伝並逸事」　塚本松之助著　房総郷土研究資料1・2
	「栗水先生逸事」　塚本柳斎　東洋文化29　無窮会
成島柳北 なるしま　りゅうほく NARUSHIMA RYUUHOKU	『新聞記者奇行伝　初編』　隅田了古（細島晴三）編　鮮斎永濯画　墨々書屋　1881
	『日本全国新聞記者評判記』　大井通明著　師岡国刊　1882
	『大日本改進党員実伝　第1巻』　脇田季吉編　法木徳兵衛　1882
	『立憲改進党列伝　初編』　平井三郎著　古山武次郎　1883
	『明治英名伝　第1編』　高瀬松吉編　績文舎　1883
	「成島柳北伝」　依田百川著　古今詩史詳解221　1888
	『立志の友』　篠田正作（秋野散史）著　鍾美堂　1892
	『近世百傑伝』　干河岸貫一著　博文館刊　1900
	『立志美談』　伴成高著　鍾美堂　1900
	『偉人の言行』　俣野節村著　大学館　1900
	「成島柳北」　依田百川著　談叢1　吉川半七刊　1900
	『現代百家名流奇談』　鈴木光次郎著　実業之日本社　1903

『続近世百傑伝』 干河岸貫一著 博文館 1905
『老梅居雑著』 内藤鳴雪著 俳書堂 1907
『名流百話』 渡辺斬鬼編 文錦堂 1909
『先哲百家伝』 干河岸貫一著 青木嵩山堂 1910
「成島柳北論」 木村毅著 早稲田文学2-229 1925
「明治初期の戯作戯文 仮名垣魯文と成島柳北」 山口剛 早稲田文学2-229 1925
「風流隠士の弁」 本間久雄 早稲田文学 1925
『十大先覚記者伝』 大田原在文著 大阪毎日新聞・東京日日新聞社刊 1926
「成島柳北仙史の一面」 野崎左文 新旧時代2-8 1926
「成島柳北の古美術鑑賞論」 横川毅一郎 中央美術13-6 1927
「成島柳北仙史の面影」 野崎左文 私の見た明治文壇 春陽堂 1927
「柳北仙史の柳橋新誌につきて」 永井荷風著 中央公論 1927
『廿一大先覚記者伝』 大阪毎日新聞社 1930
「成島柳北の日誌・柳橋新誌について」 永井荷風 荷風随筆 中央公論社 1933
「初期の柳北について」 大野光次 クオタリイ日本文学1 1933
「外遊後の成島柳北」 大野光次 国語と国文学12-5 1935
「成島柳北と仏人ロニー」 石井研堂 明治文化9-9 1936
「成島柳北の家庭」 篠田鉱造 明治文化9-12 1936
「静軒の流れ成島柳北」 水原仁 古典研究4-12 1939
「成島柳北小論」 小田切秀雄 書誌学14-5 1940
「成島柳北の姦天淫地」 篠田鉱造 明治文化13-10 1940
「柳橋新誌前編の原形について」 塩田良平 文学 1941
『柳北談叢』 大島隆一著 昭和刊行会 1943
「柳橋新誌の喜劇的精神」 和田繁二郎 説林2-1 立命館文学会 1950

「柳橋新誌における批判精神」　和田繁二郎　文学18-8　1950
「内外新聞人列伝　成島柳北」　岡野他家夫　新聞研究18　1952
「転換期における一文人像　柳北の場合」　斎藤清衛　成城文芸1 1954
「新聞紙条例と柳北　あわせて柳北日記について」　大島隆一　日本古書通信20-10　1955
「成島柳北」　尾崎士郎　小説公園6-7　1955
「成島柳北のことども」　森銑三　読書春秋7-4　1956
「東京珍聞と獄中新聞　成島柳北の手書新聞覚え書」　住谷申一　人文学39　1958
『人と作品　現代文学講座1』　木俣修等編　明治書院　1961
『近代文学研究叢書1』　昭和女子大学近代文学研究室編　1962
『三代言論人集2』　時事通信社　1963
「荷風と柳北　二人の江戸戯作者の共通基盤」　三田村博史　国語国文学報18　1964
「板橋雑記と柳橋新誌」　前田愛　国語と国文学41-3　1964
「成島柳北における反近代」　越智治雄　国文学解釈と研究10-5　1965
「荷風と柳北」　塩﨑文雄　国文学攷48　広島大学国語国文学会　1968
「成島柳北論―「柳橋新誌」を中心にして」　五十嵐誠毅　群馬大学教育学部紀要（人文・社会科学編）18　1969
「成島柳北―「伊都満底草」の交歓（近代と反近代（特集））―（文学者における近代と反近代）」　前田愛　国文学解釈と鑑賞34-12　1969
「成島柳北と英学」　田坂長次郎　英学史研究3　1971
「成島柳北の人物」　森銑三　文学39-10　1971
「柳橋新誌の無頼派的性格（江戸漢学（半特集））」　山敷和男　中国古典研究19　1973

「成島柳北伝小考―洋学受容とその周辺」 潟岡孝昭　京都産業大学論集（人文科学系列）3　1974
「成島柳北の洋学摂取に関する一考察―幕末期における知識人の思想形成について」 乾照夫　史叢18　1974
「成島柳北の日記」上下　前田愛　文学43-2・3　1975
『成島柳北』（朝日評伝選11） 前田愛著　朝日新聞社　1976
「森鷗外「航西日記」にみる文芸意識―福沢諭吉「西航記」と対比しつつ成島柳北「航西日乗」との類似性に説き及ぶ」 谷口巌　愛知教育大学研究報告（人文科学・社会科学）25　1976
「成島柳北小攷」一～六　今村栄太郎　日本古書通信42-9～43-2　1977～78
「続日本文学史序説-15-第二章 第四の転換期-下-成島柳北と江戸の郷愁」 加藤周一　朝日ジャーナル20-18　1978
「失意の成島柳北」 今村栄太郎　文学46-10　1978
「ジャーナリズム人物列伝-2-成島柳北と末広鉄腸―動乱の明治維新に生きたジャーナリストたち」 松浦総三　季刊世界政経69　1979
「永井荷風の意味―緑雨と柳北を継ぐもの（戯作三百年〈特集〉）」 坂上博一　国文学解釈と鑑賞44-9　1979
「成島柳北（戯作三百年〈特集〉）―（明治戯作者論）」 助川徳是　国文学解釈と鑑賞44-9　1979
「ジャーナリズム人物列伝-3-成島柳北と末広鉄腸-2-」 松浦総三　季刊世界政経70　1979
「近代日本の日記-2-成島柳北と森鷗外」 小田切進　群像38-2　1983
「19世紀表現位相の一地点―「柳橋新誌」の位置からの遡及（〈前近代〉と〈近代〉〈特集〉）」 岡田袈裟男　日本文学33-7　日本文学協会　1984
「柳北のパリ―その構造・「航西日乗」を通して（世紀末〈小特集〉）」 小林茂　比較文学年誌21（早稲田大学比較文学研究室）1985

「成島柳北の「詩」（江戸から明治への文学〈特集〉）」　野山嘉正　文学53-11　1985
「成島柳北の研究―明治10年代における花月社文学について」　井上弘　静岡女子大学研究紀要20　1986
「維新期日本人の洋楽体験―久米邦武編「特命全権大使米欧回覧実記」と成島柳北「航西日乗」を中心に」　中村洪介　比較文化4　1987
「柳橋 成島柳北「柳橋新誌」（〈江戸〉を読む―トポグラフィーとして〈特集〉）―（江戸―ミクロに）」　佐藤悟　国文学解釈と教材の研究35-9　1990
「文明開化と成島柳北―〈忠孝の美学〉再考」　山本芳明　学習院大学文学部研究年報39　1992
「メディアと成島柳北―「プリンシプル」なき「プリンシプル」（文学表現とメディア〈特集〉）」　山本芳明　日本近代文学47　1992
「成島柳北のジャーナリズム観―漢学と近代メディアの間で」　山本芳明　学習院大学文学部研究年報40　1993
「成島柳北―儒学と江戸文芸とフランス文学」　赤瀬雅子　桃山学院大学人間科学4　1993
『硯北日録　成島柳北日記』　成島柳北著　前田愛解説　太平書屋　1997
「パリを見た日本人/日本人の見たパリ―成島柳北と栗本鋤雲」　島村輝　女子美術大学紀要27　1997
「柳北と梅南と」　安西勝　太平詩文9　1998
「硯北日録―成島柳北日記　余談」　太平子　太平詩文9　1998
「前田愛解説『硯北日録―成島柳北日記』」　杉下元明　国語と国文学75-10　1998
「幕末期の成島柳北―幕末奥儒者の生活と漢文学の動向（特集=変動期のメディア）」　乾照夫　メディア史研究8　1999
「若き日の成島柳北」　杉下元明　江戸文学20　1999
「前向きの江戸志向―成島柳北（特集 明治十年代の江戸）」　久保田啓一　江戸文学21 1999

「「柳橋新誌」論」 茂木達也　国文学試論14　2000
「成島柳北の洋行―「航西日乗」の諸コンテクスト」 Matthew Fraleigh　国語国文（京都大学文学部国語学国文学研究室）71-11（通号 819）2002
「犬の散歩、猫の散歩―成島柳北と日本近代音楽」 林淑姫　春秋449（春秋社） 2003
「成島柳北の青春」 大谷雅夫　『漢詩文集』（新日本古典文学大系明治編 2） 入谷仙介[ほか]校注　岩波書店　2004
「ジャーナリストとしての成島柳北」 山本芳明　『漢詩文集』（新日本古典文学大系明治編 2） 入谷仙介[ほか]校注　岩波書店　2004
「日本人のシンガポール体験（19）森鷗外と成島柳北の漢詩」 西原大輔　シンガポール2004-1（通号 226）2004
「書評 乾照夫著「成島柳北研究」」 土屋礼子　メディア史研究17　2004
「『柳橋新誌』について」 高橋未来　（日本漢文小説の世界　紹介と研究』 日本漢文小説研究会編　白帝社 2005）所収
「成島柳北顯彰碑と共済五百名社」 加藤修　インシュアランス（生保版）4182　保険研究所　2006
「成島柳北の『航薇日記』について」 乾照夫　東京情報大学研究論集10-2（通号 23）2007
「成島柳北の『航西日乗』と森鷗外の『航西日記』―その詩文の類似性について」 遠藤光正　東洋研究（168）2008
「入選論文 成島柳北『柳橋新誌』における内的機制の考察―「無用の人」と「有用の人」相克からの構造的解明の試み（学生懸賞論文発表）」 花澤哲文　國學院雑誌 110（7）2009
「慕い続けた人　成島柳北と荷風（特集 永井荷風の愉しき孤独―生誕130年、没後50年）」 伊藤榮洪　東京人24（13）2009
「柳橋新誌の海賊版二種」 寒雁子　太平詩文49　2011
「柳北における『航西日乗』の意義（特集 近代）」 具

	島美佐子　解釈57（7・8）2011
	「〈原著論文〉 成島柳北の米国体験　漢詩を手掛かりにして」 具島美佐子　図書館情報メディア研究 9（1）2011
	「「文学」と「文学批評・研究」（2）―明治期における「文学」の形成過程をめぐる国民国家論（9）―」 大本達也　鈴鹿国際大学紀要Campana 18　2012
	「将軍侍講　成島柳北の公と私―万延元年の『硯北日録』による―」高橋昭男　成蹊國文45　2012
	「柳北」 安藤紫綬　書斎6-26
南摩羽峰 なんま　うほう NANMA UHOH	「まぼろしの南摩綱紀撰「泊翁西村先生碑銘」を探る（資料紹介）」 五十嵐金三郎　参考書誌研究30　国立国会図書館主題情報部参考企画課編　1985
	「幕末・維新期の南摩羽峯」 小林修　実践国文学28　1985
	「幕末維新期の南摩羽峯―攘夷と洋学と」 小林修　実践国文学41　1992
	「近代日本の初等教育及び専門教育に於ける日光東照宮評価―近代に於ける日光東照宮評価」 内田祥士　日本建築学会計画系論文集579　2004
	「南摩綱紀『追遠日録（一名下野紀行）』訳注（上）」 道坂昭廣　四天王寺大学紀要（47）2008
	「南摩綱紀『環碧楼遺稿』散文之部訳注（1）内国史略序」 副島一郎　言語文化10-3　同志社大学言語文化学会　2008
	「南摩綱紀『環碧楼遺稿』散文之部譯注（2）「秋月子錫墓碑銘」」 副島一郎　言語文化11-3　同志社大学言語文化学会　2009
	「南摩綱紀『追遠日録（一名下野紀行）』訳注（下）」 道坂昭廣　歴史文化社会論講座紀要（7）2010
丹羽花南 にわ　かなん NIWA KANAN	『田中不二麿伝　尾張勤王史』 西尾豊作著　咬菜塾　1934
	『花南丹羽賢』（太平文庫19） 斎田作楽編著　太平書屋　1991
	「依田学海・丹羽花南・鱸松塘」 斎田作楽　太平詩文1　1996

野口寧斎 のぐち　ねいさい NOGUCHI NEISAI	『百字文百人評』 湯朝観明著　如山堂　1905
	『空前絶後之疑獄』 花井卓蔵著　法律顧問会（共同刊行　鍾美堂書店） 1906
	「正岡子規と野口寧斎」 中村忠行　文学33-10　1965
	「野口寧斎の文芸批評」 合山林太郎　東洋文化87　2001
	「野口寧斎の前半期—明治期における漢詩と小説（無窮會創設九十周年記念論集)」 合山林太郎　東洋文化95　2005
	「野口寧斎の後半生—明治期漢詩人の詩業と交友圏」 合山林太郎　斯文115　2007
	「明治期の時事批評漢詩—国分青厓「評林」と野口寧斎「韻語陽秋」(特集=古典文学の精髄としての漢詩文—中世・近世・近代) —（近代漢詩文—最後の光芒)」 合山林太郎　国文学解釈と鑑賞73-10　2008
	「野口寧斎の漢詩集『出門小草』の上梓をめぐって」 日野俊彦　成蹊國文（44）2011
橋本蓉塘 はしもと　ようとう HASHIMOTO YOHTOH	「橋本蓉塘論」 中村宏　東洋文化43　無窮会　1977
	「橋本蓉塘年譜考」 板倉環　江戸風雅4　2011
林　鶴梁 はやし　かくりょう HAYASHI KAKURYOH	『東洋立志編』 松村操編　巌々堂　1880-1882
	『近世百傑伝』 干河岸貫一著　博文館刊　1900
	『近世偉人百話』 中川克一編　至誠堂　1909
	『先哲百家伝』 干河岸貫一著　青木嵩山堂　1910
	「林鶴梁君の事蹟」 村田清昌著　史談会速記録77　1903
	『続近世百傑伝』 干河岸貫一著　博文館　1905
	『志士書簡』 遠山操編　厚生堂　1914
	「贈正五位林伊太郎伝」 石橋絢彦　江戸36　1920
	「林鶴梁と一斎の作文秘訣」 高瀬代次郎（『佐藤一斎と其門人』 南陽堂　1922）所収
	『林鶴梁翁』(楽山居叢書所収) 山下郡次郎著刊　1933
	「橋本景岳と林鶴梁との交渉」 渡辺刀水著　伝記2-2　1935
	「深編笠の林鶴梁」 今村栄太郎　日本古書通信43-10　1978

	「林鶴梁日記　遠州中泉代官時代」 鈴木鋭彦　人間文化　愛知学院大学人間文化研究所紀要10　1995
	「林鶴梁日記（二）文人代官の支配地巡検」 鈴木鋭彦　人間文化　愛知学院大学人間文化研究所紀要12　1997
	『鶴梁文鈔』 林長孺著　林圭次刊　1880
	『鶴梁文鈔』続編　林長孺著　林圭次刊　1881
	『鶴梁林先生碑文集』（近代先哲碑文集第40集） 亀山聿三編　夢硯堂　1975
	「幕末の儒者林鶴梁」 高橋雄豺　（『歴史残花』 長谷川才次監修　善本社　1976）所収
	『小伝林鶴梁』一～三　坂口筑母著・刊　1978-80
	『林鶴梁日記』一～六　林鶴梁著　保田晴男編　日本評論社　2002-03
	「林鶴梁先生並に次子鋼三郎君の忌辰に際して」 中沢広勝　上毛及上毛人118
	「漁書漫談九　鶴梁文鈔」 佐藤雲外　上毛及上毛人173
	「林鶴梁と高山仲縄」 山崎常盤　上毛及上毛人186
	「林鶴梁の経歴について」 豊国覚堂　上毛及上毛人187
	「静岡地方に於ける林鶴梁の足跡」 山崎常盤　上毛及上毛人297
福田静処 ふくだ　せいしょ HUKUDA SEISHO	「福田静処（破栗・古道人）小伝―その前半生」 山本四郎　神戸女子大学紀要26（文学部篇）1993
藤野海南 ふじの　かいなん HUJINO KAINAN	「東洋の学芸 藤野海南と黎庶昌―二人の交友を中心に」 石田肇　東洋文化83　無窮会　1999
星野　恒 ほしの　ひさし HOSHINO HISASHI	『日本博士全伝』 花房吉太郎・山本源太編　博文館　1892
	『人物の食客時代』 墨堤隠士著　大学館　1905
	「星野博士略歴」 塩谷温　東亜研究7-5　1918
	「豊城星野恒先生」 市嶋春城　高志路3-9　1937
	「豊城先生の古手紙」 笠原軔　高志路5-11　1939
	「「漢学」より「斯文」まで―先師星野豊城先生を偲び奉る」 小田竜太　斯文42　1965
	「星野博士在職二十五年祝賀会記事」 東亜研究3-12
本田種竹	『青眼白眼』 緒方流水著　星光社　1902

ほんだ　しゅちく HONDA SHUCHIKU	『狐禅狸詩』 釋清譚著　丙午出版社　1913
	「本田種竹論」 中村宏　東洋文化27　無窮会　1972
	「子規の漢詩と本田種竹」 渡部勝己　愛媛大学教育学部紀要第2部（人文・社会科学）2-1　1970
	『没後100年記念展　漢詩人　本田種竹—奈良・月ヶ瀬と文人墨客』展図録　徳島県立文学書道館　2007
股野達軒 またの　たっけん MATANO TAKKEN	「大沼枕山と股野達軒」 今田哲夫　文学34-3　1966
股野藍田 またの　らんでん MATANO RANDEN	「父白川の思い出　第三回　岸田吟香、股野藍田、向山黄山のことども」 依田美狭古　伝記4-2　1937
	「明治末期の清韓旅行記—股野藍田の『葦杭遊記』について」 古林森廣　吉備国際大学社会学部研究紀要10　2000
三島中洲 みしま　ちゅうしゅう MISHIMA TYUUSHU	「会員三島毅の伝」 東京学士会院雑誌12-7　1890
	『中洲三島先生年譜』 門人編　山田準刊　1899
	『名士の笑譚』 吉井庵千暦著　大学堂　1900
	「三島毅碑銘」 三島毅著　斯文1-4　1919
	「三島中洲翁の逸事」 三島復著　斯文1-5　1919
	「中洲三島先生著述略解」 一門生著　斯文2-4　1920
	「吉田松陰と三島中洲」 藤井真一著　伝記3-4　1936
	『二松学舎六十年史要』 国分三亥編　二松学舎刊　1937
	『三島中洲詩全釈』第一巻　石川忠久編　二松學舍　2007
	『三島中洲詩全釈』第二巻　石川忠久編　二松學舍　2010
	「三島中洲と中江兆民—兆民の新発見資料をめぐって」 福島正夫　思想641　1977
	「中洲法律関係文書—「民法草案」」 三島中洲著　大谷光男翻刻　川久保広衛解説　二松学舎大学東洋学研究所集刊16　1985
	「中洲法律関係文書—「中洲手控」」 三島中洲著　二松学舎大学東洋学研究所集刊17　1986
	「明治初期における一裁判官の法意識—三島中州の「民事法律聞見随録」と質地論」 村上一博　明治大学社会科学研究所紀要　32-2　1994
	「吉田松陰と三島中洲（吉田松陰特集）」 松田存　陽明学7　1995

「三島中洲の陽明学自得時期について」 菊地誠一　陽明学8 1996
「資料 山田方谷と三島中洲」 井上明大　大阪女子学園短期大学紀要43　1999
「三島正明著，『最後の儒者』―三島中洲―，平成十年九月，明徳出版発行，四六判，264頁（陽明学関係書 紹介と短評）」 松川健二紹・短評　陽明学10　1999
「三島中洲最初期の詩『問津稿』について」 石川忠久　漢文学解釈与研究2　1999
「講演　三島中洲の周辺―郷里、高梁、一族等を中心として」 三島正明講演　斯文108　2000
「夏目漱石と儒学思想」 海老田輝巳　九州女子大学紀要（人文・社会科学編）36-3　2000
「戸川芳郎編，『三島中洲の学芸とその生涯』，平成十一年九月，雄山閣出版刊，A5版，668頁（陽明学関係書紹介と短評）」 三島正明紹介・短評　陽明学12　2000
「中洲の「義利合一論」について」 溝口貞彦　陽明学13　2001
「三島中洲と教育勅語」 松川健二　陽明学13　2001
「三島中洲の中国詩碑とその周辺事情」 菊地誠一　陽明学13　2001
「岳堂詩話（11）三島中洲の「霞浦遊藻」」 石川忠久　學鐙98-2　2001
「岳堂詩話（12）大正天皇と三島中洲」 石川忠久　學鐙98-3　2001
「明治前期の思想と三島中洲」 三島正明　陽明学14　2002
「講演 朱子学と陽明学―三島中洲の思想詩をめぐって」 松川健二講演　二松学舎大学東洋学研究所集刊32　2002
「三島中洲の『論学三百絶』」 高文漢　東洋研究147　大東文化大学東洋文化研究所　2003
「三島中洲の理気論」 松川健二　陽明学16　2004
「若き三島中洲の学問の到達点と晩年の死生観―中洲

	の詩を中心として」 濱久雄　陽明学16　2004
	「貴州省の日本人教習と陽明祠の三島中洲詩碑―附:三島中洲と黎庶昌」 石田肇　駒沢史学64　2005
	「三島中洲の詩―「鎮西観風詩録」を中心に」 石川忠久　国文学解釈と鑑賞73-10　2008
	「三島中洲の詩業―大正天皇の師傳」 石川忠久　文学10（3）2009
	「三島中洲にとっての〈教育〉」 高山秀嗣　二松学舎大学論集 53　2010
	「三島中洲をめぐる漢学者群像」 松田存　知性と創造1　2010
	「語由之法與義利合一之用―澀澤《論語》學的重層結構（特集 幕末明治期における日本文学・歴史・思想・藝術の諸相）」 金培懿　アジア文化交流研究 5　2010
	「司法省における「会議」と三島中洲」 下村泰三　二松学舎大学人文論叢 87　2011
	「陽明学と三島中洲」 山口角鷹著　二松學舎大学
嶺田楓江 みねた　ふうこう MINETA HUUKOH	「嶺田楓江の事　南膤夜話」 大森金五郎著　歴史地理16-7～9　1912
	「嶺田楓江の房総雑記」 大森金五郎著　如蘭社話49　1912
	『嶺田楓江』 明石吉五郎著　千葉長生・千葉弥次馬刊1919
	『房総雑記』 嶺田楓江著　房総叢書第2輯　房総叢書刊行会編刊　1913
	「嶺田楓江翁の碑につきて」 鶴田勢湖　掃苔5-5　1936
	「嶺田楓江と小野湖山両士の阿片戦争に関する訳著親交について」1-3　喜田幾久夫　明治文化16-7～9　1943
	「「海外新話」の著者嶺田楓江と英人閣斌士」 武内博　日本古書通信50-2　1985
	「嶺田楓江の生涯と詩業」 村山吉廣　新しい漢字漢文教育34　2002
	「嶺田楓江『海外新話』の一部分の紹介」 奥田尚　アジア観光学年報 9　2008

向山黄村 むこうやま　こうそん MUKOHYAMA KOHSON	「向山黄村翁」　旧幕府1-7　1897
	「向栗二先生伝」　依田百川著　談叢2　吉川半七刊　1900
	『筆禍史』　宮武外骨著　雅俗文庫　1911
	「黄村向山先生墓碑銘」　江戸2-2　1915
	「向山黄村伝」　塚本柳斎著　東洋文化56　1929
	「父白川の思い出　第三回　岸田吟香、股野藍田、向山黄山のことども」　依田美狭古著　伝記4-2　1937
	「向山黄村の詩」　林正章　文献3　1960
	「向山黄村先生を憶ふ」　萩原又仙子　書画叢談6-7
	「向山黄村翁」　西岡吟香　書画叢談6-8
籾山衣洲 もみやま　いしゅう MOMIYAMA ISYUU	「籾山衣洲の「南菜園」雑詠」　島田謹二著　『日本における外国文学』下巻所収　1976
	「訳注『明治詩話』(1)」　籾山逸也著　徳田武・小財陽平訳　江戸風雅3　2010
	「訳注『明治詩話』(2)」　籾山逸也著　徳田武・小財陽平訳　江戸風雅4　2011
森槐南 もり　かいなん MORI KAINAN	『現在人物の研究』　坂井松梁編　春畝堂　1911
	『狐禅狸詩』　釋清譚著　丙午出版社　1913
	「森槐南の創作「補春天伝奇」を追想す」　上田恭輔　日本古書通信77　1937
	『新動中静観』　茅原華山著　東亜堂書房　1913
	「森槐南の伝奇二種」　澤田瑞穂　國學院漢文学会報4　1938
	「詩人追憶　森槐南先生」　今関天彭　雅友16　1954
	「詩人追憶　森槐南先生」　今関天彭　天地人9　1954
	「森槐南における思考形態と思想との関聯」　中村宏　東洋文化6　1963
	「二十四詩品挙例と廿四詩品解付二十四詩品校勘〔岩渓裳川,森槐南評解の翻刻〕」　高松享明　文化紀要7　1973
	「森槐南と陳碧城―槐南青少年期の清詩受容について」　福井辰彦　国語国文　72-8　2003
	『近代文学としての明治漢詩』　入谷仙介著　研文出版　2006

	「森槐南の中国小説史研究について—唐代以前を中心に—」 溝部良恵　慶應義塾大学日吉紀要1　2008
	「漢詩における明治調—森槐南と 国分青厓（特集 詩歌の近代）」 合山林太郎　文学9（4）2008
	「森春濤と森槐南—「新文詩」ノート」 日野俊彦　国文学解釈と鑑賞73-10　2008
	「森槐南、幸田露伴、笹川臨風から王国維へ（2）日本明治時期（1868-1911）の中国戯曲研究考察」 黄仕忠著　伴俊典訳　演劇映像学 2010（2）2010
森春濤 もり　しゅんとう MORI SHUNTOH	『詩家品評録』 伊藤三郎編刊　1887
	『偉人豪傑言行録』 南梁居士編　求光堂書店　1911
	『有隣舎と其学徒』 石黒萬逸郎著　一宮高等女学校校友会　1925
	「森春濤尺牘」 森悳一郎著　飛騨史壇8-7　1926
	「明治の清新詩派森春濤先生」 横田天風　東洋文化38～42　東洋文化振興会　1927
	「濃尾時代の森春濤」 平塚正雄　郷土史壇5-7　1939
	「春濤先生年譜抄録」 阪本釤之助　東洋文化3　無窮会　1957
	『森春濤とゆかりの詩人—有隣舎をめぐる人々』展図録　一宮市博物館　1988
	『漢詩人　森春濤の遺墨』展図録　一宮市博物館　1993
	「森春濤「高山竹枝」注解〔一〕」 山本和義・山中仁美　アカデミア．文学・語学編61　南山大学　1996
	「森春濤「高山竹枝」注解〔二〕」 山本和義・山中仁美　アカデミア．文学・語学編62　南山大学　1997
	「明治漢詩の出発—森春濤試論（特集 明治十年代の江戸）」 揖斐高　江戸文学21　1999
	「森春濤の悼亡詩について」 日野俊彦　新しい漢字漢文教育35　2002
	「森春濤小論」 揖斐高　『漢詩文集』（新日本古典文学大系明治編 2）　入谷仙介[ほか]校注　岩波書店　2004
	「森春濤「十一月十六日挙児」詩考」 日野俊彦著　大学院紀要二松18　2004

	「森春涛編『清三家絶句』について」　新井洋子著　大学院紀要二松19　2005
	「幕末期における森春濤」　日野俊彦著　大学院紀要二松19　2005
	「幕末明治期の艶体漢詩━森春濤・槐南一派の詩風をめぐって」　合山林太郎著　和漢比較文学37　2006
	「森春濤「新潟竹枝」をよむ」　福井辰彦　国語国文75-11　2006
	『近代文学としての明治漢詩』　入谷仙介著　研文出版　2006
	「森春濤と森槐南━「新文詩」ノート」　日野俊彦　国文学解釈と鑑賞73-10　2008
	「翻刻　春濤先生逸事談」　徳田武・黒川桃子・山形彩実　江戸風雅5　2011
森川竹磎 もりかわ　ちくけい MORIKAWA CHIKUKEI	「森川竹磎の『欽定詞譜』批判-上 -（藤江 正名誉教授記念号）」　萩原正樹　小樽商科大学人文研究87　1994
	「森川竹磎の「詞律大成」について」　萩原正樹　学林21 1994
	「森川竹磎の「欽定詞譜」批判-中-」　萩原正樹　小樽商科大学人文研究88　1994
	「森川竹磎の「欽定詞譜」批判-下-」　萩原正樹　小樽商科大学人文研究89　1995
	「森川竹磎的詞牌研究」　萩原正樹　新宋学1　王水照主編　上海辞書出版社　2001
	「森川竹磎の詞論研究について」　萩原正樹　学林39　2004
	「森川竹磎家世考」　萩原正樹　学林42　2005
	「『鷗夢新誌』発刊までの森川竹磎」　萩原正樹　立命館文学598　2007
	「竹磎若年の詩詞文━集外詩詞四十九首及び佚文五篇━」　萩原正樹　風絮3　2007
	「竹磎家世詩詞文續補遺」　萩原正樹　学林45　2007
	「森川竹磎研究ノート　中村花痩と森川竹磎」　萩原正樹　学林52　2010

	「森川竹磎年譜稿（上）（松本幸男先生・島一先生追悼記念論集）」　萩原正樹　学林53/54　2011
矢土錦山 やづち　きんざん YADSUTI KINZAN	「伊勢の詞壇と矢土錦山」　近藤克堂著　雅友25　1958
依田学海 よだ　がっかい YODA GAKKAI	「依田百川自伝」　女学雑誌340　1893
	「依田百川」　脇坂安治著　太陽2-1～2　1896
	『名士の笑譚』　吉井庵千暦著　大学堂　1900
	「依田百川自伝」　依田百川著　談叢2　吉川半七刊　1900
	「依田学海翁」　太陽11-1　1905
	「紅葉山人と学海翁」　刀畔子　心の花300　1923
	「依田学海著作目録」　芸術殿2-10　1932
	「「出版月評」と篁村学海の近世小説論」　久松潜一　書物展望3-11　1933
	「天山先生と父百川」　依田美狭古著　伝記3-10　1936
	「春石雑話（依田学海）」　晩舟　東洋文化138　1936
	「父白川の思い出」一～四　依田美狭古　伝記3-7,12・4-2,4　1936-37
	「歌川貞秀と依田学海」　玉林晴朗　浮世絵界3-9　1938
	「文学巡礼　日本文学篇　99　依田学海」　金沢ヒロ子　学苑13-11　1951
	『近代文学研究叢書　10』　昭和女子大学近代文学研究室編　1958
	『人と作品原文学講座　1』　木俣修等編　明治書院　1961
	「依田学海の日記」　関良一　国文学解釈と教材の研究9-10　1964
	「演劇改良と依田学海」　河竹繁俊　（『日本戯曲史』　河竹繁俊著　南雲堂桜楓社　1964）所収
	「新文学胎動期の依田学海」　越智治雄　文学33-10　1965
	「依田学海（評論の系譜-42-）」　吉田精一　国文学解釈と鑑賞35-14　1970
	「依田学海の漢文体日記―韓国国立中央図書館蔵「墨

水別墅雑録」「墨水雑録」について」 今井源衛　日本文学研究20　1984
「依田学海の愛妾瑞香とその家族—韓国国立中央図書館所蔵「墨水別墅雑録」「墨水雑録」より」 今井源衛　文学53-3　1985
「今井源衛校訂「依田学海墨水別墅雑録」」 石田 忠彦紹介　語文研究64　1987
「石田忠彦氏の〈紹介〉「依田学海 墨水別墅雑録」〔語文研究第64号所収〕を読む」 今井源衛　語文研究65　1988
「依田学海と徳富蘇峰」 高野静子　日本歴史520　1991
『墨水廿四景記』 依田学海著　斎田作楽訓読注解『墨水三十景詩』 溝口桂巌著　斎田作楽訓読注解　太平書屋　1992
「依田学海の妾瑞香の年齢と「学海記蹤」」 今井源衛　国文学解釈と教材の研究38-7　1993
「依田学海の家族と妾瑞香」 今井源衛　国語と国文学70-12　1993
『依田学海作品集』「依田学海」作品刊行会編刊　1994
「鷗外 その出発-38-「於母影」の実験-18-依田学海の批判と鷗外の反論」 竹盛天雄　国文学解釈と鑑賞60-7　1995
「鷗外 その出発-42-文学上の創造権の問題提起—依田学海・川尻宝岑「文覚上人勧進帳」に触れて」 竹盛天雄　国文学：解釈と鑑賞60-12　1995
「鷗外 その出発-43-「剽窃」について—依田学海・川尻宝岑「文覚上人勧進帳」に触れて-2-　竹盛天雄　国文学解釈と鑑賞61-1　1996
「依田学海・丹羽花南・鱸松塘」 斎田作楽　太平詩文1　1996
「最後の江戸留守居役」 白石良夫著　筑摩書房（ちくま新書）1996
「落合東郭—依田学海との交友」 高橋昌彦　雅俗4　1997
「依田学海逸文」 白石良夫　雅俗4　1997
「依田学海が見た清国軍人・丁汝昌—日清戦争と明治

	の知識人」 福井智子　比較文学47　2004
	「『譚海』の意図」 宮崎修多 （『漢文小説集』（新日本古典文学大系明治編3） 池澤一郎・宮崎修多・徳田武・ロバート・キャンベル校注　岩波書店　2005）所収
	「依田学海の演劇観」 有澤晶子　文学論藻79　2005
	「依田学海の漢文小説」 有澤晶子著 （日本漢文小説の世界　紹介と研究』 日本漢文小説研究会編　白帝社　2005）所収
	「幕末インテリジェンス：江戸留守居役日記を読む」 白石良夫著　新潮社（新潮文庫） 2007　＊「最後の江戸留守居役」（筑摩書房平成8年刊）の改題
	「依田学海の馬琴に関する言説について（特集 変貌する近世文学研究）―（散文（小説・演劇））」 高橋昌彦　国文学解釈と鑑賞 74（3）2009
	「依田学海（一八三三～一九〇九）―佐倉藩士、漢学者として幕末から明治を見つめた男（房総に生きた人びとと歴史）―（近世）」 土佐博文　千葉史学（54）2009
	「蒲生褧亭と総生寛／依田学海と総生寛」 斎田作楽　太平詩文51・52　2011
	「依田学海先生墓」 岡崎春石著　東洋文化116
鷲津毅堂 わしづ　きどう WASHIDU KIDOH	『続近世百傑伝』 干河岸貫一著　博文館　1905
	『日本武士気質』 葦名慶一郎（桜所）編　新公論社（共同刊行　内外出版協会） 1908
	『先哲百家伝』 干河岸貫一著　青木嵩山堂　1910
	『有隣舎と其学徒』 石黒萬逸郎著　一宮高等女学校校友会　1925
	『下谷叢話』 永井荷風著　春陽堂　1926
	「鷲津毅堂の臨終」 渡辺刀水　伝記7-7　1940
	「「鷲津毅堂の臨終」を読みて」 森銑三　伝記7-8～9　1940
	「鷲津家の学問」 川島丈内著　東洋文化2　東洋文化振興会　1957
	「鷲津毅堂の袖珍画帖」 斎田作楽　太平詩文41　2008